21世纪高校计算机应用技术系列规划教材

丛书主编 谭浩强

办公自动化技术

（第三版）

李 宁 胡新和 主编 曾 志 副主编

中国铁道出版社

CHINA RAILWAY PUBLISHING HOUSE

内容简介

本书是"21 世纪高校计算机应用技术系列规划教材——基础教育系列"之一，主要面向的对象为大学本科应用型的学生及高职高专的学生，以 Office 2003 为基础，较为详细地介绍了办公自动化的各种常用操作技术。随着计算机网络技术的普及应用，现代办公自动化技术与计算机网络的结合越来越紧密，因此本教材用较大的篇幅介绍了与办公自动化密切相关的网络基本知识、操作技术及目前网络办公所需的一些常用软件。

全书共分 5 章，主要内容包括中文版 Windows XP 基本操作、Word 操作与应用、Excel 操作与应用、PowerPoint 操作与应用和网络办公应用。

为了使读者能以最快的速度掌握有关办公自动化的操作，本书舍弃了理论说明，采用任务驱动的方法，引导读者完成各种技能的训练。

图书在版编目（CIP）数据

办公自动化技术/李宁，胡新和主编. —3 版. —北京：
中国铁道出版社，2009.1
21 世纪高校计算机应用技术系列规划教材.基础教育
系列
ISBN 978-7-113-09604-5

Ⅰ.办… Ⅱ.①李…②胡… Ⅲ.办公室－自动化-高等
学校－教材 Ⅳ.C931.4

中国版本图书馆 CIP 数据核字（2009）第 005615 号

书 名：办公自动化技术（第三版）
作 者：李 宁 胡新和 主编

策划编辑：秦绪好 崔晓静
责任编辑：崔晓静 编辑部电话：(010) 63583215
编辑助理：姚文娟
封面设计：付 巍 封面制作：白 雪
责任印制：李 佳

出版发行：中国铁道出版社（北京市宣武区右安门西街 8 号 邮政编码：100054）
印 刷：河北新华印刷二厂
版 次：2009 年 1 月第 3 版 2009 年 1 月第 1 次印刷
开 本：787mm×1092mm 1/16 印张：19.5 字数：447 千
印 数：4 000 册
书 号：ISBN 978-7-113-09604-5/TP·3144
定 价：29.00 元

21 世纪是信息技术高度发展且得到广泛应用的时代,信息技术从多方面改变着人类的生活、工作和思维方式。每一个人都应当学习信息技术,应用信息技术。人们平常所说的计算机教育其内涵实际上已经发展为信息技术教育,内容主要包括计算机和网络的基本知识及应用。

对多数人来说,学习计算机的目的是为了利用这个现代化工具工作或处理面临的各种问题,使自己能够跟上时代前进的步伐,同时在学习的过程中努力培养自己的信息素养,使自己具有信息时代所要求的科学素质,站在信息技术发展和应用的前列,推动我国信息技术的发展。

学习计算机课程有两种不同的方法:一是从理论入手;二是从实际应用入手。不同的人有不同的学习内容和学习方法。大学生中的多数人将来是各行各业中的计算机应用人才。对他们来说,不仅需要"知道什么",更重要的是"会做什么"。因此,在学习过程中要以应用为目的,注重培养应用能力,大力加强实践环节,激励创新意识。

根据实际教学的需要,我们组织编写了这套"21 世纪高校计算机应用技术系列规划教材"。顾名思义,这套教材的特点是突出应用技术,面向实际应用。在选材上,根据实际应用的需要决定内容的取舍,坚决舍弃那些现在用不到、将来也用不到的内容。在叙述方法上,采取"提出问题-解决问题-归纳分析"的三部曲,这种从实际到理论、从具体到抽象、从个别到一般的方法,符合人们的认知规律,且在实践过程中已取得了很好的效果。

本套教材采取模块化的结构,根据需要确定一批书目,提供了一个课程菜单供各校选用,以后可根据信息技术的发展和教学的需要,不断地补充和调整。我们的指导思想是面向实际、面向应用、面向对象。只有这样,才能比较灵活地满足不同学校、不同专业的需要。在此,希望各校的老师把你们的要求反映给我们,我们将会尽最大努力满足大家的要求。

本套教材可以作为大学计算机应用技术课程的教材以及高职高专、成人高校和面向社会的培训班的教材,也可作为学习计算机的自学教材。

由于全国各地区、各高等院校的情况不同,因此需要有不同特点的教材以满足不同学校、不同专业教学的需要,尤其是高职高专教育发展迅速,不能照搬普通高校的教材和教学方法,必须要针对它们的特点组织教材和教学。因此,我们在原有基础上,对这套教材作了进一步的规划。

本套教材包括以下五个系列:

- 基础教育系列
- 高职高专系列
- 实训教程系列
- 案例汇编系列
- 试题汇编系列

其中，基础教育系列是面向应用型高校的教材，对象是普通高校的应用性专业的本科学生。高职高专系列是面向两年制或三年制的高职高专院校的学生，突出实用技术和应用技能，不涉及过多的理论和概念，强调实践环节，学以致用。后面三个系列是辅助性的教材和参考书，可供应用型本科和高职学生选用。

本套教材自 2003 年出版以来，已出版了 70 多种，受到了许多高校师生的欢迎，其中有多种教材被国家教育部评为**普通高等教育"十一五"国家级规划教材**。《计算机应用基础》一书出版三年内发行了 50 万册。这表示了读者和社会对本系列教材的充分肯定，对我们是有力的鞭策。

本套教材由浩强创作室与中国铁道出版社共同策划，选择有丰富教学经验的普通高校老师和高职高专院校的老师编写。中国铁道出版社以很高的热情和效率组织了这套教材的出版工作。在组织编写及出版的过程中，得到全国高等院校计算机基础教育研究会和各高等院校老师的热情鼓励和支持，对此谨表衷心的感谢。

本套教材如有不足之处，请各位专家、老师和广大读者不吝指正。希望通过本套教材的不断完善和出版，为我国计算机教育事业的发展和人才培养做出更大贡献。

全国高等院校计算机基础教育研究会会长
"21 世纪高校计算机应用技术系列规划教材"丛书主编

谭浩强

第三版前言

　　本教材是"21世纪高校计算机应用技术系列规划教材——基础教育系列"之一，主要面向的对象为大学本科应用型学生及高职高专办公自动化专业的学生，具有较强的针对性。本教材的第一版于2003年10月出版，第二版于2006年6月出版。在第二版以Office 2003为基础，较为详细地介绍了办公自动化所需的通用性操作技能，其中包含了一些实际办公中需要的，但同类教材中较少介绍的内容。

　　为适应广大读者的要求，本书在第二版的基础上进一步做了改版，精简了内容，删掉了第二版的第0章和第5章，更正了第二版中的疏漏，更新了部分实例及操作步骤。

　　此外，继续采用任务驱动的方式，在介绍必备知识的基础上，通过目标与任务分析、操作思路、操作步骤和归纳分析等4个操作过程，引导读者完成各种技能的训练，相信读者通过阅读本教材，并按照书中的任务进行实际练习后，会以较快的速度掌握办公自动化所需的操作技能。

　　感谢全国高等院校计算机基础教育研究会会长谭浩强教授多年来对作者的帮助和指导，中国铁道出版社的各位编辑对本教材提出了许多有益的建议。

　　由于编者水平有限，本教材中如有不妥之处，敬请读者批评指正。

编　者

2009年1月于首都医科大学

第二版前言

FOREWORD

本教材是"21 世纪高校计算机应用技术系列规划教材"之一，主要面向的对象为大学本科应用型学生及高职高专办公自动化专业的学生，具有较强的针对性。本教材的第一版于 2003 年 10 月出版，在第一版中以 Office 2000 为基础，较为详细地介绍了办公自动化所需的通用性操作技能，其中包含了一些实际办公中需要的，但同类教材中较少包含的内容；同时考虑到计算机网络技术对办公自动化的影响，较为详细地介绍了计算机局域网和 Internet 的相关知识和基本操作。当时由于受篇幅所限，并没有介绍有关操作系统的相关操作。

本教材的第二版和第一版相比主要做了以下三点改进，首先增加了"中文版 Windows XP 基本操作"一章，围绕文件管理和程序管理等方面的内容，系统介绍了 Windows XP 的基本功能和操作方法，为办公自动化的学习打下了良好的基础，同时使本教材的内容更加完整；其次将第一版的 Office 2000 升级为 Office 2003，Office 2003 是微软公司于 2003 年 11 月正式发布的最新办公自动化软件包，它也是目前最为流行的办公自动化应用软件，因此这将使本教材与实际应用结合得更加紧密；最后考虑到当前计算机网络技术对办公自动化技术的影响正在逐步深入，第二版用较大的篇幅介绍了目前网络办公所需的一些常用软件，如压缩工具软件 WinRAR 和 NetAnts（网络蚂蚁）。

本教材第二版延续了第一版的风格，继续采用任务驱动的方式，在介绍必备知识的基础上，通过目标与任务分析、操作思路、操作步骤和归纳分析等 4 个操作过程，引导读者完成各种技能的训练，相信读者通过阅读本教材，并按照书中的任务进行实际练习后，会以较快的速度掌握办公自动化所需的操作技能。

再次感谢全国高等院校计算机基础教育研究会会长谭浩强教授多年来对作者的帮助和指导，中国铁道出版社的各位编辑对本教材的第二版提出了许多有益的建议，在此一并表示感谢。

由于编者水平有限，本教材中如有不妥之处，敬请读者批评指正。

编　　者
2006 年 3 月于首都医科大学

第一版前言

人类已进入 21 世纪，在这个高度信息化的社会，计算机的应用日益普及，伴随着计算机技术的普及应用，办公自动化技术发生了革命性的演变，彻底改变了我们的工作方式和生产方式。办公自动化是指人们利用先进的科学技术（主要是计算机技术），不断使人的办公业务活动物化于人以外的各种设备中，并由这些设备与办公室人员构成服务于某种目标的人－机信息处理系统。办公自动化技术提高了信息资源的应用水平和共享程度，提高了人们的工作效率和决策水平，它是信息现代化的重要内容。

本书是"21 世纪高校计算机应用技术系列规划教材"之一，主要面向的对象为大学本科应用型的学生及高职高专的办公自动化专业的学生，具有较强的针对性。本教材以 Office 2000 为基础，较为详细地介绍了办公自动化所需的通用性操作技能，其中包含了一些实际办公中需要的，但同类教材中较少包含的内容；另外，考虑到随着计算机网络技术的普及应用，现代办公自动化技术与计算机网络的结合越来越紧密，本教材用较大的篇幅介绍了与办公自动化密切相关的网络的基本知识和操作技术。这也是本教材与《计算机应用基础》教材的最主要区别。

本教材以技能培训为基础，在写作过程中，作者力求做到概念准确、语言清晰、易学易用、通俗简明。为此，本书舍弃了繁琐的理论说明，强调操作技能的训练，采用了任务驱动的方式，在介绍必备知识的基础上，通过目标与任务分析、操作思路、操作步骤和归纳分析等四个操作过程，引导读者完成各种技能的训练。使初学者以最快速度掌握办公自动化的各种操作。

全书共分为 5 章，分别介绍了办公自动化的基本概念以及办公自动化中常遇到的字处理、电子表格处理和演示文稿处理的各种操作，在本书的最后介绍了计算机网络的基础知识，主要包括计算机局域网、Internet 以及电子邮件的基本操作。为了使教材能适用于不同层次的读者，每一章的最后一节为提高部分（加*号部分），在每一章的后面附有练习题，供读者复习参考。

在本书的编写过程中，全国高等院校计算机基础教育研究会会长谭浩强教授始终给予作者指导和帮助，中国铁道出版社的秦绪好编辑也对本书提出了许多有益的建议，陈贤淑、陈晓娟、廖康良等参与了本书的编排工作。在此表示衷心的感谢。

由于编者水平有限，书中难免有不妥之处，敬请广大读者批评指正。我们也会在适当时期进行修订和补充，并发布在天勤网站：http://edu.tqbooks.net "图书修订"栏目中。

编　者
2003 年 7 月

目录

CONTENTS

第 1 章 | 中文版 Windows XP 基本操作

计算机系统由硬件（hardware）和软件（software）两大部分组成的。计算机如果没有软件的支持，将无法完成任何信息处理任务。在所有软件中最核心的就是操作系统（operating system，OS）。OS 的目的主要有两个：一是为用户提供和计算机的接口；二是统一管理计算机的全部资源。Windows XP 是 Microsoft 公司于 2001 年推出的产品，是目前流行的一个操作系统，它为用户提供了安全、可靠和易用的功能，是办公自动化的最佳平台。

本章将围绕文件管理和程序管理等方面的内容，系统地介绍 Windows XP 的基本功能和操作方法，为读者在以后办公自动化的学习中打下良好的基础。

1.1 中文版 Windows XP 概述

任务 1 Windows XP 的启动和退出

（1）目标与任务分析

在本章导读中，已经指出：Windows XP 是目前流行的操作系统，它为用户提供了安全、可靠和易用的功能，是办公自动化的最佳平台。因此，从办公自动化的角度来看，Windows XP 的启动过程也就是办公自动化平台的建立过程，而 Windows XP 的退出过程就是完成办公自动化相关操作后该平台的撤销过程。

（2）操作思路

如前所述，操作系统的作用之一就是为用户提供和计算机的接口，安装了 Windows XP 后，只要开启计算机就能自动启动 Windows XP，此时用户所看到的整个屏幕称为桌面（见图 1-1）。桌面实际上就是 Windows XP 提供给用户与计算机之间的接口，通过桌面用户可以有效地管理自己的计算机，并根据需要添加各种快捷方式图标以实现各种信息处理操作。所以 Windows XP 的启动和退出过程本质上就是开机和关机的过程。

注意：当安装 Windows XP 后，第一次登录系统时，桌面并不是如图 1-1 所示的样子，而是一个非常简洁的桌面，桌面的右下角只有一个回收站图标，如图 1-2 所示。

图 1-1 Windows XP 的桌面

图 1-2 第一次登录系统时的桌面

（3）操作步骤

如果用户想恢复 Windows 的默认桌面，可进行如下操作：

步骤 1

右击桌面空白处，在弹出的快捷菜单中选择【属性】命令，弹出"显示属性"对话框，选择"桌面"选项卡，如图 1-3 所示。

图 1-3　"显示属性"对话框

步骤 2

单击【自定义桌面】按钮，弹出"桌面项目"对话框，在"桌面图标"选项组中，依次选中"我的文档"、"我的电脑"、"网上邻居"和"Internet Explorer"复选框，单击【确定】按钮，返回"显示属性"对话框。

步骤 3

在"显示属性"对话框中，单击【确定】按钮，关闭该对话框，此时，桌面恢复成如图 1-1 所示的 Windows 默认桌面。

当用户不再使用计算机时，可按以下步骤关闭计算机。

步骤 1

如图 1-4（a）所示，单击桌面左下角的【开始】按钮，在开始菜单中，选择"关闭计算机"命令，弹出"关闭计算机"对话框。

步骤 2

在"关闭计算机"对话框中，单击【关闭】按钮，如图 1-4（b）所示。

（a） （b）

图 1-4 关闭计算机

（4）归纳分析

介绍本任务的主要目的在于使读者初步了解操作系统的性质，操作系统的出现、使用和发展是近 40 年来计算机软件的一个重大进展。操作系统的目的主要有两个：一是为用户提供和计算机的接口；二是统一管理计算机的全部资源。Windows XP 的启动和退出实际上就是用户和计算机之间接口的建立和断开过程。

在退出 Windows XP 的操作中，切不可用直接按住机箱面板上电源开关的方法来关闭计算机。这是由于 Windows XP 在运行时要用大量的磁盘空间临时保存信息，这些临时信息在 Windows XP 正常退出时将被删除，在非正常退出的情况下，临时信息来不及删除，会造成磁盘空间的浪费。

任务 2 了解 Windows XP 的桌面

（1）目标与任务分析

如图 1-1 所示，所谓桌面就是 Windows XP 启动后所看到的整个屏幕。它主要由图标、【开始】按钮和任务栏等元素构成。本任务将针对构成桌面的各元素进行相关设置，主要包括排列图标和自定义工具栏等操作。

（2）操作思路

Windows XP 的操作方式可以分成两类：使用键盘操作和使用鼠标操作。本任务将采用鼠标操作的方式来完成，主要涉及单击、右击和拖动等典型的鼠标操作方式。

（3）操作步骤

首先，讨论与图标有关的操作。

所谓图标，就是指排列在桌面上的图形符号，它包括图形和说明文字两部分。在 Windows XP 中，图标应用很广泛，它可以代表一个应用程序、一个文档也可以代表一个设备。

可以使用鼠标对图标进行如下操作：

单击某一图标，则该图标以及下面的文字说明将改变颜色，表示此图标被选中；如果将鼠标指针停留在某图标上片刻，桌面上会出现对该图标内容或文件存放路径的说明；左键拖动图标会改变图标在桌面上的位置；双击图标会打开该图标所代表程序、文档或设备的操作界面。

桌面上的图标过多时，如果不进行排列，会显得桌面非常凌乱且影响用户的视觉效果。

若要排列桌面上的图标，可操作如下：

步骤 1

右击桌面任意空白处，在弹出的快捷菜单中选择【排列图标】命令，如图 1-5 所示。

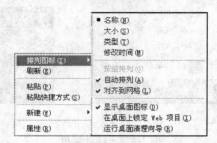

图 1-5   【排列图标】命令及其子菜单

步骤 2

在【排列图标】命令的子菜单中，有【名称】、【大小】、【类型】和【修改时间】等四种图标的排列方式，用户可根据需要选择其中的一项。如果选择了【自动排列】命令，则当拖动桌面上的图标时，不能将图标拖动到任意位置，图标总是整齐排列的。

下面介绍与任务栏有关的操作。

任务栏一般位于桌面的底部，如图 1-6 所示，它由【开始】菜单按钮、快速启动工具栏、任务按钮和通知区域等几部分组成。各部分的作用如下：

- 【开始】菜单按钮：单击该按钮，可弹出开始菜单（见图 1-4（a）），开始菜单是 Windows XP 的一个重要组成部分，是运行应用程序的入口，它包含了 Windows XP 的全部功能。
- 快速启动工具栏：是一个可自定义的工具栏，单击上面的按钮，用户可以快速启动某些程序。
- 任务按钮：每当启动一个应用程序或打开一个窗口后，任务栏上就会出现一个代表该程序或窗口的任务按钮，表明该程序正在运行。当运行多个应用程序时，可以通过单击任务按钮，快速切换应用程序。
- 通知区域：通知区域中含有一个时钟，可显示系统的日期和时间，还包含快速访问程序的快捷方式。

【开始】菜单按钮 ——————— 通知区域

快速启动工具栏 ——————— 任务按钮

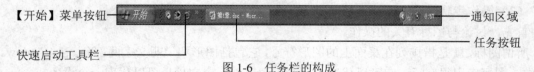

图 1-6   任务栏的构成

任务栏默认位于桌面的底部，用户可以根据自己的需要把任务栏移到桌面的左右两侧或顶端，也可以改变任务栏的宽度，还可以将其设置为自动隐藏。自定义任务栏的操作如下：

步骤 1

右击任务栏，在弹出的快捷菜单中选择【属性】命令，打开"任务栏和「开始」菜单属性"对话框，如图 1-7 所示。

步骤 2

在"任务栏和「开始」菜单属性"对话框中，选择"任务栏"选项卡，可以通过对复选框的选择来设置任务栏的外观。

- 锁定任务栏：选择该复选框后，任务栏将被锁定在当前位置，不能移动和改变大小。
- 自动隐藏任务栏：选择该复选框后，任务栏将自动隐藏，当需要使用任务栏时，将鼠标放在任务栏的位置，它会自动出现。
- 将任务栏保持在其他窗口的前端：选择该复选框后，可确保即使窗口最大化，任务栏也是可见的。
- 分组相似任务栏按钮：将同一程序打开的文档归类为同一个任务按钮，以避免当打开多个窗口时，任务按钮变得很小而不易辨认。
- 显示快速启动：选择该复选框后，将在任务栏中显示快速启动工具栏。
- 显示时钟：设置通知区域中的系统时钟是否显示。
- 隐藏不活动的图标：为了保持通知区域的简洁，将最近没有使用过的图标隐藏起来。

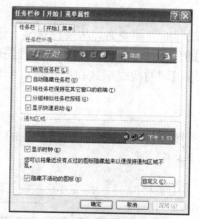

图 1-7　"任务栏和「开始」菜单属性"对话框

步骤 3

任务栏处于非锁定的状态下时，可以拖动任务栏将其移动到桌面的左右两侧或顶端；将鼠标指针指向任务栏的边框处，当鼠标指针变为双向箭头时，拖动鼠标左键可改变任务栏的宽度。

（4）归纳分析

所谓桌面就是 Windows XP 启动后所看到的整个屏幕。本任务中针对构成桌面的各元素进行了相关设置，主要包括排列图标和自定义工具栏等操作。操作本身比较简单，重要的是要掌握 Windows XP 中使用鼠标操作的基本方法。在完成以上操作的过程中，主要涉及单击、右击和拖动等鼠标的典型操作方式。

下面列出最基本的鼠标操作方式作为本任务的总结：

- 指向：移动鼠标指针到某一对象上，一般用于激活对象或显示工具提示信息。
- 单击：迅速按下并立即释放鼠标左键，该操作用于选择对象。
- 双击：快速将鼠标左键连续击两次，用于启动程序或打开窗口。

- 拖动：将鼠标指针指向某对象，按下鼠标左键，移动鼠标到另一地方释放鼠标左键，常用于窗口中的滚动条操作或移动、复制对象的操作。
- 右击：将鼠标指针指向某对象，迅速按下并立即释放鼠标右键，该操作主要用于打开所指对象的快捷菜单。
- 右拖动：将鼠标指针指向某对象，按下鼠标右键，移动鼠标到另一地方释放鼠标右键，该操作常用于移动、复制对象或创建快捷方式。

注意：在本书的叙述中，如无特殊说明，"单击"、"双击"和"拖动"指的都是使用鼠标左键的操作，使用右键时，会用"右击"和"右拖动"加以说明。

任务 3　Windows XP 其他常见界面要素简介

Windows XP 操作系统采用了图形用户界面，它的图形用户界面是由一些基本界面要素组成的，除了前面任务 2 中已介绍的桌面、图标和任务栏外，本任务将介绍其他常见的界面要素，即窗口、对话框和菜单。

（1）窗口

窗口是 Windows XP 中最重要的界面要素，从某种意义上讲，它是用户和计算机的接口，每个窗口代表了一个正在执行的任务（如一个正在运行的程序或打开的文档）。Windows XP 中有多种窗口，它们都具有基本相同的构成形式和操作特点，下面以"我的电脑"窗口为例，介绍与窗口相关的操作。

步骤 1

双击桌面上的"我的电脑"图标，或依次单击任务栏上的【开始】→【我的电脑】命令，打开"我的电脑"窗口，如图 1-8 所示。

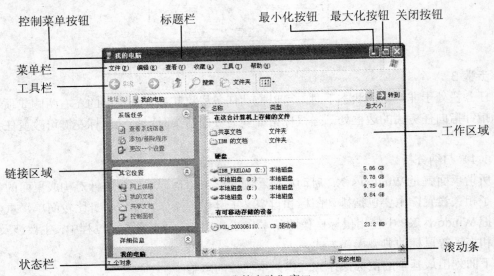

图 1-8　"我的电脑"窗口

步骤 2

若要改变窗口的位置，可将鼠标指针指向窗口的标题栏，拖动鼠标到目标位置后，释放鼠标，窗口即被移动到目标位置。

步骤 3

窗口的大小可以根据用户需要而改变，将鼠标指针指向窗口的边框或窗口角上，当鼠标指针变为双箭头时，拖动鼠标直到窗口变成所需大小时释放鼠标。

步骤 4

在对窗口进行操作的过程中，根据自己的需要，可以将窗口最小化或最大化。窗口的最大化是指使窗口充满整个桌面，这时不能再移动或者改变窗口大小；最小化是指将窗口缩小为任务栏上的任务按钮。

实现窗口最大化或最小化的操作非常简单，只需单击标题栏右侧的最大化或最小化按钮即可，如图 1-8 所示。单击最大化按钮后，该按钮会自动变为还原按钮，再单击此按钮可将窗口恢复到原来的初始状态。

此外，在窗口标题栏上双击也可以进行最大化与还原两种状态的切换。

注意：单击窗口左上角的控制菜单按钮，弹出如图 1-9 所示的控制菜单，选择菜单中的相应命令，也可实现改变窗口的位置、改变窗口的大小以及窗口最大化和最小化等操作。

图 1-9 控制菜单

步骤 5

用户完成对窗口的操作后，可采取以下方法之一来关闭窗口：

- 单击标题栏右侧的关闭按钮。
- 单击控制菜单按钮，如图 1-9 所示，在弹出的控制菜单中选择【关闭】命令。
- 双击控制菜单按钮。
- 使用【Alt+F4】组合键。【Alt+F4】是一个效率很高的组合键，用它可以关闭打开状态下的任何应用软件的窗口，当没有窗口打开时，该键会打开"关闭计算机"对话框，可实现用键盘或鼠标关机操作。

（2）菜单

菜单也是 Windows XP 中的重要界面要素，菜单中的选项可以是命令，也可以是环境设置选项，用户使用鼠标或键盘就可以从菜单中选择所需的命令或选项。

Windows XP 主要有 4 个菜单系统：窗口菜单系统、开始菜单系统、快捷菜单系统和控制菜单系统。它们的打开方式虽然不同，但都遵守相同的菜单约定，在此以窗口菜单系统为例，介绍 Windows XP 的菜单约定。

- 菜单的分组线：按照菜单的功能将其分组，分组之间用分组线分隔。
- 灰色字符的命令：用灰色字符显示的命令表示目前不具备操作条件或系统不允许的操作。
- 名字后带有组合键的命令：表示可以直接按该组合键执行此菜单操作，而不必打开菜单。
- 带"…"标记的命令：选定该命令后，将打开一个相应的对话框。

以上菜单约定如图 1-10 所示。

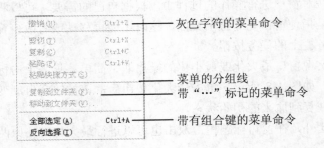

图 1-10　"编辑"菜单

- 名称前带"√"标记的命令：该符号是一个选择标记，表示该命令生效。
- 名称前带"●"标记的命令：表示该项已被选用。
- 带"▶"标记的命令：表示该命令项含有下一级子菜单。

以上菜单约定如图 1-11 所示。

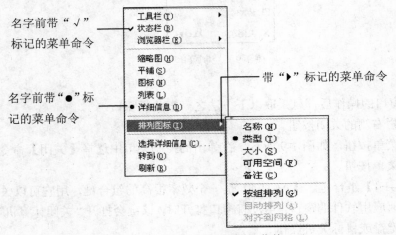

图 1-11　"视图"菜单

（3）对话框

对话框是 Windows XP 与用户进行交流的一种界面要素，它在 Windows XP 中占有重要的地位，在对话框中用户通过对选项的选择，可以对系统进行对象属性的修改或者设置。

对话框广泛应用于 Windows XP 中，它们的形状和大小各不相同，图 1-12～图 1-14 给出了一些对话框的例子，下面结合这些例子来介绍构成对话框的基本元素。

注意： 虽然对话框与前面介绍的窗口外形类似，但二者有本质的区别。如前所述，每个窗口代表了一个正在执行的任务（如一个正在运行的程序或打开的文档），当打开一个窗口时，在任务栏上会出现一个与之对应的任务按钮；而对话框只是用户和 Windows XP 交流的界面，打开一个对话框时，任务栏上不会出现任务按钮。另外，二者在外观上也存在差异，对话框中没有菜单栏、控制菜单按钮以及最大化和最小化按钮，它的大小是固定的，不能改变。

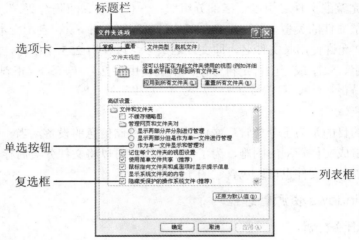

图 1-12　"文件夹选项"对话框

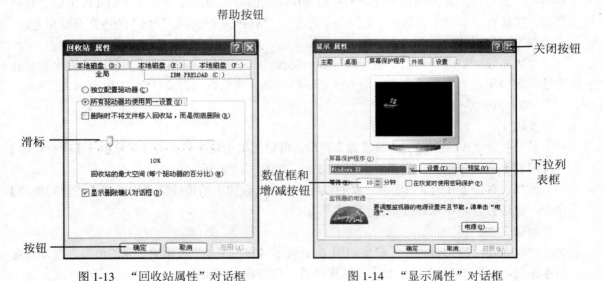

图 1-13　"回收站属性"对话框　　　　图 1-14　"显示属性"对话框

（4）归纳分析

窗口、对话框和菜单是 Windows XP 中非常重要的界面要素，它们各有其构成的形式和操作特点，而且目前各种在 Windows XP 上运行的软件都使用与 Windows XP 基本相同的界面要素。因此熟悉这些界面要素的构成和操作特点对掌握操作系统 Windows XP 及其应用程序是非常重要的。

1.2　Windows XP 的文件管理

任务 1　文件与文件夹简介

（1）文件

在计算机中，存储的信息都是以文件的形式存放的。文件有不同的类型，由文件名标识进行区别。一个完整的文件名由以下三部分组成：文件主名、间隔符"．"和文件扩展名，其中扩展名反映了文件的类型，如.exe 表示可执行的程序文件，.txt 表示文本文件。

Windows XP 允许使用长文件名，即文件名最多可以使用 255 个字符，这些字符可以是字母、空格、数字、汉字或一些特定符号，但不能使用尖括号（< >）、正斜杠（/）、反斜杠（\）、竖杠（|）、冒号（:）、双撇号（"）、星号（*）和问号（?）。

（2）文件夹

使用文件夹的目的是为了分类管理文件。磁盘是存储信息的设备，当一个磁盘存储了大量的文件时，会造成文件管理的困难，为了便于管理，可以将文件分类后存储在不同的文件夹中。文件夹可以包含文件也可以包含它的子文件夹。

任务 2　了解 Windows 资源管理器

（1）目标与任务分析

Windows XP 提供了两套管理计算机资源的系统，它们是"Windows 资源管理器"和"我的电脑"窗口，二者的外形不同，但它们采用相同的方法组织和管理文件和文件夹以及其他资源，都具有基本相同的功能，本任务主要介绍"Windows 资源管理器"的特征及使用方法。

（2）操作思路

"Windows 资源管理器"是管理计算机资源的一个程序，本任务中将讨论该程序的打开方法及窗口组成，特别是以分层的方式显示和管理计算机内所有文件和文件夹的特征。

（3）操作步骤

步骤 1

若要打开"Windows 资源管理器"窗口，可依次单击任务栏上的【开始】→【所有程序】→【附件】→【Windows 资源管理器】命令，如图 1-15 所示。

此外，右击【开始】按钮或"我的电脑"图标，在弹出的快捷菜单中选择【资源管理器】命令，也可打开"Windows 资源管理器"窗口。

步骤 2

"Windows 资源管理器"窗口如图 1-16 所示。它与图 1-8 所示的"我的电脑"窗口外观基本相同，在图 1-16 中只标出了资源管理器窗口中特有的元素。

资源管理器窗口的工作区分成了两部分，左窗格叫文件夹树窗格，右窗格叫文件夹内容窗格，左右窗格之间是窗口分隔条，各部分的作用如下：

- 文件夹树窗格：显示文件夹树的结构，即所有磁盘和文件夹的列表。
- 文件夹内容窗格：在左侧窗格中单击驱动器或文件夹，则该选定对象所含的文件及子文件夹将在文件夹内容窗格中显示，其中文件和文件夹是以不同的图标显示的，如

图 1-16 所示。

- 窗口分隔条：将工作区分成左右两个区域，鼠标指针指向分隔条，当指针变成双箭头时，拖动鼠标可改变左右区域的大小。

图 1-15　从任务栏打开"Windows 资源管理器"

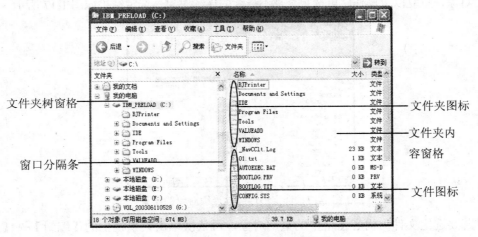

图 1-16　"Windows 资源管理器"窗口

步骤 3

由于文件夹树窗格空间有限，在树形结构中可以将有些文件夹的子文件夹折叠起来，需要时再展开子文件夹。

在文件夹树窗格中，如果文件夹图标左侧有一个小方框标记，则表示该文件夹含有子文件夹；如果没有小方框标记，则表示该文件夹不含子文件夹。

方框标记中如有"+"号表示此文件夹处于折叠状态，此时在文件夹树窗格中看不到其所含的子文件夹；方框标记中如有"–"号表示此文件夹处于展开状态，此时在文件夹树窗格中可看到其所含的子文件夹。单击小方框内的"+"号或"–"号，可实现折叠状态和展开状态之间的切换。

步骤 4

在文件管理的操作中，大多数操作都遵循"先选择目标，再进行操作"的步骤，即在进行一项操作之前，首先选择操作的对象（文件或文件夹），然后再对所选的对象进行操作。常见的选定操作如下：

- 若要选定单个对象，只需在文件夹内容窗格中单击所选的文件或文件夹图标即可，此时所选定的对象以蓝底反白显示。
- 若要选定多个连续的对象，可在文件夹内容窗格中单击选定第一个对象，然后移动鼠标指针至要选定的最后一个对象，按住【Shift】键并单击最后一个对象，此时这一组连续的文件或文件夹即被选中。
- 若要选定多个不连续的对象，可在文件夹内容窗格中单击选定第一个对象，然后按住【Ctrl】键不放，依次单击要选定的每一个对象，最后释放鼠标。
- 若要选定不连续的连续对象（即要选定的多个对象分布在几个局部连续的区域中），可首先选定第一个局部连续的对象组（单击选定第一个对象，然后移动鼠标指针至要选定的最后一个对象，按住【Shift】键并单击最后一个对象），然后按住【Ctrl】键单击第二个局部连续区域中的第一个对象，再按住【Ctrl+Shift】组合键单击该区域中的最后一个对象，重复以上操作，可选定全部不连续的连续对象。选定结果如图 1-17 所示。

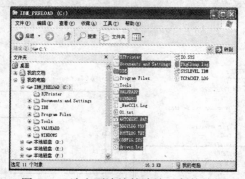

图 1-17　选定不连续的连续对象的结果

- 若要选定文件夹内容窗格中的全部对象，可依次单击菜单栏上的【编辑】→【全选】命令，或按【Ctrl+A】组合键。
- 若要取消已选定的对象，只需在文件夹内容窗格中任意空白处单击即可。

步骤 5

文件夹内容窗格中对象的显示方式可以根据用户的需要进行调整，单击窗口工具栏上的【查看】按钮，会弹出一个下拉菜单，如图 1-18 所示，菜单中列出了 5 种显示方式，用户可根据需要单击选择所需的显示方式。

以上过程也可以通过单击菜单栏上的"查看"菜单，在弹出的窗口菜单中选择所需显示的方式来实现。

（4）归纳分析

"Windows 资源管理器"是管理计算机资源的程序，它最主要的特征就是以分层的方式显示计算机的所有资源，用户可以不必打开多个窗口，只在一个窗口中就可以浏览所有的磁盘和文件夹。使用资源管理器可以方便地实现浏览、查看、移动和复制文件或文件夹等操作。

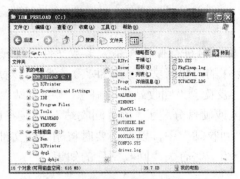

图 1-18　【查看】按钮的下拉菜单

任务 3　创建新文件夹

（1）目标与任务分析

用户可以将数目众多的文件按照逻辑上分类，将不同类型的文件放在不同的文件夹中，以便于文件管理，这也正是创建文件夹的目的。

（2）操作思路

创建新文件夹时，首先要找到新文件夹的上一级文件夹（也称为父文件夹）并打开它，然后进行操作。操作时可使用窗口菜单或快捷菜单。

（3）操作步骤

步骤 1

要打开新建文件夹的上一级文件夹，可在资源管理器的文件夹树窗格中单击该文件夹图标，也可以在文件夹内容窗格中双击该文件夹图标。

步骤 2

依次单击菜单栏上的【文件】→【新建】→【文件夹】命令，或右击文件夹内容窗格中任意空白处，在弹出的快捷菜单中依次选择【新建】→【文件夹】命令。

步骤 3

在文件夹内容窗格中出现默认名为"新建文件夹"的新文件夹，其中"新建文件夹"这几个字符被罩在一个文本框中并处于改写状态，此时用户可输入所需的文件夹名称并按【Enter】键确认。

（4）归纳分析

创建新文件夹的目的是为了将不同类型的文件放在不同的文件夹中，以便于文件管理。本操作的关键之处是要首先找到新文件夹的上一级文件夹（也称为父文件夹）并打开它，然后进行操作。如果将创建文件夹的操作比喻为建造房子，那么建房之前一定要选对需要建房的地方，否则一切劳动都是徒劳的。

任务 4　文件或文件夹的重命名与删除

（1）目标与任务分析

当有的文件或文件夹不再需要时，用户可以将其删除掉；同样当有的文件或文件夹的名字不符合用户的要求时，也可以将它们重新命名一个新的名称。本任务主要讨论以上两种对文件或文件夹的操作。

（2）操作思路

如前所述，"先选择目标，再进行操作"是大多数文件管理操作都要遵循的步骤，完成本任务时，也要首先选择操作的对象（文件或文件夹），然后再对所选的对象进行操作。

删除文件或文件夹时，涉及了"回收站"的概念，"回收站"是计算机硬盘中的一块区域，Windows XP 为每个分区或硬盘分配了一个"回收站"。从硬盘删除的任何文件或文件夹，Windows XP 都将其放在"回收站"中，以便必要时将删除的文件或文件夹还原。因此在完成本任务的操作中，还将介绍一些有关"回收站"的知识。

（3）操作步骤

步骤 1

若要重命名文件或文件夹，首先打开"Windows 资源管理器"窗口，在文件夹内容窗格中完成以下任意一个操作：

- 选定要重命名的文件或文件夹后，依次单击菜单栏上的【文件】→【重命名】命令。
- 选定要重命名的文件或文件夹后，按【F2】键。
- 右击要重命名的文件或文件夹图标，在弹出的快捷菜单中选择"重命名"命令。
- 在要重命名的文件或文件夹名称处慢慢双击鼠标（两次单击时间间隔稍长一些，以避免使其变为双击）。

步骤 2

采取步骤 1 中任意操作后，该文件或文件夹的旧名称将被罩在一个文本框中并处于改写状态，此时用户可输入新的名称，并按【Enter】键确认，完成重命名操作。

步骤 3

若要删除不再需要的文件或文件夹时，首先在"Windows 资源管理器"窗口的文件夹内容窗格中选定将要删除的文件或文件夹（如果要删除多个文件或文件夹，可同时将它们选定）。

步骤 4

依次单击菜单栏上的【文件】→【删除】命令，也可右击已选定的文件或文件夹，在弹出的快捷菜单中选择【删除】命令。

步骤 5

如果删除的文件或文件夹来自于计算机的硬盘，则弹出如图 1-19 所示的"确认文件删除"对话框。若要删除该文件或文件夹可单击【是】按钮。

如果删除的文件或文件夹不是来自于计算机的硬盘（如软盘或可移动磁盘），则弹出如图 1-20 所示的"确认文件删除"对话框。若要删除该文件或文件夹可单击【是】按钮。

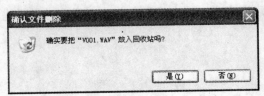

图 1-19 "确认文件删除"对话框 1

图 1-20 "确认文件删除"对话框 2

比较图 1-19 和图 1-20 可以发现，两个对话框所提示的信息是不同的，当从计算机硬盘删除文件或文件夹时，Windows XP 都将其放在"回收站"中，"回收站"是计算机硬盘中的一块区域，Windows XP 为计算机的每个分区或硬盘分配了一个"回收站"，这样做的目的是为了必要时可将删除的文件或文件夹还原。如果删除的文件或文件夹不是来自于计算机的硬盘（如软盘或可移动磁盘），则被删除的文件或文件夹不放入"回收站"，它们是不可还原的。

步骤 6

如果要还原已删除的文件或文件夹，可在"Windows 资源管理器"窗口的文件夹树窗格中单击"回收站"图标，在文件夹内容窗格中选定想要还原的对象，依次单击菜单栏上的【文件】→【还原】命令，则已删除的文件或文件夹就会被还原到它的原始位置。

双击桌面上的"回收站"图标，打开"回收站"窗口，也可进行同样的操作。

（4）归纳分析

本任务中，介绍了文件或文件夹的重命名和删除操作，通过以上介绍，需要注意以下几点：

- 操作的"多样性"是 Windows XP 的显著特征。这里"多样性"是指完成同一个任务时往往可以采用多种不同的操作方法，如文件或文件夹的重命名操作。介绍了 4 种操作方法，这些方法各有不同，希望读者认真体会并熟练掌握。
- 如前所述，一个完整的文件名由三部分组成：文件主名、间隔符" "和文件扩展名，其中扩展名反映了文件的类型。因此，在为文件重命名时需要注意，不要将原有的文件扩展名改变，否则可能会导致文件不能被正常打开。
- 删除文件或文件夹的操作是一种具有"攻击性"的操作，为了防止误操作，Windows XP 为计算机的每个分区或硬盘分配了一个"回收站"，当从计算机的硬盘删除对象时，该对象并没有被真正的删除而只是放在"回收站"中，必要时用户可以还原已删除的对象。
- 要永久删除一个文件或文件夹，可以按住【Shift】键并将其拖动到"回收站"中。则该对象将被永久删除而不能通过"回收站"还原。
- 如果删除的文件或文件夹不是来自于计算机的硬盘（如软盘或可移动磁盘），则被删除的文件或文件夹不放入"回收站"，它们是不可还原的。

任务 5 文件或文件夹的移动与复制

（1）目标与任务分析

移动与复制文件或文件夹是文件管理中经常使用的操作，在该操作中涉及两个概念即源位置和目标位置，源位置是指文件或文件夹原来所在的位置，目标位置是指文件或文件夹将要移动或复制到的位置。明确了以上两个概念后，就可容易的区分出移动操作和复制操作的区别：移动操作就是将文件或文件夹从源位置移动到目标位置，执行该操作后，文件或文件夹将从源位置消失，出现在目标位置；复制操作就是将文件或文件夹的副本复制到目标位置，执行该操作后，源位置和目标位置都会有同样的文件或文件夹。

（2）操作思路

实现移动与复制操作最基本的方法是使用剪贴板，剪贴板是 Windows XP 提供的信息交换工具，它是系统在计算机内存中开辟的一块临时存储空间，用户借助剪贴板可以实现信息的传递与交换。Windows XP 中针对剪贴板的操作主要有 3 个：即"剪切"、"复制"和"粘贴"。"剪切"和"复制"都可以把选定对象送到剪贴板，两者的区别在于："剪切"把选定对象送入剪贴板但不保留原来位置上的该对象；"复制"则在把选定对象送入剪贴板的同时保留原来位置上的该对象。"粘贴"操作是把剪贴板中保存的内容粘贴到指定位置上。显然，先"剪切"后"粘贴"可实现对象的移动；先"复制"后"粘贴"可实现对象的复制。

除了使用剪贴板外，还可以用拖动鼠标的方法实现文件或文件夹的移动与复制，这种方法又分为左键拖动和右键拖动两种情况。

本任务中将逐一介绍以上操作方法。

（3）操作步骤

步骤 1

打开"Windows 资源管理器"窗口，选定要移动的对象（文件或文件夹），依次单击菜单栏上的【编辑】→【剪切】命令，或右击要移动的对象，在弹出的快捷菜单中选择【剪切】命令。

若要复制对象，则依次单击菜单栏上的【编辑】→【复制】命令，或右击要复制的对象，在弹出的快捷菜单中选择【复制】命令。

步骤 2

打开目标文件夹，依次单击菜单栏上的【编辑】→【粘贴】命令，也可在打开目标文件夹后，右击文件夹内容窗格的任意空白处，在弹出的快捷菜单中选择【粘贴】命令。

利用剪贴板，通过步骤 1 和步骤 2 实现了移动或复制对象的操作。除此之外，还可以用拖动鼠标的方法实现文件或文件夹的移动与复制。

步骤 3

"Windows 资源管理器"窗口的文件夹内容窗格中，选定要移动或复制的对象，按住鼠标右键拖动选定的文件或文件夹到目标文件夹，释放鼠标，此时会弹出如图 1-21 所示的快捷菜单，用户可根据需要从菜单中选择相应的命令，以完成移动或复制对象的操作。

图 1-21　移动或复制对象

步骤 4

用拖动的方法也可以实现移动或复制对象，此时按住【Ctrl】键拖动实现的是对象的复制，按住【Shift】拖动实现的是对象的移动。

（4）归纳分析

剪贴板是 Windows XP 提供的信息交换工具，它是系统在计算机内存中开辟的一块临时存储空间，因此它具有和计算机内存相同的性质。当一个对象"复制"到剪贴板后，只要不断电，该对象就会长期存储在剪贴板中，所以用户可以多次进行"粘贴"操作，直到有新的对象进入剪贴板为止，即它总是保存最新的信息。剪贴板的功能非常强大，借助剪贴板用户可实现不同外部存储器之间、Windows XP 与其他应用程序之间以及不同应用程序之间的不同对象的传递和交换。

本任务中，介绍了 3 种移动与复制文件或文件夹的操作方法，总结如下：

- 使用剪贴板实现移动或复制对象的操作方法最为重要，它具有广泛的适用性。
- 使用鼠标拖动的方法虽然简便快捷，但此操作方法具有一定的局限性，它仅适用于源位置和目标位置同时可见的情况。
- 在使用鼠标拖动的方法移动或复制对象时，最好使用右键拖动的方法。因为此方法的界面较为友好，在释放鼠标后会弹出一个供用户选择的菜单，这样当出现误操作（如鼠标还未到达目标位置时不小心释放了鼠标）时，只需在菜单中选择"取消"命令后，重新操作即可。

任务 6　查看、设置文件或文件夹的属性

（1）目标与任务分析

文件或文件夹的属性是指文件或文件夹所具有的特性，它是操作系统对文件或文件夹的类型作的一种标记，以便进行分类管理。在 Windows XP 中，文件或文件夹包含 3 种属性：只读、隐藏和存档。

若将文件或文件夹设置为"只读"属性，则该文件或文件夹不允许更改或删除；若将文件或文件夹设置为"隐藏"属性，则该文件或文件夹在默认情况下将被隐藏起来，无法查看和使用；若将文件或文件夹设置为"存档"属性，表示该文件或文件夹已存档，一些程序用此选项来控制要备份哪些文件。

本任务主要介绍查看、设置文件或文件夹属性的相关操作。

（2）操作思路

本任务的操作非常简单，选定文件或文件夹后，利用窗口菜单或快捷菜单即可完成操作。在介绍相关操作时，还将重点讨论一个实际应用中经常遇到的问题：如何将一个具有隐藏属性的文件或文件夹在"Windows 资源管理器"窗口显示出来？

（3）操作步骤

步骤 1

打开"Windows 资源管理器"窗口，选定要设置属性的文件或文件夹。

步骤 2

依次单击菜单栏上的【文件】→【属性】命令，弹出如图 1-22 所示的对话框。

右击选定的文件或文件夹，在弹出的快捷菜单中选择【属性】命令，也可打开如图 1-22 所示的对话框。

步骤 3

在图 1-22 所示的对话框中，打开"常规"选项卡，在"属性"选项组中，选择所需的属性复选框，单击【确定】按钮，关闭对话框，完成对所选文件或文件夹的属性设置。

步骤 4

在默认情况下，将一个文件或文件夹设置为隐藏属性后，该文件或文件夹的图标将隐藏起来，不能显示（设置为隐藏属性后，该文件或文件夹的图标颜色会变暗，依次单击菜单栏上的【查看】→【刷新】命令后，图标不再出现）。此时如果用户需要使用、查看该文件或文件夹，就必须将其显示出来。

若将一个具有隐藏属性的文件或文件夹在"Windows 资源管理器"窗口显示出来，可依次单击菜单栏上的【工具】→【文件夹选项】命令，弹出如图 1-23 所示的"文件夹选项"对话框。

图 1-22　文件"属性"对话框　　　　图 1-23　　"文件夹选项"对话框

步骤 5

在"文件夹选项"对话框中，选择"查看"选项卡，如图 1-23 所示，在"隐藏文件和文件夹"选项组中，选择"显示所有文件和文件夹"单选按钮。此时设置为隐藏属性的文件或文件夹的图标会出现在"Windows 资源管理器"窗口中（其图标颜色是发暗的）。

（4）归纳分析

文件或文件夹的属性是指文件或文件夹所具有的特性，它是操作系统对文件或文件夹的类型作的一种标记，查看、设置文件或文件夹属性的相关操作本身非常简单。本任务中介绍的"文件夹选项"对话框，是一个十分重要的对话框，用户可以使用该对话框设置文件或文件夹的显示特性，并可设置关联文件的打开方式。由于篇幅所限，在此不再详述，读者可打开该对话框，亲自去试一试。

1.3　Windows XP 的程序管理

任务 1　Windows XP 环境下如何运行应用程序

（1）目标与任务分析

如前所述，Windows XP 是操作系统，对应用程序而言，它是一个平台，用户运行每一个应用程序都要从这个平台出发。所谓运行应用程序，从本质上讲就是将程序调入计算机内存的过程；从现象上看就是打开程序窗口的过程，每一个运行的程序都对应着一个打开的程序窗口。本任务主要讨论在 Windows XP 环境下启动应用程序的方法，并对各种启动方法的特点进行总结。

（2）操作思路

在 Windows XP 环境下应用程序大都是扩展名为.exe 的文件，所以启动应用程序最直接的方法就是在"Windows 资源管理器"窗口中找到应用程序文件，然后双击它。除此之外，还可以采用以下方法启动应用程序：

- 通过桌面或【开始】菜单中的快捷方式启动应用程序。
- 通过【开始】菜单中的"运行"对话框启动应用程序。
- 用"启动"组在开机后自动启动应用程序。
- 通过任务栏上的"快速启动工具栏"启动应用程序。

本任务中，以 Windows XP 所带的附属程序"计算器"为例，采用不同操作方法依次启动该程序。

（3）操作步骤

步骤 1

打开"Windows 资源管理器"窗口浏览驱动器和文件夹，找到"计算器"的程序文件（calc.exe），一般情况下该程序文件位于 C:\WINDOWS\system32 文件夹中，双击程序文件calc.exe 即可启动"计算器"程序。

步骤 2

通过【开始】菜单中的"运行"对话框也可以启动"计算器"程序，依次单击任务栏上的【开始】→【运行】命令，弹出如图 1-24 所示的"运行"对话框。在"打开"下拉列表框中输入含有路径的程序文件名；或者单击【浏览】按钮，弹出"浏览"对话框，在该对话框中查找程序文件。

单击"运行"对话框的【确定】按钮即可启动"计算器"程序。

图 1-24　"运行"对话框

步骤 3

步骤 1 和步骤 2 启动程序的方法比较复杂，在实际工作中很少采用。启动应用程序的最简单方法就是双击该程序的快捷方式，快捷方式是一种特殊类型的文件，它与用户界面中的某个对象相链接。快捷方式可以置于桌面上、文件夹中，也可以置于【开始】菜单中。

通过桌面或【开始】菜单中的快捷方式启动"计算器"程序的方法如下：

双击桌面上该程序的快捷方式图标（快捷方式图标的左下角带有一个弧形箭头标记），

或依次单击任务栏上的【开始】→【所有程序】→【附件】→【计算器】命令，即可启动应用程序"计算器"。

用"启动"组在开机后自动启动应用程序以及通过任务栏上的"快速启动"工具栏启动应用程序的操作，将在本节任务 2 中加以讨论。

（4）归纳分析

本任务主要讨论了在 Windows XP 环境下运行应用程序的方法。所谓运行应用程序，从本质上讲就是将程序调入计算机内存的过程；从现象上看就是打开程序窗口的过程，每一个运行的程序都对应着一个打开的程序窗口。

启动应用程序的方法很多，从应用的角度看操作方法当然越简单越好。因此，在"Windows 资源管理器"窗口中找到应用程序文件，然后双击该程序文件启动程序的操作并不是最好的方法，虽然它更能反映出运行程序的本质。启动应用程序的最简单方法就是双击程序的快捷方式，快捷方式可以置于桌面上、文件夹中，也可以置于【开始】菜单中。

任务 2　创建应用程序的快捷方式

（1）目标与任务分析

快捷方式为启动程序提供了快速简便的操作方法，通过双击快捷方式图标，可以达到快速启动应用程序的目的。原则上可以为任何一个对象（程序、文档、文件夹、控制面板、打印机或磁盘等）建立快捷方式，打开快捷方式就意味着打开了相应的对象。

本任务中，仅讨论如何建立应用程序的快捷方式，以达到快速启动程序的目的。

（2）操作思路

用户可以根据需要将应用程序的快捷方式放在 Windows XP 中的任意位置，本任务中将依次讨论将应用程序的快捷方式创建到桌面、文件夹、【开始】菜单以及任务栏上"快速启动"工具栏的操作。

（3）操作步骤

若要在桌面上或文件夹中创建应用程序的快捷方式，最简单的操作方法就是鼠标右键拖动程序文件。操作过程如下：

步骤 1

打开"Windows 资源管理器"窗口，浏览驱动器和文件夹，找到要创建快捷方式的应用程序（扩展名为.exe 的文件）。

步骤 2

鼠标右键拖动该程序文件到桌面或目标文件夹，释放鼠标后会弹出快捷菜单（见图 1-21），在快捷菜单中选择【在当前位置创建快捷方式】命令，即可在桌面上或文件夹中创建应用程序的快捷方式。

在本章 1.1 节任务 2 中，已经简要介绍了任务栏上的"快速启动"工具栏，它是一个可自定义的工具栏，单击上面的按钮，用户可以快速启动某些程序。若要在"快速启动"工具栏上创建应用程序的快捷方式，操作如下：

步骤 1

如果任务栏上未出现"快速启动"工具栏，右击任务栏，在弹出的快捷菜单中依次选择

【工具栏】→【快速启动】命令，如图 1-25 所示，此时在任务栏上会出现"快速启动"工具栏。

步骤 2

打开"Windows 资源管理器"窗口，浏览驱动器和文件夹，找到要创建快捷方式的应用程序（扩展名为.exe 的文件）。

步骤 3

拖动该程序文件到【开始】按钮旁边的"快速启动"工具栏，释放鼠标，则该应用程序的快捷方式图标即创建到"快速启动"工具栏中。

以上过程中，还可以用鼠标右键拖动程序文件到【开始】按钮旁边的"快速启动"工具栏，释放鼠标后会弹出一个下拉菜单，在下拉菜单中选择【在当前位置创建快捷方式】命令，也可在"快速启动"工具栏中创建应用程序的快捷方式。

图 1-25　"工具栏"快捷菜单

应用程序的快捷方式还可以创建在【开始】菜单中，Windows XP 为用户提供了两种类型的【开始】菜单：默认【开始】菜单（见图 1-26（a））和经典【开始】菜单（见图 1-26（b））。介绍创建快捷方式操作之前，首先对这两种类型的【开始】菜单进行简单的说明。

（a）

（b）

图 1-26　【开始】菜单

图 1-26（a）所示的默认【开始】菜单是 Windows XP 提供的一种全新的界面，它一改过去 Windows 沿用的风格，全新的设计外观更加漂亮、易于识别，为用户提供了更为便捷的操作空间。【开始】菜单的左侧是用户常用的应用程序快捷方式图标列表，通过这些快捷方式图标，用户可以快速启动应用程序。在右侧是系统控制工具菜单区域，比如"我的电脑"、"我的文档"、"网上邻居"等选项，通过这些菜单用户可以实现对计算机的操作与管理。

图 1-26（b）所示的经典【开始】菜单沿用了 Windows 的传统风格，用户如果不习惯新的【开始】菜单形式，可以还原为 Windows 沿用的经典【开始】菜单形式。

下面介绍在默认【开始】菜单中创建快捷方式的操作：

步骤 1

若要在 Windows XP 默认【开始】菜单中创建应用程序的快捷方式，首先打开"Windows 资源管理器"窗口，找到要创建快捷方式的程序文件。

步骤 2

右击该程序文件，在弹出的快捷菜单中选择【附到开始菜单】命令，则应用程序的快捷方式图标就会出现在【开始】菜单左侧快捷方式图标列表中。

若要在经典【开始】菜单中创建应用程序的快捷方式，操作如下：

步骤 1

首先要将【开始】菜单还原为 Windows 沿用的经典【开始】菜单形式。

右击任务栏，在弹出的快捷菜单中选择【属性】命令，弹出"任务栏和「开始」菜单属性"对话框，如图 1-27 所示。

步骤 2

在"任务栏和「开始」菜单属性"对话框中，选择"「开始」菜单"选项卡，选择"经典「开始」菜单"单选按钮，单击【应用】按钮，则【开始】菜单还原为经典形式。

步骤 3

在"任务栏和「开始」菜单属性"对话框中，单击【自定义】按钮，弹出"自定义经典「开始」菜单"对话框，如图 1-28 所示。

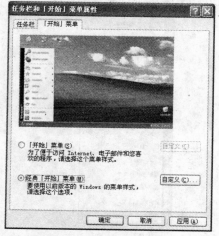

图 1-27 "任务栏和「开始」菜单属性"对话框

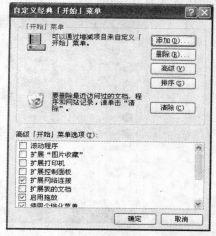

图 1-28 "自定义经典「开始」菜单"对话框

步骤 4

在"自定义经典「开始」菜单"对话框中，单击【添加】按钮，弹出"创建快捷方式"对话框，如图 1-29 所示，在"请输入项目的位置"文本框中输入含有路径的程序文件名；或者单击【浏览】按钮，弹出"浏览"对话框，在该对话框中查找程序文件。

图 1-29　"创建快捷方式"对话框

步骤 5

"创建快捷方式"对话框中，单击【下一步】按钮，弹出"选择程序文件夹"对话框，如图 1-30 所示，该对话框中列出了【开始】按钮的各级菜单，用户可根据需要选定要建立快捷方式图标的位置（如果选定【开始】菜单中的"启动"组，则每次启动 Windows XP 时，该程序会自动启动），单击【下一步】按钮。

步骤 6

如图 1-31 所示，在"选择程序标题"对话框中，输入所建快捷方式的名称，最后单击【完成】按钮，则该应用程序的快捷方式图标即创建到【开始】菜单中的指定位置。

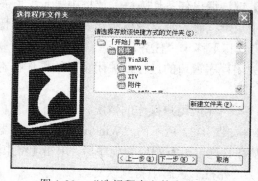

图 1-30　"选择程序文件夹"对话框

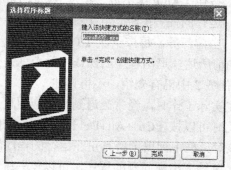

图 1-31　"选择程序标题"对话框

（4）归纳分析

创建快捷方式的目的是为了快速启动应用程序，原则上讲用户可以为任何一个对象建立快捷方式，并可以将快捷方式置于 Windows XP 中的任意位置。

本任务中分别讨论了将应用程序的快捷方式创建到桌面、文件夹、【开始】菜单以及任务栏上"快速启动"工具栏的操作。

在此读者一定要对应用程序的快捷方式有一个正确的认识，快捷方式本身并不是程序，它只是指向程序文件的一种连接（扩展名为.lnk 的文件），因此删除了一个程序的快捷方式并不影响该程序的启动，只是使启动程序的操作变得复杂而已。

任务 3 程序管理的其他操作

（1）目标与任务分析

Windows XP 是一个多任务的操作系统，所谓多任务就是指当执行一个任务时，可以不退出该任务再执行另一个任务，通俗地讲就是能同时运行多个程序或能同时打开多个任务窗口。在同时运行的多个任务中，只有一个是当前任务，其窗口的标题栏呈鲜明颜色，用户只能对当前任务进行操作，其他任务处于后台运行状态。本任务中将主要介绍 Windows XP 环境下多任务的管理，除此之外还将介绍退出程序的操作方法以及当一个程序不再响应用户的操作时所采取的措施。

（2）操作思路

Windows XP 中，每个窗口代表了一个正在执行的任务（如正在运行的程序或打开的文档），因此退出程序的操作实际上就是关闭程序窗口的过程。Windows XP 环境下多任务的管理主要涉及如何切换当前任务的操作，通过单击任务栏上的任务按钮可以方便地实现当前任务的切换。

（3）操作步骤

在多任务的情况下，由于可操作的当前任务只有一个，所以用户经常需要在诸多任务中切换当前任务。切换当前任务可采用以下几种方法：

- 要切换成当前任务的窗口未被其他窗口完全遮盖时，在该窗口内任意处单击鼠标即可将该窗口切换成当前任务。
- 单击任务栏上的任务按钮，可将该按钮所代表的窗口切换为当前任务。
- 按住【Alt】键不放，再反复按【Tab】键，调出任务切换框，该框中显示了所有正在运行的任务图标，当某图标周围有一个矩形框时表示该图标所代表的窗口将被切换为当前任务，每按一次【Tab】键，矩形框将下移一个任务。

如前所述，退出程序的操作实际上就是关闭程序窗口的过程，关闭窗口的操作在本教材1.1 节任务 3 中已有介绍，不再详述。

在实际工作时，经常会遇到某个应用程序不再响应用户操作的情况，即处于"死机"状态，此时可以按【Ctrl+Alt+Del】组合键，打开如图 1-32 所示的"Windows 任务管理器"窗口，该对话框中列出了所有正在运行的程序清单，选定没有响应的程序后，单击【结束任务】按钮，以结束出现问题的程序，可以使系统从"死机"状态中得到恢复。

（4）归纳分析

本任务的操作过程十分简单，读者关键要通过完成本任务对于 Windows XP 有一个更深刻的认识。Windows XP 是一个多任务的操作系统，每个窗口代表了一个正在执行的任务，在诸多任务中只有一个是当前任务，其窗口的标题栏呈鲜明颜色，用户只能对当前任务进行操作，其他任务处于后台运行状态。

当一个程序不再响应用户的操作时，切不可用直接按住机箱面板上电源开关的方法来关闭计算机，而是要采用本任务介绍的方法调出"Windows 任务管理器"窗口，以使系统从"死

"机"状态中得到恢复。

图 1-32　"Windows 任务管理器"窗口

习　题

1. 简述 Windows XP 的窗口与对话框的区别。
2. 鼠标有哪几种操作？
3. 在"Windows 资源管理器"窗口中，如何选择连续或不连续的多个对象？
4. 简述关闭窗口和最小化窗口的区别。
5. 简述回收站及剪贴板的作用。
6. 在桌面上建立一个名为"练习"的空文件夹，然后将其复制到 C 盘并重命名为"练习 1"，最后将桌面上的"练习"文件夹删除。
7. 将 C 盘中名为"练习 1"的文件夹设置为隐藏属性，然后依次单击菜单栏上的【查看】→【刷新】命令，该文件夹图标将会消失。此时该如何操作使其显示出来？
8. 在任务栏上"快速启动"工具栏中，创建一个程序的快捷方式。

第 2 章 Word 操作与应用

Word 2003 是 Office 2003 中最主要的程序之一，它是一个功能齐全、操作简单的文字处理程序。可以协助我们编辑文字、处理文字，具有强大的文字编辑能力与排版能力。除此之外，Word 2003 还具有处理图片、自选图形、艺术字等对象的功能，可以将图片等对象插入到文档中，生成图文并茂的文档。利用 Word 2003 用户可以设计出各种不同类型的文档。

本章将围绕 Word 2003，介绍办公自动化所需的一些通用性操作技能，在学习的过程中要注意，虽然 Office 2003 中各个程序分工不同，但它们都具有基本相同的操作、外观、命令、工具栏以及其他通用工具，所以读者在学习 Word 过程中，要不断地归纳、总结，体会 Office 的"风格"，这种风格贯穿于 Office 的各个程序中，为以后学习其他程序打下良好的基础。

2.1 Word 的基本操作

任务 1 了解 Word 2003 程序窗口

（1）启动 Word

依次单击任务栏上的【开始】→【所有程序】→【Microsoft Office】→【Microsoft Office Word 2003】命令，或双击桌面上 Word 快捷方式图标，即可启动 Word 程序。

启动 Word 本质就是将 Word 程序调入计算机内存，一切程序只有调入内存中才能被执行，这是计算机的基本工作原理。

（2）Word 窗口简介

在 Windows 中，任何程序都是以窗口的形式出现的，Word 也是如此。窗口是 Windows 最重要的元素，因此在学习 Word 操作之前，有必要先了解一下其窗口的组成及特点。

如图 2-1 所示，Word 窗口主要由标题栏、菜单栏、工具栏、标尺、文本编辑区、任务窗格、状态栏和视图切换按钮等 8 部分组成。以上各组成部分的作用如下：

- 标题栏：位于窗口的最上方，用来表示当前所使用的程序名称及所编辑的文档名。
- 菜单栏：位于标题栏的下方，共提供了 9 个菜单，几乎包括了对文档操作的全部命令。要想打开某个菜单，只需将鼠标指针指向该菜单，然后单击鼠标左键即可。Word 菜单遵守 Windows 下菜单的符号约定。
- 工具栏：Word 的工具栏上有许多小按钮，每个按钮代表一个对文档的操作命令，只需单击这些按钮即可对文档进行各种操作。如果不知道某个按钮的功能，只需将鼠标指针放在该按钮上，马上会出现该按钮的名称。Word 提供了 20 多个工具栏，如图 2-1 所示的"常用"工具栏和"格式"工具栏只是启动 Word 后默认情况下打开的两个工具栏。
- 标尺：确定文档在屏幕及纸张上的位置，同时也可以用标尺进行段落缩进和边界调整，设置表格的行高、列宽以及制表位等，并可以反映插入点所在段落的状态。

- 滚动条：Word 窗口提供了垂直和水平两种滚动条，滚动条两端有滚动箭头，鼠标左键单击该箭头可以上下左右移动文本，滚动条中间有滚动块，鼠标左键拖动该滚动块文本将快速移动。移动垂直滚动条时，屏幕会显示当前的页码。
- 文本编辑区：位于 Word 窗口的中心，是输入文件内容的区域。其中有一个闪烁的插入点，它指示文档编辑的当前位置。
- 任务窗格：提供了常用任务指示，用户可根据需要单击打开该窗格上方的下拉列表框，选择不同的任务窗格。
- 状态栏：位于 Word 窗口的底部，它提供文档和当前插入点的信息，如文档总页数、插入点所在的页码和节号、插入点在当前页的行号和列号等。

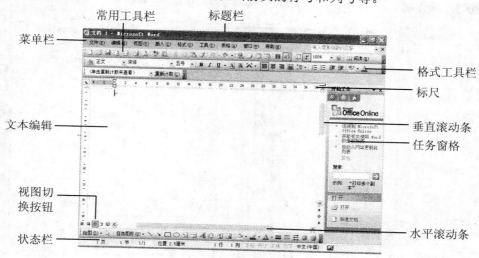

图 2-1　Word 窗口组成

（3）定制 Word 窗口

Word 窗口的外观并不是一成不变的，它可以根据用户的需要做出改变。

- 显示或隐藏工具栏：作为功能强大的应用软件，Word 提供了多个工具栏，图 2-1 所示的"常用"工具栏和"格式"工具栏只是启动 Word 后默认情况下打开的两个工具栏。这些工具栏若全部打开势必会减少文本编辑区的有效空间，可以根据需要显示或隐藏某个工具栏。

操作步骤如下：

依次单击菜单栏上的【视图】→【工具栏】命令，也可右击窗口菜单栏或任意一个工具栏，将出现如图 2-2 所示的下级菜单，单击要显示的工具栏名称，使选项左侧出现"✔"标记，则该工具栏即可显示；在工具栏显示的状态下，单击工具栏名称，则"✔"标记消失，工具栏被隐藏。

在今后的操作中，经常会使用不同的工具栏，当操作完成后，为了使程序界面简洁，尽量增加文本编辑区的有效空间，应及时隐藏工具栏。所以，显示或隐藏工具栏的操作应当熟练掌握。

- 改变工具栏的位置：用户不仅可以控制 Word 工具栏的显示或隐藏，还可以改变工具栏的位置。工具栏按其所处位置可以分为两类，即固定工具栏和浮动工具栏。固定工具栏位于 Word 窗口的边缘或其他固定工具栏的旁边，如"常用"工具栏和"格式"工具栏；浮动工具栏位于 Word 的内部。如依次单击菜单栏上的【视图】→【工具栏】→【表格和边框】命令，将"表格和边框"工具栏显示出来，它就是浮动工具栏。

注意观察可以发现，固定工具栏的左侧有一个 ⋮ 标记，称为"移动柄"。改变固定工具栏的位置非常简单，只需拖动其左侧边缘的移动柄即可。当把一个固定工具栏移动到 Word 窗口内时，它就变成了浮动工具栏。若要改变浮动工具栏的位置，只需拖动其标题栏即可。当把一个浮动工具栏移动到 Word 窗口的边缘时，它就变成了固定工具栏。改变工具栏的位置方法如图 2-3 所示。

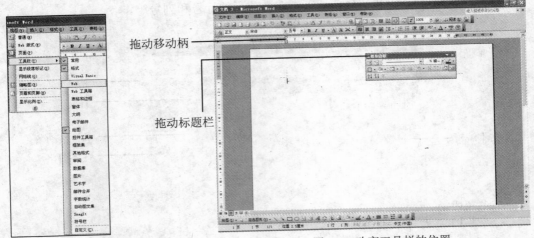

图 2-2　显示/隐藏工具栏菜单　　　　　　　　　　图 2-3　改变工具栏的位置

- 自定义工具栏上的按钮：Word 的工具栏上有许多小按钮，每个按钮代表一个对文档的操作命令，用户可以根据需要，对工具栏上的按钮进行添加和删除。以"常用"工具栏为例，单击"常用"工具栏右侧的"工具栏选项"下拉按钮，在下拉菜单中依次选择【添加或删除按钮】→【常用】命令，在打开的下级菜单中，可以方便快速地完成工具栏按钮的自定义。
- 智能折叠菜单的设置：为了扩大文档窗口的空间，使程序界面简洁，Word 2003 沿用了智能折叠菜单功能。有了这个功能后，下拉菜单中只显示最近使用过的选项，对于其他选项，如果需要，单击菜单最底下的箭头或只要将鼠标在打开菜单上悬停一会儿，菜单就会完全打开，对使用过的菜单项，下一次打开菜单后，Word 2003 就把它作为常用菜单显示出来，而隐藏其他不常用的菜单项。可能有人习惯于 Word 97 菜单的外观，对于这项功能还不适应，用户也可以将折叠菜单设置成与 Word 97 菜单相同的外观。

操作步骤如下：

依次单击菜单栏上的【工具】→【自定义】命令，弹出"自定义"对话框，如图 2-4 所示，单击"选项"标签，选中"始终显示整个菜单"复选框。

单击【关闭】按钮，退出"自定义"对话框。

- 改变工具栏中下拉列表框的宽度：用户也可以根据自己的需要，改变工具栏中下拉列表框的宽度。

操作步骤如下：

单击【工具】菜单，选择"自定义"选项，弹出"自定义"对话框，使"自定义"对话框保持打开状态，然后单击工具栏上的下拉列表框，例如"格式"工具栏上的"字体"框，将指针指向下拉列表框左侧或右侧边框。当指针变成双向箭头时，拖动列表框的边框便可改变其宽度。

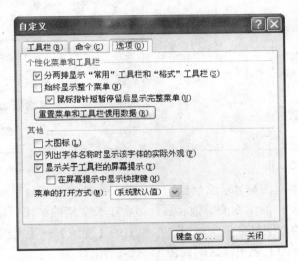

图 2-4　"自定义"对话框

- 显示或隐藏任务窗格：依次单击菜单栏上的【视图】→【任务窗格】命令，可实现任务窗格显示状态和隐藏状态间的切换。

（4）了解常见视图方式

所谓视图简单说就是文档窗口的显示方式，也可以说就是用户的工作界面。同一个文档可以在不同的视图下查看，虽然文档的显示方式不同，但是文档的内容是不变的。Word 2003 提供了多种在屏幕上显示文档的视图方式，不同的视图方式可以适应不同的工作特点。常用的视图方式有：普通视图、Web 版式视图、页面视图、大纲视图和阅读版式。

- 普通视图：普通视图方式是 Word 的默认视图，它可以用于输入、编辑和编排文档。但是页眉、页脚、脚注、分栏及图形等信息却显示不出来。普通视图最大的特点是它并不显示上下页边的空白，因此文本编辑区的空间较大，适合于输入文字和编辑文本。

切换到普通视图的方法是：依次单击菜单栏上的【视图】→【普通】命令，或单击水平滚动条左侧的【普通视图】按钮。普通视图如图 2-5 所示，该文档在排版时已添加了页眉并插入了图片，但却不能显示出来。

- 页面视图：页面视图可以查看与实际打印效果相一致的文档，具有"所见即所得"的效果，除了可以显示普通视图显示的信息外，还可以显示和页眉、页脚及分栏效果，调整页边距和图形。

　　切换到页面视图的方法是：依次单击菜单栏上的【视图】→【页面】命令，或单击水平滚动条左侧的【页面视图】按钮。将图 2-5 所示的文档，切换到页面视图观察，如图 2-6 所示，与图 2-5 相比较可以看出，同样的文档，从页面视图中，可以观察到页眉和图片等更多的信息。

图 2-5　普通视图

图 2-6　页面视图

- 大纲视图：大纲视图是显示文档结构的视图，它能够清晰地显示出章、节等文档的层次，使得查看文档的结构变得很容易，适合于长文档的结构调整和快速浏览。

　　切换到大纲视图的方法是：依次单击菜单栏上的【视图】→【大纲】命令，或单击水平滚动条左侧的【大纲视图】按钮。大纲视图如图 2-7 所示。

　　在大纲视图下，窗口中自动显示出大纲工具栏。标题旁边的加号，说明这个标题被定义为一个标题段，它下面旁边带小方块的缩进段落是文本段。如果将光标移至标题段，单击大纲工具栏的【折叠】按钮，将会隐去标题下的文本，只显示标题。如图 2-8 所示，隐去了标题"目标与任务分析"下的文本。

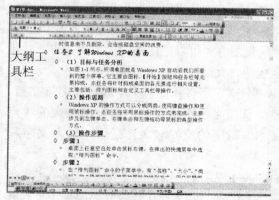

图 2-7　大纲视图

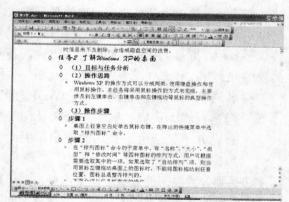

图 2-8　隐去标题下的文本

- Web 版式视图：用于创作 Web 页，它能够帮助用户很好地编写 HTML（超文本格式）文档。并能够仿真 Web 浏览器来显示文档。在这种视图中，用户可以在其中编辑文档，并将之存储为 HTML 文档。

切换到 Web 版式视图的方法是：依次单击菜单栏上的【视图】→【Web 版式】命令，或单击水平滚动条左侧的【Web 版式视图】按钮。

- 阅读版式：如图 2-9 所示，阅读版式是 Word 2003 新增加的视图方式，它为用户阅读文章提供了一个很好的视图界面，当用户打开文档只是为了进行阅读时，可切换到该视图。

切换到阅读版式的方法是：依次单击菜单栏上的【视图】→【阅读版式】命令，或单击水平滚动条左侧的【阅读版式】按钮。

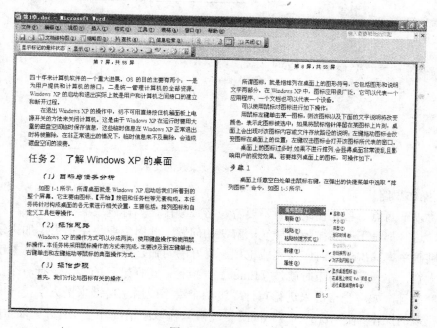

图 2-9　阅读版式

（5）归纳分析

用较长的篇幅讨论了 Word 窗口的组成、特点及如何定制窗口，这样做的目的有两个。首先，作者并不提倡改变窗口的外观，如改变工具栏的位置和改变下拉列表框的宽度等，学习定制窗口的主要目的在于，当读者使用一台其他人使用过的计算机或公共场所的计算机时，如果发现 Word 窗口的外观发生了变化，读者能够用前面介绍的知识很快地将窗口还原成 Word 窗口的默认状态。其次，通过本任务的学习，我们不应当把对窗口的了解仅仅局限在 Word 程序上，而应当上升到 Office 的高度。如前所述，Office 有一种"风格"贯穿于其各个程序中，实际上本任务讨论的操作正体现了这种"风格"，今后要学习的其他 Office 程序也具有这种"风格"。

任务 2　在文档中录入文字

（1）目标与任务分析

Word 是字处理软件，工作中一般是先创建文档，然后录入文字，最后再对文档进行编辑与排版。所以说录入是最基本的操作。下面录入一段如图 2-10 所示的文本。从图 2-10 可以看出，文本中不仅有汉字，还有英文字符、特殊符号和标点符号。在很多情况下，录入对象不仅仅是汉字，而且还经常包含英文字符、特殊符号和标点符号，本任务的重点就是要解决如何快速、准确地录入这些对象。

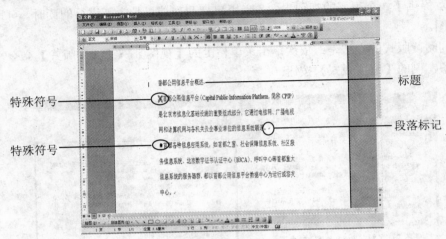

图 2-10　本任务要录入的文本

（2）操作思路

要注意以下两点，首先在录入时不要考虑格式编排，如标题要居中、每段首行要缩进两个汉字等，这些都是下一步排版时要统一解决的问题。此时需要集中精力，加快录入速度并提高录入准确率。其次录入时应该养成正规、良好的习惯，不要轻易按【Enter】键，如有人认为文本太宽，在一行未结束时就按【Enter】键换行，这样录入的文本一行一个回车；也不要轻易击空格键，如用空格键来进行首行缩进两个汉字或用空格键来增大字符间距。以上这些都不是正规的操作。在 Word 中，【Enter】键一般只在以下情况才使用：对于很短的句子（如标题），输入完毕后必须按【Enter】键；对于一整段文本，某行文字太长时，Word 自动将它转到下一行，这个功能称为"自动换行"，当一段输入完毕后，必须按【Enter】键；另外想增加空行时也需要按【Enter】键。所以 Word 中回车标志也叫段落标记。

（3）操作步骤

步骤 1

参照任务 1 启动 Word 程序，Word 启动后默认打开一个名为"文档 1"的文档。

步骤 2

调出中文输入法，Word 既可以输入汉字，又可以输入英文。Word 启动后处于英文输入状态，如果需要输入中文，要切换到中文输入状态。鼠标左键单击语言栏上输入法指示器图标，在菜单中选择一种中文输入法，在此以智能 ABC 输入法为例，也可按【Ctrl+Shift】组合键，将已安装的各种输入法依次循环显示，从中选择一种中文输入法或按【Ctrl+Space】组合键直接实现中/英文输入法的切换。此时屏幕上出现智能 ABC 输入法状态框，如图 2-11所示。为了保证输入中文标点符号，输入法状态框的中/英文标点切换按钮应显示出中文的句号和逗号，若按钮显示英文的句号和逗号，用鼠标左键单击该按钮可进行中、英文标点符号之间的切换。

中/英文标点切换按钮

图 2-11　输入法状态框

步骤 3

输入文本标题"首都公用信息平台概述",输入完毕后单击【Enter】键,开始输入正文。

步骤 4

正文中有两个特殊符号,输入特殊符号最简单的方法是:先将光标定位于要插入符号的位置,然后右击输入法状态窗口的软键盘按钮,如图 2-12 所示,弹出软键盘菜单,单击"特殊符号"选项,此时屏幕上弹出"特殊符号"软键盘布局,如图 2-13 所示。单击软键盘上的按钮,就可以输入相应的特殊符号,输入完毕后,一定要单击软键盘按钮,关闭软键盘。但是软键盘上的特殊符号非常少,如果不能满足输入时的需求,可以采取插入符号的方法。光标定位后,依次单击菜单栏上的【插入】→【符号】命令,弹出"符号"对话框,如图 2-14 所示。单击"符号"标签,在"字体"下拉列表框中选定某个符号集,在下面的符号框中选定需要的符号,单击【插入】按钮,这样选定的特殊符号就插入到了光标的位置。

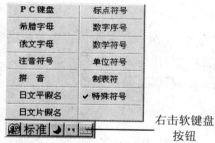

右击软键盘
按钮

图 2-12　软键盘菜单

图 2-13　"特殊符号"软键盘布局

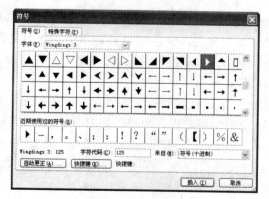

图 2-14　"符号"对话框

步骤 5

正文中,除了汉字还有英文字符,在中文输入状态下输入英文字符,最直接的方法就是按【Ctrl+Space】组合键切换到英文输入状态,英文字符输入完毕后,再按【Ctrl+Space】组合键回到中文输入状态继续录入中文。这种方法虽然可行,但不是最好的方法。在智能 ABC

中文输入法中，输入英文可以不必切换中、英文输入状态，在中文输入状态下直接输入英文字符。对于大写英文字符，只需先按下大写锁定键【Caps Lock】，然后可直接输入（任何中文输入法在大写状态下，只能输入大写英文字符），输入完毕后再一次按下大写锁定键【Caps Lock】，可以继续输入中文；对于小写英文字符，输入前应先按下字母【V】键，直接输入小写字符后再按空格键即可。这样在不关闭中文输入法的状态下直接输入英文字符可大大提高录入速度。

（4）归纳分析

通过完成本次任务，对于录入操作可以总结出以下几点：

- 录入时不要考虑文档的格式，专心进行文字的单纯录入，具体格式是将来排版时要解决的问题。Word 具有"自动换行"功能，录入时不要轻易按【Enter】键及空格键，不要在中文中出现英文标点符号。

- 评价一个人的录入水平，不能仅仅看他录入汉字的速度和准确率，更应看他在汉字、英文及特殊符号混合在一起时的录入速度和准确率。

- 输入特殊符号是影响录入速度的主要因素，对于插入特殊符号的操作方法，应当熟练掌握。

任务 3 文档的基本操作

（1）目标与任务分析

任务 2 中，已经创建好了一个文档，但该文档只是存放在计算机的内存中。如果断电或关闭计算机，文档就会丢失，因此用户需要将文档存放在计算机的外存（如硬盘、软盘）中。除此之外本任务还将介绍打开已保存的文档、关闭文档以及新建文档等对文档的基本操作。

（2）操作思路

信息是以文件的形式保存在计算机的外存储器中，若想将 Word 文档保存，需要解决三个问题，首先，要确定文件保存在哪一个驱动器（外存储器）中；其次要确定保存文件的文件夹；最后，要给文件起一个名字。Word 文档其文件扩展名为".doc"。本任务中将上一任务所创建的文档以 abc.doc 为文件名，保存在 D 驱动器中的练习文件夹中。

打开文档与保存文档的操作基本相同，因为打开是保存的逆操作，只要知道了文档的名字及保存位置，就可以将其打开。

Word 当前处理的文档总是运行在计算机的内存中，所谓关闭文档就是将其从内存中清除，在关闭文档前，Word 会提示用户保存即将关闭的文档。在此要分清两种类型的窗口，程序窗口和文档窗口。Word 本身是一个程序，用户用它来处理文档，Windows 中程序与文档都是以窗口的形式存在，其中文档窗口处于程序窗口之内关闭文档就是在不关闭 Word 程序窗口的情况下关闭文档窗口。

建立新文档，就是要在 Word 程序下增加一个新的文档窗口。建立新文档分为建立普通文档和建立模板文档两种情况，在此我们只讨论第一种情况，关于模板的有关问题，在后面有专题介绍。

（3）操作步骤

步骤 1

单击常用工具栏上的【保存】按钮，或依次单击菜单栏上的【文件】→【保存】命令，弹出"另存为"对话框，如图 2-15 所示。

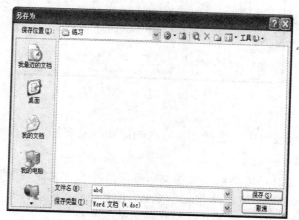

图 2-15 "另存为"对话框

步骤 2

在"保存位置"下拉列表框中选择保存文件的驱动器及文件夹，在此选择了 D 驱动器中的"练习"文件夹。

注意：选择文件夹时一定要双击文件夹图标。

步骤 3

在"文件名"列表框中输入文件名，在此输入"abc"。

注意：在"保存类型"下拉列表框中选择文档的类型，一般选"Word 文档（*.doc）"类型，另外输入文件名时不必输入文件的扩展名（此时系统会自动将保存的文件添加扩展名.doc）。

步骤 4

单击【保存】按钮。

注意：以上的讨论是针对新创建的文档，对于曾经保存过的文档，单击常用工具栏上的【保存】按钮，或依次单击菜单栏上的【文件】→【保存】命令，不会弹出"另存为"对话框，该文档以原来的名字保存在原来指定的位置。若要改变该文档的文件名或保存位置，必须依次单击菜单栏上的【文件】→【另存为】命令，才可以弹出图 2-15 所示的"另存为"对话框，在该对话框中可以改变文档的文件名或保存位置。

对于一个已经保存的文档，当需要查看、编辑或打印时，首先需要打开它，即将其从外存（如硬盘）中调入内存。下面介绍打开已保存文档的操作。

步骤 1

单击常用工具栏的【打开】按钮，也可以依次单击菜单栏上的【文件】→【打开】命令，弹出"打开"对话框，如图 2-16 所示。

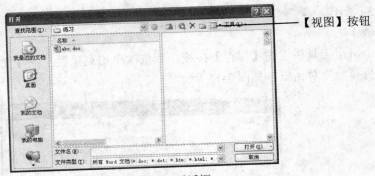

【视图】按钮

图 2-16　"打开"对话框

步骤 2

在"查找范围"列表框中，选择文档所在的启动器及文件夹，在此选择驱动器 D：中的"练习"文件夹。

注意：选择文件夹时一定要双击文件夹图标。然后在"文件类型"列表框中选择要打开的文件类型（Word 具有兼容性，即可以打开 Word 文档，也可以打开非 Word 文档，如 WPS 文件、纯文本文件等），最后单击选中要打开的文档图标。

"打开"对话框右上部有一个【视图】按钮，单击它右侧的箭头可以打开一个下拉菜单，用户可以选择对话框中显示方式和排列方式，也可以在对话框中对要打开的文档进行预览。

步骤 3

单击【打开】按钮，即可将选定的文档打开（调入内存中）。

实际上打开文档的操作有很多种方法，如在 Windows 中利用【开始】菜单中的"我最近的文档"选项，其中包含用户最近使用过的 15 个文档，单击文档名就可以在启动 Word 的同时自动打开该文档；还可以在"资源管理器"中直接双击文档的图标，启动 Word 的同时也同样打开 Word 文档。

步骤 4

如果要在 Word 中同时打开多个文档，可以采用本任务中的操作方法，反复使用打开命令依次打开多个文档，但这样做比较浪费时间，在步骤 2 中可以选中多个文档同时打开。具体操作如下：按住【Ctrl】键，在"打开"对话框中依次单击要打开的文档图标，如图 2-17 所示，然后单击【打开】按钮。在打开的多个文档中，只有一个文档为活动文档，可以通过【窗口】菜单或单击任务栏上文档的图标来切换活动文档。

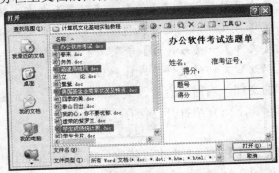

图 2-17　同时选中多个文档

步骤 5

如果要打开最近使用过的文档，Word 提供了比较简便的办法，具体操作如下：单击【文件】菜单，在菜单下方列出了最近使用过的文档（默认为 4 个），单击菜单中想要打开的文档名即可。

下面介绍关闭文档的操作。

步骤 1

若 Word 只打开了一个文档，要关闭它，只需单击【文件】菜单，选择"关闭"选项，也可以单击文档窗口右上角关闭按钮，如图 2-18 所示。注意观察图 2-18，图中有两个关闭按钮，单击上面的一个关闭的是 Word 程序窗口，单击下面的一个关闭的是文档窗口。文档关闭后，可以发现 Word 程序窗口并未关闭，如图 2-19 所示。

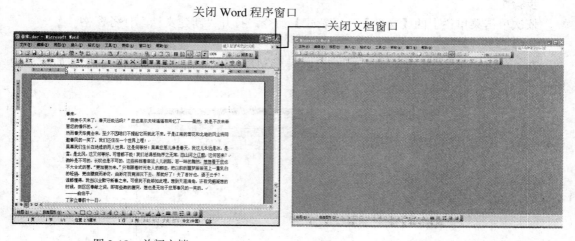

图 2-18　关闭文档　　　　　　　图 2-19　关闭文档窗口后程序窗口未关闭

步骤 2

若 Word 打开了多个文档，可以用步骤 1 的方法依次关闭所有文档，也可以一次关闭所有的文档。具体操作如下：按住【Shift】键，然后单击【文件】菜单，此时菜单中"关闭"选项变为"全部关闭"选项，单击此选项，就可将当前打开的所有文档全部关闭。如图 2-20 所示，图 2-20（a）是默认情况下的【文件】菜单，图 2-20（b）是按住【Shift】键后的【文件】菜单。

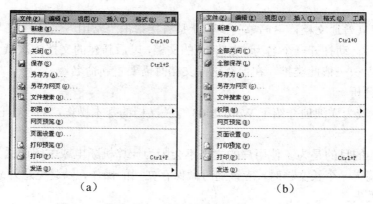

（a）　　　　　　　　　（b）

图 2-20　按住【Shift】键前后【文件】菜单的变化

　　如果没有对即将关闭的文档进行保存操作，Word 会弹出如图 2-21 所示的提示框，对用户进行提示。单击【是】按钮则对此文档进行保存，单击【否】按钮则放弃对此文档的保存，单击【取消】按钮则放弃了关闭文档的操作，回到关闭前的状态。

图 2-21　保存提示框

下面介绍建立新文档的操作。

步骤 1

依次单击菜单栏上的【文件】→【新建】命令，打开"新建文档"任务窗格。

步骤 2

在"新建文档"任务窗格中，选择新建文档类型，在此单击选择"空白文档"，如图 2-22 所示。

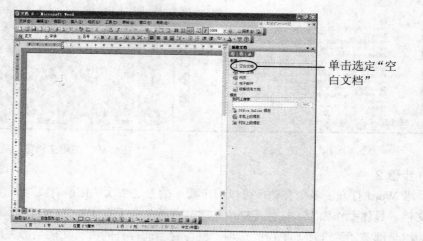

图 2-22　任务窗格中选定新建文档类型

步骤 3

如果仅仅建立普通文档，最简单的操作就是直接单击"常用"工具栏的"新建"按钮。

Word 启动后自动打开一个名为"文档 1"的文档，以后新建的文档依次赋予文件名为"文档 2"、"文档 3"……依此类推，在保存这些文档时需要重新命名。

（4）归纳分析

本任务中，较为详细地介绍了 Word 2003 有关文档的基本操作，对于本任务以下几点读者要加以注意。

- 保存文档的目的是为了使用户的文档不会因为计算机断电或关闭而丢失，所以用户在输入或编辑一个长文档时，应该随时做保存文档的操作，以避免意外故障引起文档中数据的丢失。

- 从信息流动的方向可以看出，打开文档是保存文档的逆操作，二者的操作方法基本相同，而且"打开"对话框与"另存为"对话框也很相似，在学习的过程中要注意比较。
- 正确区分 Word 程序窗口和文档窗口，在图 2-18 中，两个关闭按钮的作用是完全不同的，上面的一个单击后关闭的是 Word 程序窗口，下面的一个单击后关闭的是文档窗口；同样【文件】菜单中的"关闭"选项和"退出"选项也是有区别的，选择"关闭"项，仅关闭当前活动文档，选择"退出"选项将关闭 Word 程序。如果关闭了 Word 程序，那么所有的文档都将关闭。
- 新建文档的操作，非常类似于日常工作中写一份文稿，如果文稿中错误很多，已经没有修改的必要，我们会换一张新纸重新来写，新建的文档就相当于一张新纸。上面介绍了新建文档的两种操作方法：通过【文件】菜单建立新文档和通过工具栏按钮建立新文档，两种方法相互比较可以看出，通过工具栏的操作速度更快。实际上 Word 程序带有工具栏的主要目的就是为了加快操作速度，所以用户应当对工具栏熟练掌握，在操作中尽量使用工具栏以提高操作速度。

任务 4　保护文档

（1）目标与任务分析

在用 Word 处理文档时，可能会发生各种各样的意外，如机密文件被泄露、重要文档被人有意或无意地删改、突然断电或死机以及计算机病毒的侵入等。本任务的目的就是应用 Word 所提供的各种技术手段来保护文档以避免以上情况的发生。

（2）操作思路

文档的保护可以从以下几个方面加以考虑：

- 如果正在处理的文档是一份机密文件，不希望无关人员看到，则需要给文档加"打开权限密码"，使不知道密码的人无法打开该文档。
- 如果正在处理的文档是一份重要的文件（如学生成绩表），允许别人查看，但禁止修改，则需要给文档加"修改权限密码"，使不知道密码的人只能以"只读"方式查看该文档，但不能进行修改。
- 为减少突然断电或死机以及错误操作造成的损失，需要设置文档的"自动保存"功能和"保留备份"功能。"自动保存"是指根据用户设定的时间间隔，由 Word 自动保存文档而无需用户直接操作；"保留备份"就是把修改前的文档作为备份保留（扩展名为.wbk）。
- 在任务 3 中已经介绍，Word 的【文件】菜单下列出了最近使用过的文档（默认为 4 个），单击菜单中想要打开的文档名就可方便地打开该文档。这个特点虽然方便了打开文档的操作，但也容易造成人们隐私的泄露，因为其他人可通过此菜单知道上一个用户最近所打开的文档，并可以很方便地再一次打开。所以如有必要，可以去掉【文件】菜单下方显示的文档名。（注：仅仅这样操作是远远不够的，别人可以依次单击 Windows 任务栏上的【开始】→【我最近的文档】命令，找到你最近访问的一些文档。）
- 宏病毒（Macro Virus）是 Word 最易感染的病毒，所以宏病毒的防护是 Word 亟待解决的问题。所谓"宏"是指一系列组合在一起的 Word 命令和指令，它们形成了一个命令，以实现任务执行的自动化。实际上宏就是用户自己创建的命令。宏是一把双刃剑，我们可用它实现 Word 工作自动化，但在不怀好意者的手里，它又成了攻击 Word 的武器。Word 2003 通过数字签名功能，对宏病毒进行了有效的防护，提高了文档的安全性和用户的安全感。关于宏的相关问题，在本教材的后面有专题讨论，在此暂时不介绍相关内容。

（3）操作步骤

步骤 1

打开要进行保护操作的文档，依次单击菜单栏上的【文件】→【另存为】命令，弹出"另存为"对话框，如图 2-15 所示，单击对话框右上角的【工具】按钮，在下拉菜单中选择"安全措施选项"，弹出"安全性"对话框，在"打开文件时的密码"文本框中输入密码，密码最多 15 位，可以包括英文字母、数字和符号，字母区分大小写。如图 2-23 所示。

单击【确定】按钮后，弹出确认密码对话框，在"请再输入一遍打开权限密码"文本框中输入密码，以保证密码的正确性，单击【确定】按钮，此时返回到图 2-15 所示的"另存为"对话框，要使设置的打开权限密码生效，一定要单击【保存】按钮。

至此打开权限密码设置完毕，关闭文档后，再一次打开时，密码就起作用了。首先会出现一个密码对话框，只有输入正确的密码才能打开文档；否则文档不能被打开。

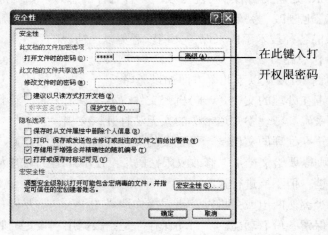

图 2-23　"安全性"对话框

步骤 2

若想给文档设置修改权限密码，只要在图 2-23 所示的对话框中，"修改文件时的密码"文本框中输入密码即可。操作方法与步骤 1 基本相同，不再叙述。与设置打开权限密码不同的是，如果不知道文档的修改权限密码，文档能够以"只读"的方式打开，但不能对文档进行修改。

步骤 3

要设置文档的"自动保存"功能和"保留备份"功能，依次单击菜单栏上的【文件】→【另存为】命令，弹出如图 2-15 所示的"另存为"对话框，单击对话框右上角的【工具】按钮，在下拉菜单中选择【保存选项】命令。

弹出如图 2-24 所示的"保存"对话框，选择"自动保存时间间隔"复选框，在数值框中输入要设置自动保存的时间间隔，也可以单击数值框右边的增/减按钮来设置时间间隔。设置后，每隔设定的时间，Word 会自动保存当前文档。设置的自动保存时间间隔越短，发生意外时造成的损失就越小，但系统的开销比较大，会降低文档的处理速度。因此应当选择一个合适的时间间隔。将"保存"对话框中的"保留备份"复选框单击选中，则设置了"保留备份"功能（备份文件的扩展名为.wbk，与原文件保存在同一文件夹中）。

步骤 4

若想保护个人隐私，去掉【文件】菜单下方显示的最近使用过的文档名。操作如下：

依次单击菜单栏上的【工具】→【选项】命令，弹出"选项"对话框，如图 2-25 所示。单击选中"常规"选项卡，将"列出最近所用的文件"前的复选框选中标记去除，单击【确定】按钮。

图 2-24 "保存"对话框

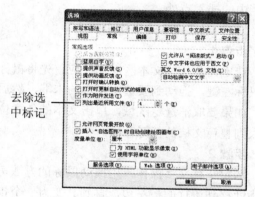

去除选中标记

图 2-25 "选项"对话框

如前所述，仅仅这样操作是远远不够的，别人可以依次单击 Windows 任务栏上的【开始】→【我最近的文档】命令，找到你最近访问的一些文档。若要清空【我最近的文档】菜单，可右击 Windows 任务栏，在快捷菜单中选择【属性】命令，弹出"任务栏和开始菜单属性"对话框，选中"「开始」菜单"选项卡，单击【自定义】按钮，在弹出的"自定义开始菜单"对话框中选中"高级"选项卡，单击【清除列表】按钮，请读者亲自操作一下，看一看【开始】→【我最近的文档】菜单是否被清空。

（4）归纳分析

在日常工作中，要养成安全操作的意识。安全性是一个涉及面很广泛的问题，其最根本的宗旨就是要确保无关人员不能读取、修改他无权使用的文档，对于意外情况的发生要提前做好防范措施，另外对个人隐私的保护也是需要人们注意的问题。

任务 5 文本的基本操作

（1）目标与任务分析

本任务将介绍 Word 中对文本的基本操作，主要内容有：选定文本、文本的编辑操作以及文本的移动和复制操作。

（2）操作思路

选定文本时应当能够熟练地选定文本的各个组成部分，如文本的一行、一段、一句话以及任意大小的文本区等，可以用鼠标也可以用键盘实现对文本的选定，从实用的角度出发，主要介绍鼠标的操作。在计算机术语中所谓"编辑"就是修改。当完成录入文本的任务后，难免会出现各种各样的错误，这时候需要对已录入的文本进行修改，录入文本出现的错误一般有多字、少字和录错字，针对以上情况，需要对文本进行删除、插入和改写。文字的移动和复制也是文档编辑的常用操作，二者既有区别也有联系，通俗地讲，移动就是给文字"搬家"，复制就是"克隆"文字，剪贴板是 Windows 在内存中开辟的一块区域，用于临时保存公用数据。"剪切"、"复制"和"粘贴"是与剪贴板密切相关的 3 个命令，它们具有不同的含义，"剪切"的含义是把选定的文字从文档中删除，并把它保存到剪贴板上；"复制"的含义是把选定的文字从文档中复制到剪贴板上；"粘贴"的含义是把保存在剪贴板上的文字插入到文档中的插入点处。

（3）选定文本的操作步骤

步骤 1

选定任意长的文本区操作：应首先将鼠标指针移动到所要选定文本区的开始处，然后按下鼠标左键，拖动到要选定文本的末端，然后松开鼠标左键。被选定的文本以反白的形式显示，如果要取消选定区域，单击文本的任意位置即可。用此方法可以选定小到一个字符或标点大到整篇文档的任意范围。

步骤 2

选定一行文字操作：用拖动鼠标的方法可以选定一行文字，但不是最理想的方法。将鼠标指针移到该行的最左边，直到其变为一个指向右边的箭头，然后单击，就可选定一整行。

步骤 3

选定连续多行文字操作：将鼠标指针移到起始行的最左边，直到其变为一个指向右边的箭头，然后按下鼠标左键，向上或向下拖动。

步骤 4

选定一段文字操作：将鼠标指针移动到段内的任意位置，然后连续三次单击。也可以将鼠标指针移到该段的最左边，直到其变为一个指向右边的箭头，然后双击。

步骤 5

选定整篇文档的操作：将鼠标指针移到文档的最左边任意位置，直到其变为一个指向右边的箭头，然后连续 3 次单击。也可以按快捷键【Ctrl+A】。

步骤 6

选定大块文字的操作：首先单击选定区域的开始位置，然后按住【Shift】键单击选定区域的结束位置，这样两次单击范围内的所有文字全被选中。此方法特别适用于所选区域的文字跨页的情况。

步骤 7

选定一个完整句子的操作：按住【Ctrl】键，将鼠标指针移动到要选的句子的任意处单击左键。

步骤 8

选定矩形区域的文字操作：将鼠标指针移动到所选区域的一角，按住【Alt】键向所选区域的对角拖动鼠标即可。选定效果如图 2-26 所示。在编辑文本时 Word 有两种方式：插入方式和改写方式。插入方式下插入点右边的字符随着新文字的插入逐一向右移动；改写方式下插入点右边的字符将被新输入的字符所代替，Word 的默认状态是插入方式。

（4）文本的基本编辑操作

图 2-26　选定矩形区域的文字

步骤 1

若想插入文字，只需将鼠标指针移动到需要插入的位置，单击鼠标左键，输入新字符即可，由于 Word 的默认状态是插入方式，所以插入点后面的字符逐一向后移动。

步骤 2

如果输入时写了错字，可以用正确的文字来覆盖错误的文字，这时需要将插入方式切换成改写方式，双击 Word 窗口状态栏上的"改写"框，此时"改写"框由灰色变成黑色，表示目前处于改写方式状态，如图 2-27 所示。将鼠标指针移动到需要覆盖文字的前面，输入正确的文字。如将"计算机"错误输入成"计算器"时，可将光标置于文字"器"前，输入"机"就可将"器"覆盖。

注意：完成改写操作后，应再次双击"改写"框，返回到插入状态。

双击后变成黑色，表示处于改写状态

图 2-27　切换到改写状态

步骤 3

删除一个字符最简单的方法就是将光标置于该字符的左侧，然后按【Delete】键删除它，也可以将光标置于该字符的右侧，按【Backspace】键删除它。

若对文本进行移动或复制，操作如下：

步骤1

选定要移动或复制的文字，若要移动所选定的文字，单击"常用"工具栏上的【剪切】按钮；若要复制所选定的文字，单击"常用"工具栏上的【复制】按钮。此时被剪切或复制的文字保存到了剪贴板上。

步骤2

单击移动或复制文字的目标位置，再单击"常用"工具栏上的【粘贴】按钮，即可实现将文字从源位置移动或复制到目标位置。

除此之外，还可以使用鼠标拖动的方法实现移动或复制文字，操作方法如下：

步骤1

选定要移动或复制的文字。

步骤2

若要移动文字，鼠标指向选定的文字，当鼠标指针变成指向左边的箭头时，按住鼠标左键拖动选定的文字，此时光标的左侧出现一条垂直虚线，下方出现虚线方框，将垂直虚线移至目标位置松开鼠标，则选定的文字移动到了目标位置。

步骤3

若要复制文字，先按住【Ctrl】键再按住鼠标左键拖动选定的文字，此时光标的左侧出现一条垂直虚线，下方出现虚线方框和含加号的实线方框，将垂直虚线移至目标位置松开鼠标（注：要先松开鼠标再松开键盘），则选定的文字复制到了目标位置。

（5）归纳分析

通过本任务的操作，应当注意以下几个问题：

- "先选择后操作"是 Word 的基本工作方式，实际工作中许多人往往只重视操作而忽视选择，这样经常造成操作出错或无效。"先选择后操作"这句话将选择和操作放到了同等重要的地位，选择是操作的基础。

- 本任务共介绍了8种常用的选择方法，各种方法都有自己的特点和适用条件，如步骤1介绍的鼠标左键拖动选定文本的方法，原则上适合各种情况下的选定操作，但是如果所选定的文本过长或跨页时，这个方法就不是最好的方法。工作中要不断总结各种方法的适用条件以提高操作速度和准确性。

- 在 Word 中，鼠标指针有各种不同的形态，如 I 字形、指向右边的箭头、指向左边的箭头、双箭头等，每种形态都有不同的含义，要注意加以区分。

- Word 不仅能够选定文字，还能选定其他的对象，如图片、图表等，相关操作将在本教材后面详细叙述。

- 本任务中，我们介绍了两种移动或复制文字的方法，这两种方法各有特点，如果源位置与目标位置相距较近，可采用鼠标拖动的方法来移动或复制文字；如果源位置与目标位置相距较远，可使用命令的方法。

- 在 Windows 中用户只能剪切或复制一次内容到剪贴板中，多次剪切或复制时，剪贴板只能保存最近一次的内容。所以使用起来不太方便，需要用第三方开发的工具来增强 Windows 剪贴板的功能。Office 2003 提供了一个可同时保存多次剪切、复制内容的剪贴板，可以将用户最近剪切或复制的内容全部保存下来。一般情况下，"粘贴"

时是粘贴剪贴板中最后一次剪切或复制的内容，如果需要选择其他内容进行粘贴，可依次单击【编辑】→【Office 剪贴板】菜单，调出"剪贴板"任务窗格，此时被剪切或复制的各个内容以列表的形式出现在任务窗格中，用户可以选择其中的一个粘贴在指定位置。这个多重剪贴板只对 Office 组件起作用，对于其他应用程序不起作用。

- "剪切"、"复制"和"粘贴"是与剪贴板密切相关的 3 个命令，不仅可以通过"常用"工具栏上的按钮来实现这些命令，也可以通过【编辑】菜单来实现相关命令，还可以通过鼠标右击选定的内容，从弹出的快捷菜单中选择相关命令。
- 借助剪贴板不仅可以在一个文档中实现文字的移动或复制，也可以在不同的文档中甚至不同的程序中实现文字的移动或复制。

任务 6　文本的查找与替换

（1）目标与任务分析

在文本编辑过程中，有时需要成批替换某些字符，例如，你在写一篇论文时，将一个人的名字引用错了，此时如果一个一个地用正确的名字替换错误的名字，显然是很麻烦的，而且还容易遗漏。本任务的目的就是使用 Word 提供的查找和替换功能，高效准确地成批替换相同的字符。

（2）操作思路

对于文本的查找与替换，Word 提供了非常简便的操作，只需执行命令即可实现。由于我们还未学习排版操作，所以本任务仅局限于查找和替换无格式文本，对于有格式文本的操作，放在排版一节讲述。

（3）操作步骤

步骤 1

将光标置于文档中的任意位置（默认情况下，Word 将从光标所在位置开始向下查找，到达文档的尾部后，再返回文档的头部向下查找至光标所在位置结束。所以没必要将光标置于文档的开头），依次单击【编辑】→【查找】命令菜单，弹出"查找和替换"对话框，如图 2-28 所示。

图 2-28　"查找和替换"对话框

步骤 2

在"查找"选项卡下，"查找内容"下拉列表框中输入要查找的文本，如"首都"。

步骤 3

单击【查找下一处】按钮，当在文档中找到第一个"首都"时，Word 将以反白方式显示被查找的词，如果反白显示的部分不是想查找的位置，可以再次单击【查找下一处】按钮，直到整个文档查找完毕为止。

步骤 4

找到想要查找的位置后，单击【取消】按钮，关闭"查找和替换"对话框，光标定位于当前查找到的文本处。

步骤 5

若要详细设置查找的条件，可单击【高级】按钮，此时"查找和替换"对话框如图 2-29 所示。

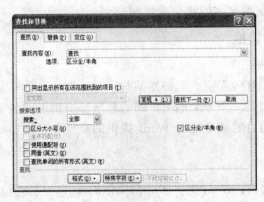

图 2-29　"查找和替换"对话框的高级选项

对话框中各选项的含义如下：

- 查找内容：在此下拉列表框中可输入要查找的文本，也可单击其右侧的向下箭头打开最近查找过内容的列表，从中选择需要查找的内容。
- 搜索：此下拉列表框中共有"全部"、"向上"和"向下"三个选项。"全部"选项表示从光标所在位置开始向文档末尾查找，然后返回文档的头部向下查找至光标所在位置结束；"向上"和"向下"选项分别表示从光标所在位置开始向文档开头和文档末尾查找，当查找到文档头部和文档末尾时，会出现一个对话框，询问用户是否继续查找，若用户选择"是"，则"向上"和"向下"与"全部"的含义完全相同，若用户选择"否"，则停止查找。
- 区分大小写：查找英文单词时，只搜索与查找内容大小写完全一致的文本。
- 全字匹配：查找英文单词时，只搜索与查找内容完全一致的文本。如果不选择此选项，查找时，较长单词中的一部分如果符合查找内容，也会被搜索到，如，查找 look 则 looking 也会被搜索到。
- 使用通配符：允许在"查找内容"下拉列表框中使用通配符进行模糊查找。所谓通配符是指"*"和"?"这两个符号。"*"表示任意一个字符串；"?"表示任意一个字符。如在查找内容中输入"电*原理"，那么查找时可以找到"电工原理"、"电子线路原理"等；如在查找内容中输入"电?原理"，那么查找时可以找到"电工原理"、"电视原理"等。
- 同音：查找英文单词时，可搜索与查找内容发音相同但拼写不同的单词。

- 查找单词的各种形式：查找英文单词时，可以查找单词的各种形式，如复数、过去时等。
- 区分全角/半角：可区分英文字符和数字的全角和半角形式。

若用新的文本替换查找到的文本，操作方法如下：

步骤 1

将光标置于文档中的任意位置，依次单击【编辑】→【替换】命令，弹出"查找和替换"对话框。

步骤 2

在"替换"选项卡下，"查找内容"下拉列表框中输入要查找的文本，如"首都"，在"替换为"下拉列表框中输入将要替换的新文本，如"北京"，如图 2-30 所示。

图 2-30　"替换"选项卡

步骤 3

单击【查找下一处】按钮，当在文档中找到第一个"首都"时，Word 将以反白方式显示被查找的词。

步骤 4

如果要替换第一个找到的内容，则单击【替换】按钮。反复进行步骤 3 和步骤 4 可以边审查边替换；如果要全部替换文档中的"首都"为"北京"，可单击【全部替换】按钮，则可一次全部替换完毕。

注意：单击【全部替换】按钮，有可能因考虑不周而出现错误替换，一定要慎重操作。

步骤 5

若要详细设置查找和替换的条件，可单击【高级】按钮，此时"查找和替换"对话框和图 2-29 所示基本相同，不再叙述。

Word 不仅可以替换一般的文本，还可以替换段落标记、制表符等特殊字符，如图 2-31 所示，打开的文档在录入时没有按照正规的方法进行操作，一行按一次【Enter】键，也就是说文本的每一行都是一段，这样的文本再进行段落的排版是非常困难的，如何使该文档的七段（行）成为一段呢？显然逐个删除每段后的段落标记并不是好的办法，这时可以用查找和替换的方法来一次性删除多个段落标记。操作过程如下：

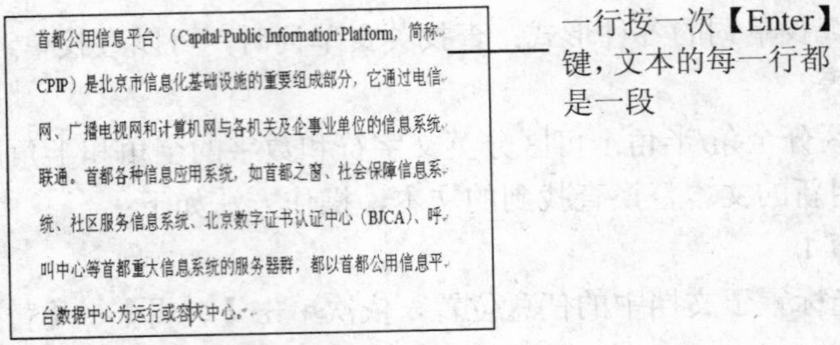

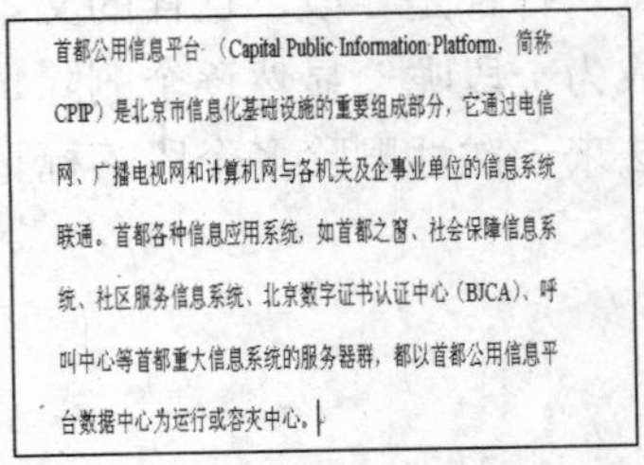

首都公用信息平台（Capital Public Information Platform，简称
CPIP）是北京市信息基础设施的重要组成部分，它通过电信
网、广播电视网和计算机网与各机关及企事业单位的信息系统
联通，首都各种信息应用系统，如首都之窗、社会保障信息系
统、社区服务信息系统、北京数字证书认证中心（BJCA）、呼
叫中心等首都重大信息系统的服务器群，都以首都公用信息平
台数据中心为运行或容灾中心。

一行按一次【Enter】
键，文本的每一行都
是一段

图 2-31　没有按照正规方法录入的文档

步骤 1

将光标置于文档中的任意位置，依次单击【编辑】→【替换】命令，弹出"查找和替换"
对话框。

步骤 2

在"替换"选项卡下，单击【高级】按钮，此时在"查找内容"下拉列表框中不用输入
任何文字，而是单击【特殊字符】按钮，在弹出的菜单中选择"段落标记"，如图 2-32 所示。

步骤 3

此时 Word 自动将段落标记字符填入到"查找内容"列表框中，在"替换为"下拉列表
框中，不输入任何内容，表示将查找的内容删除，如图 2-33 所示。

图 2-32　查找特殊字符

图 2-33　将查找的特殊字符删除

步骤 4

单击【全部替换】按钮，弹出如图 2-34 所示的对话框，单击【确定】按钮后，一次完成
了 7 处替换，文档合并成一段，如图 2-35 所示。

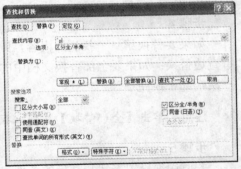

图 2-34　全部替换完成提示

图 2-35　替换后的效果

（4）归纳分析

任何一个字处理程序都应当具有查找和替换的功能，Word 2003 进一步丰富了查找和替换的内容，它不仅可以查找和替换字符，还可以对文本的格式进行查找和替换（相关内容下一节介绍），也可以对段落标记、分页符、制表符等特殊字符进行查找和替换。我们在工作中要注意灵活应用，以提高工作的效率和准确性。

下面思考一个问题，假设一篇文档由 5 个段落组成，如何通过查找和替换的方法使得每段之间增加一个空行。

任务 7 分段与合段

（1）目标与任务分析

所谓分段就是将一段文本分成两段文本；合段就是将两段文本合成一段文本。

（2）操作思路

分段与合段的操作，首先要求我们明确什么是一段？在本节任务 2 中已指出：按【Enter】键后产生的是段落标记。所以一段就是两个段落标记之间的内容。分段时只要在分段位置上加一个段落标记（按一次【Enter】键）即可；合段时只需将两段之间的段落标记删除即可。

（3）操作步骤

步骤 1

若想在一个段落中分出一个新段，首先将光标移至分段位置，然后按一下【Enter】键。

步骤 2

若想把两个段落合并起来，首先将光标移至第一段的段尾，然后按【Delete】删除键，或将光标移至第二段的开始处，然后按【Backspace】退格键。

（4）归纳分析

通过本任务的操作，再结合本节任务 6 的高级替换操作，应当对什么是一段？什么是段落标记？有一个正确的认识。如果掌握不好这些问题，有时对 Word 的一些现象就不能做出正确地解释，详见本教材 2.4 节任务 3 归纳分析。

任务 8 撤销与恢复

Word 具有自动记录用户所做操作的功能，这种存储功能，便于撤销由于误操作而造成的后果。

单击"常用"工具栏的【撤销】按钮，或依次单击【编辑】→【撤销】命令，可取消对文档的最后一次操作；多次单击【撤销】按钮，可依次从后向前取消对文档的多次操作，也可以单击【撤销】按钮右边的下拉箭头，弹出一个列表，其中列出了以前完成的若干次操作，鼠标在列表中下拉，直接选择所要撤销的若干次操作，然后单击鼠标左键，就可以一次将前面选择的操作全部撤销。

在撤销某个操作后，如果想恢复已被撤销的操作，只需单击"常用"工具栏上的【恢复】按钮即可。

2.2　Word 的排版技术

文档经过录入、编辑后，还需要进行排版，所谓排版就是为文档设置格式。Word 提供了丰富的排版功能，可以快速地编排出各种丰富多彩的文档格式，排版技术主要包括设置字符格式、段落格式和页面格式三大内容。

任务 1　设置字体、字形、字号和字符的颜色

（1）目标与任务分析

本任务是完成字符格式的设置工作。字体是指字符的形体；字形是附加于字符的一些属性，如加粗和倾斜；字号就是字符的大小，字号越大字符越小，Word 默认情况下采用的是五号字。

（2）操作思路

如前所述，排版技术主要包括设置字符格式、段落格式和页面格式，本任务是设置字符格式，它的操作要点是：在操作前一定要将字符选定，使其以反白的形式显示。最快捷的操作方法是使用"格式"工具栏上的按钮，也可以使用命令。

（3）操作步骤

步骤 1

选定要设置格式的字符，若要设置字体，单击"格式"工具栏上的"字体"框右侧向下箭头，弹出字体列表，列表中既有中文字体又有英文字体，从列表中选择所需字体，如图 2-36（a）图所示。

步骤 2

若要设置字号，单击"格式"工具栏上的"字号"框右侧向下箭头，弹出字号列表，从列表中选择所需字号，Word 中字号越大字符越小，如图 2-36（b）图所示。

步骤 3

若要设置字形，单击"格式"工具栏上的【加粗】和【倾斜】按钮，即可将选定的字符设置成加粗或倾斜格式。这两个按钮属于开关按钮，再次单击后可取消该格式的设置。

步骤 4

若要设置字符的颜色，单击"格式"工具栏上的"字体颜色"框右侧的向下箭头，在弹出的颜色列表中共有 40 种颜色，单击选择所需的颜色，如图 2-37。如果在 40 种颜色中没有满意的颜色，可单击该列表框中的"其他颜色"，调出"颜色"对话框，对话框中提供了"标准"和"自定义"两个调色板，用户可自己调配所需的颜色。

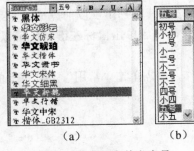

（a）　　　（b）

图 2-36　选择字体和字号

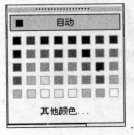

图 2-37　字体颜色列表

以上操作，除了使用"格式"工具栏上的按钮外，还可以使用命令，操作步骤如下：

依次单击菜单栏的【格式】→【字体】命令，弹出"字体"对话框，如图 2-38 所示。在"字体"选项卡下，同样可完成字体、字形、字号和字符颜色的设置。

图 2-38 "字体"对话框

（4）归纳分析

排版技术主要包括设置字符格式、段落格式和页面格式，在操作时首先要明确所做的操作是属于那一类排版操作。字符格式的设置具有以下几个特点：首先操作前一定要将字符选定，使其以反白的形式显示；其次操作既可以使用工具栏按钮也可以使用命令，使用的工具栏是"格式"工具栏，使用的命令为【格式】菜单下的【字体】命令。对于本任务的操作，最快捷的方法是使用工具栏，不建议使用命令。

如前所述，我们曾强调：在学习时要注意掌握 Office 的"风格"，下面结合设置字号的操作，举一个工作中经常遇到的例子，以此来体会什么是 Office 的"风格"。如果需要打印一个很大的"静"字挂在教室的墙上，在图 2-36 所示的 Word 字号列表中，最大的字号为"初号"，而初号字打印出来也不过和一个硬币一样大小，如何打印出比初号字还要大的字符呢？实际上如果列表框中列出的数值不满足用户的需要，那么用户自己可以在列表框中输入需要的数值，这就是 Office 的风格之一。在此只需选定字符后，单击"格式"工具栏的"字号"列表框，输入一个合适的值，然后按【Enter】键，如图 2-39 所示。

注意：字号值的单位是磅，"磅"是一种长度度量单位而不是重量单位。2.83 磅等于 1mm。

文字格式的设置，操作非常简单，很容易掌握。通过上述问题的解决，可以发现仅仅掌握 Word 的操作方法，是远远不够的，实际工作中的许多问题还难以解决。需要在平时的学习中不仅仅局限于掌握操作方法，更要善于思考。在使用 Office 其他组件时，如果遇到类似问题，就可以举一反三，触类旁通。

单击后输入合
适的值，然后按
【Enter】键

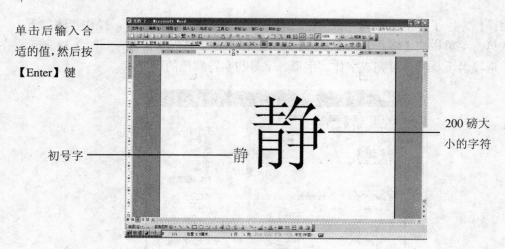

初号字

静

200 磅大
小的字符

图 2-39　设置大字

任务 2　设置字符的缩放和间距

（1）目标与任务分析

设置字符的缩放指设置字符的横向宽窄；设置字符间距就是调整字符之间的疏密程度。

（2）操作思路

本任务属于设置字符格式的内容，操作前仍需将字符选定，使其以反白的形式显示。设置字符的缩放和间距，既可通过工具栏操作，又可以使用命令。

（3）操作步骤

首先介绍通过命令的操作：

步骤 1

选定需要设置的字符。依次单击菜单栏上的【格式】→【字体】命令，弹出"字体"对话框，在对话框中选择"字符间距"选项卡，如图 2-40 所示。

图 2-40　选定"字符间距"选项卡

步骤 2

单击"缩放"下拉列表框右侧的向下箭头，在弹出的列表中选择字符的缩放比例，同设置字号的操作一样，如果该列表中没有合适的值，用户可单击此列表框后输入一个值。

步骤 3

单击"间距"下拉列表框右侧的向下箭头，在弹出的列表中共有"标准"、"加宽"和"紧缩"三种间距，如选定"加宽"或"紧缩"时，需要在其右侧的"磅值"框中填上具体的间距值。

步骤 4

"位置"下拉列表框的作用是用来设置所选文字相对于基线的位置。单击其右侧的向下箭头，在弹出的列表中共有"标准"、"提升"和"降低"三种位置，如选定"提升"或"降低"时，需要在其右侧的"磅值"框中填上具体的值。

步骤 5

单击【确定】按钮。

设置字符缩放和间距也可以通过单击"格式"工具栏上的按钮来实现，操作步骤如下：

步骤 1

选定需要设置的字符。

步骤 2

单击"格式"工具栏上的【字符缩放】按钮右侧的向下箭头，在弹出的列表中选择字符的缩放比例。如果选择"其他"项，则弹出如图 2-40 所示的"字体"对话框，在该对话框中可进行字符缩放和间距的设置。

（4）归纳分析

字符缩放仅设置字符的横向宽窄，它与改变字符的字号是不同的，要注意区别。另外通过工具栏上的按钮，只能设置字符缩放而不能设置字符间距，所以本任务最好通过命令来完成。

任务 3 设置特殊字符效果

（1）目标与任务分析

特殊字符效果主要包括：为字符加着重号、设置上标和下标、为字符添加阴影和空心效果以及设置字符的动态效果等操作。所谓上标是指将选定的字符缩小后再升高，下标就是将选定的字符缩小后再降低。

（2）操作思路

本任务属于设置字符格式的内容，操作前仍需将字符选定，使其以反白的形式显示。与前面设置字符操作不同的是，本任务只能通过命令才能完成。

（3）操作步骤

步骤 1

选定需要设置的字符。依次单击菜单栏上的【格式】→【字体】命令，弹出"字体"对话框，在对话框中选择"字体"选项卡，如图 2-38 所示。

步骤 2

单击"着重号"下拉列表框右侧的向下箭头，在列表中单击选中着重号标记，即给所选字符加上了着重号，在"效果"框中，选择"上标"、"下标"、"阴影"和"空心"等复选框，可以设置上标和下标以及为字符添加阴影和空心效果。

在"效果"框中，还可以根据需要"删除线"、"双删除线"、"阳文"和"阴文"等复选框，可自己动手试一试效果。所谓"阳文"是指文字具有高出纸面的浮雕效果；"阴文"是指文字具有刻入纸面的效果。

步骤 3

单击"文字效果"选项卡，"在动态效果"栏中单击选定 Word 预设的方案，可以为所选文字设置动态效果，如图 2-41 所示，为所选文字"首都公用信息平台概述"设置了"礼花绽放"的动态效果。

注意：动态效果是无法打印显示出来的，但会在屏幕上显示出来，经常在屏幕上演示文档时使用，以增加文档的吸引力。

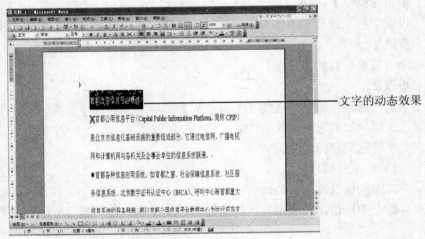

图 2-41　为文字添加动态效果

（4）归纳分析

- 字符格式的设置具有以下几个特点：首先操作前一定要将字符选定，使其以反白的形式显示；其次操作既可以使用工具栏按钮也可以使用命令，使用的工具栏是"格式"工具栏，使用的命令为【格式】菜单下的"字体"选项。对于本任务的操作，只能通过命令的方法完成。
- 在科技文档中经常出现上标和下标，如数学公式（$a^2+b^2=c^2$）和化学符号（H_2O）等，用本任务介绍的方法可以为字符设置上标和下标，但使用起来不是十分方便。如果你的工作经常接触科技文档，频繁使用上标和下标，最好采取一些简便的方法，如使用"格式刷"来复制格式或运行提前录制的宏，有关复制格式和宏的相关操作，本教材后面有详细叙述，在此介绍一种十分简便的方法。

要想快捷的设置上标或下标，可以在"格式"工具栏上添加两个按钮，一个代表设置上标的操作，另一个代表设置下标的操作，操作步骤如下：

步骤 1

依次单击菜单栏上的【工具】→【自定义】命令，弹出"自定义"对话框。

步骤 2

选中该对话框中的"命令"选项卡，在左侧的"类别"框中，单击选定"格式"选项，在右侧的"命令"框中，拖动滚动条，找到"上标"选项后，单击选定，如图 2-42 所示。

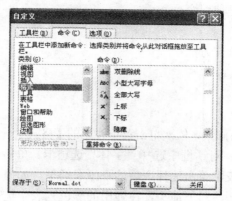

图 2-42　"自定义"对话框

步骤 3

按住鼠标左键向"格式"工具栏拖动"上标"选项，此时在光标的左侧会出现一条粗实线，将粗实线移至工具栏上某一位置（如在【字符颜色】按钮前）松开鼠标，在该位置会出现一个新的按钮，如图 2-43 所示。

步骤 4

采取同样的方法，在"格式"工具栏上添加【下标】按钮。

格式工具栏的新按钮

图 2-43　格式工具栏上新添加的按钮

步骤 5

单击"自定义"对话框上的【关闭】按钮。

有了新添加的按钮后，当我们要设置上标或下标时，只要选定字符后，单击新添加的按钮就可以了。按住【Alt】键，鼠标左键拖动该按钮，可以将它从工具栏上删除。

另外，单击"格式"工具栏右侧的【工具栏选项】下拉按钮，在下拉菜单中依次选择【添加或删除按钮】→【格式】命令，在弹出的菜单中，也可以方便快速地在"格式"工具栏上添加【上标】和【下标】按钮。

以上这种由用户自定义工具栏的操作，实际上也是 Office 的一种"风格"，当使用 Office 其他组件或遇到类似的问题时，都可以做出相似的处理。

任务 4　给字符添加下画线、边框和底纹

（1）目标与任务分析

为字符添加下画线、边框和底纹是常见的排版操作。需要注意的是：添加边框和底纹的操作并不仅仅是属于字符格式的设置，也可以给段落添加边框和底纹，也可以给页面添加边框，本任务仅讨论给字符添加边框和底纹。

（2）操作思路

为字符添加下画线、边框和底纹也有两种操作方法，既使用工具栏操作和通过命令菜单

操作。但通过工具栏操作添加的下画线、边框和底纹样式单一，常不能满足工作的需要，所以完成本任务的最好方法是使用命令。

（3）操作步骤

首先介绍使用命令的操作方法：

步骤 1

选中要设置格式的文本。

步骤 2

若想为所选文本添加下画线，依次单击菜单栏上的【格式】→【字体】命令，弹出"字体"对话框，如图 2-38 所示。在对话框中选择"字体"选项卡，单击"下画线线型"列表框右侧的向下箭头，在下画线列表中单击选择所需的下画线类型，如需设置下画线的颜色，可单击"下画线颜色"列表框右侧的向下箭头，在弹出的颜色列表中选择所需的颜色。

步骤 3

单击【确定】按钮，关闭"字体"对话框。

步骤 4

若要为所选文本添加边框，依次单击菜单栏上的【格式】→【边框和底纹】命令，弹出"边框和底纹"对话框，对话框中选择"边框"选项卡，依次在"设置"、"线型"、"颜色"和"宽度"等列表框中选择所需的参数。此时可以在"预览"框中查看设置的结果，如图 2-44 所示。

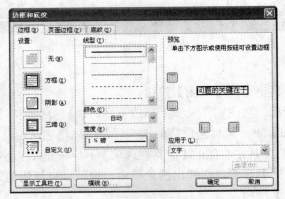

图 2-44 "边框和底纹"对话框

步骤 5

单击【确定】按钮。关闭"边框和底纹"对话框。

步骤 6

若要为所选文本添加底纹，依次单击菜单栏上的【格式】→【边框和底纹】命令，弹出"边框和底纹"对话框，对话框中选择"底纹"选项卡，如图 2-45 所示。

根据需要依次在"填充"、"式样"和"颜色"列表框中，选定合适的参数。注：底纹是由前景和背景所组成的，"填充"框中选择的是底纹的背景图案；"式样"框中选择的是底纹的前景图案；"颜色"框中选择的是前景中的线条和点的颜色。

图 2-45 选定"底纹"选项卡

步骤 7

单击【确定】按钮，关闭"边框和底纹"对话框。

为字符添加下画线、边框和底纹，也可以通过单击"格式"工具栏上的按钮来实现，操作步骤如下：

选中要设置格式的文本。依次单击"格式"工具栏上的【下画线】、【字符边框】和【字符底纹】按钮即可，如图 2-46 所示。

单击"下画线"后，Word 默认为字符添加单实线下画线，如果要添加其他类型的下画线，可单击其右侧的向下箭头，在下拉列表中选择所需的下画线类型，若选择"其他下画线"则弹出图 2-38 所示的"字体"对话框，在该对话框中可继续对下画线进行设置；单击"字符边框"按钮默认为字符添加单实线的方框；单击【字符底纹】按钮，默认为字符添加灰色底纹。

下画线　字符边框　字符底纹

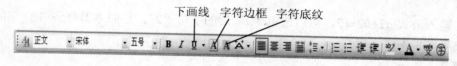

图 2-46 "格式"工具栏为字符添加添加下画线、边框和底纹

（4）归纳分析

通过完成本任务，可以得出以下结论：若为字符添加下画线、边框和底纹，最好的方法是使用命令。

这里有一个问题需要考虑：对字符的格式设置，以往都是通过依次单击菜单栏上的【格式】→【字体】命令，在弹出的"字体"对话框中，进行格式设置，为什么字符的边框和底纹却不能在"字体"对话框中设置呢？问题的关键是，添加边框和底纹的操作并不仅仅是属于字符格式的设置，我们也可以给段落添加边框和底纹，也可以给页面添加边框。所以 Word 将"边框和底纹"在"格式"菜单中单独列出，作为一个独立的选项是有道理的。

任务 5 复制字符的格式

（1）目标与任务分析

复制字符的格式是指将某一部分的字符格式复制到另一部分字符上，使它们具有相同的格式。在这里要与 2.1 节任务 5 中有关文字的复制区分开来。

（2）操作思路

"常用"工具栏上有一个【格式刷】按钮，单击此按钮可以非常方便地实现字符格式的复制。

（3）操作步骤

步骤 1

选定已设置好格式的字符。

步骤 2

单击"常用"工具栏上的【格式刷】按钮，此时鼠标指针变为刷子形。

步骤 3

将鼠标指针移动到要复制格式的字符开始处，拖动鼠标直到要复制格式的字符结束处，松开鼠标左键即可。

注意：以上操作"格式刷"只能使用一次，要想多次使用"格式刷"，在步骤 2 中应双击"常用"工具栏上的【格式刷】按钮，这时"格式刷"可多次使用。如要取消"格式刷"功能，只需再单击【格式刷】按钮。

（4）归纳分析

熟练掌握使用"格式刷"来复制字符格式的方法，可以帮助我们提高操作的速度。在此，回到本节任务 3 设置字符的上标和下标的操作上来，当需要输入类似于 $a^2+b^2=c^2$ 这样的公式时，除了以前介绍的方法，还可以通过使用"格式刷"来实现快速输入。操作步骤如下：

步骤 1

首先输入公式 $a2+b2=c2$，然后选定"a"后的字符"2"，按照本节任务 3 介绍的操作方法，将该字符设置成上标。

步骤 2

双击"常用"工具栏上的【格式刷】按钮，此时鼠标指针变成刷子形，两次使用"格式刷"，分别将"b"和"c"后面的字符"2"复制成上标格式。

步骤 3

再单击【格式刷】按钮，取消"格式刷"功能。

目前，公式 $a^2+b^2=c^2$ 我们可以通过 3 种操作方法来实现：调出"字体"工具栏，依次将公式中的三个字符"2"设置成上标；在工具栏上自定义一个【上标】按钮，依次将公式中的三个字符"2"设置成上标；将公式中的一个字符"2"设置成上标后，通过"格式刷"将其余的字符"2"设置成上标。对于以上 3 种操作方法，希望大家相互比较一下。

任务 6　查找和替换带有格式的文本

（1）目标与任务分析

如前所述，Word 2003 具有强大的查找和替换功能，它不仅可以查找和替换字符，还可以对文本的格式进行查找和替换。在 2.1 节中，由于还没有学习有关字符格式的相关内容，所以我们只讨论了纯文本的查找和替换，本任务将讨论有关格式的查找和替换问题。

如图 2-47 所示，若要将文档正文中的"首都"二字符，全部设置成黑体、加粗并倾斜的格式，而标题中的"首都"二字格式不变，如何实现呢？

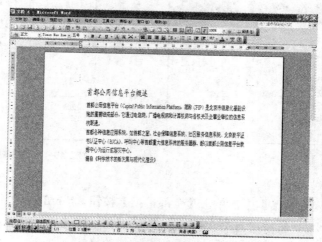

图 2-47　要进行查找和替换的文本

（2）操作思路

在此关键要抓住标题中的"首都"二字与正文中的"首都"二字之间的区别，它们虽然字符相同，但格式不同，标题字符是三号楷体字而正文字符是五号宋体字。所以只需查找具有五号宋体字格式的"首都"，将找到的字符替换为黑体、加粗并倾斜的格式就可以了。

（3）操作步骤

步骤 1

将光标置于文档中的任意位置，依次单击【编辑】→【替换】命令菜单，弹出"查找和替换"对话框。

步骤 2

在"替换"选项卡中，"查找内容"下拉列表框中输入要查找的文本"首都"，单击【高级】按钮。

步骤 3

单击【格式】按钮，弹出的菜单中选择"字体"选项，如图 2-48 所示。

步骤 4

弹出的"查找字体"对话框中，在"中文字体"框中选择"宋体"；"字号"框中选择"五号"，如图 2-49 所示，单击【确定】按钮，返回"查找和替换"对话框，此时在"查找内容"框的下方，已列出查找内容的格式。

步骤 5

在"查找和替换"对话框中，"替换为"下拉列表框中输入要替换的新文本，在此仍为"首都"，再次单击【格式】按钮，下拉列表中选择"字体"选项。

步骤 6

弹出的"替换字体"对话框中，设置要替换的字体格式，在"中文字体"框中选择"黑体"；"字形"框中选择"加粗倾斜"，单击【确定】按钮，返回"查找和替换"对话框。

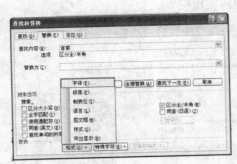

图 2-48　选择"字体"选项　　　　　　　　图 2-49　"查找字体"对话框

步骤 7

在"查找和替换"对话框中，单击【全部替换】按钮，Word 自动替换指定格式的文本。替换后的文档如图 2-50 所示，与图 2-47 所示的文档相比较，可以发现，文档中除标题以外的所有"首都"二字，都已设置成黑体、加粗并倾斜的格式。

图 2-50　完成替换后的文档

（4）归纳分析

通过本任务的操作再结合 2.1 节任务 6，对 Word 的查找和替换功能有了较全面的了解，Word 的查找和替换功能十分强大，它不仅可以对纯文本进行查找和替换，也可以对特殊字符进行查找和替换，还可以对文本的格式进行查找和替换。

另外，同一问题往往可以用不同的操作方法来完成。以本任务为例，如果文档很短，也可以用复制格式的方法，即采用"格式刷"来完成操作，只需选定文档正文中第一次出现的"首都"二字符，将其设置为黑体、加粗并倾斜的格式，然后双击"常用"工具栏上的【格式刷】按钮，拖动鼠标依次将其余的"首都"复制成该格式即可。当然如果文档较长，就不适合采用此方法。在处理实际的问题时，要针对不同的情况采用最简捷的操作。

任务 7　设置段落的对齐方式

（1）目标与任务分析

从本任务开始，将介绍有关段落格式设置的操作。可以对文档的不同段落采用不同的对齐方式，Word 中对齐方式主要有以下 4 种：

- 两端对齐：将所选段落的每一行（末行除外）两端同时对齐。
- 居中对齐：将所选段落的每一行文本都居中排列。
- 右对齐：将所选段落的每一行右端对齐，左端不对齐。
- 分散对齐：如果段落中的某行字符不满一行时，将拉开字符间距，使该行字符在一行中均匀分布，达到左右两端均对齐的效果。

（2）操作思路

段落格式的设置与字符格式的设置最大的区别在于选中方式，如前所述，设置字符格式前一定要将字符选定，使其以反白的形式显示；而设置段落格式前，只需将光标插入到段落中的任何位置即可。当然你如果不怕麻烦，也可以将整个段落选中使其反白显示。

设置段落对齐方式最快捷的操作方法就是单击"格式"工具栏上的按钮，也可以使用命令。

（3）操作步骤

通过工具栏设置段落对齐方式操作如下：

步骤 1

将光标放置到要设置对齐方式的段落中任意位置。

步骤 2

根据需要，单击"格式"工具栏上的【两端对齐】、【居中】、【右对齐】和【分散对齐】按钮，如图 2-51 所示。

图 2-51 "格式"工具栏上的按钮

通过命令设置段落对齐方式操作如下：

步骤 1

将光标插入到要设置对齐方式的段落中任意位置。

步骤 2

依次单击菜单栏的【格式】→【段落】命令，弹出"段落"对话框，如图 2-52 所示。该对话框中，单击"对齐方式"下拉列表框右侧的向下箭头，在下拉列表中选择需要的对齐方式，单击【确定】按钮。

（4）归纳分析

排版技术主要包括设置字符格式、段落格式和页面格式，从本任务开始，将介绍有关段落格式设置的操作。在操作时首先要明确所做的操作是属于那一类排版操作。段落格式的设置具有以下几个特点：首先操作前不一定要将字符选定，使其以反白的形式显示，只需将光标插入到段内的任何位置即可；其次操作既可以使用工具栏按钮也可以使用命令，使用的工具栏是"格式"工具栏，使用的命令为【格式】菜单下的"段落"选项。对于本任务的操作，最快捷的方法是使用工具栏，不建议使用命令。

图 2-52　"段落"对话框

任务 8　设置段落的缩进方式

（1）目标与任务分析

Word 默认以页面的左、右边距为文档段落的左、右边界，设置段落缩进指改变正文与页边距之间的距离，通俗地讲，就是改变段落的宽度。

段落缩进主要有以下 4 种方式：

* 左缩进：段落的左端与页面左边距的距离。
* 右缩进：段落的右端与页面右边距的距离。
* 首行缩进：段落第一行的第一个字符与段落左端的距离，常用来设置段落首行缩进两个汉字的宽度。
* 悬挂缩进：段落中除首行外的各行进行缩进。

（2）操作思路

段落缩进的目的，是使文档的段落更加清晰，以便于阅读。它的操作方法主要有以下几种：

* 使用 Word 窗口中的标尺。
* 使用命令操作。
* 使用"格式"工具栏。

（3）操作步骤

工作中经常使用 Word 窗口中的标尺设置段落的缩进，操作方法如下：

步骤 1

在页面视图中，Word 窗口将显示垂直标尺和水平标尺；在普通视图中，将显示水平标尺。如果 Word 窗口中没有标尺，依次单击菜单栏的【视图】→【标尺】命令，为 Word 窗口添加标尺。

步骤 2

在水平标尺上有 4 个缩进标记，分别代表"左缩进"、"右缩进"、"首行缩进"和"悬挂缩进"，如图 2-53 所示。将鼠标在要设置缩进的段落内任意处单击，用鼠标拖动相应的标记即可对所选段落设置缩进格式。如果在拖动标记的同时按住【Alt】键，那么标尺上会显示出具体的缩进数值。从 Word 2000 开始，Word 引入了一种新的度量单位——字符单位，在标尺上显示的值代表字符的数量。

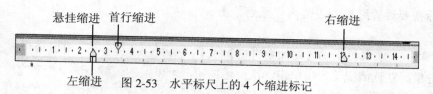

图 2-53 水平标尺上的 4 个缩进标记

注意：在 Word 以前的版本中，标尺上的单位是厘米，如果对字符单位不适应或需要设置的缩进量单位是厘米时，可将标尺单位换成厘米，操作过程如下：

依次单击菜单栏上的【工具】→【选项】命令，弹出"选项"对话框，如图 2-54 所示，选择"常规"选项卡，将"使用字符单位"前的复选标记去除，"度量单位"下拉列表框中选择"厘米"，此时水平标尺上的数值单位就为厘米。

使用标尺设置缩进简单方便，但是难以做到精确，如果需要精确设置缩进时，不能用此方法，此时只能使用命令操作，操作过程如下：

图 2-54 "选项"对话框

步骤 1

将鼠标在要设置缩进的段落内任意处单击。

步骤 2

依次单击菜单栏上的【格式】→【段落】命令，弹出"段落"对话框，如图 2-52 所示。

步骤 3

选择"缩进和间距"选项卡，在"缩进"栏中选择左缩进和右缩进的值（以字符为单位），单击"特殊格式"栏右侧的向下箭头，在列表中选择"首行缩进"或"悬挂缩进"，同时在"度量值"框中选择首行缩进或悬挂缩进的值（以字符为单位）。

若取消首行缩进或悬挂缩进，"特殊格式"下拉列表中选择"无"即可。

步骤 4

单击【确定】按钮，关闭"段落"对话框。

还可以利用"格式"工具栏来设置段落的缩进，操作过程如下：

步骤 1

将鼠标在要设置缩进的段落内任意处单击。

步骤 2

单击"格式"工具栏上的【增加缩进量】或【减少缩进量】按钮，可以增加或减少所选段落的左缩进量。默认情况下，每单击一次上述按钮，可以增加或减少一个汉字宽度的缩进量。

这种方法虽然简单，但是只能设置左缩进，而且缩进量是固定不变的，因此灵活性较差。

（4）归纳分析

设置段落缩进的目的是改变正文与页边距之间的距离，通俗地讲，就是改变段落的宽度。在本任务中共介绍了 3 种设置段落缩进的操作方法，每种方法都有自己的特点和适用条件，使用标尺的方法简单快捷但不准确；使用命令的方法能够精确设置但比较烦琐；使用工具栏的方法非常简单但只能设置左缩进，而且缩进量固定不变缺乏灵活性。工作中要结合实际情况，选择最合适的方法进行操作。

任务 9 设置行间距和段间距

（1）目标与任务分析

为了使文档的段落显得条理清晰，Word 提供了设置段落行间距和段间距的功能。行间距是指一个段落内行与行之间的距离，Word 文档的默认行间距为单倍行距；段间距是指相邻段落之间的距离，它分为段前间距和段后间距两种。

（2）操作思路

设置行间距和段间距的操作属于段落格式的设置，可以用命令的方法来完成此任务。

（3）操作步骤

步骤 1

将鼠标在要设置格式的段落内任意处单击，依次单击菜单栏上的【格式】→【段落】命令，弹出"段落"对话框，如图 2-52 所示。

步骤 2

单击选中"缩进和间距"选项卡，在"间距"栏的"段前"和"段后"框中输入相应的数值（单位为行），即可设置该段的段间距。

步骤 3

单击"行距"下拉列表框右侧的向下箭头，在下拉列表中选择所需的行距值。下拉列表中共有 6 种选项，其含义如下：

- 单倍行距：这是 Word 默认的行距，它表示行距为行中最大字符的高度，并留有适当的空隙。
- 1.5 倍行距：它表示行距为行中最大字符高度的 1.5 倍。
- 2 倍行距：它表示行距为行中最大字符高度的 2 倍。
- 最小值：它表示行距为仅能容纳最大字符的高度，并无任何空隙。
- 固定值：它表示行距固定不变，即使字符大小发生变化 Word 也不会自动调整。
- 多倍行距：可按单倍行距的倍数，增加或减少行距。

注意： 只有在后两种选项中，需要在"设置值"框中输入数值。除"固定值"选项外，其余各选项都可根据字符的大小变化，自动调整行距，"固定值"选项行距不会自动调整。如图 2-55 所示，行间距设置为"固定值"，当字符变大后行距不自动调整，所以字符的上部分不能被完整显示出来。

> 首都公用信息平台（Capital Public Information Platform，简称 CPIP）是北京市信息化基础设施的重要组成部分，它通过电信网、广播电视网和计算机网与各机关及企事业单位的信息系统联通。

图 2-55　字符变大后行距不自动调整

步骤 4

单击【确定】按钮，关闭"段落"对话框。

（4）归纳分析

设置行间距和段间距是最常用的排版技术，应用此技术可以十分自如地增加或减少行与行之间以及段与段之间的距离。一定不要按【Enter】键来增加或减少行间距或段间距，这是错误的操作方法。

设置行间距和段间距除了使文档的段落显得条理清晰外，它还有以下的作用：当你录入的文档差一点不满一页或稍稍超过了一页时，可以适当增加或减少行距和段距，以使文档美观并节省纸张。

另外，对于段间距的概念要有正确的理解。段间距指相邻两段之间的距离，它等于前一段的段后间距与后一段的段前间距之和。不要认为段间距等于前一段的段后间距或后一段的段前间距。

任务 10　项目符号和编号的设置与使用

（1）目标与任务分析

如图 2-56 所示，排版文档时可以在段落前添加编号或某些特定的符号，这样可以提高文档的条理性和完整性。本任务就是要介绍为段落添加项目符号和编号的操作。

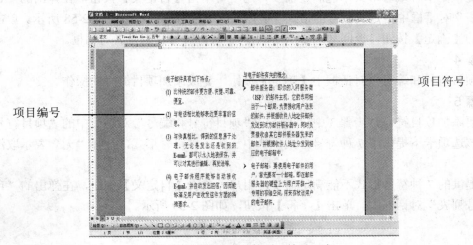

图 2-56　项目编号与项目符号示意

（2）操作思路

设置项目符号和编号的操作可以分为两种类型：在输入文本的同时自动创建项目符号和编号及对已存在的段落添加项目符号和编号。

（3）操作步骤

对已存在的段落添加项目符号和编号，可操作如下：

步骤 1

选定要添加项目符号或编号的段落。如果仅有一段文本，将光标插入其中任何位置即可；如果是多个段落，需要将它们全部选中，呈反白显示。

步骤 2

依次单击菜单栏上的【格式】→【项目符号和编号】命令，弹出"项目符号和编号"对话框，如图 2-57 所示。

图 2-57　"项目符号和编号"对话框

步骤 3

若要添加项目编号，单击选定"编号"选项卡，该选项卡下提供了 7 种编号形式，从中选择一种编号形式，选择"无"表示取消项目编号。

若提供的 7 种编号形式不能满足需要，用户可单击【自定义】按钮，在弹出的"自定义编号列表"对话框中自定义编号的格式、字体及起始编号等内容，如图 2-58 所示。单击该对话框中的【确定】按钮，返回如图 2-57 所示的"项目符号和编号"对话框。

步骤 4

"项目符号和编号"对话框中【确定】按钮，完成添加项目编号的操作。

步骤 5

若要添加项目符号，步骤 3 中单击选定"项目符号和编号"对话框中的"项目符号"选项卡，该选项卡下提供了 7 种符号形式，从中选择一种符号形式，选择"无"表示取消项目符号。

若提供的 7 种符号形式不能满足需要，用户可单击【自定义】按钮，在弹出的"自定义项目符号列表"对话框中，单击【字符】按钮，如图 2-59 所示。

图 2-58　"自定义编号列表"对话框

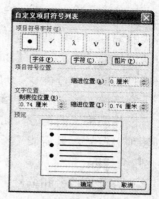

图 2-59　"自定义项目符号列表"对话框

步骤 6

在弹出的"符号"对话框中，在"字体"下拉列表框中选定某个符号集，在下面的符号框中选定需要的符号，单击【确定】按钮，如图 2-60 所示返回"自定义项目符号列表"对话框。

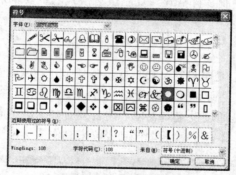

图 2-60　"符号"对话框

步骤 7

单击"自定义项目符号列表"对话框中的【确定】按钮，返回到如图 2-57 所示的"项目符号和编号"对话框，单击该对话框中的【确定】按钮，完成添加项目符号的操作。

还可以利用"格式"工具栏对已存在的段落添加项目符号和编号，操作过程如下：

步骤 1

选定要添加项目符号或编号的段落。如果仅有一段文本，将光标放置在其中任何位置即可；如果是多个段落，需要将它们全部选中，呈反白显示。

步骤 2

若要添加编号，单击"格式"工具栏上的【编号】按钮；若要添加项目符号，单击"格式"工具栏上的【项目符号】按钮。

以上两个按钮都是开关按钮，再一次单击后将取消项目符号和编号的设置，选择这种操作方法，只能添加 Word 默认的项目符号和编号，不能选择其他形式。

要在输入文本的同时自动创建项目符号和编号，操作过程如下：

如果想自动创建编号，在输入文本时，先输入起始编号例如"1."或"（1）"或"第一、"

等，然后输入文本，当一段结束后按【Enter】键时，在下一段开始处，就会自动创建与上一段相同格式的编号。重复以上步骤，在输入文本的同时为文档的各段自动创建了编号。如果要结束自动创建编号，只需按【Backspace】键删除最后一个编号即可。

如果要自动创建项目符号，在输入文本时，先输入起始符号，例如星号"*"或减号"–"，然后按一下空格键，输入文本，当一段结束后按【Enter】键时，在下一段开始处，就会自动创建与上一段相同格式的符号，此时"*"会自动变成"●"作为文档的项目符号。如果要结束自动创建项目符号，只需按【Backspace】键删除最后一个项目符号即可。

（4）归纳分析

为段落设置项目符号和编号，可以提高文档的条理性和完整性。除此之外，创建编号后，如果插入或删除某一段落时，其余的段落编号会自动调整，不用人工修改，在编辑文档时非常方便。

如果为多个段落添加项目符号和编号，也可以将光标插入某一段内的任意位置，为此段设置好项目符号或编号后，双击"常用"工具栏上的【格式刷】按钮，然后依次在其余各段内单击即可实现格式的复制。由于要复制的是段落的格式，所以无需在其余的各段内拖动鼠标，这也是用"格式刷"复制字符格式与复制段落格式的重要区别。

任务 11　设置制表位

（1）目标与任务分析

如图 2-61 所示的列表，是常见的文档形式，在制作列表过程中，最大的困难就是如何使列表中的各列对齐。当然，可以通过增加空格的方法使文本中的各列对齐，但这不是一个好的办法。此时最好的办法是通过设置制表位，使各列对齐。所谓制表位就是按【Tab】键后，插入点光标所停留的位置。本任务就是设置制表位来制作图 2-61 所示的列表。

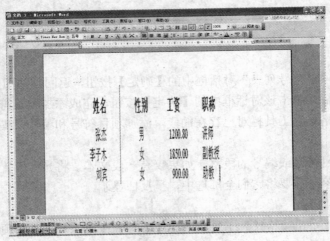

图 2-61　要制作的列表

（2）操作思路

Word 中共提供了以下 5 种制表符对齐方式：

- 左对齐：使文本左对齐，图 2-61 中"职称"一列就是左对齐形式。

- 居中：使文本居中对齐，图 2-61 中"性别"一列就是居中对齐形式。
- 右对齐：使文本右对齐，图 2-61 中"姓名"一列就是右对齐形式。
- 小数点对齐：使数字中的小数点对齐，图 2-61 中"工资"一列就是小数点对齐形式。
- 竖线对齐：为了使制表位之间的界限显示出来，在两个制表位之间划一条竖直线，图 2-61 中"姓名"一列与"性别"一列之间就是竖线形式。

通过 Word 窗口的标尺，可以快速方便地设置制表位，但是这种方法难以做到精确定位；通过命令可以精确地设置制表位。

（3）操作步骤

首先介绍通过命令设置制表位的方法：

步骤 1

依次单击菜单栏上的【格式】→【制表位】命令，弹出"制表位"对话框，如图 2-62 所示。

图 2-62　"制表位"对话框

步骤 2

"制表位"对话框中，"制表位位置"文本框中输入数值（单位为字符），在"对齐方式"栏中选中某一对齐方式单选按钮，单击【设置】按钮。重复以上过程，将制作图 2-61 所示列表所需的制表位全部设置完毕。如果要删除某个制表位，可以在"制表位位置"框中单击选定该制表位，然后单击【清除】按钮，单击【全部清除】按钮则将设置的制表位全部删除。

步骤 3

单击【确定】按钮，关闭"制表位"对话框。此时在标尺上出现了制表符标记，如图 2-63 所示。

制表符标记

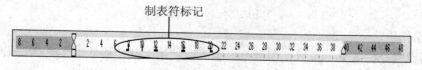

图 2-63　标尺上出现的制表符标记

步骤 4

制表位设置完毕后，就可以方便地制作列表了。按一下【Tab】键，光标停留到了设置的第一个制表位位置，输入"姓名"；再按一下【Tab】键，光标跳过设置的竖线制表位直接停留到了第 3 个制表位位置，输入"性别"；重复以上操作，依次输入"工资"、"职称"。然后按【Enter】键开始新的一行，此时 Word 会自动在竖线制表位处延长竖线标记，按一下【Tab】键，输入文本。重复以上过程直至完成列表。

通过 Word 窗口的标尺，可以快速方便地设置制表位，操作过程如下：

在水平标尺的最左端，有一个【制表符】按钮，单击该按钮，5 种制表位形式依次出现。当出现所需要的制表符时，单击标尺上的指定位置，此时就会在该位置出现对应的制表符标记。按照此方法，可将制作列表所需的制表符依次设置好。这种方法虽然快速方便，但难以做到精确定位。

（4）归纳分析

设置制表位的目的是使文字在分隔后再对齐，初学者往往使用增加空格的方法，但这样做非常麻烦而且往往没有办法对齐。正确的方法是通过设置制表位以控制按【Tab】键后光标的位置，来实现文字在分隔后的对齐。

任务 12 为文档设置分栏

（1）目标与任务分析

分栏排版是报纸、杂志中常用的排版方式，使用 Word 可以在文档中建立不同版式的栏。如图 2-64 所示，分栏可以使文档生动、具有吸引力。本任务是为文档设置分栏格式，分栏的操作属于排版内容中的页面格式设置，从本任务开始将介绍页面格式设置的相关问题。

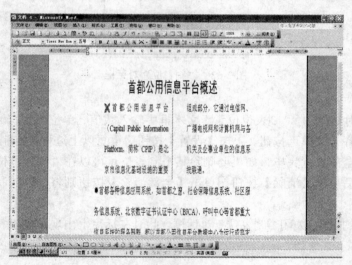

图 2-64 分栏效果

（2）操作思路

为文档设置分栏效果，可以使用命令，也可以使用"其他格式"工具栏。只有在"页面视图"下才能显示分栏效果，所以操作前应将文档切换到"页面视图"。

（3）操作步骤

步骤 1

如果只对文档中的某些段落进行分栏，应选定这些段落使其反白显示；如果对整篇文档进行分栏，将插入点移动到文档的任意处即可。

步骤 2

依次单击菜单栏上的【格式】→【分栏】命令，弹出"分栏"对话框，如图 2-65 所示。

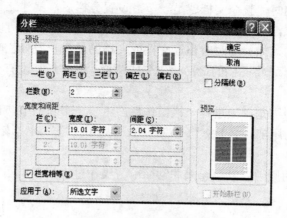

图 2-65　"分栏"对话框

步骤 3

在"预设"栏中选定栏格式；在"栏数"框中输入分栏数；选定"分隔线"复选框，可以在各栏之间添加一条分隔线；选中"栏宽相等"复选框，则各栏的宽度相等，否则可以自己设置各栏的宽度。设置栏宽时应保证各栏宽度与栏间距之和等于页面宽度。

步骤 4

单击【确定】按钮，关闭"分栏"对话框，完成文档分栏的设置。

也可以使用"其他格式"工具栏，为文档设置分栏效果，操作过程如下：

步骤 1

依次单击菜单栏上的【视图】→【工具栏】→【其他格式】命令，为 Word 窗口添加"其他格式"工具栏。

步骤 2

如果只对文档中的某些段落进行分栏，应选定这些段落使其反白显示；如果对整篇文档进行分栏，将插入点移动到文档的任意处即可。

步骤 3

单击"其他格式"工具栏上的【分栏】按钮，然后拖动鼠标选择分栏数，如图 2-66 所示。

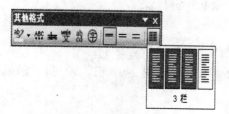

图 2-66　"其他格式"工具栏

（4）归纳分析

设置分栏的操作很简单，本任务的关键是要掌握分栏的本质，分栏是和"节"的概念密切相关的，"节"是 Word 中的一个重要概念。可以把一个文档分成若干部分，而且每一部分都有自己的格式，那么文档的每一部分可以称为一个"节"。

当打开一个新文档时，整个文档就是一节，设置分栏后，就建立了一个新的节，在此节内文档保持着同一格式，即分栏格式。掌握了"节"的概念后，就可以正确地处理分栏操作中经常出现的一些问题，如：有时对整篇文档或文档的最后一段分栏时，操作后却没有预想的效果，如图 2-67 所示，将文档的最后一段分成两栏，操作后却没有分栏效果，如何解决这个问题呢？

出现上述问题的原因是：当进行分栏操作后产生了一个新的节，该节开始于上一段的尾部，结束于最后一段的尾部。由于文档不满一页，Word 只能判断出该节的开始处，却无法判断该节的结束位置。

知道了问题产生的原因后解决起来非常简单，操作过程如下：

步骤 1

将插入点移动到最后一段的尾部。

步骤 2

依次单击菜单栏上的【插入】→【分隔符】命令，弹出"分隔符"对话框，如图 2-68 所示。在"分节符类型"栏中，单击选中"连续"单选按钮，表示在光标位置插入一个分节符以结束由于分栏产生的新节。

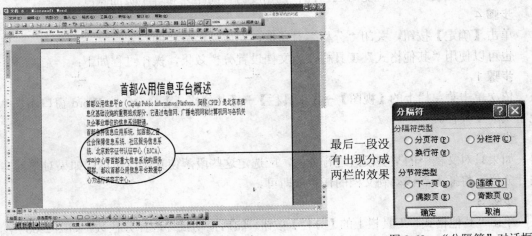

图 2-67　未出现分栏效果　　　　　　　　　图 2-68　"分隔符"对话框

步骤 3

单击【确定】按钮，关闭"分隔符"对话框。

操作后的效果如图 2-69 所示，与图 2-67 相比较可以发现，设置的分栏效果已经显示出来。

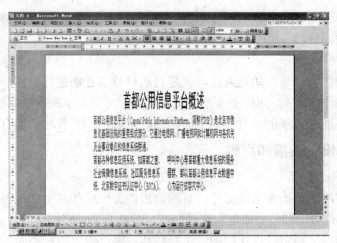

图 2-69　分栏后的效果

任务 13　改变文字的方向

（1）目标与任务分析

在默认情况下，Word 中的文字是横向排列的，本任务的目的就是要实现文字横向排列和纵向排列之间的转换。

（2）操作思路

Word 为改变文字的方向提供了非常简便的操作方法：即可以使用命令操作，也可以使用"常用"工具栏上的按钮操作。

（3）操作步骤

步骤 1

将光标置于要更改文字方向的文档任意处。

步骤 2

依次单击菜单栏上的【格式】→【文字方向】命令，弹出"文字方向"对话框，如图 2-70 所示。

图 2-70　"文字方向"对话框

步骤 3

在"方向"框中单击选择所需的文字排列方向，"预览"框中可以看到各种排列方式的效果，单击【确定】按钮，关闭"文字方向"对话框。

另外，单击"常用"工具栏上的【更改文字方向】按钮，也可以快速地实现文字横向排列和纵向排列之间的转换。

（4）归纳分析

以上介绍的操作方法最大的局限性，就是只能对整篇文档进行操作。换句话说，在一篇文档中文字只能有一种排列方向。如果想在同一篇文档中，文字既有横向排列又有纵向排列，这种操作方法是不能够实现的，对于这个问题的解决方案，本教材后面有详细论述。

任务 14 为文档设置页眉和页脚

（1）目标与任务分析

页眉是指在文档顶部的文字或图形；页脚是指在文档底部的文字或图形。对于一篇较长的文档，为了方便读者的阅读，通常为文档添加页眉和页脚，它们一般包含文档名、章节名、页码、日期等信息。文档中可以使用同一个页眉和页脚，也可以在不同的部分使用不同的页眉和页脚，如本教材的奇偶页的页眉就不相同。本任务主要介绍为文档添加页眉和页脚的操作方法，以及对页眉和页脚的格式设置。

（2）操作思路

首先，应当明确一点，不论页眉还是页脚都不是随文本一起录入的，而是通过 Word 提供的命令由用户自己设置的；其次，页眉和页脚应具有"传递性"和"连续性"两个特点，所谓"传递性"是指上一页的内容能够自动传递到下一页，"连续性"是指页眉或页脚中如果有页码，它应当随着文档页数的增加而连续增加，实际上这也是判断添加页眉和页脚的操作是否正确的标准；最后，只有在"页面视图"下才能看到页眉和页脚，当添加页眉和页脚时，Word 会自动切换到"页面视图"。

（3）操作步骤

首先介绍为文档添加页眉和页脚的操作。

步骤 1

依次单击菜单栏上的【视图】→【页眉和页脚】命令，弹出"页眉和页脚"工具栏，如图 2-71 所示。

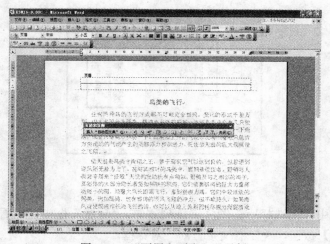

图 2-71 "页眉和页脚"工具栏

此时窗口中出现了由虚线包围的页眉编辑区，插入点光标位于编辑区的正中间，文档中的文字呈灰色显示。

步骤 2

单击"格式"工具栏上的【两端对齐】按钮，将插入点光标移至页眉编辑区的左侧，在光标处输入页眉内容，如"动物世界"。

步骤 3

若要添加页脚，单击"页眉和页脚"工具栏上的【在页眉和页脚间切换】按钮，窗口中即显示出页脚编辑区，然后在编辑区输入页脚内容。

步骤 4

单击"页眉和页脚"工具栏上的【关闭】按钮，关闭"页眉和页脚"工具栏，返回文档工作区。此时，添加的页眉和页脚呈灰色显示。

通过以上的操作，为文档添加了最简单的页眉和页脚。页眉和页脚的内容会一页一页地传递下去。

下面将以上的问题稍微变化一下，要求页眉的左侧的内容还是"动物世界"同时页眉的右侧增加文档的页码，页码格式为"第 x 页"，其中的"x"是一个变化的值，它随着文档页数的增加而连续增加。

操作过程如下：

步骤 1

依次单击菜单栏上的【视图】→【页眉和页脚】命令，弹出"页眉和页脚"工具栏，如图 2-71 所示。由于页眉中存在内容，此时也可以双击页眉区，直接调出"页眉和页脚"工具栏。

步骤 2

由于页眉编辑区的左侧已录入文字，此时不能通过"常用"工具栏上的【右对齐】按钮将光标移至编辑区的右侧，只能按【Tab】键将插入点光标移至编辑区的右侧。

步骤 3

在光标处输入"第"，然后单击"页眉和页脚"工具栏上的【插入页码】按钮，在页码后输入"页"，如图 2-72 所示。

注意： 单击"页眉和页脚"工具栏上的【插入页码】按钮后，插入的是一个"页码域"，域是 Word 中的一个重要概念，域的最大特点就是它的值可以根据文档的变动或其他因素的变化而自动更新，当文档的页数增加时，"页码域"的值也会随之更新，这正是前面所提出的页眉和页脚应有的"连续性"。此时如果直接输入"第 1 页"，这个页眉内容就会一页一页地传递下去，使得文档每页的页眉右侧都显示为"第 1 页"。

步骤 4

单击"页眉和页脚"工具栏上的【关闭】按钮，返回文档工作区。

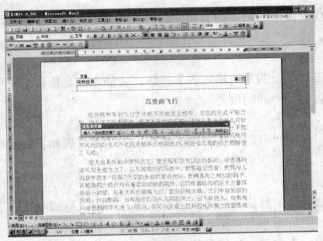

图 2-72　页眉中插入页码

　　一般情况下，文档使用同一个页眉和页脚，但有时需要建立奇偶页不同的页眉和页脚或首页不同的页眉和页脚，其建立过程如下：

步骤 1

　　依次单击菜单栏上的【视图】→【页眉和页脚】命令，弹出"页眉和页脚"工具栏，如图 2-71 所示。若页眉中已有内容，也可以双击页眉区，直接调出"页眉和页脚"工具栏。

步骤 2

　　单击"页眉和页脚"工具栏上的【页面设置】按钮，弹出"页面设置"对话框，如图 2-73 所示。

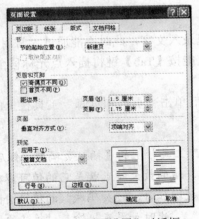

图 2-73　"页面设置"对话框

步骤 3

　　在"页面设置"对话框中，选中"版式"选项卡，单击选定"奇偶页不同"复选框，单击【确定】按钮，返回到页眉编辑区。此时编辑区左上方出现"奇数页页眉"字样，在奇数页页眉区输入完页眉内容后，单击"页眉和页脚"工具栏上的【显示下一项】按钮。

步骤 4

　　此时编辑区左上方出现"偶数页页眉"字样，在偶数页页眉区输入偶数页的页眉内容。

步骤 5

单击"页眉和页脚"工具栏上的【关闭】按钮，返回文档工作区。

这样就完成了为奇偶页设置不同页眉或页脚的操作。若要为首页设置不同的页眉或页脚，可在图 2-73 所示的对话框中，选中"首页不同"复选框即可，后面的操作基本相同，不再叙述。

（4）归纳分析

为文档设置页眉和页脚的操作，是排版时经常使用的方法，需要熟练掌握，在此提出以下几点注意事项：

- 页眉是指在文档顶部的文字或图形；页脚是指在文档底部的文字或图形。由于我们还没有学习有关图形的操作，所以在本任务中都是以文字为例。
- 页眉和页脚应具有"传递性"和"连续性"的特点，所谓"传递性"是指上一页的内容能够自动传递到下一页，"连续性"是指页眉或页脚中如果有页码，它应当随着文档页数的增加而连续增加，实际上这也是判断添加页眉和页脚的操作是否正确的标准。
- 添加页眉和页脚操作中，最常见的错误就是直接输入页码，而不是插入页码域。
- 可以参照对文本的编辑、排版的操作，对页眉和页脚的内容进行编辑和排版（在操作之前，应首先调出"页眉和页脚"工具栏），如移动、复制、删除和设置字体、字形、字号等。
- 页码作为页眉或页脚的一部分插入到了文档中，如果页眉或页脚中只有页码没有其他内容，添加页码有更简单的方法，操作过程如下：

步骤 1

依次单击菜单栏上的【插入】→【页码】命令，弹出"页码"对话框。

步骤 2

如图 2-74 所示，单击"位置"下拉列表框右侧的向下箭头，在弹出的下拉列表中选定页码在页面中的位置；在"对齐方式"下拉列表框中选定页码的对齐方式；如果要显示首页页码，单击选定"首页显示页码"复选框；如果要改变页码的格式，单击【格式】按钮，打开"页码格式"对话框，在其中进行设置。

步骤 3

单击【确定】按钮，关闭"页码"对话框。

这样，页码就插入到了文档中的指定位置，并可以自动更新。

图 2-74   "页码"对话框

2.3 文档的打印

在依次完成录入、编辑和排版工作后，最终文档是要打印出来的。本节主要介绍 Word 的打印功能。

任务 1 页面设置

（1）目标与任务分析

页面设置是打印前必要的准备工作，它主要解决以下几个问题：设置打印纸张的大小；设置页面的页边距即文本区域与纸张边缘的距离；确定文档每页的行数和每行的字符数以及文档的版面设置。

（2）操作思路

通过【文件】菜单中的"页面设置"选项，可以准确地进行文档的页面设置。

（3）操作步骤

步骤 1

依次单击菜单栏上的【文件】→【页面设置】命令，弹出"页面设置"对话框。

步骤 2

"页面设置"对话框中，选定"纸张"选项卡，如图 2-75 所示。单击"纸张大小"下拉列表框右侧的向下箭头，在列表中选择所需的纸张型号，若所需纸张型号在列表中没有出现，选择列表中的"自定义"选项，然后在"宽度"和"高度"框中输入所需纸张的宽度和高度。

如果你经常使用某一种型号的纸张，在对纸型设置完毕后，可单击【默认】按钮，则该纸型就被设置成默认值，以后就不用再进行纸型的设置了。

步骤 3

若要设置文档的页边距，选定"页面设置"对话框的"页边距"选项卡，如图 2-76 所示。分在"上"、"下"、"左"、"右"框中输入一个数值，它们分别代表页面的上边距、下边距、左边距和右边距。

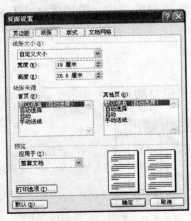

图 2-75 "纸张"选项卡

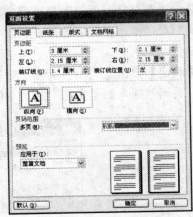

图 2-76 "页边距"选项卡

若要将文档装订成册，需要在"装订线位置"栏中确定装订线的位置，在"装订线"框中输入装订线的量值，如果一页纸的正反面都有文字，由于正反面的装订线位置正好是相反的，所以需要交换奇偶页的左右页边距。此时可单击"多页"下拉列表框右侧的下拉箭头，在下拉列表中选择"对称页边距"选项。

　　在"方向"栏中确定页面的打印方向。此时在"预览"框中可以看到打印的效果。

　　步骤 4

　　若要设置文档每页的行数及每行的字符数，选定"页面设置"对话框的"文档网格"选项卡，如图 2-77 所示。选定"指定行和字符网格"单选按钮，依次在"每行"和"每页"框中输入数值，它们分别代表文档中每页的行数和每行中的字符数。

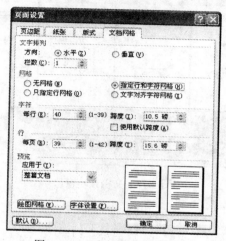

图 2-77　"文档网格"选项卡

　　步骤 5

　　单击【确定】按钮，关闭"页面设置"对话框。

　　（4）归纳分析

　　在创建文档时，Word 预设了一个以 A4 型号纸张为基准的 Normal 模板，对于其他型号的纸张用户需要重新进行页面设置。页面设置的目的就是根据实际情况确定打印纸张的大小；通过设置页边距确定文本区域的大小；通过设置每页的行数和每行的字符数确定文档字符的疏密程度。

任务 2　打印文档

　　（1）目标与任务分析

　　如果打印出来的文档与预期的效果之间存在一定的差别，还需要重新修改然后再打印，这样做势必会造成时间和纸张的浪费。为了避免以上情况的发生，Word 提供了"打印预览"功能，使用户在打印前能观察到实际的打印效果，从而提高了打印效率。本任务首先介绍 Word 的"打印预览"功能，在此基础上介绍打印文档的操作。

　　（2）操作思路

　　启用"打印预览"功能和打印文档的操作，都可以通过"常用"工具栏来实现，也都可以通过命令来实现。

（3）操作步骤

步骤 1

单击"常用"工具栏上的"打印预览"按钮或依次单击菜单栏上的【文件】→【打印预览】命令，Word 进入文档预览窗口，如图 2-78 所示。

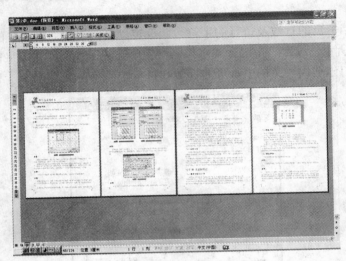

图 2-78　文档预览窗口

步骤 2

在文档预览窗口中有一工具栏，其上有许多工具按钮，如图 2-79 所示。要想快速有效地进行打印预览，首先要熟悉"打印预览"工具栏。

图 2-79　"打印预览"工具栏

"打印预览"工具栏各按钮的功能如下：

- 【放大镜】按钮：该按钮被选定后，鼠标指针变为放大镜形状，此时用户可以观察到文档当前页的整体打印效果；单击当前页的任意处，则当前页自动以 100％的比例在窗口中显示，此时用户可以观察到文档当前页的局部细节。该按钮为开关按钮，再次单击后，鼠标指针由放大镜形状变为 I 字形，此时可以对文档进行编辑修改。
- 【单页】按钮：该按钮被选定后，窗口内只显示一页文档，可以拖动预览窗口右侧的垂直滚动条来显示上一页和下一页。
- 【多页】按钮：单击此按钮后，可下拉出一个网格，可在此网格中拖动鼠标，选定多页显示的数量。
- 【显示比例】按钮：可在其下拉列表中选择显示比例，显示比例的大小不会改变打印时的大小。
- 【查看标尺】按钮：该按钮被选定后，会出现水平标尺和垂直标尺，通过标尺可以在打印预览窗口中调整页面的页边距。
- 【缩至整页】按钮：如果文档的最后一页只有少量的文字，单击此按钮后 Word 会将最后一页的内容挤到前面的页中。

- 【全屏显示】按钮：该按钮被选定后，文档以全屏方式显示。此时窗口的标题栏、菜单栏和状态栏全部被隐藏，以便显示更多的内容。再次单击此按钮或按【Esc】键可返回默认的打印预览窗口。
- 【关闭预览】按钮：结束打印预览显示，返回原文档窗口。

在预览窗口中反复观察和调整文档，达到满意的效果后，就可以正式打印文档了。

步骤 3

若仅打印一份当前文档，只要单击"常用"工具栏上的【打印】按钮即可。

步骤 4

若要打印多份文档的副本，可操作如下：

依次单击菜单栏上的【文件】→【打印】命令，弹出"打印"对话框，如图 2-80 所示。在"副本"栏中，"份数"框内输入需要打印的份数。选定"逐份打印"复选框，则按份打印，否则按页打印即全部打印完第一页再打印第二页，直至打印完文档所有的页。

单击【确定】按钮，即可开始打印。

步骤 5

若要打印文档的一页或几页，如图 2-80 所示的"打印"对话框中，在"页面范围"栏中，如果选定"当前页"单选按钮，则只打印插入点所在的一页；如果选定"页码范围"单选按钮，并在右边的文本框中按栏中提示的格式输入页码，就可以打印指定的页面。

单击【确定】按钮，即可开始打印。

步骤 6

如果在打印的过程中因某种原因，需要暂停打印或取消打印可操作如下：

双击 Windows 任务栏上的打印机图标，打开打印窗口，如图 2-81 所示。

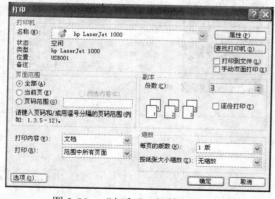
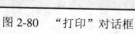

图 2-80　"打印"对话框

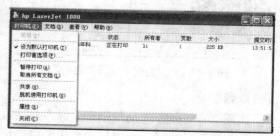

图 2-81　暂停或取消打印

步骤 7

单击该窗口菜单栏上的【打印机】菜单，在下拉菜单中若选择"取消所有文档"选项则取消了打印作业；若选择"暂停打印"选项打印作业将被暂停，再次单击该选项则恢复打印作业。

（4）归纳分析

可以认为："打印预览"是 Word 提供给用户的除普通视图、Web 版式视图、页面视图、大纲视图和阅读版式视图之外的另一种视图方式。它的最大特点就是"所见即所得"，可以使用户在打印前观察到实际的打印效果，从而提高了打印效率，是打印前必要的准备工作。

本任务对文档的打印分 3 种情况进行了讨论，工作中要针对不同的情况选择正确的操作方法。

任务 3　打印信封

（1）目标与任务分析

打印信封是日常工作中经常遇到的问题，本任务将介绍在 Word 中如何打印信封。

（2）操作思路

利用 Word 2003 提供的"中文信封向导"，用户可以非常方便地生成单个或多个各种规格的信封。本任务中我们只讨论打印单个信封的操作，关于打印多个信封的操作将在本章的 2.6 节加以介绍。

（3）操作步骤

步骤 1

依次单击菜单栏上的【工具】→【信函与邮件】→【中文信封向导】命令，如图 2-82 所示，弹出"信封制作向导"，单击【下一步】按钮。

步骤 2

如图 2-83 所示，"信封制作向导"对话框中，单击"信封样式"下拉列表框右侧的下拉箭头，在下拉列表中选择一种信封的样式，单击【下一步】按钮。

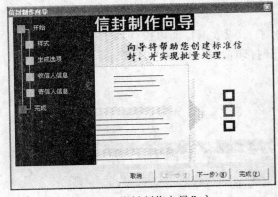

图 2-82　"信封制作向导"之一

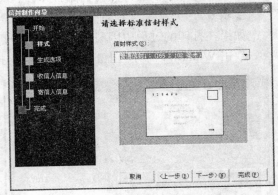

图 2-83　"信封制作向导"之二

步骤 3

如图 2-84 所示，"信封制作向导"对话框中，选择"生成单个信封"单选按钮，若要打印邮政编码边框的话，将"打印邮政编码边框"复选框选定，单击【下一步】按钮。

步骤 4

如图 2-85 所示，对话框中依次输入收信人的基本信息，如姓名、地址、邮编等。若要校正邮政编码的位置，则分别在"水平方向右移"、"垂直方向下移"文本框中输入校正值（默认单位是毫米），单击【下一步】按钮。

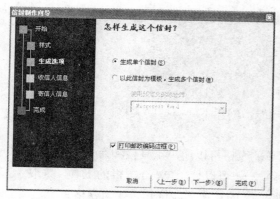

图 2-84 "信封制作向导"之三

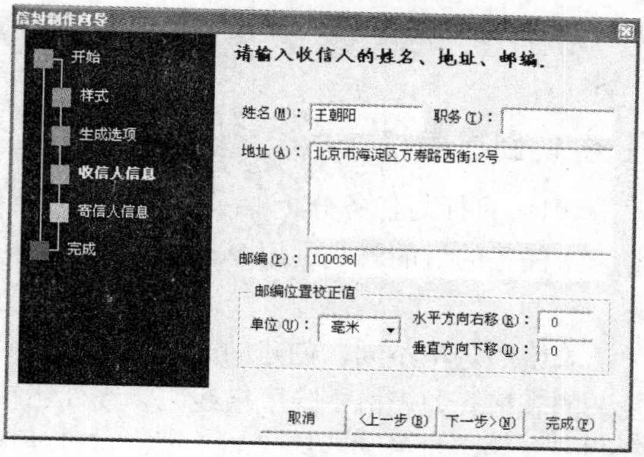

图 2-85 "信封制作向导"之四

步骤 5

如图 2-86 所示，对话框中分别在"姓名"、"地址"、"邮编"框中输入寄信人的信息。单击【下一步】按钮。

步骤 6

如图 2-87 所示，单击【完成】按钮，此时 Word 会自动生成信封文档，单击"常用"工具栏上的【打印】按钮，即可将创建的信封打印输出。

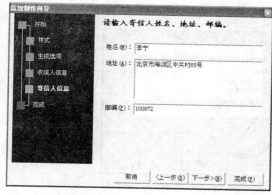

图 2-86 "信封制作向导"之五

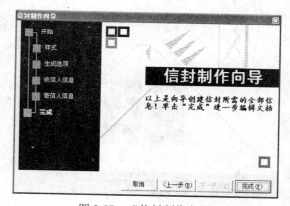

图 2-87 "信封制作向导"之六

（4）归纳分析

信封与常见的文档有一些区别，首先它具有固定的格式，其次所用的纸张较小。在打印信封时，无需用一般文档的操作方法进行页面设置，使用 Word 2003 提供的"中文信封向导"，可以非常方便地完成设置和打印信封的工作。

2.4 表格制作

表格具有结构严谨、层次清晰和效果直观的特点，是文本的常见形式，它广泛应用于各种类型的文档中。在 Word 中可以利用表格进行简单的公式和函数运算，但必须指出：它的计算功能不是很强大，如果表格中涉及了大量的或较复杂的计算问题，建议不要使用 Word 制作表格，而应当使用电子表格程序 Excel 来制表。所以本节主要介绍在 Word 下表格的创建、编辑及修饰等问题，并不涉及表格中的计算问题，相关内容放在下一章"Excel 操作与应用"中讲述。

任务 1 创建表格

（1）目标与任务分析

本任务的目的就是利用 Word 提供的表格功能，创建不同类型的表格。

（2）操作思路

表格的类型不同，创建的方法也不同。简单的表格可以通过工具栏和命令来创建；对于复杂的表格（如表格中除了横线、竖线外还有斜线），可以使用 Word 提供的工具，采取手工绘制的方法；对于某些格式的文本，可以使用 Word 的转换功能将其转换为表格。

（3）操作步骤

步骤 1

要创建简单的表格，只需将插入点移动到需要创建表格的位置，单击"常用"工具栏上的【插入表格】按钮，下拉出一个网格，如图 2-88 所示。可在此网格中拖动鼠标，选定要创建表格中的行数与列数，松开鼠标左键后，即可在插入点位置创建一个简单的表格。这种方法创建的表格，它的每一列宽度都是相同的，整个表格自动占满文本区域的宽度。

还可以通过命令创建简单的表格，依次单击菜单栏上的【表格】→【插入】→【表格】命令，弹出"插入表格"对话框，如图 2-89 所示。

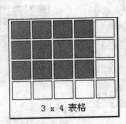

图 2-88　选定行、列数

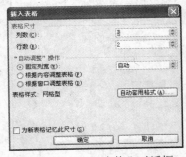

图 2-89　"插入表格"对话框

"列数"和"行数"框中输入要创建表格中的列数和行数。选定"固定列宽"单选按钮则表格中的各列宽度保持不变，在其右侧的文本框中可以输入表格中各列的宽度值（单位为厘米）；若进取"自动"，此时创建的表格每一列宽度都是相同的，整个表格自动占满文本区域的宽度（与用工具栏创建的表格完全相同）。若选定"根据窗口调整表格"单选按钮，则在 Web 窗口中将自动调整表格的大小。若选定"根据内容调整表格"单选按钮，则根据输入文字的数量自动调整表格中的列宽。单击【确定】按钮，即可在插入点位置创建一个简单的表格。

步骤 2

下面制作如图 2-90 所示的复杂表格，对于复杂表格，可以使用 Word 提供的工具，采取手工绘制的方法来制作。

依次单击菜单栏上的【视图】→【工具栏】→【表格和边框】命令，也可以单击"常用"工具栏上的【表格和边框】按钮，在 Word 窗口中添加"表格和边框"工具栏，如图 2-91 所示。

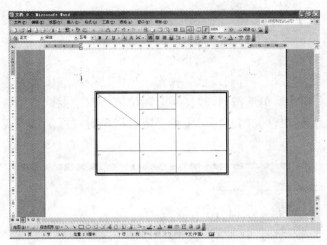

图 2-90　要制作的复杂表格　　　　　　　图 2-91　"表格和边框"工具栏

此时，鼠标指针变为笔形，"表格和边框"工具栏中在"线型"下拉列表框中选定"双线"线型，先拖动笔形光标画出整个表格的外框，然后在"线型"下拉列表框中选定单实线，依次画出各行线和各列线。如果线画错了，单击该工具栏上的【擦除】按钮，此时鼠标指针变为橡皮形，在画错的线上单击鼠标或拖动橡皮形指针即可将该线删除。

步骤 3

表格创建完毕后，就可以向表格中输入文本了。将插入点移至要输入文本的单元格后直接输入即可，当输入到单元格右边界时文本会自动换行，同时单元格的高度会自动增加。

步骤 4

Word 具有将文本转换成表格的功能，但这种转换是有条件的，并不是所有的文本都可以转换的，具有以下格式的文本才可以转换成表格：文本的每一行用段落标记隔开，每一列用逗号、空格或制表符等分隔符分开。

观察如图 2-92 所示的文本，文本的每一行用段落标记隔开，每一列用空格分隔符分开，所以可以将其转换成表格。

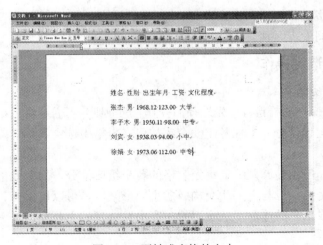

图 2-92　要转成表格的文本

　　选定要转换成表格的文本使其反白显示，依次单击菜单栏上的【表格】→【转换】→【文字转换成表格】命令，弹出"将文字转换成表格"对话框，如图2-93所示。

步骤5

　　在对话框的"列数"框中输入表格的列数，"'自动调整'操作"栏中三个单选按钮的含义与图2-89完全相同，在此选定"固定列宽"单选按钮，"文字分隔位置"栏中根据实际情况选定"空格"单选按钮，单击【确定】按钮，关闭"将文字转换成表格"对话框，转换成的表格如图2-94所示。

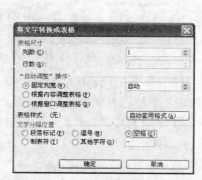

图2-93　"将文字转换成表格"对话框

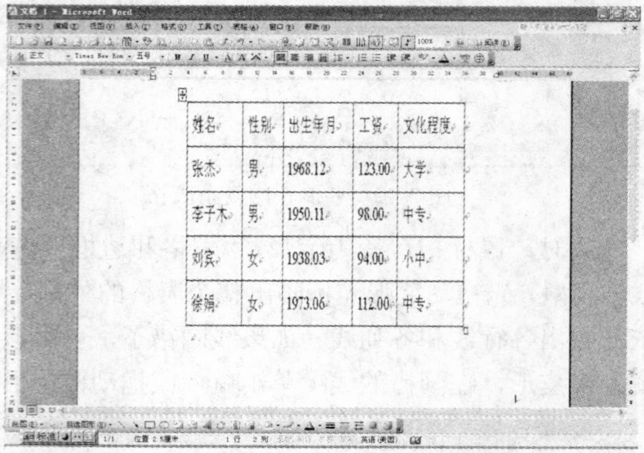

图2-94　由文字转换得到的表格

　　（4）归纳分析

　　本任务介绍了在Word中创建表格的主要方法，制作表格是其他表格操作的基础，所以要熟练掌握以上介绍的操作方法。

　　本任务中使用了"表格和边框"工具栏，这是一个非常重要的工具栏，很多与表格有关的操作都要使用该工具栏，要熟悉它上面的每一个按钮。另外注意"常用"工具栏上的【插入表格】按钮，这是一个很特殊的工具栏按钮，在对表格操作的过程中它经常会发生变化，请在以后的操作中仔细观察。

　　对表格中的文字进行编辑和格式设置的操作，请与前面2.1节和2.2节所学习的操作内容联系起来，它们之间没有区别。

任务2　表格中的选定操作

　　（1）目标与任务分析

　　Word中表格的操作同样遵守"先选择后操作"的原则，当需要对表格的某部分进行操作时，首先必须要选定该部分。本任务主要介绍如何在表格中选定各种对象的基本方法。

　　（2）操作思路

　　做选择操作时，应当能够熟练地选定表格的各个组成部分，如单元格、行、列以及整个表格。所谓单元格是指一行与一列相交构成的小矩形区域。可以用鼠标、键盘也可以用命令实现对表格各个组成部分的选定，从实用的角度出发，我们主要介绍鼠标及命令的操作。

（3）操作步骤

步骤 1

若要选定某个单元格，将鼠标指针移到该单元格的左侧，当指针变成指向右边的箭头时，单击即可选定该单元格，此时被选定的单元格反白显示。如果按下鼠标左键后拖动鼠标，则可选定连续的多个单元格。

通过命令也可以实现选定单元格的操作，将鼠标在要选定的单元格中单击，然后依次单击菜单栏上的【表格】→【选择】→【单元格】命令。

步骤 2

若要选定某行，将鼠标指针移到该行的左侧，当指针变成指向右边的箭头时，单击左键即可选定该行，此时被选定的行反白显示。若要选定连续的多行，只需从开始行处拖动鼠标到最后一行松开鼠标即可。

通过命令也可以实现选定行的操作，将鼠标在要选定的行中任意位置单击，然后依次单击菜单栏上的【表格】→【选择】→【行】命令。

步骤 3

若要选定某列，将鼠标指针移到该列的顶部，当指针变成指向下方的箭头时，单击左键即可选定该列，此时被选定的列反白显示。若要选定连续的多列，只需从开始列处拖动鼠标到最后一列松开鼠标即可。

通过命令也可以实现选定列的操作，将鼠标在要选定的列中任意位置单击，然后依次单击菜单栏上的【表格】→【选择】→【列】命令。

步骤 4

若要选定整个表格，将鼠标指针停留在表格上，直到表格左上角出现一个中间带有十字的表格移动控点，单击此标记即可选定该表格。也可用拖动鼠标的方法选定表格的所有行或所有列来选定整个表格。

通过命令也可以实现选定表格的操作，将鼠标在要选定的表格中任意位置单击，然后依次单击菜单栏上的【表格】→【选择】→【表格】命令。

（4）归纳分析

选择是操作的基础，"先选择后操作"是 Word 的基本工作方式。

本任务介绍了选定表格的各个组成部分，如单元格、行、列以及整个表格的方法。熟练掌握这些选定操作，可以提高操作速度和准确性。

任务 3　编辑表格

（1）目标与任务分析

编辑表格也就是对表格进行修改，一个表格生成后，或多或少有令人不满意的地方需要修改。本任务主要介绍修改表格的有关操作。

如图 2-95 所示，这是表格刚制成的情况，表格中有些地方不满足我们的要求，需要对其进行编辑，编辑后的表格如图 2-96 所示。

图 2-95　需要编辑的表格

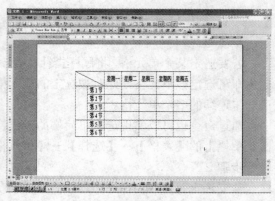
图 2-96　编辑后的表格

（2）操作思路

表格的编辑主要涉及以下几个问题：行和列的插入与删除、单元格的拆分与合并、行高和列宽的改变、移动行或列以及表格大小的调整等操作。

以上问题，都可以通过菜单栏上的【表格】命令得到解决。

（3）操作步骤

步骤 1

如果要在表格中插入一行，应在要插入空行的位置下面选定一行，本任务中要在第 4 行和第 5 行之间插入空行，则将第 5 行选定，然后单击"常用"工具栏上的【插入行】按钮。

也可以使用命令插入一行，将插入点移动到要插入空行的位置上，依次单击菜单栏上的【表格】→【插入】→【行（在上方）】命令。

插入的空行中，在对应的单元格中输入"第 4 节"。

如果要同时插入多行，选定与插入行相同的行数，再执行以上操作即可。

在表格中插入列的操作方法与插入行的操作方法类似，不再介绍。

步骤 2

如果要删除表格中的某些行或列，首先在要删除的行或列的任意单元格处单击鼠标，然后依次单击菜单栏上的【表格】→【删除】→【行】（或【列】）命令即可。

步骤 3

将表格中的若干单元格合并为一个单元格的操作叫合并单元格。图 2-95 与图 2-96 比较，可以发现，共有 3 处需要进行合并单元格的操作。

首先选定第 1 行的前两个单元格，然后依次单击菜单栏上的【表格】→【合并单元格】命令，此时这两个单元格被合并成一个。

选定要合并的单元格后，单击"表格和边框"工具栏上的【合并单元格】按钮，也可以将选定的单元格合并。

依次选定第 1 列的第 2～5 行单元格和第 1 列的第 6～7 行单元格，按照上述方法进行合并单元格的操作。

步骤 4

图 2-95 与图 2-96 比较，可以发现，需要将图 2-95 所示表格的第 3 列和第 4 列位置互换。

首先选定第 4 列（"星期一"列），单击"常用"工具栏上的【剪切】按钮，将插入点移动到第 3 列（"星期二"列）的第 1 行单元格，单击"常用"工具栏上的【粘贴】按钮，即可将第 4 列移动到第 3 列之前。

步骤 5

用户可以按照需要改变表格的行高和列宽，改变行高和列宽最简单的操作就是用鼠标拖动的方法。

将鼠标指针移动到某列的边线位置时，当鼠标的指针变为双箭头时，按下鼠标左键拖动，即可改变列宽。将鼠标指针移动到某行的下边线位置时，当鼠标的指针变为双箭头时，按下鼠标左键拖动，即可改变该行的行高。在拖动鼠标的过程中，如果按住【Alt】键，标尺上将显示行高或列宽的数值。

注意：在用鼠标拖动改变列宽时，当第 1 列变宽的同时，第 2 列将变窄，整个表格的宽度并不改变。如果想在改变当前列的宽度同时，改变整个表格的宽度，则需要拖动水平标尺上的"移动表格列"滑块，单击表格的任意处，在水平标尺上对应表格列的边界线会出现若干个"移动表格列"滑块，如图 2-97 所示。

移动表格列

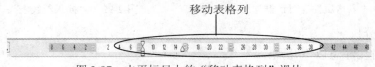

图 2-97 水平标尺上的"移动表格列"滑块

用拖动鼠标的方法改变行高和列宽快捷方便，但是不能精确地设置，使用命令可以准确地设置表格的行高和列宽。首先在要改变行高的行中任意单元格处单击鼠标，依次单击菜单栏上的【表格】→【表格属性】命令，弹出"表格属性"对话框，如图 2-98 所示。

对话框中选定"行"选项卡，单击"尺寸"栏的"指定高度"复选框，输入行高的数值（单位为厘米）。单击【确定】按钮，关闭"表格属性"对话框，完成对选定行的行高准确设置。

使用命令准确地设置表格列宽的操作与上述步骤基本相同。

步骤 6

如果要改变整个表格的大小，可将鼠标停留在表格上直到在表格的右下角出现一个矩形的尺寸控点，鼠标指针指向该控点，指针会变成双箭头形，此时拖动鼠标即可改变整个表格的大小。

步骤 7

图 2-96 所示的表格中，在第 1 行第 1 列单元格内有一条斜线，下面为此单元格添加斜线，首先将插入点移至该单元格，依次单击菜单栏上的【表格】→【绘制斜线表头】命令，弹出"插入斜线表头"对话框，如图 2-99 所示。在"表头样式"下拉列表中选择表头的样式，单击【确定】按钮，完成为单元格添加斜线的操作。

参照本节任务 1 步骤 2 中的手工绘制表格方法，也可以为单元格添加斜线。

步骤 8

拆分单元格是编辑表格时常用的操作，所谓拆分单元格就是把一个单元格分成若干个单元格。虽然在完成本任务的过程中，并没有涉及单元格的拆分问题，但还是在此作一下介绍。

首先鼠标单击要拆分的单元格，依次单击菜单栏上的【表格】→【拆分单元格】命令，在弹出的"拆分单元格"对话框中，输入要拆分的列数和行数，然后单击【确定】按钮，关闭"拆分单元格"对话框即可。

图 2-98　"表格属性"对话框

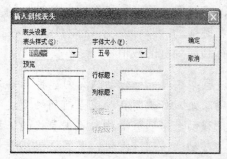

图 2-99　"插入斜线表头"对话框

（4）归纳分析

编辑表格时要注意以下几点：

- 插入行或列时，可以使用工具栏也可以使用命令，二者的区别在于使用工具栏只能在所选定的位置前面即行的上面或列的左面插入空行或列；而使用命令既可以在所选位置前也可以在所选位置后插入空行或列。
- 在步骤 4 中行或列的移动操作时，可以发现 Word 处于插入状态，即将剪贴板的内容粘贴到了指定位置的前面（行的上面或列的左面），这与下一章要学习的 Excel 软件正好相反，Excel 是处于改写状态的。
- 要将删除行或列与删除行或列中的内容区分开，选定行或列后按【Delete】键将删除行或列中的内容。
- 我们讨论一个简单的问题：将图 2-96 所示的表格中同一行相邻的两个单元格合并，如将内容为"星期二"和"星期三"的两个单元格合并，合并前"星期二"、"星期三"是在同一行的，合并后"星期二"和"星期三"却变成了上下排列，如何解释这个现象呢？

这个问题涉及了段落的概念，表格中的每一个单元格都是一个独立的段落，合并前由于有列界线分隔，所以可在同一行中显示，单元格合并后，同一行中不可能存在两个段落，此时该单元格中有两段，只能上下排列。

任务 4　设置表格的格式

（1）目标与任务分析

利用 Word 提供的表格功能，采用本节任务 1 所介绍的操作方法，我们可以创建各种类型的表格，但是创建的表格却没有任何格式，本任务的目的就是为表格添加格式。表格的格式包括边框、底纹以及表格中文字的方向和对齐方式等内容。

（2）操作思路

为表格设置格式可以使用两种方法：Word 提供了多种现成的表格格式，用户可以利用自动套用格式的方法快速方便地为表格进行格式设置；如果要使表格的格式具有个性化特点，也可以手工逐步设置格式。

（3）操作步骤

步骤 1

若要为表格添加边框，首先选定要添加边框的单元格或整个表格，依次单击菜单栏上的【格式】→【边框和底纹】命令，弹出"边框和底纹"对话框，如图 2-100 所示。

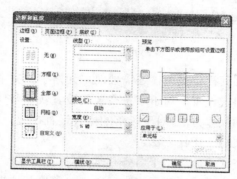

图 2-100 "边框和底纹"对话框

在对话框中选择"边框"选项卡，分别设置边框类型、线型、边框的颜色和宽度，以上操作与 2.2 节任务 4 为文字添加边框的过程基本相同，为表格添加边框与为文字添加边框的最大区别是在"设置"栏中可以选择"自定义"类型。

"自定义"类型允许用户对边框的各条框线进行自定义设置，选定线型、边框的颜色和宽度后，单击"预览"栏中显示的表格的各条框线，即可对它们进行分别设置。

步骤 2

若要为表格添加底纹，首先选定要添加底纹的单元格或整个表格，依次单击菜单栏上的【格式】→【边框和底纹】命令，弹出"边框和底纹"对话框，如图 2-100 所示。

在对话框中选定"底纹"选项卡，根据需要依次在"填充"、"式样"和"颜色"列表框中，选定合适的参数。以上操作与 2.2 节任务 4 为文字添加底纹的过程完全相同，有关"填充"、"式样"和"颜色" 3 个列表框的含义，可查阅本教材 2.2 节任务 4 中的内容。

步骤 3

根据需要，表格中有的单元格的文字要纵向排列，例如要在图 2-96 所示表格的第 1 列的两个单元格中分别输入竖排的"上午"和"下午"，操作过程如下：

将插入点移动到要设置竖排格式的单元格中依次单击菜单栏上的【格式】→【文字方向】命令，如图 2-101 所示，在弹出的"文字方向—表格单元格"对话框中，选定文字方向，单击【确定】按钮即可。

在设置好格式的单元格内输入文字，效果如图 2-102 所示。

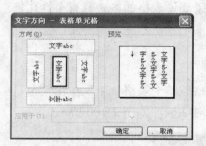

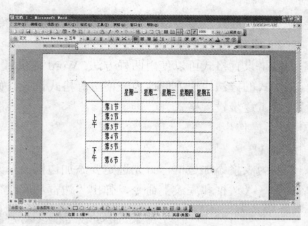

图 2-101　"文字方向—表格单元格"对话框　　　　　图 2-102　文字竖排效果

步骤 4

为了使表格美观，增强其视觉效果，还需要对单元格中的文字进行格式设置。格式设置包括字符格式设置和段落格式设置，对于字符格式的设置（如字体、字形、字号和字的颜色等），可以参照对文本文档的操作方法，对于段落的格式设置在此只讨论有关对齐方式的操作，其他内容也可参照对文本文档的操作方法。

单元格中的文字对齐方式可分为水平对齐和垂直对齐两种。

将插入点移至要设置对齐方式的单元格内，单击"表格和边框"工具栏上的【单元格对齐方式】按钮，如图 2-103 所示，即可在下拉列表中同时设置单元格内文字的水平对齐方式和垂直对齐方式。也可以右击要设置对齐方式的单元格，在弹出的快捷菜单中选择【单元格对齐方式】命令，从下拉列表中选择对齐方式。

注：此时"格式"工具栏上的【两端对齐】、【居中】、【右对齐】和【分散对齐】按钮只能设置单元格内文字的水平对齐方式。

步骤 5

Word 提供了数十种现成的表格格式，当某一种格式是你所需要的，就可以将它套用到你的表格中，这种套用格式的方法减少了用户的工作量，可以快速方便地设置表格的格式。

- 对已经建立的表格自动套用格式。对于已经建立的表格，首先将插入点移至表格中的任意位置，依次单击菜单栏上的【表格】→【表格自动套用格式】命令，如图 2-104 所示，弹出"表格自动套用格式"对话框，在"表格样式"列表框中选择需要的格式类型，此时"预览"框中会出现所选格式类型的效果，单击【确定】按钮，即可将所选择的格式类型应用到该表格中。

- 在创建表格的同时自动套用格式。依次单击菜单栏上的【表格】→【插入】→【表格】命令，弹出"插入表格"对话框，如图 2-89 所示，输入要创建表格的列数和行数后，单击【自动套用格式】按钮，即可弹出图 2-104 所示的"表格自动套用格式"对话框，在该对话框中选择需要的格式后，单击【确定】按钮，返回"插入表格"对话框，单击【确定】按钮，即可创建一个带有指定格式的表格。

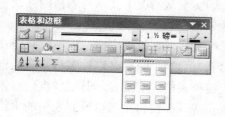

图 2-103　设置单元格内文字对齐方式　　　图 2-104　"表格自动套用格式"对话框

- 将文字转换为表格的过程中自动套用格式。选定要转换成表格的文本使其反白显示，依次单击菜单栏上的【表格】→【转换】→【文字转换成表格】命令，弹出"将文字转换成表格"对话框，如图 2-93 所示，在对话框中设置完列数和列宽后，单击【自动套用格式】按钮，即可弹出图 2-104 所示的"表格自动套用格式"对话框，在该对话框中选择需要的格式后，单击【确定】按钮，返回"将文字转换成表格"对话框，单击【确定】按钮，即可将文字转换成带有指定格式的表格。

（4）归纳分析

本任务介绍了两种设置表格格式的操作方法，在实际工作中我们经常使用自动套用格式的方法，快速地为表格设置格式。为表格设置格式的操作并不是新的操作，与本章 2.2 节对文字、段落设置格式的操作相比较，可以发现它们基本是相同的。

另外，利用"表格和边框"工具栏上的按钮，也可以对表格设置边框和底纹。

任务 5　将表格转换成文字

（1）目标与任务分析

在 Word 中文字与表格是可以相互转换的，在本节的任务 1 中讨论了如何将文字转换成表格的方法，下面讨论如何实现它的逆过程即将表格转换成文字。另外我们还将讨论一种特殊的表格即带有虚框线的表格。

（2）操作思路

由于本任务是将文字转换成表格的逆操作，所以可以采用类似于任务 1 的操作方式，通过命令来实现将表格转换成文字，在转换过程中需要指定文字的分隔符。

（3）操作步骤

步骤 1

将插入点移至要转换成文字的表格中任意位置，依次单击菜单栏上的【表格】→【转换】→【表格转换成文字】命令，弹出"表格转换成文本"对话框。

步骤 2

在"文字分隔符"栏中，选定将要转换成的文字的分隔符，单击【确定】按钮，即可完成从表格到文字的转换操作。

（4）归纳分析

在日常工作中，我们经常利用 Word 的文字与表格相互转换的功能，方便快捷地进行文字与表格间的相互转换，这种转换操作非常简单，易于掌握。

下面我们讨论一个很有意思的问题：在 Word 中如何区分文本和表格？

对于这个问题一定会有人觉得它太简单了，确实平常情况下文本与表格的区别一眼就能看出来，但是在某些时候，它们还是比较难于区分的。

有时在工作中需要一类特别的表格，即虚线框表格（在设置表格边框时，只需在"表格和边框"对话框中，将其边框类型选为"无"即可得到这种表格），这种表格带有的框线是不能被打印出来的，如图 2-105 所示的就是一个虚线框表格。若想显示其虚线框，可依次单击菜单栏上的【表格】→【显示虚框】命令，此时在 Word 窗口中可以看到表格的虚线框，依次单击菜单栏上的【表格】→【隐藏虚框】命令，可将虚线框再次隐藏。

指定文字的分隔符为"制表符"，将图 2-105 所示的虚线框表格转换成文字后，效果如图 2-106 所示。

图 2-105　虚线框表格

图 2-106　虚线框表格转成的文字

将图 2-105 和图 2-106 相互比较发现，二者外观相似很难区分。其实只要用鼠标分别在每个文档上单击，从窗口中的标尺就可以发现二者的区别，如果是表格在标尺上会出现表格行高和列宽的标记，而文本却不会出现。更简单的方法是分别将鼠标停留在每个文档上，如果是表格，在其左上角和右下角会出现表格移动控点和尺寸控点。

任务 6　几个常见问题的处理

（1）目标与任务分析

在文档每一段结束后都会有一个段落标记，这些标记不会被打印出来，表格中的每一个单元格都是一个独立的段落，所以每个单元格中都会有一个段落标记，处理表格时过多的段落标记会分散人们的注意力，如何将它们隐藏起来呢？实际工作中经常会处理大型的表格，如何能够方便地处理它们呢？

本任务中，主要讨论以上的这些问题。

（2）操作思路

隐藏段落标记的操作非常简单，通过工具栏上的按钮即可解决。对于大型表格的处理可以通过拆分窗口、标题行重复等方法简化操作过程。

（3）操作步骤

步骤 1

若要隐藏文档中的段落标记，只需单击"常用"工具栏上的【显示/隐藏编辑标记】按钮即可。这是一个开关按钮，再次单击后会显示段落标记。

有时单击【显示/隐藏编辑标记】按钮后，却不能隐藏段落标记，此时依次单击菜单栏上的【工具】→【选项】命令，在弹出的"选项"对话框中选定"视图"选项卡，在"格式标记"栏中，将"段落标记"复选框选中标记去除，单击【确定】按钮即可。

步骤 2

当向单元格中录入数据的时候，经常要参照表格的第 1 行（标题行）内容，对于较大的表格，标题行已经超出了屏幕，此时可以用拆分窗口的方法来解决这个问题，拆分窗口的含义是指将一个大文档不同位置的两部分分别显示在两个窗格中。

在窗口垂直滚动条的上方有一个拆分条，将鼠标指向拆分条，当指针变成双箭头形时拖动鼠标即可将窗口拆分，如图 2-107 所示，此时当我们在下方窗口向单元格中录入数据时就可以很方便地看到在上一个窗口中显示出的表格标题行。当不需要拆分窗口时可用鼠标将拆分条拖回原位置。

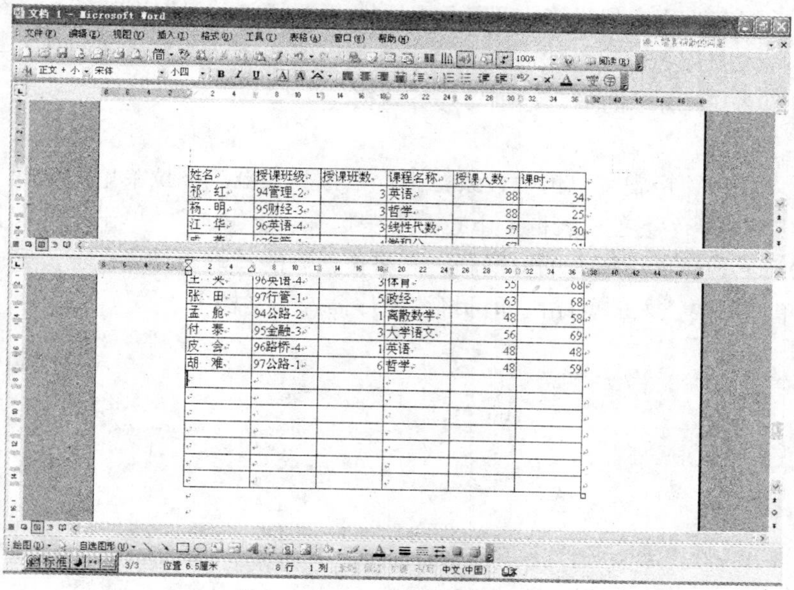

图 2-107　拆分窗口

步骤 3

对于跨页的表格，大多数情况下总是希望在第二页的表格中也包括第一页的标题行，Word 提供了标题行重复的功能。

首先选定第一页的标题行，然后依次单击菜单栏上的【表格】→【标题行重复】命令，这样在第二页的表格中就包括了第一页的标题行。用这种方法重复的标题需要修改时只要修改第一页的标题就可以了。

（4）归纳分析

在本任务中，从应用的角度出发，介绍了表格操作时经常遇到的一些问题的处理方法，这些操作方法具有很强的实用性。

2.5   图形处理

Word 为用户提供了图文混排的功能，可以在文档中插入各种图形，使文档具有生动有趣、图文并茂的效果。本节主要介绍与图形有关的操作。

任务 1   插入图片

（1）目标与任务分析

要想做到图文混排，首先应当在文档中插入图片，本任务的操作是一切图形操作的基础。

（2）操作思路

通过 Word 提供的命令，可以选用多种图片来源将其插入到文档中，如剪辑库中的剪贴画、其他软件制作的图片以及来自于扫描仪或照相机的图片。

（3）操作步骤

步骤 1

Office 的剪辑库为用户提供了大量的图片，如果要插入剪辑库中的图片，首先将插入点移至文档中要插入图片的位置，然后依次单击菜单栏上的【插入】→【图片】→【剪贴画】命令，打开如图 2-108 所示的"剪贴画"任务窗格。

步骤 2

"剪贴画"任务窗格中，单击"搜索范围"下拉列表框，下拉菜单中选择"Office 收藏集"，单击"结果类型"下拉列表框，下拉菜单中选择"剪贴画"，单击【搜索】按钮，系统将自动搜索 Office 剪辑库中所有的剪贴画，并将搜索到的剪贴画排列在图片列表区中，如图 2-109 所示，单击所要插入的剪贴画即可将该图片插入到文档中。

图 2-108   "剪贴画"任务窗格

图 2-109   剪贴画搜索结果

注意：如果在"搜索文字"文本框中输入描述所需剪贴画的词组，或输入剪贴画的全部或部分文件名，如："自然"、"动物"和"汽车"等，可以将同一类型的剪贴画快速显示在图片列表区中，从而节省在图片列表区中查找所需图片的时间。

步骤 3

要插入其他来自文件的图片，首先将插入点移至文档中要插入图片的位置，然后依次单击菜单栏上的【插入】→【图片】→【来自文件】命令，弹出"插入图片"对话框，如图 2-110 所示。

在"查找范围"下拉列表框中选择图片文件所在的驱动器，双击图片文件所在的文件夹，选定要插入的图片文件后，单击【插入】按钮即可。

图 2-110　"插入图片"对话框

步骤 4

若计算机连接了扫描仪或数码相机，可依次单击菜单栏上的【插入】→【图片】→【来自扫描仪或照相机】命令，可在文档中插入来自于扫描仪或相机的图片。

（4）归纳分析

插入图片的操作是一切图形操作的基础，本任务介绍了插入图片的三种常用方法，实际上插入图片还有其他的方法，如借助于剪贴板也可以实现图片的插入。插入剪贴画和插入图片文件的操作在本质上没有区别，只不过剪贴画是以图片的形式出现在用户面前，而图片文件是以文件的形式出现在用户面前。

不论插入的图片是何种类型，在 Word 文档中都是以对象的形式出现，就像一张照片粘贴在文档中一样。

任务 2　修改图片及设置图片的格式

（1）目标与任务分析

图片插入文档后，往往达不到我们所希望的效果，这时需要对图片进行修改和重新设置格式，本任务主要介绍以上操作。

（2）操作思路

修改图片及设置图片格式的操作内容比较多，主要包括选定图片、移动和复制图片、改变图片的大小及图像控制方式、对图片进行裁剪和为图片添加边框和底纹等内容。

（3）操作步骤

步骤 1

要想选定图片，只需用鼠标在图片的任意处单击即可。此时在图片的周围会出现矩形的尺寸控点，表示此图片处于选定状态。选定状态的显示有两种形式，一种尺寸控点是实心的状态，另一种尺寸控点是空心的状态。前者是 Word 的默认状态，表示此时图片为文本格式，和文本处于同一层；后者表示图片为非文本格式，可以浮于文字的上方也可以衬于文字的下方。

如果要将文本格式的图片转换成非文本格式的图片，操作过程如下：

首先选定文本格式的图片，然后依次单击菜单栏上的【格式】→【图片】命令，弹出"设置图片格式"对话框，在"版式"选项卡下，"环绕方式"栏中，将"嵌入型"改为其他形式即可（关于环绕的有关问题，下一个任务将做讨论，在此只要能将格式转换就可以了）。

步骤 2

如要移动非文本格式的图片，首先单击选定它，此时当鼠标指向图片时，鼠标指针会变成十字箭头形状，按下鼠标左键拖动鼠标即可将图片移动到其他位置。

如要移动具有文本格式的图片时，首先单击选定它，由于图片具有文本格式，所以当鼠标指向图片时，指针会变为向左指向的箭头（就像指向被选定的文本一样），另外只能将图片从一个段落标记处移动到另一个段落标记处。

如果要复制图片，只需在拖动鼠标的同时按住【Ctrl】键即可。

如果要删除图片，选定图片后按【Delete】键或单击"常用"工具栏上的【剪切】按钮。

步骤 3

图片的尺寸如果不合适，可以改变它的大小，当图片处于选定状态时，将鼠标指向图片的尺寸控点，此时鼠标指针会变成双箭头形状，按下左键拖动鼠标即可改变图片的大小。拖动 4 个角上的尺寸控点可以按图片原比例缩放；拖动上下两边中间的尺寸控点可以改变图片的高度，拖动左右两边中间的尺寸控点可以改变图片的宽度。

鼠标拖动的方法不能精确地设置图片的大小，若要精确地设置图片的大小，首先选定图片，然后依次单击菜单栏上的【格式】→【图片】命令，弹出"设置图片格式"对话框，如图 2-111 所示。也可以双击图片或右击图片后从快捷菜单中选择"设置图片格式"选项，都可以弹出该对话框。

选定"大小"选项卡，"尺寸和旋转"栏中，分别在"高度"和"宽度"框中输入数值（单位为厘米），若选定"锁定纵横比"复选框，则图片大小保持原始比例，当"高度"或"宽度"框中的一个值发生变化，另一个框的值也会按原始比例自动变化。

单击【确定】按钮，关闭"设置图片格式"对话框，图片的大小被精确地设置。

步骤 4

如果只想使用图片的一部分，可以对图片进行裁剪。当选定图片后，Word 默认会弹出"图片"工具栏，若没有弹出工具栏，可依次单击菜单栏上的【视图】→【工具栏】→【图片】命令，为 Word 窗口添加"图片"工具栏。

单击工具栏上的【裁剪】按钮，如图 2-112 所示，此时鼠标指针变成【裁剪】按钮的形状，将鼠标指针置于图片的尺寸控点上，按住左键拖动鼠标，即可对图片进行裁剪。

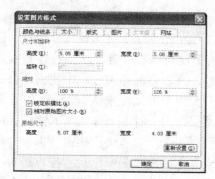

图 2-111 "设置图片格式"对话框

图 2-112 "图片"工具栏

要想准确地设置图片的裁剪尺寸,可在图 2-111 所示的"设置图片格式"对话框中选定"图片"选项卡,依次在"裁剪"栏的"上"、"下"、"左"、"右"框中输入裁剪的数值(单位为厘米),单击【确定】按钮即可。

步骤 5

单击"图片"工具栏上的【图像控制】按钮,如图 2-113 所示,在下拉列表中可以选择图片的不同显示方式。

【图像控制】按钮的右侧,4 个按钮分别代表增加对比度、降低对比度、增加亮度和降低亮度的功能,单击它们可以改变图片的显示方式。

步骤 6

设置图片格式时,还可以为其添加边框和底纹,但对于文字格式的图片只能添加底纹,无法添加边框。为图片添加边框和底纹最简单的方法是使用"绘图"工具栏上的按钮。如果Word 窗口中没有"绘图"工具栏,依次单击菜单栏上的【视图】→【工具栏】→【绘图】命令,或单击"常用"工具栏上的【绘图】按钮,添加"绘图"工具栏。

选定图片后,单击"绘图"工具栏上的【填充颜色】按钮右侧的向下箭头,在列表中选择底纹的颜色;单击【线型】按钮选择边框的线型;单击【线条颜色】按钮右侧的向下箭头,在列表中选择边框的颜色。

为图片添加边框和底纹,也可以在图 2-111 所示的"设置图片格式"对话框中进行设置,单击"颜色与线条"选项卡,如图 2-114 所示,在"填充"栏中,选定底纹的颜色;"线条"栏中,依次选定边框的线型、粗细、虚实和颜色,单击【确定】按钮,即可完成为图片添加边框和底纹的操作。

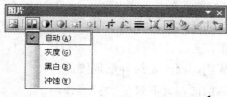

图 2-113 改变图片的显示方式

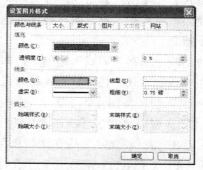

图 2-114 "颜色与线条"选项卡

（4）归纳分析

通过完成本任务，我们了解了图片的许多特性，如单击选定后会出现尺寸控点、鼠标拖动尺寸控点可以改变图片的大小，选定后按【Delete】键可以删除等，这些特性其实并不仅仅属于图片，在 Word 中的所有对象都具有这些特性，在以后的学习过程中我们还会不断接触到各种各样的对象，所以对这些特性的理解要上升到对象的高度来认识。

Word 2003 中的图片有两种，一种具有文本的格式，另一种具有非文本的格式。许多初学者对这两种格式的区别不大理解，下面从几个方面讨论一下二者的区别：

首先，二者的选定状态显示不同，一个尺寸控点是空心的，另一个尺寸控点是实心的，当鼠标指向被选定的图片时，前者鼠标指针变成十字箭头形状，后者鼠标指针变成向左指向的箭头。在 2.1 节任务 5 中已经指出，当鼠标指向被选定的文本时鼠标指针会变成向左指向的箭头，从这点可以看出后者的操作和文本非常近似。

其次，右击图片后，二者的快捷菜单不同，前者在"叠放次序"的下级菜单中，有"浮于浮于文字"和"衬于文字下方"选项，说明它可以覆盖文字也可以被文字覆盖；而后者的快捷菜单中却没有上述内容，说明它是和文字处于同一层中。

最后，如果要设置图片的水平对齐方式，二者的操作完全不同，对于具有非文本格式的图片需要在"设置图片格式"对话框中，"版式"选项卡下来设置；而具有文本格式的图片可以像设置文本对齐方式一样，通过单击"格式"工具栏上的按钮来完成。

任务 3　图文混排

（1）目标与任务分析

图文混排是 Word 的特色之一，在本节的任务 1 和任务 2 中介绍的操作仅仅涉及图片，本任务的操作将把图片和文本结合起来。

（2）操作思路

解决图文混排的关键在于正确设置图片的环绕方式，即图片与文字之间的位置关系，在 Word 2003 中图片的环绕方式共有 5 种，它们是"嵌入型"、"四周型"、"紧密型"、"浮于文字上方"和"衬于文字下方"。设置不同的环绕方式可产生不同的图文混排效果。

（3）操作步骤

步骤 1

在文档中插入图片后，首先设置图片的环绕方式。单击选定图片后，依次单击菜单栏上的【格式】→【图片】命令，弹出"设置图片格式"对话框，也可以双击图片或右击图片后从快捷菜单中选择"设置图片格式"选项，都可以弹出该对话框。

步骤 2

对话框中选择"版式"选项卡，如图 2-115 所示。

在"环绕方式"栏中共有 5 种方式，各种环绕方式的含义如下：

- 嵌入型：将图片置于文字中的插入点处，图片与文字在同一层，具有文本的格式。
- 四周型：将文字环绕在图片的边界框周围。
- 紧密型：将文字环绕在图片自身的边缘周围，而不是边界框周围。
- 浮于文字上方：将图片置于文档中文字的前面，此时文字会被遮挡。

- 衬于文字下方：将图片置于文档中文字的后面。

图 2-116、图 2-117 和图 2-118 分别表示了上述 5 种环绕方式的效果。图 2-116 中图片的环绕方式设置为嵌入型（单击"常用"工具栏上的【居中】按钮使其水平居中）。

图 2-115　"版式"选项卡

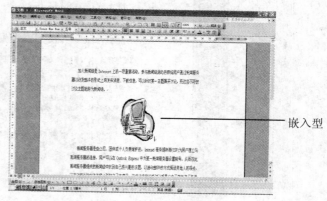

图 2-116　嵌入环绕

图 2-117 中，左侧的图片环绕方式设置为紧密型，右侧的图片环绕方式设置为四周型。

图 2-118 中，左侧的图片环绕方式设置为浮于文字上方，右侧的图片环绕方式设置为衬于文字下方。

步骤 3

单击【确定】按钮，关闭"设置图片格式"对话框，完成图片环绕方式的设置。

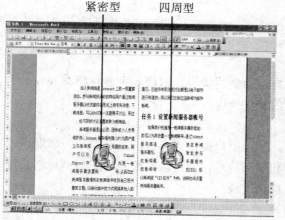

图 2-117　紧密型和四周型环绕

图 2-118　浮于文字上方和衬于文字下方

步骤 4

将图片的环绕设置为衬于文字下方后，就可以为文档添加水印效果了，即以淡淡的图片作为文字的背景，使得文档具有一种朦胧的感觉。

首先选定图片，单击"图片"工具栏上的【图像控制】按钮，在下拉列表中选择"水印"选项，根据需要单击工具栏上的控制图像对比度、亮度的按钮，将图片设置好。此时就可以在图片上输入文字了，水印的效果如图 2-119 所示。

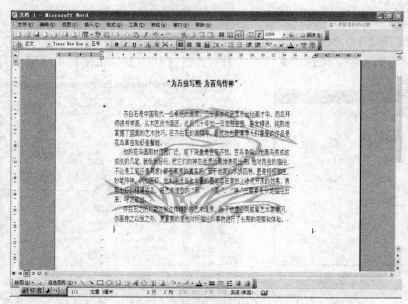

图 2-119　添加水印效果

（4）归纳分析

本任务的操作告诉我们，图文混排的关键在于正确地设置图片的环绕方式，对于图片的 5 种环绕方式效果本任务逐一进行了介绍。

实际上 Word 中的其他对象，也涉及设置环绕方式的问题即对象与文字之间的位置关系，其操作方法与本任务相似。

任务 4　插入自选图形

（1）目标与任务分析

在文档中不但可以插入图片，还可以插入自己绘制的图形。本任务主要介绍在 Word 中绘制图形的方法以及对图形的编辑和格式设置的相关操作。

（2）操作思路

"绘图"工具栏具有十分强大的绘图功能，它为用户提供了丰富的自选图形，借助该工具栏我们不但可以轻松地绘制常见的基本图形和图形符号，还可以对绘制的图形进行格式设置，对于本任务的操作主要通过"绘图"工具栏来完成。

（3）操作步骤

步骤 1

绘制自选图形时，首先应当保证在 Word 窗口中有"绘图"工具栏，如果没有，可依次单击菜单栏上的【视图】→【工具栏】→【绘图】命令，或单击"常用"工具栏上的【绘图】按钮，为 Word 窗口添加该工具栏。"绘图"工具栏如图 2-120 所示。

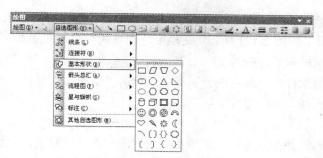

图 2-120　"绘图"工具栏

步骤 2

单击工具栏上的【直线】、【箭头】、【矩形】和【椭圆】按钮后，鼠标在文档中左键拖动即可绘制出相应的图形。如果要绘制正方形，单击【矩形】按钮，按住【Shift】键后拖动鼠标；如果要绘制圆，单击【椭圆】按钮，按住【Shift】键后拖动鼠标。

如要绘制其他的图形，可单击【自选图形】按钮，在下拉列表中找到相应的类型，单击选中后，鼠标在文档中拖动即可绘制出相应的图形。

在绘制自选图形时，如果单击"绘图"工具栏上的按钮后，文档中出现了绘图画布，（绘图画布类似于文本框，它像一个容器，用户可将创建的图形对象置于其中，这样有助于排列图形对象）。如果不想要绘图画布，可依次单击菜单栏上的【工具】→【选项】命令，弹出"选项"对话框，选定"常规"选项卡，将"插入自选图形时自动创建绘图画布"前的复选框选中标记去除。

步骤 3

插入的自选图形，都是以对象的形式出现的，单击选定后在其周围会出现尺寸控点，如果需要对自选图形进行编辑，如改变尺寸、移动、复制、删除等，操作方法与图片完全一样，不再叙述。

步骤 4

对于封闭的自选图形，用户可以在图形中添加文字。首先将鼠标指向要添加文字的图形，右击弹出快捷菜单，单击选中"添加文字"选项，此时在图形中出现插入点，在插入点之后输入文字即可。可以采用文档中文字排版的方法，对自选图形中添加的文字进行格式设置。

步骤 5

通过"绘图"工具栏，还可以为自选图形设置格式。选定图形后，单击工具栏上的【填充颜色】、【线条颜色】、【线型】、【虚线线型】、【阴影样式】和【三维效果样式】等按钮，即可以为自选图形设置填充颜色、图形线条的颜色和线型并可以给图形添加阴影和三维效果。

步骤 6

如果多个独立的图形组成了一个较复杂的图形，在移动这个复杂的图形时如何保持各个独立图形之间的相对位置保持不变，是一个很麻烦的操作。解决此问题最好的方法，是将各个独立的图形组合成一个整体后，再进行移动。

首先按住【Shift】键，依次单击各个图形，将各个独立的图形全部选中，然后单击"绘图"工具栏上的【绘图】按钮，在弹出的下拉菜单中选择"组合"选项，即将各个独立的图形组合成了一个整体。如图 2-121 所示，文档中分别有两个自选图形"哭脸"和"矩形标注"，按照以上介绍的方法操作后，成为了一个整体。

若要取消图形的组合，可选定组合图形后，单击"绘图"工具栏上的【绘图】按钮，在弹出的下级菜单中选择"取消组合"选项。

步骤 7

当多个自选图形重叠在一起时，就涉及叠放次序问题，此时用户可设置它们之间的叠放次序。右击要设置叠放次序的图形，在如图 2-122 所示的快捷菜单中选择"叠放次序"选项，在下一级菜单中根据需要选择不同的选项。

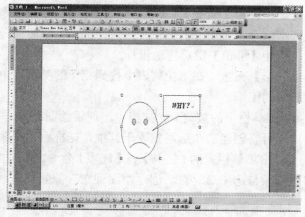

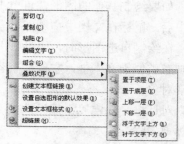

图 2-121 图形对象的组合   图 2-122 设置对象的叠放次序

（4）归纳分析

本任务主要介绍了插入自选图形和设置自选图形格式的操作方法，在设置格式时，只介绍了使用"绘图"工具栏设置图形格式的操作，实际上还可以通过命令进行格式设置，其操作过程与本节任务 2 通过命令对图片进行格式设置基本相同。

各种自选图形在 Word 中都是以对象的形式出现的，所以它们具有对象的一切特征，观察图 2-122 可以发现，图形既可以浮于文字上方又可以衬于文字下方，它们的"行为"更像具有非文本格式的图片。

在 2.2 节任务 14 中，我们介绍了为文档设置页眉和页脚的操作，由于我们当时还没有学习有关图形的知识，所以都是以文字为例进行讲解。结合本节任务 1～任务 4 介绍的操作方法，读者可以自己试一试在页眉和页脚中插入图片或自选图形。

任务 5 插入艺术字

（1）目标与任务分析

已经介绍了在 Word 中插入图片和图形的操作，本任务中将以插入艺术字为例，继续介绍向文档中插入对象的方法，实际上 Word 中有许多对象都可以插入到文档中，由于篇幅所限，在此不可能一一介绍。通过完成本任务，可以掌握向文档中插入对象操作的一般特点，当遇到类似问题时能够顺利地解决。

（2）操作思路

通过菜单栏上的【插入】菜单，可以把 Word 的许多对象插入到文档中，仿照设置图片和图形格式的方法，可以对它们进行格式设置。

（3）操作步骤

要想在文档中插入艺术字，可操作如下：

步骤 1

依次单击菜单栏上的【插入】→【图片】→【艺术字】命令，将弹出"艺术字库"对话框，如图 2-123 所示。在对话框中选定所需要的艺术字式样，单击【确定】按钮。

步骤 2

在打开的"编辑'艺术字'文字"对话框中，输入艺术字的内容，例如输入"无怨无悔"，依次在"字体"框和"字号"框设置艺术字的字体和字号；如果要将艺术字设置成粗体则单击"加粗"按钮，要将艺术字设置成斜体则单击【倾斜】按钮，如图 2-124 所示。设置完毕后单击【确定】按钮。

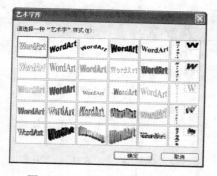

图 2-123　"艺术字库"对话框

图 2-124　"编辑'艺术字'文字"对话框

步骤 3

如图 2-125 所示，此时艺术字已经以对象的形式插入到文档中，单击选定后在其周围会出现尺寸控点，如果需要对自选图形进行编辑，如改变尺寸、移动、复制、删除等，可仿照图片的操作方法，不再叙述。

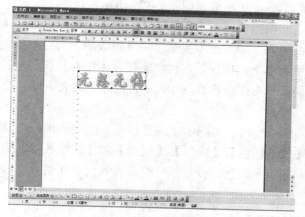

图 2-125　艺术字以对象的形式插入到文档中

步骤 4

单击插入的艺术字后，Word 窗口中会自动添加"艺术字"工具栏，如图 2-126 所示。用户通过此工具栏可以设置艺术字的格式，工具栏上共有 10 个按钮，它们的功能如下：

图 2-126 "艺术字"工具栏

- 插入艺术字：单击此按钮后，将弹出如图 2-123 所示的"艺术字库"对话框。
- 编辑文字：单击此按钮，将弹出如图 2-124 所示的"编辑'艺术字'文字"对话框。
- 艺术字库：单击此按钮后，也可以打开"艺术字库"对话框，用户可以重新选择艺术字的式样。
- 设置艺术字格式：单击此按钮后，将弹出"设置艺术字格式"对话框，如图 2-127 所示，依次单击菜单栏上的【格式】→【艺术字】命令或右击艺术字后在快捷菜单中选择"设置艺术字格式"也可以弹出该对话框。

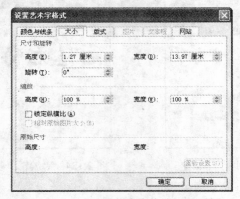

图 2-127 "设置艺术字格式"对话框

- 艺术字形状：单击此按钮后会出现一个"艺术字形状列表"如图 2-128 所示，从列表中可以选择艺术字的不同形状，例如选择"波形 1"，此时图 2-125 所示的艺术字形状就变成了波形 1 的形状，效果如图 2-129 所示。
- 文字环绕：单击此按钮后，在"环绕方式"列表中可以设置艺术字的不同环绕方式。
- 艺术字字母高度相同：如果艺术字是由字母组成的，可以将他们设置为字母等高。
- 艺术字竖排文字：单击此按钮后，可以实现艺术字在横排与竖排之间的转换。
- 艺术字字符间距：单击此按钮后，在"字符间距"列表中可以设置艺术字的不同字符间距。

通过"绘图"工具栏，也可以为艺术字设置格式。选定图形后，单击工具栏上的【自由旋转】、【填充颜色】、【线条颜色】、【线型】、【阴影】和【三维效果】等按钮，即可以为自选图形设置旋转效果、设置填充颜色、设置图形线条的颜色和线型并可以给图形添加阴影和三维效果。

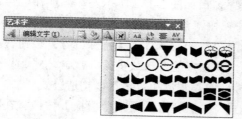

图 2-128　"艺术字形状列表"　　　　　图 2-129　设置艺术字形状为"波形 1"

在以上编辑艺术字和为艺术字设置格式的操作中，我们只介绍了如何通过工具栏来操作，实际上也可以通过图 2-127 所示的"设置艺术字格式"对话框进行编辑艺术字和为艺术字设置格式。具体过程可参照本节任务 2 设置图片格式的操作。

（4）归纳分析

艺术字和前面所介绍的图片及自选图形在本质上是相同的，它们都是 Word 中的对象。所以他们的插入过程及编辑、格式设置的方法也大同小异。

任务 6　插入公式

（1）目标与任务分析

在科技文档的录入中，经常会遇到一些如图 2-130 所示的带有特殊符号的公式，显然通过键盘是无法录入该公式的，本任务讨论如何在 Word 文档中插入该公式。

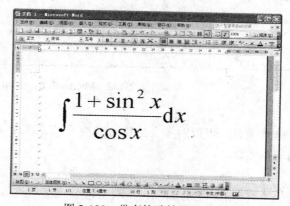

图 2-130　带有特殊符号的公式

（2）操作思路

解决此问题的关键在于，利用 Office 提供的 Microsoft Epuation 3.0 程序建立并编辑公式。然后将公式作为一个对象插入到文档中。

（3）操作步骤

步骤 1

将插入点移动到要插入公式的位置，依次单击菜单栏上的【插入】→【对象】命令，弹出如图 2-131 所示的"对象"对话框，在"新建"选项卡中，"对象类型"栏中单击选定 Microsoft 公式 3.0，然后单击【确定】按钮。

步骤 2

此时启动 Microsoft Epuation 3.0 程序，其程序窗口如图 2-132 所示。注：现在已经跳出了 Word 程序，进入了 Microsoft Epuation 3.0 程序窗口（窗口的菜单栏已发生了变化）。

窗口中出现了"公式"工具栏，该工具栏分为两行，上一行为【特殊符号】按钮，共有 150 多个数学符号；下一行为【公式模板】按钮，有众多的样板或框架（包含分式、积分和求和等）。用户可以从"公式"工具栏上选择符号，输入变量和数字，以构造公式。

创建如图 2-130 所示的公式，首先单击"公式"工具栏上的【积分模板】按钮，在列表中选定需要的积分符号；然后单击【分式和根式模板】按钮，列表中选定需要的分式符号；在分式的分子和分母中依次输入字符，其中 $\sin^2$ 一项可以借助于"上标和下标模板"来完成。公式创建完毕后，单击窗口的任何区域，则自动返回到 Word 程序窗口，此时公式已经以对象的形式插入到文档中。

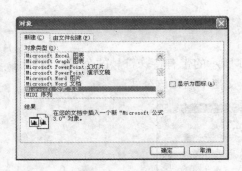

图 2-131 "对象"对话框

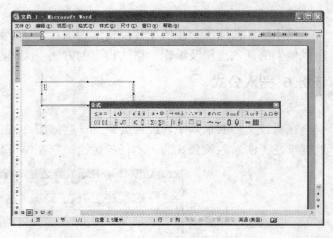

图 2-132 Microsoft Epuation 3.0 程序窗口

步骤 3

仿照对其他对象的操作方法，可以对该公式进行改变尺寸、移动、复制、删除以及裁剪、填充颜色、环绕方式等格式设置。

步骤 4

若要修改公式，例如要将 $\sin^2 x$ 改成 $\sin^3 x$，可双击该公式重新进入 Microsoft Epuation 3.0 程序窗口进行修改，然后单击窗口的任何区域，返回到 Word 程序窗口即可。

（4）归纳分析

本任务中，将不能够通过键盘录入的公式以对象的形式插入到了文档中，这种插入对象的方法在 Word 中经常被使用。由于篇幅所限，在本节中只介绍了图片、自选图形、艺术字和公式等对象插入到文档中的操作，希望通过这些操作读者能够对 Word 中"对象"的概念有一个正确地认识。

首先要了解到底什么是对象？用通俗的语言讲，对象就是在 Word 程序中不能被修改的内容。就像是在文档中贴上的一幅图片，Word 只能改变它的格式（大小、位置、环绕方式等），但却不能改变它的内容（如图片中的一只猫不能改变成一只狗）。

其次必须明确，Word 中的对象在其他程序中并不一定也是对象，如图片在 Word 中是对象，但是在绘图程序中就不是对象，用绘图程序可以改变它的内容（图片中的一只猫可以改变成一只狗），又如本任务中的公式，在 Microsoft Epuation 3.0 程序中就不是对象，可以在该程序中改变公式的内容（如步骤 4 将 $\sin^2 x$ 改成 $\sin^3 x$）。

最后归纳出对象所具有的一般特点：都可以通过【插入】菜单将其插入到文档中（包括自选图形也可以通过依次单击菜单栏上的【插入】→【对象】命令插入到文档中）；对象单击选定后都会在周围出现尺寸控点；拖动控点可以改变其大小尺寸；拖动对象可以改变其位置；只要是对象都涉及与文字之间的位置关系即环绕方式等。另外选定对象后，依次单击菜单栏上的【格式】→【XX】命令，都可以弹出"设置 XX 格式"对话框，其中的 XX 表示对象的名称，通过此对话框可以对对象进行格式设置。

希望读者对以上内容仔细体会，了解对象所具有的这些共同特点，今后如遇到其他的对象时就可以进行正确的处理。

*2.6　Word 的高级操作

任务 1　文档的纵横混排

（1）目标与任务分析

本章 2.2 节任务 13 介绍了改变文字方向的操作，在当时我们已经指出了该操作具有的局限性即只能对整篇文档进行操作，不能实现文档的纵横混排。而在实际工作中，有时需要文档具有纵横混排的格式（如对文档进行标题纵排正文横排），现在我们就来解决此问题。本任务主要完成文档的两种纵横混排的格式设置，如图 2-133 和图 2-134 所示。图 2-133 显示了将文档标题纵排正文横排的效果，图 2-134 显示了将正文的一部分文字纵排，其他部分及文档的标题横排的效果。

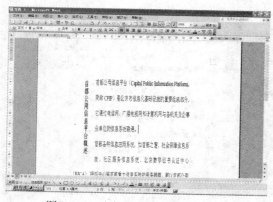
图 2-133　文档的纵横混排之一

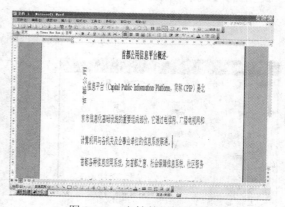
图 2-134　文档的纵横混排之二

（2）操作思路

实现文档的纵横混排主要有两种方法：使用文本框和利用 Word 提供的纵横混排功能。

文本框也是 Word 中的对象，它的作用很像是一个"容器"，可以将文字、图形等各种信息集合在其中，使它们成为一个独立于文档其他部分的整体。文本框具有我们所总结的对象的一般特征。一般情况下要将文档的标题纵排正文横排时使用文本框，要将正文的一部分文字纵排时使用 Word 提供的纵横混排功能。

（3）操作步骤

首先介绍使用文本框的操作：

步骤 1

依次单击菜单栏上的【插入】→【文本框】→【竖排】命令，也可以单击"绘图"工具栏上的【竖排文本框】按钮，此时鼠标指针变成十字形，拖动鼠标即可在文档中插入一个竖排文本框（如果文档中出现了绘图画布，可按照 2.5 任务 4 步骤 2 的操作将其去除）。

步骤 2

文本框中输入文档的标题。

如果文档的标题已经存在，可使用"剪切"和"粘贴"命令直接将标题移动到文本框中，也可以提前选定文档的标题，再进行步骤 1 的操作，此时文档的标题自动移动到文本框中。根据标题内容的多少拖动文本框的尺寸控点改变其尺寸大小。

步骤 3

选定文本框后，依次单击菜单栏上的【格式】→【文本框】命令，如图 2-135 所示弹出"设置文本框格式"对话框。在"版式"选项卡下，选择文本框的环绕方式为"四周型"，单击【确定】按钮，完成对文本框环绕方式的设置。

步骤 4

将文本框拖动到合适的位置，此时的效果如图 2-136 所示。现在文档的标题已经竖排，但是文本框四周的黑色框线影响了文档的美观，将文本框的框线颜色设置成无色即可解决此问题。选定文本框后在图 2-135 所示的对话框中选定"颜色与线条"选项卡，在"线条"栏中，单击"颜色"框右侧的向下箭头，在下拉列表中选择"无线条颜色"或单击"绘图"工具栏上的【线条颜色】按钮右侧的向下箭头，在下拉列表中选择"无线条颜色"。

现在的效果就和图 2-133 所示完全一样了。

图 2-135　"设置文本框格式"对话框

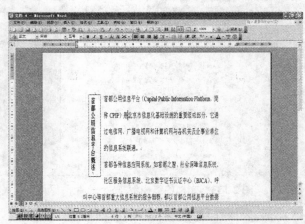

图 2-136　文本框四周出现黑色框线

步骤 5

仿照对其他对象的格式设置方法，也可以为文本框添加填充色、设置三维或阴影效果，以使文档更加生动。

选定文本框后，单击"绘图"工具栏上的【填充颜色】按钮右侧的向下箭头，在下拉列表中为文本框选择填充颜色；单击【三维效果样式】按钮右侧的向下箭头，在下拉列表中为文本框选择三维效果，单击【阴影样式】按钮右侧的向下箭头，下拉列表中为文本框选择阴影样式。

除了使用文本框设置纵横混排格式外，我们还可以利用 Word 提供的纵横混排功能进行操作，达到图 2-134 所示的效果。

步骤 1

打开文档后，首先选定将要设置成纵排的文字，依次单击菜单栏上的【格式】→【中文版式】→【纵横混排】命令，如图 2-137 所示，弹出"纵横混排"对话框。

步骤 2

在"纵横混排"对话框中，去除"适应行宽"复选框，如果选中复选框则文字将被压缩只占用该行一个字符的空间。

图 2-137 "纵横混排"对话框

步骤 3

单击【确定】按钮，关闭对话框，完成纵横混排的操作，效果如图 2-134 所示。

如果要取消纵横混排，只需在"纵横混排"对话框中单击【删除】按钮即可。

（4）归纳分析

纵横混排是工作中常遇到的问题，本任务介绍了与之相关的两种操作方法即使用文本框和利用 Word 提供的纵横混排功能，两种方法相比较使用文本框的方法更常用。

文本框的本质就是 Word 中的对象，由于本次操作的重点是解决纵横混排的问题，所以关于文本框的编辑和格式设置等内容叙述的不是很多，相关操作可以参照其他对象的编辑和格式设置的操作。

任务 2 特殊排版格式

（1）目标与任务分析

在本任务中，将介绍 Word 提供的特殊排版格式，主要内容有带圈字符的设置、合并字符、双行合一及首字下沉的操作。各种排版的效果分别如图 2-138、图 2-139 和图 2-140 所示。图 2-138 显示的是带圈字符效果；图 2-139 显示的是合并字符和双行合一的效果；图 2-140 显示的是首字下沉的效果。

（2）操作思路

以上操作都比较简单，通过命令利用 Word 提供的特殊排版功能，就可以得到解决。

（3）操作步骤

步骤 1

首先选定要设置成带圈号的字符，注：一次操作只能选定一个字符，多选无效。

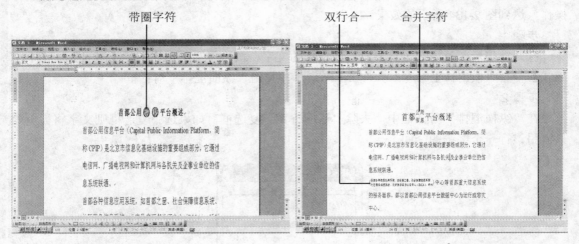

图 2-138　带圈字符　　　　　　　　　图 2-139　合并字符和双行合一

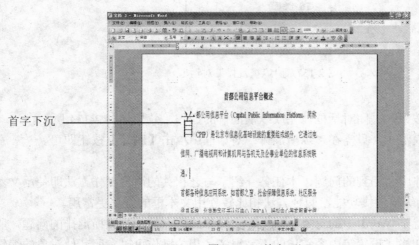

图 2-140　首字下沉

步骤 2

依次单击菜单栏上的【格式】→【中文版式】→【带圈字符】命令，或单击"格式"工具栏上的【带圈字符】按钮，如图 2-141 所示，弹出"带圈字符"对话框。

图 2-141　"带圈字符"对话框

步骤 3

"样式"栏中根据需要，选择"缩小文字"或"增大圈号"选项。各项含义如下：

缩小文字：使用与当前字号大小相同的圈号，并缩小文字使其置于圈号之中。

增大圈号：文字大小保持不变，扩大圈号使其围绕住文字。

在"圈号"栏中，选择所需的圈号。单击【确定】按钮，则选定的字符就置于圈号之中，效果如图 2-138 所示。

若要给多个字符添加圈号，依次重复以上步骤即可，若要取消文字的圈号，在"带圈字符"对话框中选择"无"即可。

步骤 4

选定要设置合并字符格式的字符（最多 6 个），此例中选定"公用信息"，依次单击菜单栏上的【格式】→【中文版式】→【合并字符】命令，如图 2-142 所示，弹出"合并字符"对话框，对话框中选定字体和字号后，单击【确定】按钮，则所选字符设置成合并字符格式，效果如图 2-139 所示。

图 2-142　"合并字符"对话框

若要取消合并字符格式，只需单击对话框中的【删除】按钮即可。

步骤 5

设置双行合一格式前，首先选定相邻的两行或多行文本，然后依次单击菜单栏上的【格式】→【中文版式】→【双行合一】命令，如图 2-143 所示，弹出"双行合一"对话框，对话框中若选择"带括号"复选框，则合一的双行前后带有括号，根据需要在"括号类型"列框中选择所需的括号类型，单击【确定】按钮，则选定的多行合并成一行，效果如图 2-139 所示。

若要取消双行合一格式，只需单击对话框中的【删除】按钮即可。

步骤 6

要设置首字下沉，首先将插入点置于要设置首字下沉的段落中的任意位置，然后依次单击菜单栏上的【格式】→【首字下沉】命令，如图 2-144 所示，弹出"首字下沉"对话框。

在"位置"栏中根据需要选择首字下沉的方式，本例中选择"下沉"；在"选项"栏中从"字体"框选择首字的字体；"下沉行数"框中输入首字下沉的行数，本例中输入"2"；"距正文"框中设置下沉字距段落的距离为"0 厘米"。单击【确定】按钮，选定段落的首字下沉了两行，效果如图 2-140 所示。

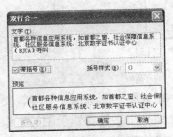

图 2-143　"双行合一"对话框　　　　　　图 2-144　"首字下沉"对话框

（4）归纳分析

本任务介绍的特殊排版功能，操作非常简单，但工作中的用处非常大，其中带圈字符、合并字符和双行合一是 Word 2000 新增加的功能，Word 2003 沿用了这些功能。

操作中有几点注意事项：

在设置带圈字符之前，一定要将文字的字号设置合适，字符一旦带有圈号后，再改变字号时字体的大小和圈号的大小不会等比例地变化；合并字符最多不能超过 6 个字符；双行合一操作可以将相邻的多行合一。

任务 3　制作双色字

（1）目标与任务分析

本任务要制作如图 2-145 所示的双色字，仔细观察可以发现"水滴石穿" 4 个字被上下分成两部分，上面部分具有黑色字体白色底纹的格式；下面部分具有白色字体黑色底纹的格式。这种类型的双色字对比强烈，具有很强的视觉效果，广泛应用于报刊、杂志的排版中。

图 2-145　本任务要制作的双色字

（2）操作思路

显然通过设置字符格式的操作无法达到图 2-145 所示的效果，只有使用其他的方法才可以。我们采取如下的方法来完成本次操作：首先创建两个对象，对象的内容都是"水滴石穿" 4 个字符，其中的一个具有黑色字体白色底纹的格式另一个具有白色字体黑色底纹的格式；然后分别对这两个对象进行水平方向的裁剪；最后再将它们组合成一个整体。

（3）操作步骤

步骤 1

首先新建一个文档，本例中新建文档名为"文档 3"，我们将在文档 3 中建立双色字。依次单击菜单栏上的【插入】→【对象】命令，如图 2-146 所示，弹出"对象"对话框。在"新建"选项卡的"对象类型"栏中，选择 Microsoft Word 文档，单击【确定】按钮。

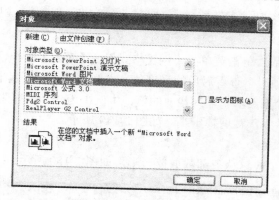

图 2-146　"对象"对话框

步骤 2

此时 Word 自动创建了一个新的文档名为"文档 3 中的文档"，该文档中输入"水滴石穿"，设置文字的格式，本例中为：楷体、72 磅、加粗、白色底纹和黑色字体。关闭"文档 3 中的文档"窗口，返回文档 3 窗口，如图 2-147 所示，在文档 3 中"水滴石穿"以对象的形式出现。

步骤 3

图 2-147 所示的对象其尺寸控点为实心的，说明它具有文本格式，为了以后操作方便要将它转换成非文本格式的对象。首先选定该对象，然后依次单击菜单栏上的【格式】→【对象】命令，弹出"设置对象格式"对话框，在"版式"选项卡下，"环绕方式"栏中，将"嵌入型"改为其他形式即可。

步骤 4

重复以上步骤，在文档 3 中再创建一个非文本格式的对象，该对象为黑色底纹白色字体除此之外和前一个对象完全相同，如图 2-148 所示。

步骤 5

在图 2-148 所示的窗口中，按住【Shift】键分别单击两个对象，将它们全部选中。依次单击"绘图"工具栏上的【绘图】→【对齐或分布】→【左对齐】命令，使对象之间保持对齐。

图 2-147　以对象形式出现的文字　　　　　图 2-148　创建第二个以对象形式出现的文字

步骤 6

选定第一个对象，依次单击菜单栏上的【格式】→【对象】命令，弹出"设置对象格式"对话框，在"大小"选项卡下查看对象的高度值，本例中为"3.31 厘米"；选择"图片"选项卡，在"裁剪"栏中，"下"框中输入裁剪的值，本例中为"1.65 厘米"（是对象高度值的一半），此时第一个对象从下部裁剪掉一半，如图 2-149 所示。

步骤 7

重复步骤 6 将第二个对象从上部裁剪掉一半，如图 2-150 所示。

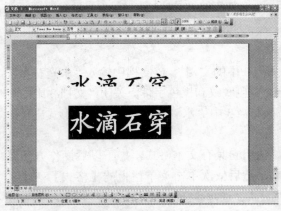

图 2-149　第一个对象从下部裁剪掉一半　　　　图 2-150　第二个对象从上部裁剪掉一半

步骤 8

图 2-150 窗口中，按住【Shift】键将下面的对象沿垂直方向拖动（按住【Shift】键的目的在于保证沿垂直方向拖动），使其和上面的对象衔接。

按住【Shift】键分别单击两个对象，将它们全部选中，单击"绘图"工具栏上的【绘图】按钮，选择"组合"选项，将两个对象组合成一个整体，效果如图 2-145 所示。

（4）归纳分析

我们又遇到了一种新的对象即 Microsoft Word 文档对象，以本次操作为例它具有以下特点："水滴石穿"这几个字符在"文档 3"窗口中是对象，此时只能对其格式进行设置，但不能修改其内容，而在"文档 3 中的文档"窗口中它不是对象，可以修改其内容。在"文档 3"窗口中只要双击对象，Word 会自动转换到"文档 3 中的文档"窗口中。

本任务实际上是关于对象操作的一个综合练习，涉及了对象的插入、格式设置以及对象的组合等一系列操作。如果没有扎实的基本功是很难完成此任务的。

任务 4 Word 中的宏操作

（1）目标与任务分析

所谓"宏"是指一系列组合在一起的 Word 命令和指令，它们形成了一个命令，以实现任务执行的自动化。如果用户在 Word 中经常反复进行某项工作，那就可以利用宏来自动完成这项工作。例如编辑科技文档时，经常需要设置字符的上标、下标格式，经常需要插入指定大小的表格等，这些工作都可以通过宏来解决。

在本任务中，给出两个宏的典型应用实例，第一个实例是创建一个设置字符上标格式的宏；第二个实例是创建一个插入表格的宏（表格 3 行 5 列且每列宽度为 2 厘米）。

（2）操作思路

实际上，宏就是用户自己创建的命令，当宏创建后可以把它指定为工具栏上的按钮，也可以把它指定为一组快捷键。对于第一个实例我们将把宏指定为"格式"工具栏上的按钮；对于第二个实例我们将把宏指定为一组快捷键。Word 提供了两种创建宏的途径：宏录制器和"Visual Basic 编辑器"，我们使用宏录制器来完成本任务的操作。

（3）操作步骤

首先完成第一个实例的操作，创建一个设置字符上标格式的宏，并将它指定为"格式"工具栏上的按钮。

步骤 1

依次单击菜单栏上的【工具】→【宏】→【录制新宏】命令，如图 2-151 所示，弹出"录制宏"对话框，在"宏名"文本框中输入将要创建的宏的名称，在此输入"设置上标"，在"将宏指定到"栏中根据需要进行选择，本例中选择"工具栏"项。

步骤 2

如图 2-152 所示，此时弹出"自定义"对话框，选中"命令"栏中的"Normal.NewMacros.设置上标"，并将其拖动到工具栏上的适当位置，松开鼠标，本例中将其拖动到"格式"工具栏上【字符缩放】按钮的右侧。

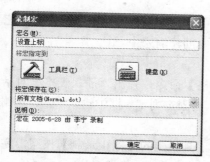

图 2-151　"录制宏"对话框

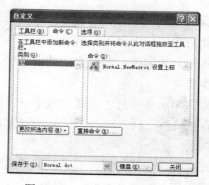

图 2-152　"自定义"对话框

步骤 3

此时窗口中出现了一个"停止录入"工具栏，表明宏录制器开始工作，从现在起它会自动记录用户所做的一切操作，并将这些操作记录到将要创建的宏中。

步骤 4

依次单击菜单栏上的【格式】→【字体】命令，弹出"字体"对话框"，选中"字体"选项卡，在"效果"栏中选定"上标"复选框。单击【确定】按钮。

完成字符上标格式的设置后，应立即单击"停止录制"工具栏上的【停止录制】按钮，完成宏的创建操作。如果在录制的过程中，想暂停录制，可单击"停止录制"工具栏上的【暂停录制】按钮，暂停结束后，再次单击该按钮可继续录制过程。

步骤 5

如图 2-153 所示，在"格式"工具栏上【字符缩放】按钮的右侧增加了一个【Normal.NewMacros.设置上标】按钮，当我们选定文字后单击该按钮，所选文字自动变为上标格式。

图 2-153　创建宏后添加的按钮

下面完成第二个实例的操作，创建一个插入表格的宏（表格 3 行 5 列且每列宽度为 2 厘米），并将宏指定为快捷键【Alt+Ctrl+X】。

步骤 1

依次单击菜单栏上的【工具】→【宏】→【录制新宏】命令，如图 2-151 所示，弹出"录制宏"对话框，在"宏名"文本框中输入将要创建的宏的名称，在此输入"插入表格"，在"将宏指定到"栏中根据需要进行选择，此时选择"键盘"项。

步骤 2

如图 2-154 所示，弹出"自定义键盘"对话框，在"请按新快捷键"文本框中，按下设置的快捷键，在此按下快捷键【Alt+Ctrl+X】。

注意：若用户指定的快捷键已被 Word 提前指定其他的用途，文本框下会出现提示，此时最好换一组快捷键，当文本框下出现"未指定"字样时，表示该组快捷键没有发生冲突。单击【指定】按钮，在"当前快捷键"栏中会出现新设置的快捷键，单击【关闭】按钮。

步骤 3

此时窗口中出现了一个"停止录入"工具栏，表明宏录制器开始工作，从现在起它会自动记录用户所做的一切操作，并将这些操作记录到将要创建的宏中。

步骤 4

依次单击菜单栏上的【表格】→【插入】→【表格】命令，弹出"插入表格"对话框，分别在"列数"框中输入"5"、"行数"框中输入"3"、"固定列宽"框中输入"2"，单击【确定】按钮。

完成插入表格的操作后，立即单击"停止录制"工具栏上的【停止录制】按钮，完成宏的创建操作。

步骤 5

以后要想插入上述格式的表格，只要按下快捷键【Alt+Ctrl+X】，所创建的宏就会自动完成插入表格的一系列操作。

步骤 6

如果不想再用某个宏，用户可以将它删除。依次单击菜单栏上的【工具】→【宏】→【宏】命令，弹出图 2-155 所示的"宏"对话框，选定要删除的宏的名称，单击【删除】按钮，此时会出现一个确认对话框，单击"是"即可将选定的宏删除。要想删除工具栏上宏的按钮，可按住【Alt】键，将其拖动出工具栏。

图 2-154　"自定义键盘"对话框

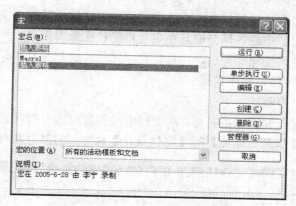

图 2-155　"宏"对话框

（4）归纳分析

本任务中给出了两个宏的典型应用实例，在完成任务的过程中涉及了宏的创建和运行等操作。通过以上操作读者应当对使用宏操作的方便性有一个初步的认识，实际工作中有许多问题都可以通过宏得到快捷的处理。如果录制宏的操作步骤比较多，应当在操作之前仔细考虑、理清思路，以避免出错。

在本章 2.2 节任务 3 中，介绍了将文字设置成上标和下标格式的操作，当时由于条件所限，只介绍了两种操作方法。随着学习内容的不断增加，现在还可以使用 2.2 节任务 5 介绍的格式刷以及本任务介绍的宏操作来解决同样的问题。这充分说明了 Word 操作的多样性，我们在学习的过程中要不断总结各种操作方法的特点，在不同条件下争取采用最佳的操作方法以提高操作的速度。

任务 5 用邮件合并功能给多人写信

（1）目标与任务分析

在办公操作中经常会遇到需要同时给多人发信的情况，例如：生日邀请、节日问候，或者单位写给客户的信件。虽然这些信件中的许多内容是相同的，但也不能"统一书写、统一发信"了事，必需使用特定的称呼和问候语，使得信件就像单独写出来一样。此时如果分别给每个人写信，工作量会很大，同时有许多重复的工作。利用 Word 的邮件合并功能，可以大大地简化这类工作。

本任务主要完成两个操作，首先同时给多个人写一封信，信的内容为成绩通知单，在每封信中既有相同的内容又有特定的内容，每封信单独占一页；第二个操作是为已经写好的信件制作信封，与 2.3 节任务 3 介绍的操作不同，在此要同时生成多个信封。

（2）操作思路

完成本任务的最佳操作方法是使用 Word 提供的邮件合并功能。在邮件合并过程中要涉及两个文档：第一个文档含有每封信中相同的部分，称为"主文档"；第二个文档包含每封信中特定的内容，称为"数据源"。数据源的内容也可以从其他程序得到，比如 Outlook 的联系人列表、Excel 工作表、Microsoft Access 数据库和文本文件等，本任务中的数据源为一个已创建的 Word 表格，如图 2-156 所示。

在执行邮件合并操作之前首先要创建上述两个文档，并把它们关联起来，也就是标识出数据源中的各部分信息在主文档的什么地方出现。然后就可以"合并"这两个文档，为每个收件人创建邮件。

（3）操作步骤

步骤 1

首先创建主文档，在文档中输入每封信中相同部分的文本，依次单击菜单栏上的【工具】→【信函与邮件】→【邮件合并】命令，打开"邮件合并"任务窗格，如图 2-157 所示。

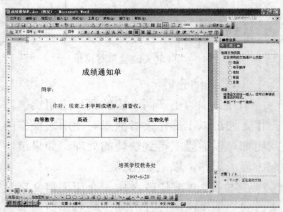

图 2-156 "数据源"文档　　　　　　　　图 2-157 "邮件合并向导"第 1 步

步骤 2

在邮件合并任务窗格中看到"邮件合并向导"的第 1 步——选择文档类型，这里采用默认的选择"信函"。

步骤 3

单击任务窗格下方的"下一步：正在启动文档"超链接，进入"邮件合并向导"第 2 步——选择开始文档，即选择主文档，由于我们当前的文档就是主文档，所以选择"使用当前文档"单选按钮，如图 2-158 所示。

步骤 4

单击任务窗格下方的"下一步：选择收件人"超链接，进入"邮件合并向导"第 3 步——选择收件人，如图 2-159 所示。选择"使用现有列表"单选按钮，单击"浏览"超链接，如图 2-160 所示，打开"选择数据源"对话框。

图 2-158　"邮件合并向导"第 2 步　　　　图 2-159　"邮件合并向导"第 3 步

步骤 5

"选择数据源"对话框中，在"查找范围"下拉列表框中选择保存数据源的驱动器及文件夹，单击选中数据源文件，最后单击【打开】按钮。弹出"邮件合并收件人"对话框，如图 2-161 所示。

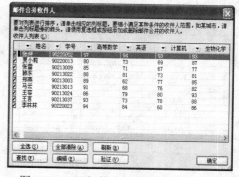

图 2-160　"选择数据源"对话框　　　　图 2-161　"邮件合并收件人"对话框

步骤 6

"邮件合并收件人"对话框中，选择哪些记录要合并到主文档，默认状态是全选。单击【确定】按钮，返回到主文档窗口。

步骤 7

单击任务窗格下方的"下一步：撰写信函"链接，进入"邮件合并向导"的第 4 步——撰写信函。

将插入点置于主文档中"同学"字符前，单击任务窗格中的"其他项目"链接，打开"插入合并域"对话框，如图 2-162 所示，对话框中列表了数据源表格中的字段（即要插入主文档中的域名）。选中"姓名"，单击【插入】按钮后，数据源中该字段就合并到了主文档中。

步骤 8

重复步骤 7 的过程直至在主文档中加入了所有的域，结果如图 2-163 所示。可以看到从数据源中插入的域都用"《》"符号括起来，以便和文档中的普通内容相区别。

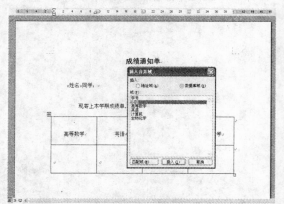

图 2-162　"姓名"域插入到主文档中

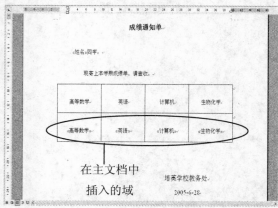

图 2-163　主文档中插入所有域

步骤 9

单击任务窗格下方的"下一步：预览信函"链接，如图 2-164 所示，进入"邮件合并向导"第 5 步——预览信函。此时主文档中的域，已变成数据源表中的第一条记录中信息的具体内容，如果要查看合并后的效果，单击任务窗格中的【<<】或【>>】按钮就可以查看合并后的每个信函。

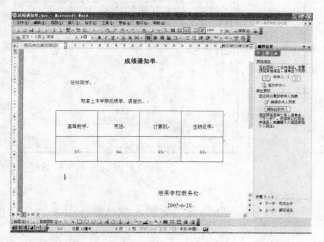

图 2-164　"邮件合并向导"第 5 步

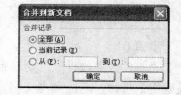

图 2-165　"合并到新文档"对话框

步骤 10

单击任务窗格下方的"下一步：完成合并"链接，进入"邮件合并向导"第 6 步——完成合并。如果要打印合并后的信函，单击任务窗格中的"打印"超链接，如果要将合并后的信函放入新的文档，单击"编辑个人信函"超链接，如图 2-165 所示，单击该链接后弹出"合并到新文档"对话框，选定"全部"单选按钮，单击【确定】按钮，即可在新建的文档中生成给多人写的信函，本任务中共生成 9 份信函。

下面完成本任务的第二个操作，创建用于发信的多个信封，显然，信封的制作也要经历"邮件合并向导"的 6 个步骤，在此我们已经将数据源（Word 表格）创建完毕，并保存在计算机的存储器中。

步骤 1

单击"常用"工具栏上的【新建空白文档】按钮，将新建的文档作为主文档。依次单击菜单栏上的【工具】→【信函与邮件】→【邮件合并】命令，打开"邮件合并"任务窗格，如图 2-157 所示。

步骤 2

在邮件合并任务窗格中看到"邮件合并向导"的第 1 步——选择文档类型，单击选中"信封"单选按钮。

步骤 3

单击任务窗格下方的"下一步：正在启动文档"链接，进入"邮件合并向导"第 2 步——选择开始文档，单击任务窗格"更改文档版式"栏中的"信封选项"链接，弹出如图 2-166 所示的"信封选项"对话框，在此对话框中设定所需信封的类型和尺寸，单击【确定】按钮，返回主文档。

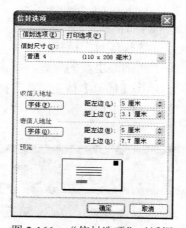

图 2-166　"信封选项"对话框

步骤 4

在主文档中输入信封中的固定内容，即发信人的信息。将插入点定位于信封下方的文本框中，输入发信人的信息。

为了让这些信息看起来更加美观，可以采用文档中对文字排版的方法对它们进行格式设置，最后拖动文本框到信封右下角恰当位置，以符合信封的布局规定，修饰后的效果如图 2-167 所示。

步骤 5

单击任务窗格下方的"下一步：选择收件人"链接，进入"邮件合并向导"第 3 步——

选择收件人。单击选定"使用现有列表"单选按钮，单击"浏览"链接，如图 2-160 所示，打开"选择数据源"对话框。

步骤 6

"选择数据源"对话框中，在"查找范围"下拉列表框中选择保存数据源的驱动器及文件夹，单击选中数据源文件，最后单击【打开】按钮。弹出"邮件合并收件人"对话框，如图 2-168 所示。在"邮件合并收件人"对话框中，选择所有记录，单击【确定】按钮，返回到主文档窗口。

图 2-167 输入信封中的固定内容

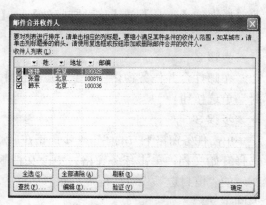

图 2-168 "邮件合并收件人"对话框

步骤 7

单击任务窗格下方的"下一步：选择信封"链接，进入"邮件合并向导"的第 4 步——选择信封。把插入点定位于信封左上角邮编出现的位置，单击"其他项目"链接，打开"插入合并域"对话框，选中"邮编"，单击【插入】按钮后，数据源中该字段就合并到了主文档中，用同样的方法把"地址"字段插入到"邮编"的下方，"姓名"插入到位于信封正中的文本框中。最后的效果如图 2-169 所示。

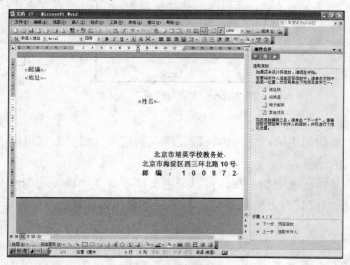

图 2-169 主文档中插入所有域

步骤 8

单击任务窗格下方的"下一步：预览信封"链接，进入"邮件合并向导"第 5 步——预览信封。此时主文档中的域，已变成数据源表中的第一条记录中信息的具体内容，如果要查看合并后的效果，单击任务窗格中的【<<】或【>>】按钮就可以查看合并后的每个信封。

步骤 9

预览后可发现，生成的信封很不美观，不令人满意。此时可以采用文档中对文字排版的方法对它们进行格式设置。操作如下：

"邮政编码"设置为"宋体、小二号、加粗、字符间距加宽 15 磅"；"地址"设置为"楷体、小二号、加粗、字符间距加宽 10 磅"；在"姓名"后按一下【Tab】键，输入"收"字，然后选中它们，设置对齐方式为"居中对齐、宋体、二号、加粗、字符间距加宽，5 磅"，

修饰后的信封如图 2-170 所示。

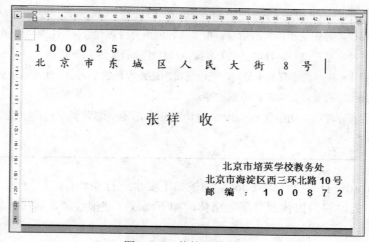

图 2-170　修饰后的信封

步骤 10

单击任务窗格下方的"下一步：完成合并"链接，进入"邮件合并向导"第 6 步——完成合并。单击"编辑个人信封"链接，将合并后的信封放入新的文档，弹出的"合并到新文档"对话框中，选择"全部"单选按钮，单击【确定】按钮，即可在新建的文档中生成批量信封。

（4）归纳分析

邮件合并是日常办公中经常遇到的操作，应用 Word 提供的邮件合并功能可以大大简化类似于批量发送邀请函、慰问信等操作的工作量。Word 2002 以上的版本中新增了"邮件合并"任务窗格式的"邮件合并向导"，这让用户在使用邮件合并操作时更加方便和容易。

邮件合并操作大概可以分为以下 3 个过程：创建主文档和数据源、在主文档中插入合并域和执行合并操作（有关域的概念请参照本教材 2.2 节任务 14 的介绍）。

注意：数据源文件既可以在邮件合并时创建，也可以从其他程序得到，比如 Outlook 的联系人列表、Excel 工作表、Microsoft Access 数据库和文本文件等。

在本章 2.3 节任务 3 中，我们已指出利用中文信封向导命令也能批量生成信封，它也是利用了邮件合并的功能来实现的，但其在信封的版面设计上没有邮件合并方便，故在本任务中选用了邮件合并功能来实现批量信封的制作。读者可以自己试一试，用中文信封向导创建批量信封的操作。

习　题

1. 启动 Word 2003 后，单纯录入以下文字，将文档以文件名"练习 1.doc"保存，然后退出 Word。

> 电子邮件的特点
>
> 比传统的邮件更方便、快捷、可靠、便宜。E-mail 不受地域和时域的限制。通常来说，短则几秒钟，长则几分钟之内可到达世界各地的任何一台与 Internet 相连的计算机上。
>
> 与电话相比能够表达更丰富的信息。电子邮件的内容可以包含文字、图形、声音和视频等多种信息，电子邮件现已成为多媒体信息传输的重要手段之一。
>
> 与传真相比，得到的信息易于处理。无论是发出还是收到的 E-mail，都可以永久地被保存，并可以对其进行编辑、再发送等。
>
> 电子邮件程序能够自动接收 E-mail，并自动发出回信，因而能够满足用户在收发信件方面的特殊要求。

2. 重新启动 Word，打开"练习 1.doc"，按如下要求进行操作：
   - 将标题格式设置为黑体四号字，粗体，加下画线（波浪线），居中，段前、段后间距各为 1 行。
   - 正文第一段设置为楷体，首行缩进 2 字符，左右各缩进 4 字符，行间距为"最小值 16 磅"。
   - 正文第二段和第三段设置为首行缩进 2 字符，段前、段后间距各为 0.5 行。
   - 通过"格式刷"将正文第三段的格式复制给正文第四段。
   - 将文档另存为"练习 2.doc"。
3. 打开文档"练习 1.doc"，将文档"练习 1.doc"中的"电子邮件"替换为"E-mail"，并为文档的正文添加项目符号"◇"。
4. 打开文档"练习 2.doc"，将文档分为两栏并为其添加页眉，页眉区左侧为"电子邮件简介"，在页眉区右侧插入页码。
5. 制作下图所示的海报，要求：图片来自于剪贴画，艺术字的式样为"'艺术字'库"对话框的第 3 行第 4 列，艺术字形状为"朝鲜鼓"，文档以文件名"练习 3.doc"保存。

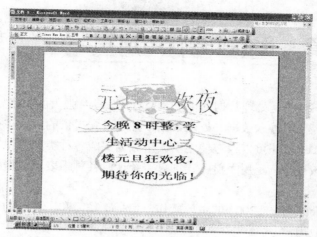

6. 建立文档"练习 4.doc"，文档中输入以下公式：

$$Y = \lim_{n \to +\infty} \frac{\sqrt{n^2 - 1}}{n}$$

7. 建立文档"练习 5.doc"，文档中创建以下表格：

项　目		月息‰	年息%
活　期		0.6	0.72
整存整取	三个月	1.425	1.71
	半年	1.575	1.89
	一年	1.65	1.98
	二年	1.875	2.25
	三年	2.1	2.52

8. 建立文档"练习 6.doc"，文档中创建一个宏，要求：宏的名称为"lx"，指定快捷键为【Alt+1】，当运行该宏时，将插入点所在的段落设置为首字下沉。

第 3 章 | Excel 操作与应用

Microsoft Excel 2003 是处理数据的电子表格程序，具有强大的表格处理功能。Excel 应用程序可以协助用户轻松地输入数据、处理数据，并通过它提供的函数进行自动计算，实现制表自动化，利用 Excel 程序可以很方便地由表格数据生成各种类型的图表，用户可以通过图表进行数据分析。该程序广泛用于财务、预算、统计、各种报表、数据跟踪、数据汇总等工作中。

本章将系统地介绍 Excel 2003 的主要操作，包括工作簿和工作表的各种基本操作以及公式、函数、图表等应用。

3.1 Excel 的基本操作

Microsoft Excel 是 Microsoft Office 的组件之一，是处理数据的电子表格程序，具有强大的数据处理功能。本节主要介绍它的基本操作，Excel 的基本操作与 Word 在很多方面相同或近似，在学习的过程中要注意加以比较。

任务 1 了解 Excel 的窗口

（1）目标与任务分析

我们已经指出，在 Windows 中任何程序都是以窗口的形式出现的，Excel 中也是如此。窗口是 Windows 最重要的元素，因此在学习 Excel 操作之前，有必要先了解一下其窗口的组成及特点。

（2）操作思路

Excel 窗口与 Word 窗口在很多方面具有相同的特点，本任务主要介绍 Excel 窗口所独有的特点，重点是 Excel 的三要素：工作簿、工作表和单元格。

（3）操作步骤

步骤 1

参照第 2 章启动 Word 的方法，启动 Excel 程序。

步骤 2

Excel 窗口如图 3-1 所示。图 3-1 中只标出了 Word 窗口中所没有的元素，若要了解其他窗口元素，可查看 2.1 节任务 2 的内容。各窗口元素的作用如下：

- 工作簿窗口：图 3-1 中有两个窗口，大的窗口是 Excel 程序窗口，小的窗口称为工作簿窗口，它表示程序正在处理的"文档"，在 Excel 中称为工作簿。工作簿是一个 Excel 文件（其扩展名为.xls，类似于 Word 中的文档.doc 文件）。

- 工作表标签：一个工作簿默认状态下含有 3 个工作表，分别命名为 Sheet1、Sheet2 和 Sheet3。图 3-1 所示目前打开的是工作表 Sheet1，通过单击工作表标签可以实现工作表间的切换。

- 工作表标签滚动按钮：一个工作簿最多可以含有 255 个工作表，如果工作表过多，工作表标签行显示不下，可以单击工作表标签滚动按钮来显示工作表名称。
- 列标和行号：工作表的工作区域是由网格组成的，在默认状态下，Excel 使用 A1 引用类型。这种表示法用字母标示网格的列（A～IV，共 256 列），用数字标示网格的行（1～65 536）。
- 单元格：指由网格线围成的矩形区域，它是 Excel 中最小的独立单位，可以保存文字、数据等信息。它的地址是由所在位置的列标和行号构成的，如 A3 表示第 3 行 A 列处的单元格。单击某个单元格后则该单元格的框线变成黑色，称该单元格为当前单元格或活动单元格，图 3-1 中的当前单元格是 D3。
- 名称框：显示当前选定的单元格或区域的地址或名称。
- 编辑栏：用来输入或编辑当前单元格的值或公式。

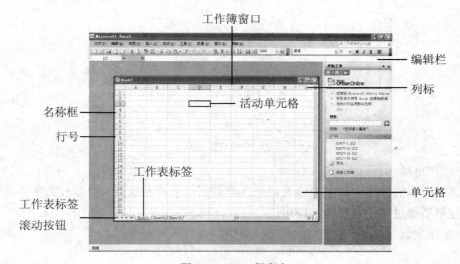

图 3-1　Excel 程序窗口

步骤 3

仿照 2.1 节对 Word 窗口的操作方法，可以定制 Excel 窗口，如显示或隐藏工具栏、改变工具栏的位置、自定义工具栏上的按钮及设置智能折叠菜单等操作，不再详述。

（4）归纳分析

Excel 窗口与 Word 非常近似，学习的过程中应当抓住二者区别。Excel 窗口是由两套窗口组成的，即程序窗口和工作簿窗口，工作簿类似于 Word 中的文档。当工作簿窗口最大化后，这两个窗口的标题栏会重叠在一起。

Excel 中有三个非常重要的概念，它们是：工作簿、工作表和单元格，要正确理解它们之间的关系。

工作簿是扩展名为.xls 的 Excel 文件，打开 Excel 程序后，Excel 会自动创建一个名为 book1 的工作簿；默认状态下一个工作簿含有 3 个工作表，用户可以在不同的工作表中建立不同类型的表格，通俗地讲工作簿就像一本书，工作表是书中的章节；工作表是由单元格组成的，单元格是 Excel 中最小的独立单位，可以保存文字、数据等信息，可以用单元格所在位置的列标和行号表示单元格的地址。

任务 2 手工输入工作表的数据

（1）目标与任务分析

工作表的数据可以分为两类：常量和公式。常量主要包括：字符、数字、日期和时间，本任务只讨论常量的输入，建立一个如图 3-2 所示的表格，有关公式输入的问题在后面介绍。

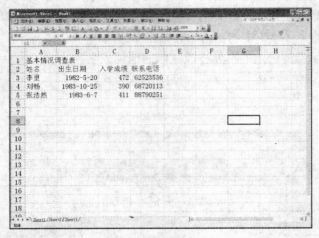

图 3-2　要建立的表格

（2）操作思路

在图 3-2 所示的表格中，主要涉及以下几类数据：字符、数值、日期和数字字符串。只需选定单元格后通过键盘直接输入即可。

（3）操作步骤

步骤 1

启动 Excel 后，系统自动建立一个工作簿 book1，在工作表 Sheet1 中单击 A1 单元格，使其成为当前单元格。此时名称框中出现当前单元格的地址 A1。

步骤 2

输入"基本情况调查表"后，按【Enter】键则刚输入的字符存入 A1 单元格，同时下方的单元格 A2 成为当前单元格（若按光标移动键"→"，则右侧的单元格 B1 成为当前单元格）。在 A2～A5 单元格中输入相关内容，每次输入完毕后都要按【Enter】键，在输入的过程中，编辑栏也会出现输入的字符同时在其左侧会出现【取消】和【输入】两个按钮。

输入字符时要注意以下事项：

- 默认状态下，字符在单元格中左对齐。
- 输入过程中若要取消正在输入的内容，可按【Esc】键或单击编辑栏左侧的【取消】按钮；若要将正在输入的内容存入当前单元格，可按【Enter】键或单击编辑栏左侧的【输入】按钮。
- 当字符串过长超过单元格的宽度时，会出现假"溢出"的现象，此时若右侧的单元格为空单元格时，超出部分会一直延伸到右侧单元格，但是超出部分并没有占用右侧的单元格，整个字符串作为一个整体保存在一个单元格中；若右侧的单元格有内容时则超出部分会隐藏，不在右侧单元格显示。

步骤 3

在"出生日期"一列输入数据。此列的数据类型是日期型。在常规格式下，用户输入的数据应符合 Excel 规定的日期格式，以 1982 年 10 月 20 日为例，用户可以采用 1982-10-20、1982/10/20、20-Oct-1982 等格式。有关日期的格式设置问题我们会在后面讨论。

步骤 4

在"入学成绩"一列输入数据，此列的数据类型是数值。

输入数值时要注意以下事项：

- 默认状态下，数值在单元格中右对齐。
- 在常规格式下，若输入的数值超过单元格的宽度时，会自动转成科学计数法表示，如输入"123456789123456"，单元格显示为"1.23457E+14"，表示 $1.234\ 57\times10^{14}$。
- 如果要输入分数，如 1/2，单元格内先输入一个数字 0（零），然后按一下空格键再输入 1/2。若要输入 $4^1/_2$，单元格内先输入一个数字 4，然后按一下空格键再输入 1/2。

步骤 5

输入"联系电话"一列的数据，此列的数据是数字字符串，这类数据是无需计算的数值，常用来表示电话号码、邮政编码等信息。为了与数值区别，在输入时先输入一个单引号（'）然后再输入数字字符串（单引号是半角符号）。数字字符串具有字符的特点，默认状态下单元格内左对齐。

（4）归纳分析

在完成本任务的操作中，应当抓住 Excel 与 Word 在输入数据时的区别，加以比较，从而掌握 Excel 的特点。

在 Word 文档中，对输入的内容是不区分类型的，都被当作文本来处理。Excel 将输入的内容分成不同的类型，每种类型的数据都有自己的默认格式，这是二者的很大区别。

在 Word 中只有当一段结束时才按【Enter】键，而 Excel 中向单元格输入数据的时候，当输入完毕后一定要按【Enter】键（或光标移动键），否则 Excel 认为输入未结束，插入点还会在该单元格中，这时许多操作无法进行。

任务 3　自动填充工作表的数据

（1）目标与任务分析

除了可以手工输入数据外，还可以使用 Excel 提供的自动填充功能向工作表中快速输入数据。实现自动填充数据是有条件的，只有相邻单元格的数据相同或具有某种变化规律时才可以使用。如图 3-3 所示，本任务主要讨论 3 种常见情况，首先讨论当相邻单元格的数据相同时（图 3-3 中 A 列）如何快速地复制数据；然后讨论向相邻单元格填充序列（图 3-3 中 C 列）的操作；最后介绍向相邻单元格中填充具有某种规律数据（图 3-3 中 E 列）的操作方法。

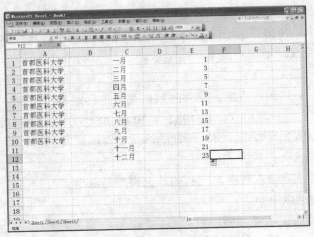

图 3-3　自动填充此工作表中的数据

（2）操作思路

本任务的操作涉及 Excel 的一个重要概念：填充句柄。如图 3-4 所示，单击某个单元格后，则该单元格成为当前单元格，在当前单元格的右下角会出现一个黑色矩形的标记，用鼠标指向它，指针会变成细十字形状，这个标记称为填充句柄。它在数据填充操作中有重要的作用，拖动填充句柄就可以完成自动填充的操作。

首都医科大学 ——— 填充句柄

图 3-4　填充句柄

（3）操作步骤

步骤 1

首先在 A1 单元格中输入字符"首都医科大学"，鼠标指针移动到该单元格的填充句柄处，此时指针变为细十字形状，向下拖动它直到 A10 单元格，然后松开鼠标，如图 3-3 所示，在 A2～A10 单元格均填充了"首都医科大学"。

相邻单元格填充相同的内容时还可以这样操作：首先将鼠标移动到 A1 单元格，按住鼠标左键拖动到 A10 单元格，此时选定了 A1 单元格～A10 单元格的一个矩形区域。输入"首都医科大学"后按住【Ctrl+Enter】组合键，也可以达到图 3-3 所示的效果。

步骤 2

Excel 已经事先定义好了许多数据序列，图 3-3 中 C 列的"一月、二月……十二月"就是一个已定义好的数据序列。此时单击选中 C1 单元格，输入"一月"后，拖动其填充柄至 C12 单元格，Excel 就会依次填充该序列的数据，效果如图 3-3 所示。

注意：若序列的数据用完，Excel 会再从头开始读取数据。即"一月、二月……十二月、一月……"。用户可依次单击菜单栏上的【工具】→【选项】命令，在弹出的"选项"对话框中，选择"自定义序列"选项卡，查看 Excel 中已定义的数据序列。

步骤 3

Excel 允许用户自己定义填充序列，使填充操作更加方便。下面将某学校的各个部门如学生处、教务处、研究生部、科技处及财务处等定义成一个新的序列。

依次单击菜单栏上的【工具】→【选项】命令，弹出"选项"对话框，如图 3-5 所示。单击"自定义序列"选项卡，选择"自定义序列"列表框中的"新序列"选项，在右侧的"输入序列"文本框中，输入自己定义的新序列（序列中不要出现阿拉伯数字），新序列的每一项用【Enter】键分开。单击【添加】按钮，将新的序列添加到左侧的列表框中，最后单击【确定】按钮，关闭"选项"对话框。

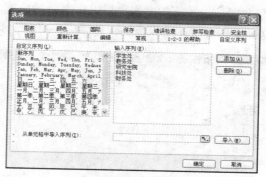

图 3-5　"选项"对话框

添加完自定义的序列后，我们可以采用步骤 2 的操作方法，将该序列填充到工作表中。

步骤 4

Excel 除了可以自动填充数据序列外，还可以向相邻单元格中填充具有某种规律（如等差、等比）的数据，图 3-3 中 E 列的数据就是具有等差规律的一组数据。

首先在 E1 单元格中输入起始值"1"，然后选定要填充的区域（从 E1 拖动鼠标至 E12），依次单击菜单栏上的【编辑】→【填充】→【序列】命令，如图 3-6 所示，弹出"序列"对话框。

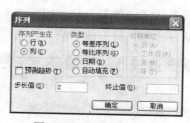

图 3-6　"序列"对话框

在"序列产生在"栏中选定数据填充的方式，本任务中选择"列"单选按钮；"类型"栏中选择填充数据的规律，在此选择"等差序列"单选按钮；"步长值"文本框中输入公差"2"。单击【确定】按钮，关闭"序列"对话框。填充效果如图 3-3（E 列）所示。

对于具有等差规律的数据填充，还可以采用以下方法：

在填充区域的起始单元格中输入数据的起始值，在下一个单元格中输入数据的第二个数值，本任务中依次在 E1 和 E2 单元格中输入"1"和"3"，这两个单元格中数值的差决定了该等差序列的增长步长，然后拖动鼠标选定这两个单元格，左键拖动选定区域右下角的填充柄，即可填充如图3-3（E列）所示的等差序列。

（4）归纳分析

本任务分三种情况系统讨论了自动填充工作表数据的操作方法，可以看出填充句柄在数据填充操作中起着重要的作用。如果起始单元格输入的不是序列数据，拖动填充柄可以实现相邻单元格的数据复制；如果起始单元格输入的是序列数据，拖动填充柄可以实现序列数据的自动填充。对于具有某种规律（如等差、等比）的数据填充，在此只介绍了等差序列的填充操作，对于其他类型的序列填充可以仿照等差序列填充的操作方法，本任务中不再详述。

另外，Excel中对于包含阿拉伯数字的文本也可以实现自动填充，图3-7给出了可以实现自动填充的各种式样，这种操作方法在工作中经常被采用，可以大大提高工作效率。

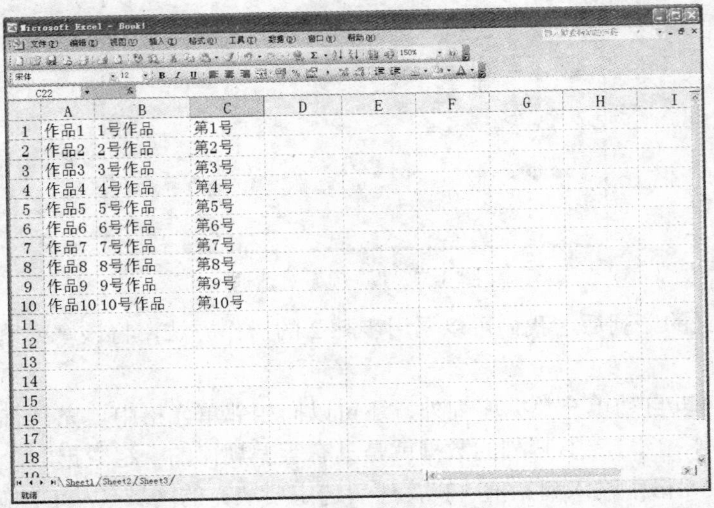

图 3-7   包含阿拉伯数字的文本

有时选定当前单元格后，其右下角没有出现填充句柄，对于这种情况可处理如下：

依次单击菜单栏上的【工具】→【选项】命令，如图3-8所示，在弹出的"选项"对话框中，选择"编辑"选项卡，选择"单元格拖放功能"复选框即可。

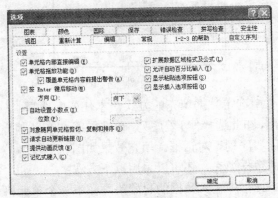

图 3-8   "选项"对话框中选择"编辑"选项卡

任务 4　其他基本操作

其他基本操作是指工作簿的打开、保存、新建、关闭及工作簿的保护，这些操作与 Word 文档操作基本相同，区别仅在于工作簿是扩展名为.xls 的文件，而 Word 文档是扩展名为.doc 的文件。具体操作过程可参照 2.1 节的相关内容。

3.2　管理工作表

工作表是用户经常面对和需要管理的对象，它是 Excel 的基础，表格的制作、数据的处理都是在工作表中进行的。工作表的管理主要包括工作表的选定、插入、复制、删除、重命名和安全管理等内容。

任务 1　工作表的选定、插入与删除

（1）目标与任务分析

在默认状态下，一个工作簿中包含三个工作表，但只有当前活动工作表是可以处理的，所以在处理某一个工作表之前，一定要先选定该工作表。一个工作簿中只包含三个工作表，如果工作中需要更多的工作表，那么就要插入新的工作表，如果工作簿中包含无用的工作表最好将其删除，以保持工作簿的整洁。

（2）操作思路

工作表的选定包含以下几种操作：选定单张工作表为当前活动工作表、选定两张以上相邻的工作表、选定两张以上不相邻的工作表和选定工作簿中所有工作表。插入或删除工作表的操作既可以通过工作表的快捷菜单，也可以通过菜单栏的命令来实现，两种操作方法略有区别。

（3）操作步骤

首先介绍工作表的选定操作。

步骤 1

若选定单张工作表，单击工作簿窗口中的工作表标签即可。

步骤 2

若要选定两张以上相邻的工作表，先选定第一张工作表的标签，然后按住【Shift】键再单击最后一张工作表的标签。此时工作簿窗口只显示第一张工作表，窗口的标题栏在工作簿名后面会出现"[工作组]"的提示字样，表明被选定的多个工作表组成了一个工作组。

步骤 3

若要选定两张以上不相邻的工作表，先选定第一张工作表的标签，然后按住【Ctrl】键再依次单击其他工作表的标签即可。同步骤 2 一样，工作簿窗口只显示第一张工作表，此时窗口的标题栏在工作簿名后面会出现"[工作组]"的提示字样，表明被选定的多个工作表组成了一个工作组。

步骤 4

若要选定工作簿中所有工作表，右击某个工作表的标签，在弹出的快捷菜单中选择"选定全部工作表"选项。

下面介绍插入或删除工作表的操作。

步骤1

在插入工作表之前，先要选定一个工作表，插入的工作表总是位于选定的工作表之前。依次单击菜单栏上的【插入】→【工作表】命令，即可在选定的工作表之前插入一张新的工作表。若选定了多个工作表，则可同时插入与选定数目相同的工作表。

步骤2

也可以使用快捷菜单插入工作表，右击选定的工作表，在快捷菜单中选择"插入"选项，此时会弹出一个"插入"对话框，如图3-9所示，在"常用"选项卡中选定"工作表"，单击【确定】按钮，即可在选定的工作表前插入新的工作表。同样若选定了多个工作表，则可同时插入与选定数目相同的工作表。

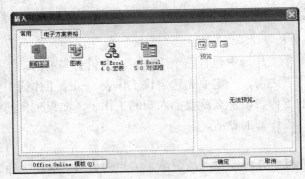

图3-9　"插入"对话框

步骤3

若要删除工作表，首先要单击工作表标签选定将要删除的工作表，然后依次单击菜单栏上的【编辑】→【删除工作表】命令，弹出如图3-10所示的确认删除对话框，单击【确定】按钮，选定的工作表就被删除了（若删除的工作表中没有任何数据，则不会出现该对话框）。如果选定了多个工作表，则可以同时删除选定的多个工作表。

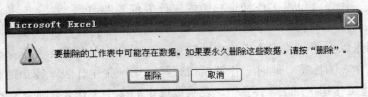

图3-10　确认删除对话框

步骤4

删除工作表也可以使用快捷菜单，右击要删除的工作表，在快捷菜单中选择"删除"选项，弹出如图3-10所示的确认删除对话框，单击【确定】按钮，选定的工作表就被删除了。如果选定了多个工作表，则可以同时删除选定的多个工作表。

（4）归纳分析

选定多个工作表的目的，是为了可以对成组的工作表进行编辑和格式设置，从而提高工作效率。例如：同时选定了3个工作表后，如果我们在第一张工作表的A1单元格输入某些字符后，可以发现同组中的其他工作表也会在各自的 A1 单元格中自动出现相同的内容。

工作表的插入与删除，是日常工作中经常使用的操作。本任务介绍了两种相关的操作方法：使用命令菜单和使用快捷菜单。在操作中要注意区分两种方法的差别，在插入工作表时，使用快捷菜单会弹出一个对话框，而使用命令菜单不会出现对话框；删除工作表时，选择快捷菜单中的"删除"选项，而使用命令菜单选择"删除工作表"选项（【编辑】菜单中也有"删除"选项，但不是删除工作表的）。

在实际工作中，如果你总是需要大于 3 个工作表的工作簿，虽然可以采用插入工作表的方法满足工作的需要，但这不是最好的操作方法。此时，用户可以提前预设好一个工作簿中包含的工作表数目，这样每次启动 Excel 后就不用再插入工作表了。具体操作步骤如下：

依次单击菜单栏上的【工具】→【选项】命令，弹出"选项"对话框，单击"常规"选项卡，在"新工作簿内的工作表数"文本框中选择或输入一个数值，单击【确定】按钮，关闭"选项"对话框。以后建立的新工作簿，将含有预设数目的工作表。

任务 2　移动或复制工作表

（1）目标与任务分析

本任务主要解决以下问题：在同一工作簿中如何调整工作表的排列顺序以满足用户的需要，如何在同一工作簿中复制已有的工作表；如何实现工作表跨工作簿的移动或复制。

（2）操作思路

工作表的移动或复制有两种常用的操作方法：使用鼠标拖动和使用命令。在同一工作簿中移动或复制工作表时最好使用第一种操作方法；跨工作簿移动或复制工作表时最好使用第二种操作方法。

（3）操作步骤

步骤 1

若要在当前工作簿中移动工作表以调整工作表的排列顺序，可用鼠标左键沿工作表标签栏拖动要移动的工作表标签，到达目标位置后松开鼠标即可。若要在当前工作簿中复制工作表，需要按住【Ctrl】键的同时，拖动工作表标签到达目标位置，松开鼠标后再释放【Ctrl】键。

步骤 2

要实现工作表的跨工作簿移动或复制，首先应当明确哪一个是源工作簿（操作前工作表所在的工作簿），哪一个是目标工作簿（工作表将要移动或复制到的工作簿）。本任务中我们打开一个名为"练习.xls"的工作簿作为源工作簿，然后新建一个名为 Book2.xls 的工作簿作为目标工作簿。

在源工作簿中选定将要移动或复制的工作表，如选定 Sheet1 工作表，依次单击菜单栏上的【编辑】→【移动或复制工作表】命令，弹出"移动或复制工作表"对话框，如图 3-11所示。

步骤 3

在对话框的"工作簿"下拉列表框中，选定目标工作簿，在此选定 Book2，Book2 工作簿中有 3 个工作表，在"下列选定工作表之前"列表框中，单击选定将要在其前面插入移动或复制工作表的工作表。如果要复制工作表，选择"建立副本"复选框。

单击【确定】按钮，即可完成工作表跨工作簿的移动或复制。

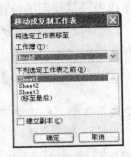

图 3-11 "移动或复制工作表"对话框

（4）归纳总结

工作表的移动或复制涉及两种情况，针对不同的情况应当采用最佳的操作方法。

任务 3 工作表的拆分及工作表的重命名

（1）目标与任务分析

本任务主要解决以下两个问题：

当向工作表中录入数据的时候，经常要参照表格的第 1 行或第 1 列的标题，对于较大的表格，标题已经超出了屏幕，如何解决此问题？

在默认状态下 Excel 总是以 Sheet1、Sheet2、Sheet3 等作为工作表的名字，为了使工作表的名字更为直观用户如何对工作表重命名？

（2）操作思路

仿照 2.4 节任务 6 中 Word 处理大型表格操作方法，我们可以用拆分窗口的方法来解决第一个问题，拆分窗口的含义是指将一个大工作表不同位置的两部分分别显示在两个窗格中。

对于工作表的重命名 Excel 提供了非常简洁的操作，只要满足工作表的命名规则，用户可以为工作表起任意的名字。

（3）操作步骤

步骤 1

在工作簿窗口垂直滚动条的上方和水平滚动条的右侧各有一个拆分框，将鼠标指向垂直滚动条上方的拆分框，当指针变成双箭头形时拖动鼠标即可将窗口拆分，如图 3-12 所示，此时当我们在下方窗口向工作表中录入数据时就可以很方便地看到在上一个窗口中显示出的表格标题行。当不需要拆分窗口时可用鼠标将拆分框拖回原位置。如果工作表比较宽，可以拖动水平滚动条右侧的拆分框，将工作簿窗口分成左右两个窗格。

步骤 2

若要重命名工作表，可双击要重命名的工作表标签，此时该标签反白显示，输入工作表的新名称后按【Enter】键即可。

也可以右击要重命名的工作表标签，在弹出的快捷菜单中选择"重命名"选项，此时该标签反白显示，输入工作表的新名称后按【Enter】键即可。

图 3-12　窗口拆分效果

（4）归纳分析

不论是 Word 还是 Excel 都可以采用拆分窗口的操作方法来处理大型的表格，这种操作方法在实际工作中经常采用。

为工作表重命名时，在输入新名称完毕后，一定要按【Enter】键，否则 Excel 认为输入未结束，这时许多操作无法进行。

工作表的名称要符合以下规则：

- 不能超过 31 个字符。
- 不能使用以下字符：问号（?）、冒号（:）、斜杠符号（/）、星号（*）及方括号。
- 工作表的名称不能为空。

任务 4　工作表的保护

（1）目标与任务分析

本任务中，打开一个工作簿文件"练习.xls"，此工作簿共包含三个工作表 Sheet1、Sheet2 和 Sheet3。本任务主要解决以下问题：如果三个工作表中只有 Sheet1 是重要的表格不能被人删改，需要保护；而其他两个工作表可以被删改，不需要保护。这种情况下如何操作才能恰当地解决此问题？

（2）操作思路

仿照 2.1 节任务 4 对 Word 文档的保护操作，可以为该工作簿设置"打开权限密码"或"修改权限密码"，但是这样做的结果使 Sheet2 和 Sheet3 也被保护起来，显然这种操作方法是不可取的。

若要实现对工作表 Sheet1 的单独保护，可采取以下两种操作方法：第一种方法是将工作表 Sheet1 隐藏起来，但这只是一种低级的操作，因为稍微懂得 Excel 操作的人就可以将其显示出来，并对其进行修改；第二种方法是为 Sheet1 设置密码，只有知道密码的用户才有权力对其进行修改，显然这是一种比较好的方法。

（3）操作步骤

步骤 1

要将 Sheet1 隐藏起来，首先单击工作表标签选定该工作表，然后依次单击菜单栏上的【格式】→【工作表】→【隐藏】命令，此时如图 3-13 所示，工作表 Sheet1 被隐藏，其标签不再出现。

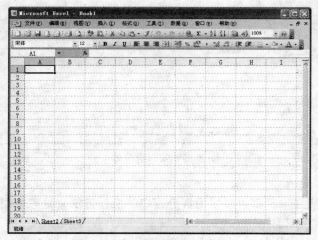

图 3-13　工作表 Sheet1 被隐藏

步骤 2

要将已隐藏的工作表显示出来，只需依次单击菜单栏上的【格式】→【工作表】→【取消隐藏】命令，如图 3-14 所示，弹出"取消隐藏"对话框，在"取消隐藏工作表"列表框中单击选定要重新显示的工作表名称，单击【确定】按钮，即可将 Sheet1 重新显示。

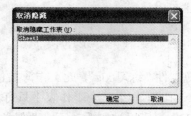

图 3-14　"取消隐藏"对话框

步骤 3

下面为工作表 Sheet1 设置保护密码，首先单击工作表标签选定该工作表。然后依次单击菜单栏上的【工具】→【保护】→【保护工作表】命令，如图 3-15 所示，弹出"保护工作表"对话框。

对话框中选定"保护工作表及锁定的单元格内容复选框"，在"允许此工作表的所有用户进行"列表框中，通过选中或清除每个元素的复选框来设置或取消对该元素的保护，图 3-15 所示状态，表明用户可以对已保护的工作表 Sheet1，进行选定单元格的操作和插入行或列的操作（关于锁定单元格和非锁定单元格的概念见本章 3.3 任务 4），在"密码"文本框中输入密码（如果密码使用英文字母，要注意区分大小写），单击【确定】按钮，会出现如图 3-16

所示的"确认密码"对话框，重新输入密码后单击【确定】按钮，完成为工作表 Sheet1 设置密码的操作。

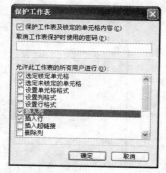 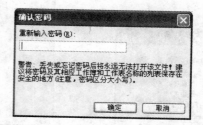

图 3-15　"保护工作表"对话框　　　　　　图 3-16　"确认密码"对话框

步骤 4

当需要对工作表进行修改时，只有取消对工作表的保护才能进行操作。依次单击菜单栏上的【工具】→【保护】→【撤销工作表保护】命令，会弹出"撤销工作表保护"对话框，对话框中输入正确的密码后，就撤销了对工作表的保护。

（4）归纳分析

与 2.1 节任务 4 Word 对文档的保护操作相比较，可以发现 Excel 的操作更加复杂。如前所述，Excel 中有 3 个非常重要的概念即工作簿、工作表和单元格，而 Excel 的保护功能不仅仅针对工作簿（相当于 Word 中的文档），它也可以保护工作表和单元格，有关对单元格的保护操作我们将在下一节介绍。

任务 5 同时显示不同工作簿中的工作表

（1）目标与任务分析

Excel 中依次打开多个工作簿文件后，在默认状态下工作簿窗口互相遮盖，用户只能看到一个工作簿窗口。本任务我们以同时打开两个工作簿文件为例，讨论使工作簿窗口不互相遮盖，能够同时显示不同工作簿中的工作表的操作方法。

（2）操作思路

Excel 为用户提供了按指定方式重排工作簿窗口的功能，用户通过命令可以很方便地对工作簿窗口进行重新排列，以达到能同时显示不同工作簿中的工作表的目的。

（3）操作步骤

步骤 1

分别打开多个工作簿文件，在此打开两个工作簿文件"成绩.xls"和"练习.xls"。

步骤 2

依次单击菜单栏上的【窗口】→【重排窗口】命令，弹出如图 3-17 所示的"重排窗口"对话框，对话框中根据需要选定工作簿窗口的排列方式，如选定"垂直并排"，单击【确定】按钮，重排窗口的操作完成。窗口重排后的效果如图 3-18 所示。

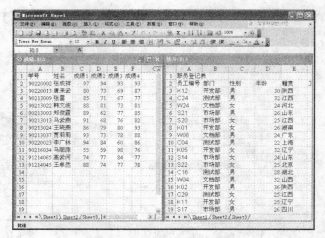

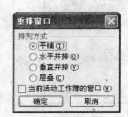

图 3-17　"重排窗口"对话框　　　　　　图 3-18　窗口重排后的效果

步骤 3

如果要取消重排窗口的操作，只需将任意一个工作簿窗口最大化即可。

（4）归纳分析

完成本任务的操作涉及了两个概念：程序窗口和工作簿窗口（相关内容见 3.1 节任务 1），本次操作的实质就是将多个工作簿窗口按用户指定的方式排列在程序窗口之中，从而达到同时显示不同工作簿中的工作表的目的。

重排窗口的操作与本节任务 3 中介绍的拆分窗口是有本质区别的，不要把二者混淆。拆分窗口的操作对象是一个工作表，而重排窗口的操作对象是多个工作簿。

本节任务 2 移动或复制工作表的操作中，当工作表跨工作簿移动或复制时，我们介绍的操作方法是使用命令，实际上将工作簿窗口重排后，也可以使用拖动鼠标的方法来完成该操作，请读者自己试一试。

3.3　单元格的操作

任务 1　单元格的选定

（1）目标与任务分析

Excel 的操作同样遵守"先选择后操作"的原则，若要对某些单元格或单元格区域进行编辑操作，必须选定这些单元格。本任务主要介绍选定单元格的基本操作方法。

（2）操作思路

选定单元格的操作包含内容比较多，主要有：选定单元格、单元格区域，选定整行、整列以及选定整个工作表。可以用鼠标、键盘也可以用命令和名称框实现对单元格的选定，在此主要介绍使用鼠标及通过名称框选定单元格的操作方法。

（3）操作步骤

首先介绍使用鼠标选定单元格的操作：

步骤 1

选定一个单元格只要用鼠标单击该单元格即可。

观察选定单元格后窗口所发生的变化：被选定单元格成为当前单元格其框线会变成粗黑线；同时该单元格的地址会显示在名称框中；如果该单元格中有数据，数据会出现在编辑栏中，此时可以在编辑栏中对单元格的数据进行编辑操作。

注意：如果要双击单元格，单元格中会出现插入点光标，表明单元格进入编辑状态，此时可在单元格内对其中的数据进行编辑操作。

步骤 2

如果要选定矩形的单元格区域，可将鼠标指针移动到区域的左上角单元格，按住鼠标左键拖动到区域的右下角松开鼠标即可。选定的单元格区域呈深色，名称框显示该区域左上角单元格的地址。

步骤 3

如果要选定不连续分布的多个单元格区域，可按住【Ctrl】键后，采用步骤 2 的操作方法依次选定各个单元格区域。选定的各个单元格区域都呈深色显示。

步骤 4

若要选定一整行（一整列），单击该行（该列）的行号（列标）即可。

若要选定连续分布的多行（列），可从首行（列）的行号（列标）处拖动鼠标至末行（列）的行号（列标）处即可。

若要选定不连续分布的多行（列），按住【Ctrl】键，依次单击各行（列）的行号（列标）即可。

步骤 5

在工作簿窗口的行号和列标的交汇处有一个按钮，单击该按钮可以选定整个工作表。

在名称框中输入单元格的引用地址，也是选定单元格的一种操作方法。在此涉及了"引用地址"的概念，首先简要介绍一下此概念。

为了能够使用单元格中的数据，需要用一定的方法来标识单元格，所谓引用地址就是单元格的一种标识或者说是单元格的名称。在默认状态下，Excel 使用 A1 法来表示引用地址，即用列标加行号来表示一个单元格的引用地址，如 C8 就表示 C 列 8 行处的单元格。

单元格区域也可以用引用地址来表示，此时需要用引用运算符（冒号或逗号）将单元格的引用地址分隔开，示例如下：

- "A1:C3"表示一个以单元格 A1 和单元格 C3 为顶角的矩形区域；
- "A1，C3"表示 A1 和 C3 两个单元格；
- "A1:C3，B5:D8"表示两个不连续的矩形区域；
- "1:1"表示第 1 行整行的区域；
- "1:5"表示从第 1 行到第 5 行的连续 5 行构成的区域；
- "1:1，5:5"表示第 1 行和第 5 行不连续的 2 行构成的区域；
- "F:F"表示 F 列整列。

掌握了引用地址的概念后，通过名称框选定单元格的操作就非常简单了。只需单击名称框，输入要选定的单元格或单元格区域的引用地址，然后按【Enter】键，选定操作就完成了。

（4）归纳分析

本任务中介绍了选定单元格或单元格区域的两种常用操作方法，使用鼠标做选定操作方便直观，但是对于较大区域的选定使用鼠标就不方便了，此时可以通过名称框来进行选定操作。

任务 2 单元格数据的移动、复制和清除

（1）目标与任务分析

Excel 中单元格数据的移动、复制和清除操作与 Word 中表格的相关操作基本相同。但是 Excel 可以复制和清除单元格数据的部分选项（内容、格式、批注等），这是 Excel 与 Word 的不同之处，也是本任务的重点讨论内容。

（2）操作思路

可以通过拖动鼠标的方法或使用剪贴板来实现单元格数据的移动或复制，此时移动或复制的是所选单元格数据的全部，如果要复制单元格数据的部分选项，需要使用选择性粘贴。用【Delete】键只能清除所选单元格中的内容，如果要清除单元格中的批注或格式，只能使用命令。

（3）操作步骤

步骤 1

用鼠标拖动的方法实现单元格数据的移动，首先选定要移动数据的单元格或单元格区域，将鼠标指针指向所选区域的边框线上，鼠标指针变成十字形的箭头时，按住鼠标左键拖动到目标位置即可实现单元格数据的移动。在以上过程中，如果按住【Ctrl】键拖动鼠标，则将复制单元格的数据。

步骤 2

如果目标位置相距较远，使用鼠标拖动的方法不是很方便，此时可使用剪贴板实现单元格数据的移动或复制。首先选定要移动或复制数据的单元格或单元格区域，若要移动数据单击"常用"工具栏上的【剪切】按钮，若要复制数据单击【复制】按钮，单击选定目标位置（如果是单元格区域单击该区域的左上角单元格），然后单击"常用"工具栏上的【粘贴】按钮即可实现单元格数据的移动或复制。

Office 2003 提供了一个可同时保存多次剪切、复制内容的剪贴板，可以将用户最近剪切或复制的内容全部保存下来。一般情况下，"粘贴"时是粘贴剪贴板中最后一次剪切或复制的内容，如果需要选择其他内容进行粘贴，可依次单击【编辑】→【Office 剪贴板】菜单，调出"剪贴板"任务窗格，此时被剪切或复制的各个内容以列表的形式出现在任务窗格中，用户可以选择其中的一个粘贴在指定位置。

步骤 3

步骤 1 和步骤 2 所采用的操作方法，移动或复制的是选定单元格或单元格区域的全部（数值、公式、格式和批注等），如果要复制单元格或单元格区域的部分选项，需要使用选择性粘贴。

首先选定要复制的单元格或单元格区域，然后单击"常用"工具栏上的【复制】按钮，

选定目标位置（如果是单元格区域单击该区域的左上角单元格）。

依次单击菜单栏上的【编辑】→【选择性粘贴】命令，弹出"选择性粘贴"对话框，如图 3-19 所示，对话框的"粘贴"栏中根据需要选择粘贴的选项，然后单击【确定】按钮，即可将指定的选项复制到目标位置。

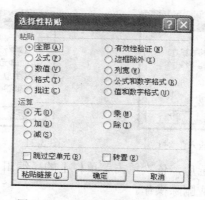

图 3-19 "选择性粘贴"对话框

步骤 4

清除单元格的操作可以清除单元格中的数据、格式和批注。如果只清除单元格中的数据，选定单元格后，按【Delete】键即可，如果要清除其他内容，选定单元格后依次单击菜单栏上的【编辑】→【清除】命令，在"清除"的下级菜单中根据需要选择将要清除的内容。

（4）归纳分析

与 Word 中文本的移动或复制相比，单元格数据的移动或复制具有更多的内容。用户可以移动或复制选定单元格的全部内容（数值、公式、格式和批注等），还可以使用选择性粘贴复制单元格内容的部分选项。在移动或复制单元格数据的过程中，如果目标位置的单元格有数据，其数据将被移动或复制的数据所覆盖。

使用剪贴板不仅可以实现单元格数据在同一个工作表中移动或复制，还可以实现跨工作表、跨工作簿甚至跨程序的移动或复制。

任务 3 单元格、行或列的插入与删除

（1）目标与任务分析

本任务主要介绍在工作表中插入与删除单元格、行或列的操作。

（2）操作思路

在工作表中插入与删除行、列及单元格是 Excel 中常用的操作，尤其是行和列的插入与删除更是重要。可以使用快捷命令也可以使用菜单命令来完成该操作。

（3）操作步骤

步骤 1

选定要插入单元格的位置，依次单击菜单栏上的【插入】→【单元格】命令，或右击，在快捷菜单中选择"插入"选项，如图 3-20 所示，弹出"插入"对话框，对话框中根据需要，选择其中某一个选项，单击【确定】按钮，完成插入操作。

步骤 2

进行删除操作，首先选定要删除单元格的位置，再右击，在快捷菜单中选择"删除"选项，弹出如图 3-21 所示的"删除"对话框，根据需要，选择其中某一个选项，单击【确定】按钮，完成删除操作。

图 3-20　　"插入"对话框

图 3-21　　"删除"对话框

选定要删除单元格的位置后，依次单击菜单栏上的【编辑】→【删除】命令，同样弹出"删除"对话框，也可以完成删除操作。

如果要删除整行或整列，选定要删除的行或列后，依次单击菜单栏上的【编辑】→【删除】命令，可直接将选定的行或列删除。

（4）归纳分析

在选定插入位置的时候要注意，无论是插入行或列，还是插入单元格，都是在选定位置的前面（上边或左边）插入，这一点是和 Word 中的规定一致的。

一定要正确区分清除操作与删除操作的区别，清除操作仅仅是清除单元格中的内容、格式或批注，单元格本身并没有被删除；而删除操作是将单元格本身从工作表中去除，两种操作有本质上的区别。

任务 4　单元格或单元格区域的保护

（1）目标与任务分析

3.2 节任务 4 中，讨论了保护工作表的操作，保护工作表意味着工作表中所有单元格都处于保护的状态，但有时只需要保护工作表中的部分单元格，如图 3-22 所示，如果该工作表的数据区域（B3:D5）不需要保护，允许别人修改或删除，而其他区域需要保护，如何解决此问题呢？如果单元格中有重要的公式等内容，我们只想让别人在单元格中看到公式的计算结果，而不想在编辑栏中出现公式本身，如何解决此问题呢？

以上问题都可以通过保护单元格或单元格区域的操作得到解决。

（2）操作思路

实际上，3.2 节任务 4 中对工作表的保护操作是有前提条件的，只有所有单元格都处于"锁定"状态时，对工作表的保护操作才能生效。要解决本次任务提出的问题，可以先将不需要保护的区域（B3:D5）设置成非"锁定"状态，然后再实施对工作表的保护操作，由于该区域（B3:D5）处于非"锁定"状态，所以对工作表的保护操作在该区域是不生效的，而其他区域的单元格都处于被保护的状态下。

如果单元格中有重要的公式等内容，可以将单元格中的内容隐藏起来，使别人只能在单元格中看到公式的计算结果，但在编辑栏中看不到公式本身。

不需要保护
的区域

图 3-22　单元格区域的保护

（3）操作步骤

步骤 1

首先选定不需要保护的区域 **B3:D5**，依次单击菜单栏上的【格式】→【单元格】命令，如图 3-23 所示，弹出"单元格格式"对话框。单击选定"保护"标签，去除"锁定"复选框，单击【确定】按钮，此时工作表中除 **B3:D5** 区域外，其他的单元格还处于"锁定"状态。

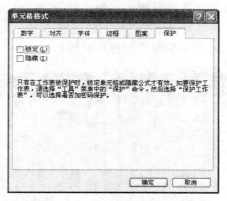

图 3-23　"单元格格式"对话框

步骤 2

依次单击菜单栏上的【工具】→【保护】→【保护工作表】命令，弹出"保护工作表"对话框，对话框中根据需要对其中的选项进行选择，在"密码"文本框中输入密码（如果密码使用英文字母，要注意区分大小写），单击【确定】按钮，弹出"确认密码"对话框，重新输入密码后单击【确定】按钮。

此时工作表中的 B3:D5 区域不受保护，可以进行修改，而其他区域处于保护状态下，只有知道密码的用户才能进行修改操作。

步骤 3

要想隐藏单元格的内容，首先选定要隐藏内容的单元格，然后依次单击菜单栏上的【格式】→【单元格】命令，弹出如图 3-23 所示的"单元格格式"对话框，在"保护"选项卡下，选择"隐藏"复选框，单击【确定】按钮。此时选定单元格的内容并没有被隐藏，只有当工作表处于被保护的状态下，隐藏单元格内容的操作才能生效。

步骤 4

有时根据需要，可以将工作表中的整行或整列隐藏起来，若要隐藏某行，单击选定该行中的任意单元格，然后依次单击菜单栏上的【格式】→【行】→【隐藏】命令，即可完成隐藏该行的操作。

若要取消行的隐藏，可单击名称框后输入已隐藏行中的任意单元格引用地址，按【Enter】键后依次单击菜单栏上的【格式】→【行】→【取消隐藏】命令，则隐藏的行将显示出来。

有关列的隐藏操作与行的隐藏操作基本相同，不再叙述。

（4）归纳分析

Excel 的保护功能具有层次性，它可以针对工作簿、工作表和单元格分别进行保护，读者可以将 3.1 节任务 4、3.2 节任务 4 和本任务结合起来，对 Excel 的保护功能进行一下总结。

任务 5　设置单元格数据的显示格式

（1）目标与任务分析

单元格中的数据可以有不同的类型，如字符、数字、日期和时间等，这些数据有不同的显示格式，本任务主要介绍用户如何设置这些数据的显示格式。

图 3-24 显示的是一个刚刚录入完数据的表格，其中的"持股数"、"金额"和"比例"三列都是以常规方式显示的数字，为了使表格中的数据显示方式更加合理，需要对单元格的数据显示方式进行设置，图 3-25 显示的是设置操作完成后的效果。

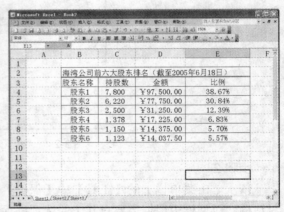

图 3-24　刚录入完数据的表格　　　　图 3-25　设置数据显示方式后的效果

（2）操作思路

设置数据的显示格式，可以使用命令，调出"单元格格式"对话框，通过该对话框进行数据显示格式的设置，这是最常用的操作方法。如果仅设置数字的显示格式，也可以使用"格式"工具栏上的按钮。两种操作方法相比较，第一种方法更为重要。

（3）操作步骤

步骤 1

首先设置"持股数"一列的数据格式，选定区域 C4:C9，然后依次单击菜单栏上的【格式】→【单元格】命令，弹出如图 3-26 所示的"单元格格式"对话框。

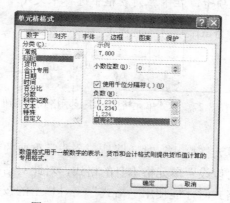

图 3-26　"单元格格式"对话框

步骤 2

"单元格格式"对话框中，单击选定"数字"选项卡，在"分类"列表框中选定"数值"，此时对话框右侧出现有关数值的选项。在"小数位数"框中选择小数点后保留位数为 0，选中"使用千位分隔符"复选框，在"负数"列表框中根据需要选定一种负数的样式，此时在"示例"框中会出现用户设置的显示格式的示例，单击【确定】按钮，完成"持股数"一列的数据格式设置操作。

步骤 3

设置"金额"一列的数据格式，选定区域 D4:D9，然后依次单击菜单栏上的【格式】→【单元格】命令，弹出如图 3-26 所示的"单元格格式"对话框。

步骤 4

"单元格格式"对话框中，单击选定"数字"选项卡，在"分类"列表框中选定"货币"，此时对话框右侧出现有关货币的选项。在"小数位数"框中选择小数点后保留位数为 2，"货币符号"下拉列表框中选定人民币符号，在"负数"列表框中根据需要选定一种负数的样式，单击【确定】按钮，完成"金额"一列的数据格式设置操作。

步骤 5

设置"比例"一列的数据格式，选定区域 E4:E9，然后依次单击菜单栏上的【格式】→【单元格】命令，弹出如图 3-26 所示的"单元格格式"对话框。

步骤 6

"单元格格式"对话框中，单击选定"数字"选项卡，在"分类"列表框中选定"百分比"，在"小数位数"框中选择小数点后保留位数为 2，单击【确定】按钮，完成"比例"一列的数据格式设置操作。

也可以使用"格式"工具栏完成本次任务，如图 3-27 所示，在"格式"工具栏上有 5 个工具按钮可用来设置单元格中数字的显示格式，选定单元格区域后，根据需要单击相应的按钮即可设置单元格中数字的显示格式。

注意：如果单击【货币样式】按钮后，数字没有应用人民币符号，而是其他货币符号，可在 Windows 的"控制面板"窗口中双击"区域和语言选项"图标，"区域和语言选项"对话框中选定"区域选项"选项卡，在下拉列表框中选择中文（中国）选项。

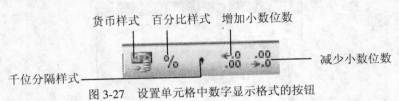

图 3-27　设置单元格中数字显示格式的按钮

（4）归纳分析

本次任务中出现的"单元格格式"对话框是一个非常重要的对话框，它不但能够设置单元格数据的显示格式，还可以设置单元格本身的格式，对此对话框一定要熟练掌握。

只有设置数字的显示格式时才能使用"格式"工具栏上的按钮，设置其他类型的数据显示格式要使用"单元格格式"对话框，对于其他类型数据的格式设置，读者可仿照本次操作的过程自己练习。

本任务中我们是先输入数据然后为数据设置格式，实际操作中也可以先为选定的单元格区域设置格式然后再输入数据。

任务 6　单元格及单元格区域的格式化

（1）目标与任务分析

在制作表格时，首先要保证表格中数据的准确性，其次为了突出重点以加深阅读者对表格数据的理解，表格的外观修饰也是一个值得关注的问题。单元格是 Excel 中最小的独立单位，修饰表格的工作是从修饰单元格开始的。

图 3-28 显示的是一个新创建的表格，该表格没有做任何的修饰，只有密密麻麻的一堆数据，可阅读性很差。通过对单元格及单元格区域的格式化，最终该表格的外观达到了如图 3-29 所示的效果。本任务主要讨论如何美化、修饰单元格及单元格区域，使图 3-28 所示的表格达到图 3-29 所示的效果。

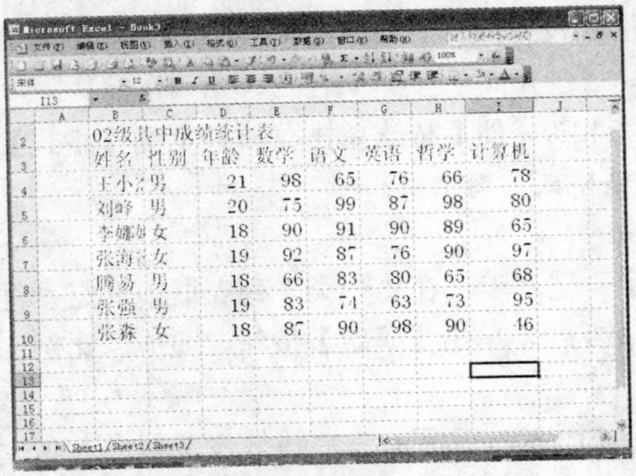

图 3-28　未做任何修饰的表格 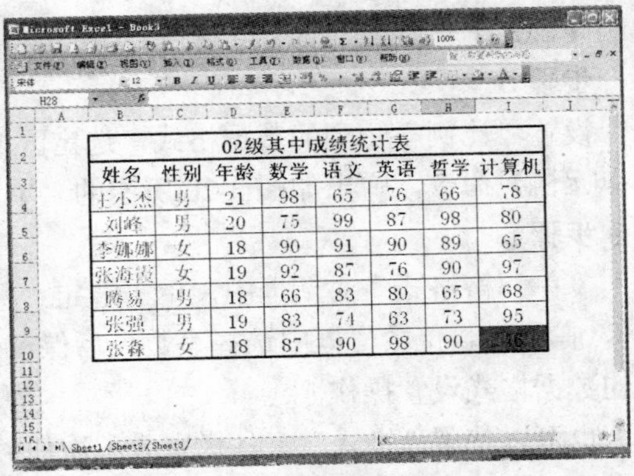　　　　　图 3-29　修饰后的表格

（2）操作思路

本次操作涉及的内容较多，主要包括：设置单元格中字符的格式和对齐方式、行高列宽的调整、为单元格或区域添加边框和底纹等内容。Excel 为用户提供了强大的格式化功能，可以通过命令也可以通过工具栏按钮完成本次任务的操作。对于既可以使用命令又可以使用工具栏完成的操作，从简单实用的目的出发，这里只介绍使用工具栏的操作。

（3）操作步骤

步骤 1

首先处理图 3-28 所示表格的标题，表格的标题是在 B2 单元格中输入的，所以设置标题在单元格中对齐是不能解决问题的。应当使标题在整个表格的宽度范围内水平居中，这种对齐方式被称为"合并居中"或"跨列居中"。

在标题所在行选中表格宽度内的所有单元格，即区域 B2:I2，然后单击"格式"工具栏上的【合并及居中】按钮，即可实现标题的跨列居中。

此时原来的区域 B2:I2 合并成为一个单元格，其引用地址为 B2。单击 B2 单元格后，依次单击"格式"工具栏上的"字体"和"字号"下拉列表框，将标题的字符设置如下，字体为隶书，字号为 20。

步骤 2

Excel 工作表中的灰色网格线是不能被打印出来的，要想使打印出的表格有网格线必须进行添加边框线的操作。为了突出表格边框线的视觉效果我们可以将工作表中的灰色网格线隐藏起来，依次单击菜单栏上的【工具】→【选项】命令，会弹出"选项"对话框，在"视图"选项卡下，将"窗口选项"栏中的"网格线"复选框的选中标记去除，即可将工作表中的网格线隐藏。

步骤 3

为图 3-28 所示的表格添加边框线，首先选中整个表格即 B2:I10 区域，单击"格式"工具栏上的【边框】按钮旁的向下箭头，在下拉列表中会出现 12 种边框的样式，先选择"所有框线"样式，然后再选择"粗匣框线"。选中 B2 单元格，在边框样式下拉列表中选择"粗底框线"。

步骤 4

为表格设置行高和列宽，可以将鼠标指针移动到行号的下边界或列标的右边界，当鼠标指针变成双箭头时拖动鼠标来改变表格的行高或列宽，但是这种方法很难做到准确设置。可以使用命令来准确设置表格的行高和列宽，用户可以为行高或列宽设定一个值，也可以让 Excel 根据单元格中的内容自动设置行高或列宽的值，本任务中由于各行的字体大小相同，我们可以为表格的行高设定一个固定的值，由于各列的宽度不同所以我们让 Excel 自动设置列宽。

选定从第 3 行到第 10 行的连续区域即区域 3:10，依次单击菜单栏上的【格式】→【行】→【行高】命令，弹出"行高"对话框，在"行高"文本框中输入 0～409 之间的数值，在此我们输入数值 25，单击【确定】按钮，完成表格行高的设置。

选定从 B 列到 I 列的连续区域即区域 B:I，依次单击菜单栏上的【格式】→【列】→【最适合的列宽】命令，则 Excel 自动设置各列的宽度。

步骤 5

选定 I10 单元格为它添加底纹，单击"格式"工具栏上的【填充颜色】按钮旁的向下箭头，在弹出的颜色下拉列表中选定红色。

步骤 6

设置数据在单元格中的对齐方式时，如果仅设置数据在单元格中的水平对齐方式，单击"格式"工具栏上的按钮即可，要设置数据的垂直对齐方式，必须使用命令。

选定整个表格（标题除外）即区域 B3:I10，依次单击菜单栏上的【格式】→【单元格】命令，如图 3-30 所示，弹出"单元格格式"对话框，单击选定"对齐"选项卡，分别在"水平对齐"和"垂直对齐"下拉列表框中选择"居中"选项，单击【确定】按钮，完成设置对齐方式的操作。

图 3-30　"单元格格式"对话框中选定"对齐"选项卡

经过以上的操作步骤，图 3-28 所示的表格就与图 3-29 所示的表格完全一样了。

（4）归纳分析

主要使用工具栏完成了本次任务的操作，实际上除了行高和列宽的设置外，其他操作都可以依次单击菜单栏上的【格式】→【单元格】命令，在弹出的"单元格格式"对话框中进行设置操作，读者可以自己去试一试。

单元格及单元格区域的格式化操作中，也可以借助"格式刷"实现单元格格式的复制，关于"格式刷"的使用问题，可参见 2.2 节任务 5 的操作，不再叙述。

3.4　公式与函数的使用

迄今为止，向单元格中输入的数据主要包括：字符、数字、日期及时间等类型，而这些数据同样可以在 Word 的表格中出现，与 Word 相比 Excel 并没有什么优越性。实际上除了上述数据外，还可以向单元格中输入公式和 Excel 内置的函数，Excel 具有强大的数据处理能力，利用单元格中用户输入的公式和函数可自动执行数据的分析与计算，这也是它和 Word 表格的最大区别。

任务 1　输入公式

（1）目标与任务分析

要使用公式必须先输入、建立公式，本任务要在单元格中输入两个公式，如图 3-31 所示，我们首先在工作表的 A1 单元格中输入公式：$\dfrac{7+\sqrt{3^2+4^2}}{2\times 12}$，然后在 F3 单元格中输入计算"总分"的公式。

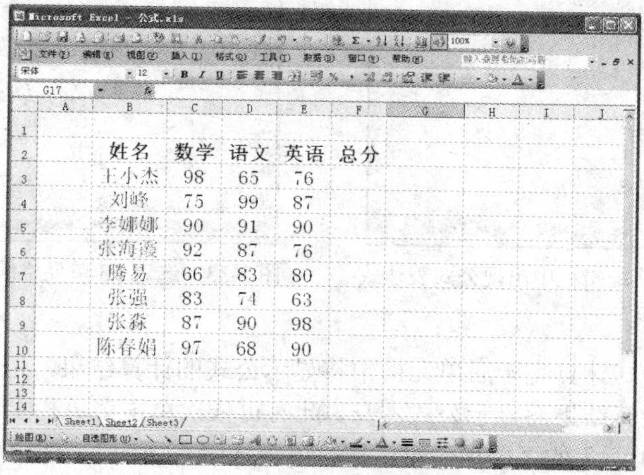

图 3-31　将要输入公式的表格

（2）操作思路

输入公式的时候，一定要以一个等号"="开头，这是输入公式与输入其他数据的重要区别。输入的公式形式为：=表达式，其中表达式由运算符、常量、其他单元格或区域的引用地址、名称、Excel 内置函数等组成，不能有空格。

本任务要输入的第一个公式其表达式中只有常量和运算符号，可使用键盘直接输入，输入时要注意通过括号来改变运算的顺序；第二个公式的表达式中除运算符外，还出现了其他单元格的引用地址，单元格的引用地址可以使用键盘输入也可以用鼠标单击要引用的单元格将单元格的地址粘贴到公式中。

（3）操作步骤

步骤 1

选定要输入公式的单元格 A1，输入一个等号"="，此时 A1 单元格进入公式编辑状态。

步骤 2

在等号"="后面输入公式：(7+(3^2+4^2)^(1/2))/(2*12)，然后按【Enter】键，则公式计算结果自动出现在 A1 单元格中，如图 3-32 所示，选定 A1 单元格后，编辑栏中出现的是公式本身而不是公式的结果，此时可在编辑栏中对所输入的公式进行修改。

步骤 3

选定要输入公式的单元格 F3，输入一个等号"="，此时 F3 单元格进入公式编辑状态。

步骤 4

在等号"="后面输入公式：C3+D3+E3（单元格地址 C3、D3 和 E3 也可以不使用键盘输入，用鼠标单击要引用的单元格即可将单元格地址自动粘贴到公式中），然后按【Enter】

键，则公式计算结果自动出现在 F3 单元格中，如图 3-33 所示，选定 F3 单元格后，编辑栏中出现的是公式本身而不是公式的结果，此时可在编辑栏中对所输入的公式进行修改。

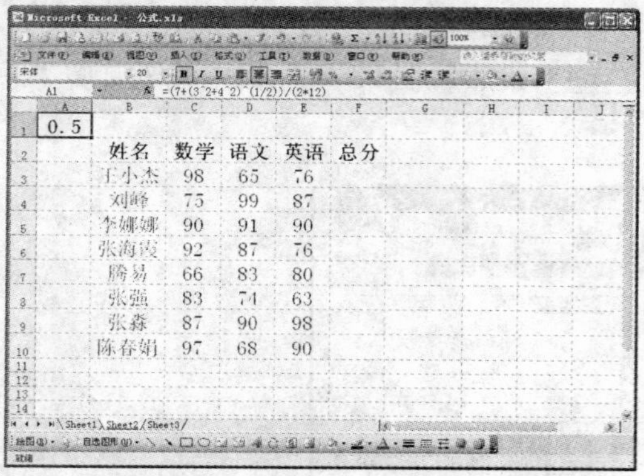

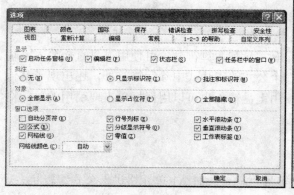

图 3-32　选定 A1 单元格编辑栏中出现公式表达式

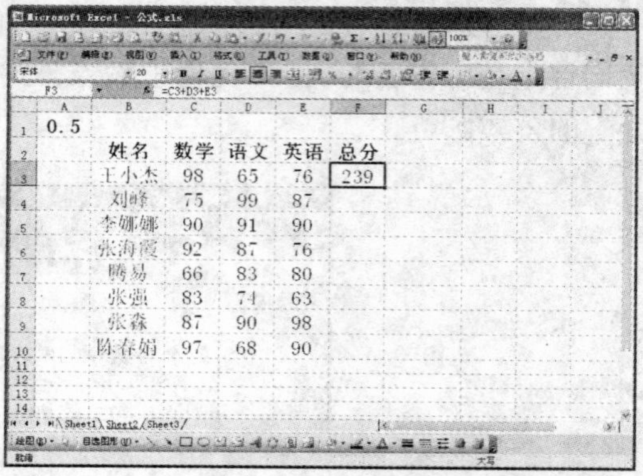

图 3-33　选定 F3 单元格编辑栏中出现公式表达式

步骤 5

默认状态下，公式计算完毕后单元格中将显示公式的计算结果，但有时我们希望在单元格中不显示公式的计算结果而显示公式本身。此时可依次单击菜单栏上的【工具】→【选项】命令，弹出如图 3-34 所示的"选项"对话框，单击选中"视图"选项卡，在"窗口选项"栏中选定"公式"复选框，单击【确定】按钮，如图 3-35 所示，此时 A1 单元格和 E3 单元格显示公式本身而不是公式的计算结果。

图 3-34　"选项"对话框

图 3-35　单元格显示公式本身而不是公式的计算结果

（4）归纳分析

Excel 中输入公式时要注意以下事项：

- 输入公式的时候，一定要以一个等号"="开头，这是输入公式与输入其他数据的重要区别。输入的公式形式为：=表达式，其中表达式由运算符、常量、其他单元格或区域的引用地址、名称、Excel 内置函数等组成，不能有空格。
- 运算符是为了对公式中的元素进行某种运算而规定的符号，Excel 中的运算符共有 4 种类型。

算术运算符：

包括加号（+）、减号（-）、乘号（*）、除号（/）、百分号（%）和乘幂（^）。

文本运算符：

只有一种文本运算符用"&"表示。它的功能是将两个文本连接成一个组合文本，如：在某一单元格中输入"="首都"&"医科大学""后（输入时文本要用半角的双引号括起来），按【Enter】键，公式的计算结果为"首都医科大学"。

比较运算符：

比较运算符主要用来比较两个数值，并得出比较结果的逻辑值 True（真）或 False（假）。包括等号（=）、大于号（>）、小于号（<）、大于等于号（>=）、小于等于号（<=）和不等于号（<>）。

引用运算符：

引用运算符主要用来加入引入，它可以产生一个包括两个区域的引用。包括区域运算符（:）及并运算符（,）。有关这两个运算符的使用请参阅 3.3 节任务 1 步骤 5 的叙述。

- 公式的计算要使用正确的优先级，输入时要注意通过括号来改变运算的顺序。
- 公式中如果出现了其他单元格的地址，可以使用键盘输入，也可以用鼠标单击要引用的单元格将单元格地址自动粘贴到公式中。
- 公式中既可以引用同一工作表中单元格的地址，也可以引用其他工作表中的单元格地址，当被引用的单元格中的数据变化时公式中的引用数据也会随之变化。

任务 2　相对引用与绝对引用

（1）目标与任务分析

如图 3-33 所示，任务 1 中只计算出了表格中第一条记录的总分，本任务首先要解决任务 1 中未完成的工作，继续计算其余记录的总分。然后计算图 3-36 所示的表格中 C3:C11 区域中的"税额"值，税率取自 F1 单元格。

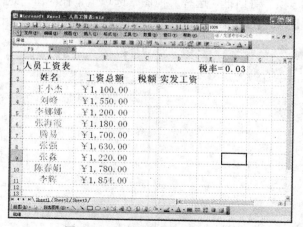

图 3-36　计算 C3：C11 区域的值

（2）操作思路

对于第一个问题，在 F3 单元格中输入公式"=C3+D3+E3"后，Excel 已自动计算出了第一条记录的总分，此时没必要在其余的单元格中依次输入公式分别计算各条记录的总分（这样做的话当然可以求出其余的总分，但是 Excel 处理数据的优越性并没有显露出来）。只要拖动 F3 单元格的填充柄，将 F3 单元格中的公式复制到 F4:F10 区域，即可自动计算出其余记录的总分。在复制公式的过程中，Excel 并不是简单地把 F3 单元格中的公式原样复制，公式中引用的单元格地址会根据公式的相对位置自动变化，如公式复制到 F4 单元格后，公式会变为 "= C4+D4+E4"，这种引用称为相对引用。

对于第二个问题，税额=工资总额*税率，其中税率的值固定存放在单元格 F1 中，在复制公式时，我们希望公式中引用的税率单元格地址保持不变，这种引用称为绝对引用。在绝对引用时，要在单元格地址前加$符号，如：本例中 F1 单元格的地址表示为$F$1，表示在复制公式的过程中 F1 单元格的地址保持不变。

（3）操作步骤

步骤 1

为了能够更好地理解相对引用的概念，首先采用任务 1 中步骤 5 介绍的操作方法，将图 3-33 所示的工作表设置成单元格中不显示公式的计算结果而显示公式本身的状态，如图 3-35 所示。

步骤 2

选定 F3 单元格，鼠标左键向下拖动 F3 右下角的填充柄，直至 F10 单元格松开鼠标。此时将 F3 单元格中的公式复制到 F4:F10 区域中的每一个单元格内，如图 3-37 所示。可以发现在复制 F3 单元格公式的过程中，公式中单元格 C3、D3、E3 的引用地址会根据单元格的相对位置自动改变，使得单元格中的公式等于其左侧的三个单元格内数据之和，如：F10 单元格中的公式为 C10+D10+E10。图 3-37 显示的是一种典型的相对引用。

步骤 3

若要在表格中显示公式的计算结果，依次单击菜单栏上的【工具】→【选项】命令，弹出如图 3-34 所示的"选项"对话框，选择"视图"选项卡，在"窗口选项"栏中去除"公式"复选框的选定，单击【确定】按钮即可。此时表格如图 3-38 所示。

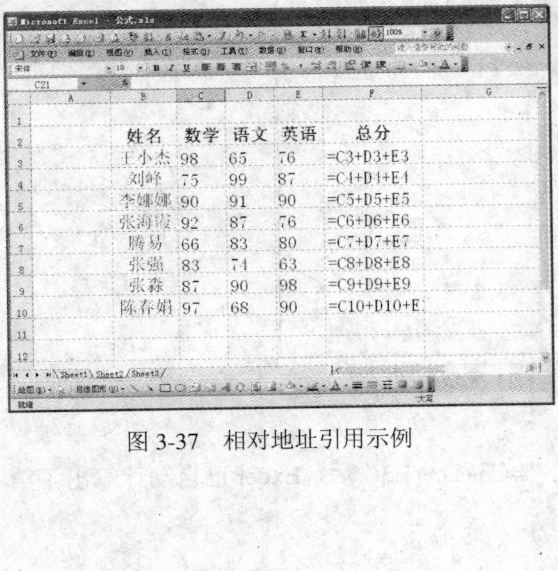

图 3-37　相对地址引用示例

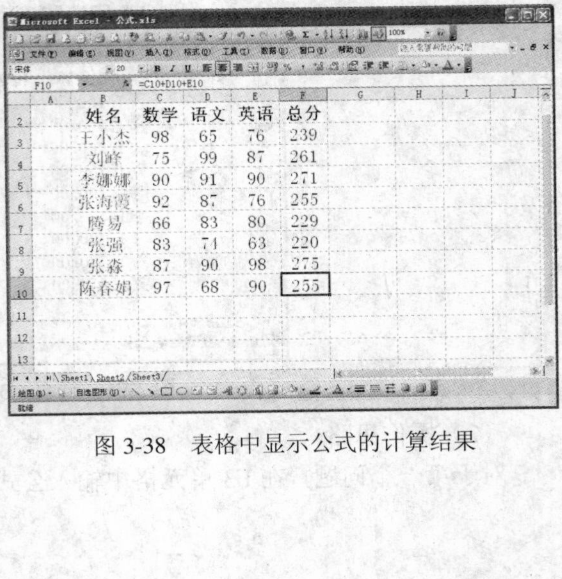

图 3-38　表格中显示公式的计算结果

步骤 4

下面计算图 3-36 所示的表格中 C3:C11 区域中的"税额"值,税率取自 F1 单元格。单击选定单元格 C3,输入一个等号"=",此时 C3 单元格进入公式编辑状态。在等号后输入公式"B3*F1",然后按【Enter】键,如图 3-39 所示,此时 Excel 自动计算出第一条记录的税额值为"￥33.00"(表格的数据区域已提前设置为货币格式)。如果 C3 输入的公式为"B3*F1",也可以正确地计算出第一条记录的税额值,但是由于公式中使用了相对引用,当复制公式时,无法正确地计算出其他记录的税额值。

步骤 5

单击选定 C3 单元格,鼠标左键向下拖动 C3 右下角的填充柄,直至 C11 单元格松开鼠标。此时将 C3 单元格中的公式复制到 C4:C11 区域中的每一个单元格内,如图 3-40 所示。可以发现在复制 C3 单元格公式的过程中,公式中单元格 B3 的引用地址会根据单元格的相对位置自动改变,而单元格 F1 的引用地址却保持不变,使得单元格中的公式等于其左侧的单元格内数据与单元格 F1 内数据之乘积,图 3-40 中单击选定 C11 单元格,编辑栏中显示其中的公式为"=B11*F1"。

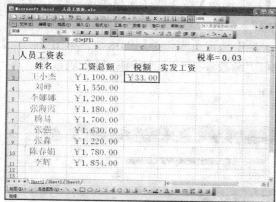

图 3-39　计算出第一条记录的税额值

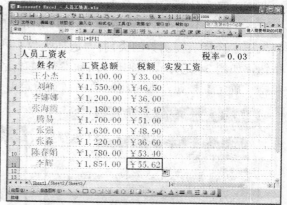

图 3-40　计算出所有记录的税额值

(4)归纳分析

要想正确地使用公式进行计算,必须理解相对引用和绝对引用的概念。所谓相对引用是指在复制公式的过程中公式所包含的单元格地址会发生变化;绝对引用是指在复制公式的过程中公式所包含的单元格地址保持不变。

读者可以自己试一试,在计算图 3-36 所示表格的税额值时,如果在 C3 单元格中输入的公式为"B3*F1",在进行公式的复制过程中会发生什么情况。

任务 3　了解 Excel 中的函数

(1)什么是函数

函数可以理解为是一种 Excel 已定义好的复杂公式,也可以认为是公式的简写形式。函数可以单独使用,也可以在公式中调用函数。

（2）函数的语法规定

函数使用一些被称为参数的数据按规定的顺序或结构进行计算，参数可以是数字、常量、逻辑值或单元格引用等。函数执行后一般给出一个结果，这个结果称为返回值。

函数的结构为：

函数名（参数 1，参数 2，参数 3，…）

以函数名称开始，后面是左圆括号，以逗号分隔的参数和右圆括号。如：

SUM(A1,B1:B5)

函数名称是 SUM，参数有两个（共 6 个数据），返回值是单元格区域中所有数值的和。

AVERAGE(A1:A5)

函数名是 AVERAGE，参数只有一个，返回值是参数的算术平均值。

（3）手工输入函数

对于简单的函数的输入，可以采用手工的方法。首先单击选定要输入函数的单元格，输入一个等号"="，此时单元格进入公式编辑状态，在等号后输入函数语句，按【Enter】键即可。

（4）粘贴函数

对于较复杂的函数，手工输入时容易出错，可以采用粘贴函数的方法输入函数。单击选定要输入函数的单元格，单击"编辑栏"左侧的【插入函数】按钮或依次单击菜单栏上的【插入】→【函数】命令，会弹出如图 3-41 所示的"插入函数"对话框，在"或选择类别"下拉列表框中选择所需函数的类别，"选择函数"列表框中选定所需该类别的函数，单击【确定】按钮，如图 3-42 所示，弹出"函数参数"对话框。"函数参数"对话框中，输入函数参数后，单击【确定】按钮，即可将函数粘贴到指定单元格。

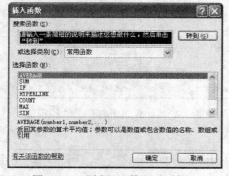

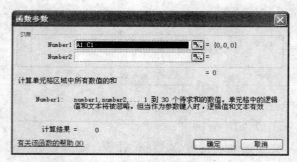

图 3-41　"插入函数"对话框　　　　　图 3-42　"函数参数"对话框

任务 4　使用函数完成表格的计算

（1）目标与任务分析

图 3-43 所示的是一个学生成绩统计表，本任务要通过函数的使用计算出每个学生的总成绩和平均成绩以及各门课程的最高分和最低分。

（2）操作思路

完成本任务需要使用不同的函：计算学生的总分要使用 SUM 函数；计算学生的平均分要使用 AVERAGE 函数；求各门课程的最高分要使用 MAX 函数；求各门课程的最低分要使用 MIN 函数。在输入函数时，可以使用手工输入函数也可以使用粘贴函数的方法。

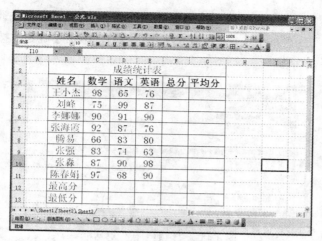

图 3-43　本任务要计算的表格

（3）操作步骤

步骤 1

首先计算每个学生的总分。单击选定 F4 单元格，手工输入函数：首先输入一个等号，在等号后输入 "SUM(C4:E4)"，然后按【Enter】键，此时 Excel 自动计算出表格中第一条记录的总分。

注意：函数的参数是一个区域的引用地址，C4:E4 可以通过键盘输入，也可以使用鼠标在引用区域上拖动，则引用区域的地址会自动粘贴到函数中。

步骤 2

单击选定 F4 单元格，拖动该单元格右下角的填充柄直至 F11 松开鼠标。如图 3-44 所示，由于 F4 单元格中的函数使用了相对引用，通过复制 F4 单元格中的函数（可以认为是公式的简写形式），即可计算出每个学生的总分。

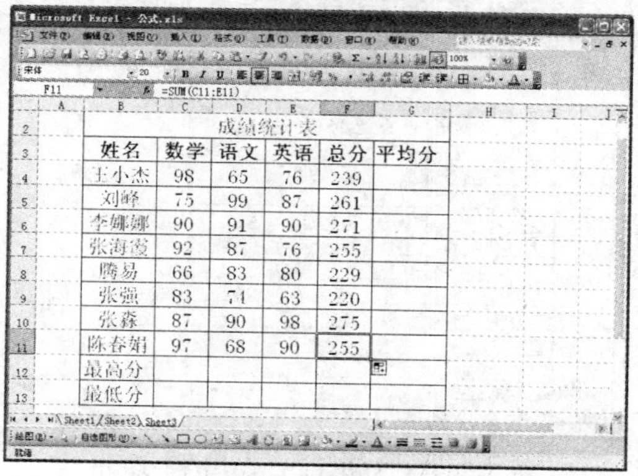

图 3-44　计算出每个学生的总分

步骤 3

下面使用 AVERAGE 函数计算每个学生的平均分。单击选定 G4 单元格，单击"编辑栏"左侧的【插入函数】按钮，或依次单击菜单栏上的【插入】→【函数】命令，会弹出如图 3-41

所示的"插入函数"对话框，在"或选择类别"下拉列表框中选择"统计"或"常用函数"的类别，"选择函数"列表框中选定"AVERAGE"函数，单击【确定】按钮，弹出如图 3-45 所示的"函数参数"对话框。

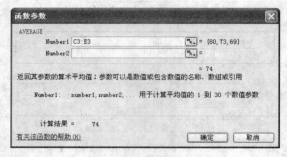

图 3-45　"函数参数"对话框

步骤 4

如图 3-45 所示，"函数参数"对话框的下方关于 AVERAGE 函数的说明，可以帮助用户了解该函数的使用方法。上方有输入参数的文本框，一般情况下 Excel 会根据判断自动给出一个参数，如果给出的参数是用户所需要的，直接单击【确定】按钮就可以了。如果给出的参数不满足需要，用户需重新输入正确的参数。本任务中参数文本框中给出的参数是 C4:F4，不符合我们的需要，需重新输入参数 C4:E4，也可以鼠标在 C4:E4 区域中拖动将该区域的引用地址粘贴到参数文本框中，单击【确定】按钮，Excel 自动计算出表格中第一条记录的平均分。

步骤 5

单击选定 G4 单元格，拖动该单元格右下角的填充柄直至 G11 松开鼠标。如图 3-46 所示，由于 G4 单元格中的函数使用了相对引用，通过复制 G4 单元格中的函数，即可计算出每个学生的平均分。

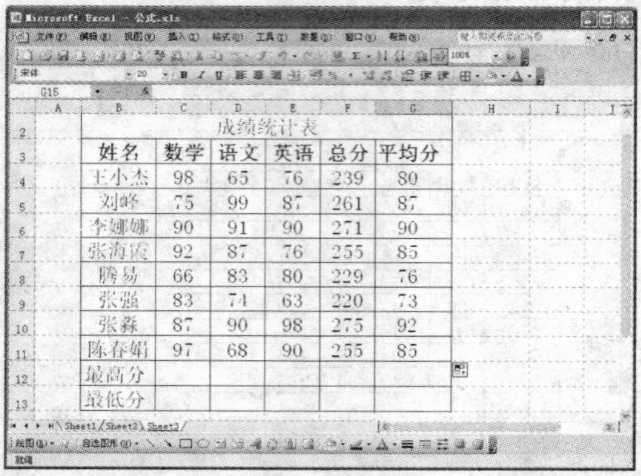

图 3-46　计算出每个学生的平均分

步骤 6

下面使用 MAX 函数求得每门课程的最高分。单击 C12 单元格，单击"编辑栏"左侧的【插入函数】按钮，或依次单击菜单栏上的【插入】→【函数】命令，会弹出如图 3-41 所示的"插入函数"对话框，在"或选择类别"下拉列表框中选择"统计"或"常用函数"的类别，"选择函数"列表框中选定"MAX"函数，单击【确定】按钮，弹出如图 3-47 所示的"函数参数"对话框。

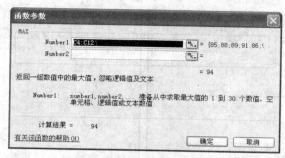

图 3-47 "函数参数"对话框

步骤 7

如图 3-47 所示，在"函数参数"对话框中，参数文本框中给出的参数是 C4:C12，这正是所需要的参数，所以直接单击【确定】按钮就可以了。此时 Excel 自动计算出第一门课程的最高分。

步骤 8

单击选定 C12 单元格，拖动该单元格右下角的填充柄直至 E12 松开鼠标即可计算出各门课程的最高分。

步骤 9

使用 MIN 函数计算各门课程最低分的操作与使用 MAX 函数的过程基本相同，不再叙述。

（4）归纳分析

- 可以把函数看成是一种特殊的公式，在函数中也可以使用相对引用和绝对引用。
- 函数是由函数名和参数构成的，可以用手工输入的方法和粘贴函数的方法向单元格中输入函数。
- 函数的参数可以手工输入，也可以使用鼠标在引用区域中拖动将引用地址自动粘贴到函数中。

任务 5 IF 函数的使用

（1）目标任务分析

本任务要使用 IF 函数，完成图 3-48 和图 3-49 所示表格的计算操作。具体要求如下：

图 3-48 显示的是一张比赛成绩表，比赛规则规定：若选手的年龄大于 60 岁，每超过 1 岁每局加 2 分，我们的任务是计算表格中"加分"一列的数据。

图 3-49 显示的是一张学生成绩统计表，规定如下：学生的总成绩大于 240 分则总评为"优秀"，否则什么也不显示，任务是计算表格中"总评"一列的数据。

（2）操作思路

本任务要解决的问题都具有如下特点：首先需要建立一个逻辑表达式，逻辑表达式的结果只有真（TRUE）或假（FALSE）两个值，当表达式的值为真（TRUE）时执行一种操作，当表达式的值为假（FALSE）时执行另一种操作。

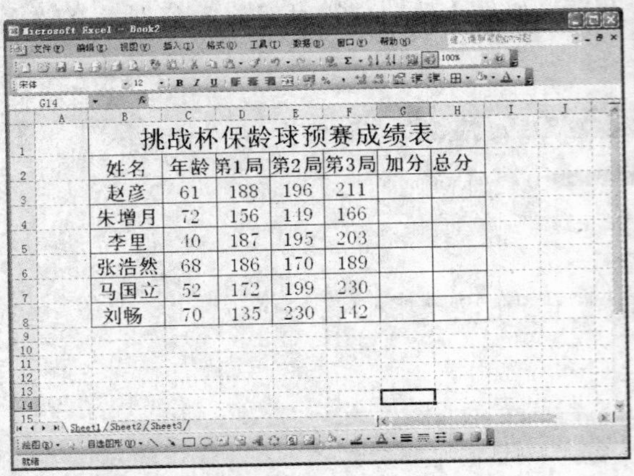

挑战杯保龄球预赛成绩表						
姓名	年龄	第1局	第2局	第3局	加分	总分
赵彦	61	188	196	211		
朱增月	72	156	149	166		
李里	40	187	195	203		
张浩然	68	186	170	189		
马国立	52	172	199	230		
刘畅	70	135	230	142		

图 3-48　本任务要计算的表格之 1

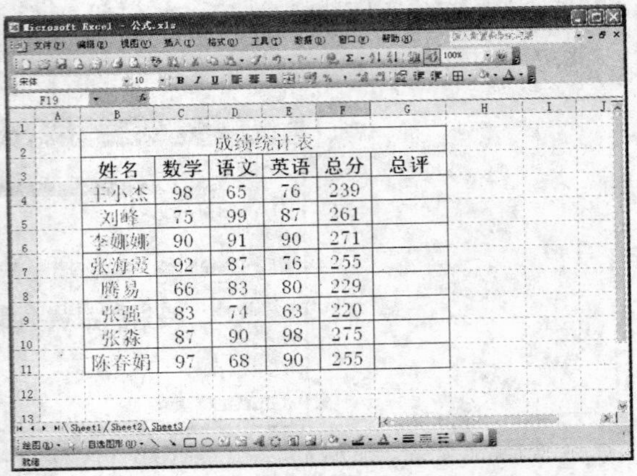

成绩统计表					
姓名	数学	语文	英语	总分	总评
王小杰	98	65	76	239	
刘峰	75	99	87	261	
李娜娜	90	91	90	271	
张海霞	92	87	76	255	
腾易	66	83	80	229	
张强	83	74	63	220	
张森	87	90	98	275	
陈春娟	97	68	90	255	

图 3-49　本任务要计算的表格之 2

在这种情况下，我们需要使用 IF 函数来解决问题。IF 函数是一种逻辑函数，它的语法如下：

```
IF(logical_test, value_if_true, value_if_false)
```

第一参数：Logical_test 表示计算结果为 TRUE 或 FALSE 的逻辑表达式。例如，A10=100 就是一个逻辑表达式，如果单元格 A10 中的值等于 100，表达式即为 TRUE，否则为 FALSE。本参数可使用任何比较运算符（比较运算符的相关内容参见 3-4 节任务 1 归纳分析部分）。

第二参数：Value_if_true，当 logical_test 为 TRUE 时返回的值。如果 logical_test 为 TRUE 而 value_if_true 为空，则本参数返回值为 0（零）。第二参数也可以是其他公式或函数。

第三参数：Value_if_false，当 logical_test 为 FALSE 时返回的值。如果 logical_test 为 FALSE 且忽略了 Value_if_false（即 value_if_true 后没有逗号），则会返回逻辑值 FALSE。如果 logical_test 为 FALSE 且 Value_if_false 为空（即 value_if_true 后有逗号，并紧跟着右括号），则本参数返回值为 0（零）。第三参数也可以是其他公式或函数。

第二、三参数也可以是文本，但文本一定要带半角的引号。

（3）操作步骤

步骤 1

首先完成图 3-48 所示的表格计算。单击选定 G3 单元格，单击“编辑栏”左侧的【插入函数】按钮，或依次单击菜单栏上的【插入】→【函数】命令，会弹出如图 3-41 所示的“插入函数”对话框，在“或选择类别”下拉列表框中选择“逻辑”或“常用函数”的类别，“选择函数”列表框中选定 IF 函数，单击【确定】按钮，弹出如图 3-50 所示的“函数参数”对话框。

步骤 2

在第一参数文本框中输入逻辑表达式：C3>60；在第二参数文本框中输入：(C3-60)*2*3；在第三参数文本框中输入：0（零）。

以上过程中单元格的引用地址也可以通过鼠标单击要引用的单元格，将该单元格的引用地址自动粘贴到参数文本框中。单击【确定】按钮，Excel 自动计算出 G3 单元格的值。

步骤 3

单击 G3 单元格，拖动该单元格右下角的填充柄直至 G8 松开鼠标即可计算出表格中"加分"一列的数据，如图 3-51 所示。

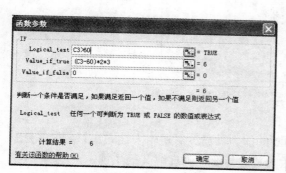

图 3-50 "函数参数"对话框

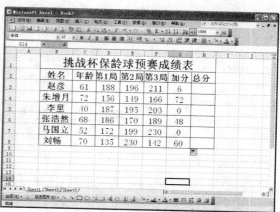

图 3-51 计算出"加分"一列的数据

步骤 4

下面完成图 3-49 所示的表格计算。单击选定 G4 单元格，单击"编辑栏"左侧的【插入函数】按钮，或依次单击菜单栏上的【插入】→【函数】命令，会弹出如图 3-41 所示的"插入函数"对话框，在"或选择类别"下拉列表框中选择"统计"或"常用函数"的类别，"选择函数"列表框中选定 IF 函数，单击【确定】按钮，弹出如图 3-52 所示的"函数参数"对话框。

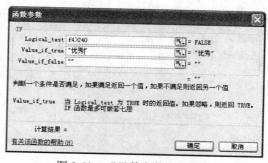

图 3-52 "函数参数"对话框

在第一参数文本框中输入逻辑表达式：F4>240；在第二参数文本框中输入："优秀"（一定要使用半角引号）；在第三参数文本框中输入：" "（也要使用半角引号，如果第三参数为空，当逻辑表达式为 FALSE 时，函数返回值为 FALSE）。

以上过程中单元格的引用地址也可以通过鼠标单击要引用的单元格。

单击【确定】按钮，此时 Excel 自动计算出 G4 单元格的值。

步骤 5

单击 G4 单元格，拖动该单元格右下角的填充柄直至 G11 松开鼠标即可计算出表格中"总评"一列的数据，如图 3-53 所示。

成绩统计表					
姓名	数学	语文	英语	总分	总评
王小杰	98	65	76	239	
刘峰	75	99	87	261	优秀
李娜娜	90	91	90	271	优秀
张海霞	92	87	76	255	优秀
腾易	66	83	80	229	
张强	83	74	63	220	
张淼	87	90	98	275	优秀
陈春娟	97	68	90	255	优秀

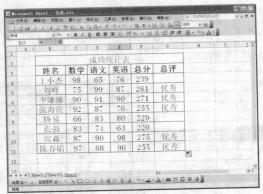

图 3-53　计算出“总评”一列的数据

（4）归纳分析

IF 函数是一个常用的逻辑函数，它具有判断的能力，通过对逻辑表达式进行判断，选择不同的操作，返回不同的结果，掌握好 IF 函数的关键是要正确理解其语法规定。

对于复杂的问题 IF 函数可以嵌套以构造结构复杂的检测条件，有关 IF 函数嵌套的内容本教材并不涉及，感兴趣的读者可查看其他教材的相关内容。

任务 6 COUNT 和 COUNTIF 函数的使用

（1）目标与任务分析

本任务要使用 COUNT 和 COUNTIF 函数，完成图 3-54 所示表格的计算操作。在图 3-54 所示的表格中，有一些空单元格，空单元格为缺考记录，我们首先要统计各门课程参加考试的人数，然后统计各门课程中成绩在 90 分以上的人数。

成绩统计表				
姓名	数学	语文	英语	总分
王小杰	98	65	76	239
刘峰		99	87	186
李娜娜	90	91		181
张海霞	92	87	76	255
腾易	66	83	80	229
张强	83	74	63	220
张淼		90	98	188
陈春娟	97	68	90	255
李辉	65	68	91	224
参加考试人数				
90分以上人数				

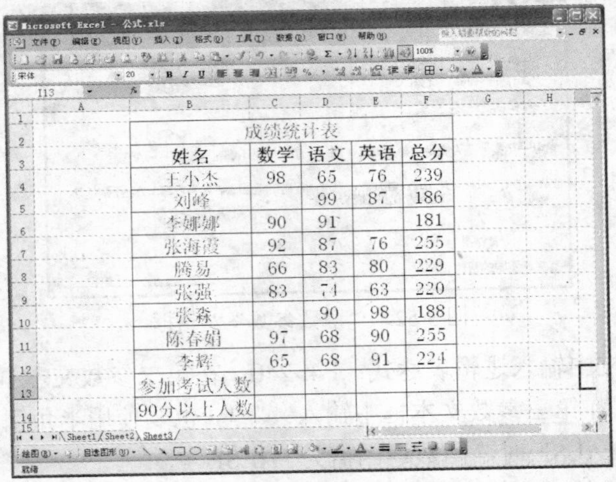

图 3-54　本任务要计算的表格

（2）操作思路

完成本任务需要使用 COUNT 函数和 COUNTIF 函数，这两个函数都是统计函数，利用函数 COUNT 可以计算单元格区域中数字项的个数，利用函数 COUNTIF 可以计算给定区域内满足特定条件的单元格的数目。

函数 COUNT 的语法如下：

```
COUNT(value1,value2,…)
```

返回值为参数中数字项的个数。

Value1,value2,… 是包含或引用各种类型数据的参数（1～30 个），但只有数字类型的数据才被计数。

如果参数是直接输入的数字、空白、日期、逻辑值（TREU 或 FALSE），执行时都可以被计算，如果参数是文本将被忽略。如：COUNT(32, ,2003-1-10,TRUE,成绩)，函数返回值为 4，因为是直接输入，所以数字、空白（两个逗号之间无数据）、日期和逻辑值 TRUE 都被计算，而文本"成绩"被忽略。

如果参数是单元格或区域的引用，则只统计引用中的数字和日期项个数。

	A
1	
2	32
3	
4	2005-12-18
5	TRUE
6	成绩

在左图的示例中：

COUNT(A1:A6)返回值为 2。

因为参数是引用，只统计引用中的数字和日期项个数。

COUNT(A1:A3)返回值为 1。

COUNT(A1:A6,5)返回值为 3。

函数 COUNTIF 的语法如下：

```
COUNTIF(range,criteria)
```

函数返回值为给定区域内满足特定条件的单元格的数目。

Range：需要计算满足条件的单元格数目的单元格区域。

Criteria：确定哪些单元格将被计算在内的条件，如："=10"、">10"（要使用半角的引号）。

例如：A3:A6 区域中的内容分别为 28、54、89、76，函数 COUNTIF(A3:A6,">55")的返回值为 2。

（3）操作步骤

步骤 1

首先计算各门课程参加考试的人数。单击选定 C13 单元格，单击"编辑栏"左侧的"插入函数"按钮，弹出如图 3-41 所示的"插入函数"对话框，在"选择类别"下拉列表框中选择"统计"或"常用"的类别，"选择函数"列表框中选定"COUNT"函数，单击【确定】按钮，弹出如图 3-55 所示的"函数参数"对话框。

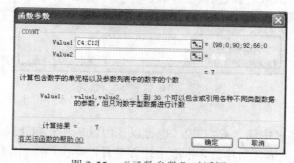

图 3-55 "函数参数"对话框

步骤 2

在第一个参数文本框中输入 C4:C12（也可以使用鼠标在 C4:C12 区域中拖动，将引用地址粘贴到文本框中），因为 C4:C12 中的数据是数字，所以选定该区域作为引用区域，参数是单元格区域的引用时，区域中的空白将被忽略，单击【确定】按钮后，Excel 自动计算出 C13 单元格的值。

步骤 3

单击选定 C13 单元格，拖动该单元格右下角的填充柄直至 E13 松开鼠标即可计算出表格中"参加考试人数"一行的数据，如图 3-56 所示。

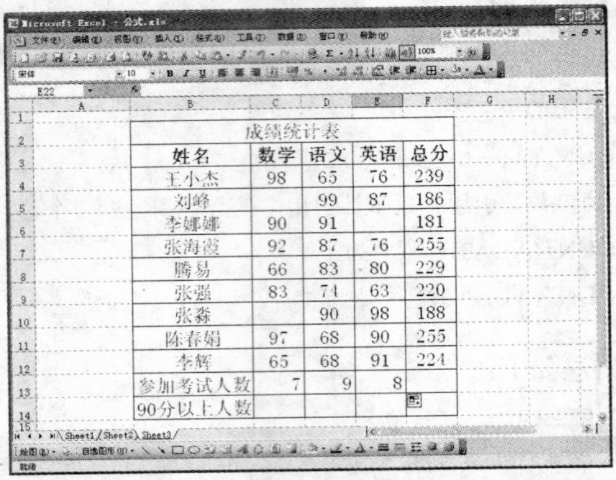

图 3-56 计算出"参加考试人数"一行的数据

步骤 4

下面计算各门课程中成绩在 90 分以上的人数。单击选定 C14 单元格，单击"编辑栏"左侧的【插入函数】按钮，弹出如图 3-41 所示的"插入函数"对话框，在"选择类别"下拉列表框中选择"统计"的类别，"选择函数"列表框中选定 COUNTIF 函数，单击【确定】按钮，弹出如图 3-57 所示的"函数参数"对话框。

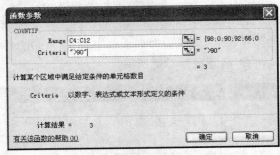

图 3-57 "函数参数"对话框

步骤 5

在第一个参数文本框中输入 C4:C12（也可以使用鼠标在 C4:C12 区域中拖动，将引用地址粘贴到文本框中），在第二个参数文本框中输入条件：>90（在"函数参数"对话框中可以不用引号），单击【确定】按钮，Excel 自动计算出 C14 单元格的值。

步骤 6

单击选定 C14 单元格，拖动该单元格右下角的填充柄直至 E14 松开鼠标即可计算出表格中"90 分以上人数"一行的数据，如图 3-58 所示。

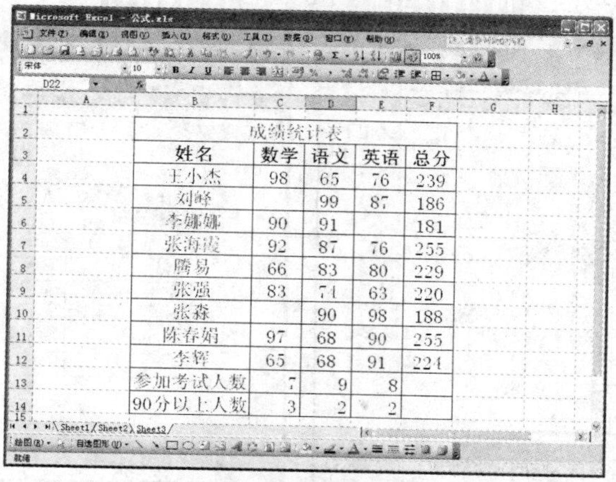

图 3-58　计算出"90 分以上人数"一行的数据

（4）归纳分析

COUNT 和 COUNTIF 函数是两个常用的统计函数，利用函数 COUNT 可以计算单元格区域中数字项的个数，利用函数 COUNTIF 可以计算给定区域内满足特定条件的单元格的数目。

COUNT 函数的参数有两种形式，一种是直接输入的参数；另一种参数是单元格或区域的引用。实际工作中后一种形式更为常见，此时只能统计引用区域中的数字或日期型单元格的数目，所以在选定引用区域时应选择数字或日期类型的单元格或单元格区域。

COUNTIF 函数的参数 Criteria 是用来确定哪些单元格将被计算在内的条件，在条件中不能出现引用地址，如：A1>10、A1=10 等，这些都是错误的，正确的表达方式为:">10"、"=10"（引号为半角符号，在"函数参数"对话框中可以不用引号）。

3.5　Excel 中的数据处理操作

在 Excel 中可以按数据库方式管理工作表（或称数据清单），实现排序、检索、汇总、数据透视等操作，本节主要介绍这些操作。

任务 1　数据排序

（1）目标与任务分析

对某些工作表有时需要把数据按一定的顺序重新排列，如对图 3-59 所示的成绩统计表，希望按总分从高到低的顺序重新排列数据，如果总分相同，数学成绩高的记录排列在前。操作后的效果如图 3-60 所示。

（2）操作思路

工作表的排序操作，可以使用工具栏上的按钮，也可以使用命令。排序时依据的列标题称为主关键字，如果遇到主关键字的值相同时，可以确定次要关键字，将主关键字值相同的记录按次要关键字排序。

注意：只有当主关键字的值相同时，次要关键字才能起作用。

本任务中，需要将"总分"设成主关键字，按总分降序排列工作表中的记录，将"数学"设成次要关键字，按数学成绩降序排列总分相同的记录。

图 3-59　需要排序的表格	图 3-60　排序后的效果

（3）操作步骤

步骤 1

首先介绍使用工具栏上的排序工具按钮进行排序的操作。

单击主关键字所在列的任意单元格，本任务中单击"总分"列的任意单元格，根据需要单击"常用"工具栏上的【升序】或【降序】按钮，在此我们单击【降序】按钮，此时工作表的数据就按总分降序的方式重新排列。

使用工具栏上的按钮进行排序操作非常方便，但是具有一定的局限性。这种方法不能设置次要关键字，对于主关键字值相同的记录，按照记录输入时的先后顺序排列。

步骤 2

下面使用命令完成本任务。

单击选定工作表中的任意单元格，依次单击菜单栏上的【数据】→【排序】命令，如图3-61 所示，弹出"排序"对话框。

图 3-61　"排序"对话框

步骤 3

对话框中单击"主关键字"列表框右端的向下箭头，在下拉列表中选择排序的主关键字，我们选择“总分”为主关键字，在列表框右侧单击选定“降序”单选按钮。

根据需要选定“次要关键字”及其排序方式，在此我们选定“数学”为次要关键字，其排序方式为“降序”。如果需要可以采用同样的方法，选定“第三关键字”。

在“我的数据区域”栏中，选定“有标题行”单选按钮。所谓标题行是指表格中最上面的列标题行（也称为列标志行），选择“有标题行”可以将标题行从排序区域中排除，否则标题行也将参与排序。

单击【确定】按钮，完成排序操作。排序效果如图 3-60 所示。

（4）归纳分析

本任务介绍了两种排序的操作方法，在只有主关键字时，使用工具栏上的排序工具按钮操作非常方便，如果需要次要关键字时，只能使用命令的操作方法。

只有当主关键字的值相同时，次要关键字才能起作用。

任务 2 数据筛选

（1）目标与任务分析

有时用户只需要查看工作表中的部分记录，这时可以应用 Excel 提供的数据筛选功能，暂时将无用的数据隐藏起来，以加快操作速度。本任务要完成以下两个操作：首先在图 3-62 所示的工作表中筛选出数学成绩大于 80 且小于 90 分的记录；然后在图 3-62 所示的工作表中筛选出性别为“男”且数学成绩大于 80 分的记录。

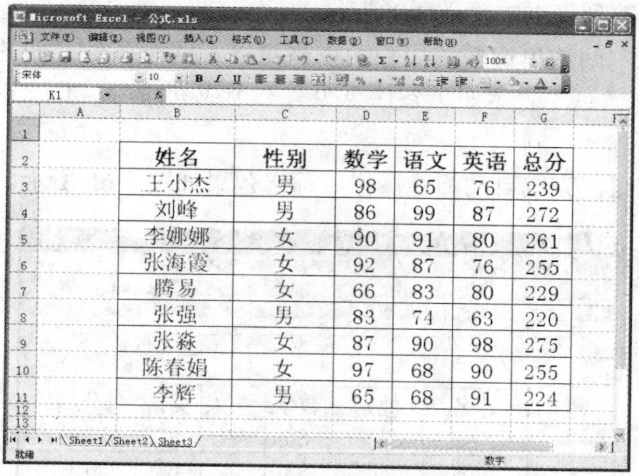

姓名	性别	数学	语文	英语	总分
王小杰	男	98	65	76	239
刘峰	男	86	99	87	272
李娜娜	女	90	91	80	261
张海霞	女	92	87	76	255
腾易	女	66	83	80	229
张强	男	83	74	63	220
张淼	女	87	90	98	275
陈春娟	女	97	68	90	255
李辉	男	65	68	91	224

图 3-62　本任务要筛选的数据表

（2）操作思路

筛选数据的操作有两种方式，一种是自动筛选另一种是高级筛选。自动筛选操作简单，一般情况下可以满足用户的需要，对于复杂的情况可以使用高级筛选。我们使用自动筛选来完成本任务的第一个操作，使用高级筛选来完成第二个操作。

（3）操作步骤

步骤 1

首先使用自动筛选完成第一个操作。单击要筛选数据的表格内任意单元格，依次单击菜单栏上的【数据】→【筛选】→【自动筛选】命令。此时工作表的列标题行会出现自动筛选标记，如图 3-63 所示。

步骤 2

单击列标题"数学"旁的自动筛选标记，弹出一个下拉列表，选择其中的"自定义"选项，如图 3-64 所示，弹出"自定义自动筛选方式"对话框。

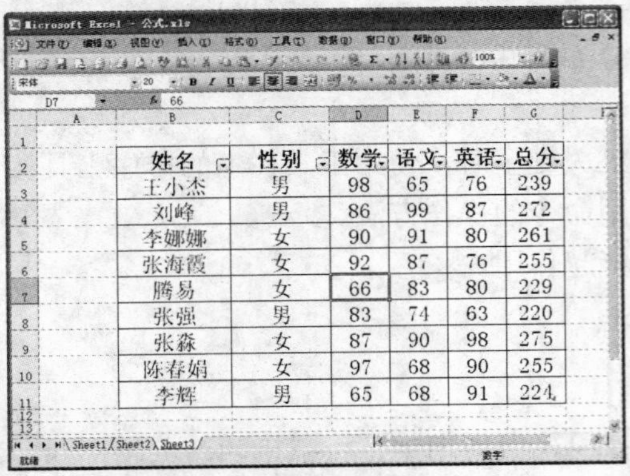

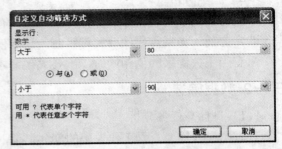

图 3-63　列标题行出现自动筛选标记　　　　图 3-64　"自定义自动筛选方式"对话框

单击上方左侧列表框右端的下拉按钮，在出现的下拉列表中选择"大于"选项，在其右侧的列表框中输入"80"；单击下方左侧列表框右端的下拉按钮，在出现的下拉列表中选择"小于"选项，在其右侧的列表框中输入"90"。

通过上下列表框中间的单选按钮用户可以规定以上两个条件之间的关系，"与"表示两个条件必须同时成立，"或"表示两个条件至少有一个成立即可。本任务中应当选择"与"单选按钮。

单击【确定】按钮，完成自动筛选操作，筛选效果如图 3-65 所示。

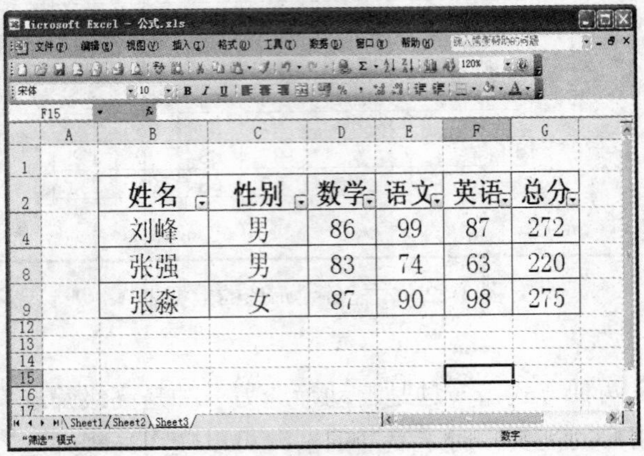

图 3-65　筛选后的效果

步骤 3

若要取消自动筛选，依次单击菜单栏上的【数据】→【筛选】→【自动筛选】命令即可。

步骤 4

下面介绍高级筛选操作，筛选出性别为"男"且数学成绩大于 80 分的记录。

在筛选前，首先要建立一个条件区域，条件区域可以在数据清单的上方也可以在数据清单的下方。条件区域的第一行要输入需要设置筛选条件的列标题，在列标题的下方输入筛选条件，注：如果有多个条件时，"与"关系的条件要在同一行输入，"或"关系的条件不能在同一行输入。本任务的条件区域建立在 E13:F14 区域内，如图 3-66 所示。

步骤 5

单击数据清单中的任意单元格，依次单击菜单栏上的【数据】→【筛选】→【高级筛选】命令，如图 3-67 所示，弹出"高级筛选"对话框。

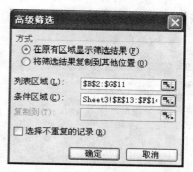

图 3-66　建立条件区域　　　　　　　图 3-67　"高级筛选"对话框

步骤 6

对话框中，在"方式"栏中选择筛选结果的显示位置，本任务中选择"在原有区域显示筛选结果"单选按钮。

单击"数据区域"文本框，拖动鼠标选定数据区域（即整个数据清单），将在文本框中自动粘贴数据区域的引用地址（如果对话框遮盖了数据区域，可单击"数据区域"文本框右端的折叠按钮，对话框折叠后露出数据表，再次单击折叠按钮对话框又恢复到原样），重复同样的操作，将条件区域的引用地址粘贴到"条件区域"文本框中。单击【确定】按钮，完成高级筛选的操作。

步骤 7

若要取消自动筛选，依次单击菜单栏上的【数据】→【筛选】→【全部显示】命令即可。

（4）归纳分析

本任务中介绍了两种筛选数据的操作方法，自动筛选和高级筛选。自动筛选操作非常方便，但是它每次操作只能针对一个列标题进行筛选，如果筛选条件涉及多个列标题时，操作起来就不太方便了。

高级筛选的关键是正确地建立条件区域，条件区域的第一行要输入需要设置筛选条件的列标题，在列标题的下方输入筛选条件，"与"关系的条件要在同一行输入，"或"关系的条件不能在同一行输入。

在本任务中，如果要筛选出数学和语文的成绩都大于 90 分的记录，条件区域设置如下：

数学	语文
>90	>90

如果要筛选出数学或语文成绩大于 90 分的记录，条件区域的设置如下：

数学	语文
>90	
	>90

任务 3 分类汇总数据

（1）目标与任务分析

分类汇总是对数据清单的数据进行分析的一种常用方法，本任务要对图 3-68 所示的数据表进行分类汇总，我们想了解各部门的平均年龄和平均工资，通过分类汇总数据使该数据表达到如图 3-69 的效果。

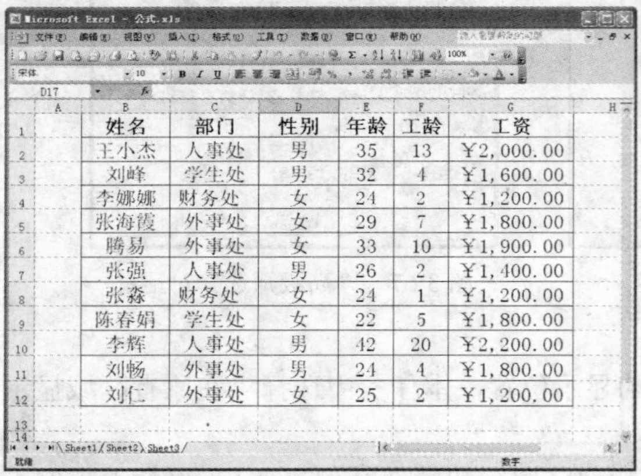

姓名	部门	性别	年龄	工龄	工资
王小杰	人事处	男	35	13	￥2,000.00
刘峰	学生处	男	32	4	￥1,600.00
李娜娜	财务处	女	24	2	￥1,200.00
张海霞	外事处	女	29	7	￥1,800.00
腾易	外事处	女	33	10	￥1,900.00
张强	人事处	男	26	2	￥1,400.00
张淼	财务处	女	24	1	￥1,200.00
陈春娟	学生处	女	22	5	￥1,800.00
李辉	人事处	男	42	20	￥2,200.00
刘畅	外事处	男	24	4	￥1,800.00
刘仁	外事处	女	25	2	￥1,200.00

图 3-68 需要分类汇总的数据表

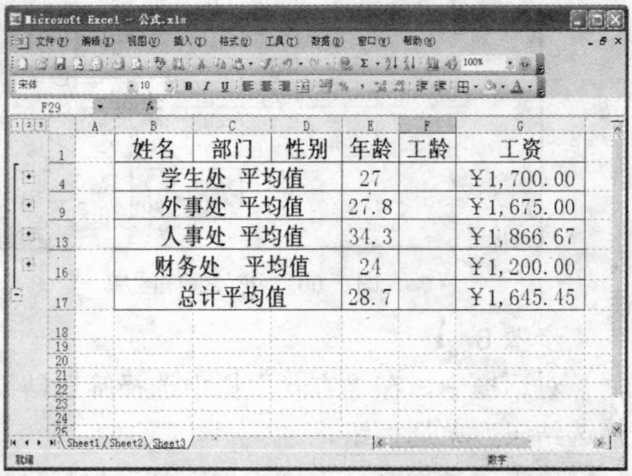

姓名	部门	性别	年龄	工龄	工资
	学生处 平均值		27		￥1,700.00
	外事处 平均值		27.8		￥1,675.00
	人事处 平均值		34.3		￥1,866.67
	财务处 平均值		24		￥1,200.00
	总计平均值		28.7		￥1,645.45

图 3-69 分类汇总后的效果

（2）操作思路

在对数据分类汇总之前，我们要明确三个问题，第一个问题：分类的依据（也称为分类字段）是什么？第二个问题：汇总的对象是什么？第三个问题：汇总的方式是什么？显然本任务中是以“部门”作为分类依据的，汇总的对象是“年龄”和“工资”，汇总方式是求平均。

在分类汇总操作之前，首先要以分类的依据（分类字段）为主关键字对数据表进行排序操作（升序降序都可以），否则分类汇总操作无法正确执行。

（3）操作步骤

步骤 1

单击主关键字所在列的任意单元格，本任务中单击“部门”列的任意单元格，单击“常用”工具栏上的【升序】或【降序】按钮，在此单击【降序】按钮，此时工作表的数据以“部门”为主关键字降序排列。

步骤 2

单击选定数据清单内的任意单元格，依次单击菜单栏上的【数据】→【分类汇总】命令，如图 3-70 所示，弹出"分类汇总"对话框。

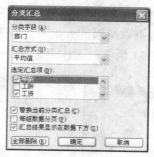

图 3-70 "分类汇总"对话框

步骤 3

"分类汇总"对话框中，单击"分类字段"列表框右端的下拉按钮，在下拉列表中选择分类字段，在此选择"部门"；"汇总方式"列表框中选择汇总方式，完成本任务需选择"平均值"；在"选定汇总项"列表框中选定"年龄"和"工资"。

在本次汇总操作之前，如果已进行过其他的分类汇总操作，选定"替换当前分类汇总"复选框，将删除原来的汇总数据。

若选定"每组数据分页"复选框，则在每组分类汇总数据后自动插入分页符，完成本任务时，不用选择此项。

若选定"汇总结果显示在数据下方"复选框，则每类（部门）的汇总数据（平均值）都出现在该类数据的下方，完成本任务我们选定此复选框。

步骤 4

单击【确定】按钮，完成分类汇总操作，工作表如图 3-69 所示。图 3-69 中可以看到工作表中在每个部门数据的下方出现了该部门的汇总数据（平均年龄和平均工资），工作表的最下面出现了"总计平均值"。

在工作表的左侧出现了分级显示按钮。单击【1】按钮，则只显示"总计平均值"；单击【2】按钮，只显示按部门汇总的情况，如图 3-69 所示；单击【3】按钮，显示全部数据。

步骤 5

若要取消分类汇总操作，可以在图 3-70 所示的"分类汇总"对话框中，单击【全部删除】按钮。

（4）归纳分析

分类汇总是对数据清单的数据进行分析的一种常用方法，在分类汇总操作之前，首先要以分类的依据（分类字段）为主关键字对数据表进行排序操作，否则分类汇总操作无法正确执行。

数据的汇总方式有很多种，完成本任务我们使用的汇总方式是求平均，读者可以自己试一试其他的汇总方式，如求和、求最大值最小值等。

任务 4 创建图表

（1）目标与任务分析

在实际工作中，当我们面对大量的数据时，很难将这些数据记忆下来，更难从大量的数据中找出数据的发展趋势和分布状态。Excel 为用户提供的图表功能可以有效地解决这个问题。所谓图表就是将工作表中的数据以图形的方式表达出来的一个对象，也可以说它是一种图形化的工作表。本任务要为图 3-71 所示的工作表建立一个如图 3-72 所示的图表。

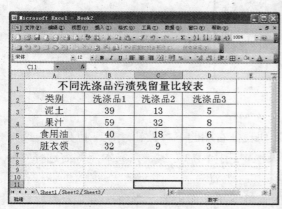

图 3-71　为此表格建立图表

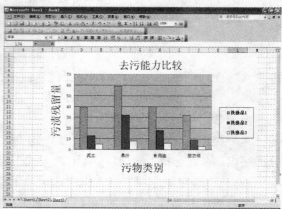

图 3-72　本任务要建立的图表

（2）操作思路

创建图表的操作方法很多，首先介绍使用图表向导逐步创建图表的操作，然后介绍使用【F11】功能键或工具栏上的按钮快速地创建图表的操作。

（3）操作步骤

步骤 1

单击图 3-71 所示的工作表中任意单元格，然后单击"常用"工具栏上的"图表向导"按钮（或依次单击菜单栏上的【插入】→【图表】命令），如图 3-73 所示，弹出"图表向导-4步骤之 1-图表类型"对话框。在"图表类型"栏中选择一种图表类型，这里选择"柱形图"，"子图表类型"栏中选择"簇状柱形图"，单击【下一步】按钮。

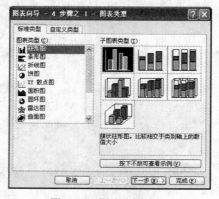

图 3-73　图表向导之一

步骤 2

如图 3-74 所示，弹出"图表向导-4 步骤之 2-图表数据源"对话框。选择"数据区域"选项卡，单击"数据区域"文本框右端的折叠按钮，露出整个工作表，拖动鼠标选定图表的数据区域（图 3-71 所示工作表的 A2:D6 区域），将数据区域的引用地址粘贴到文本框中，再次单击折叠按钮返回对话框，根据需要选择系列产生在行还是列，本任务中选择系列产生在列。

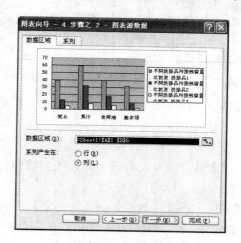

图 3-74 图表向导之二

所谓系列就是一组相关的数据，在柱形图中每一个颜色的柱形就是一个系列。系列产生在列，就是用列标题"洗涤品 1"、"洗涤品 2"和"洗涤品 3"生成系列，此时行标题作为 X 轴上的项；系列产生在行，就是用行标题"泥土"、"果汁"、"食用油"和"脏衣领"生成系列，此时列标题作为 X 轴上的项。单击【下一步】按钮。

步骤 3

如图 3-75 所示，弹出"图表向导-4 步骤之 3-图表选项"对话框。

单击"标题"选项卡，为图表添加图表标题、分类（X）轴和数值（Y）轴标题。

单击"坐标轴"选项卡，将分类（X）轴设置为"自动"，单击选定"数值（Y）轴"复选框，以保证数值轴上出现刻度。

单击"网格线"选项卡，设置分类（X）轴和数值（Y）轴的网格线。

单击"图例"选项卡，选定"显示图例"复选框，在"位置"栏中选定"靠右"单选按钮。

单击"数据标志"选项卡，在"数据标志"栏中选定"无"单选按钮，否则将在图表柱形的顶端出现数据标志。

单击【下一步】按钮。

步骤 4

如图 3-76 所示，弹出"图表向导-4 步骤之 4-图表位置"对话框。

对话框中若选择"作为新工作表插入"则图表出现在新的工作表中；若选择"作为其中的对象插入"则图表嵌入到指定的工作表中。单击【完成】按钮，完成创建图表的操作，此时创建的图表可能位置和大小不合适，我们将在下一个任务中介绍对图表的编辑操作。

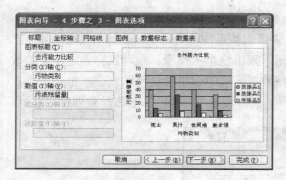

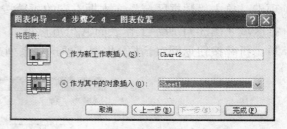

图 3-75　图表向导之三　　　　　　　　　　图 3-76　图表向导之四

除了使用图表向导创建图表，我们还可以单击工具栏上的【默认图表】按钮来创建图表。操作方法如下：

步骤 1

在默认状态下，Excel 的工具栏上并没有该工具按钮，我们首先要在工具栏上添加"默认图表"按钮。

依次单击菜单栏上的【视图】→【工具栏】→【自定义】命令，弹出"自定义"对话框，如图 3-77 所示，单击选定"命令"选项卡，在左侧的"类别"框中，选定"制作图表"，鼠标左键将右侧的"默认图表"命令拖动到工具栏上的任意处，即可将"默认图表"按钮添加到工具栏中。

步骤 2

在图 3-71 所示的工作表中选定数据区域（A2:D6），然后单击工具栏上的"默认图表"按钮，即可创建一个柱形图表嵌入到当前工作表中。

通过【F11】功能键可以一步创建图表，操作方法如下：

在图 3-71 所示的工作表中选定数据区域（A2:D6）后，按【F11】键即可创建一个柱形图表，但该图表不是嵌入到当前工作表中，而是建立在一张新的工作表中。

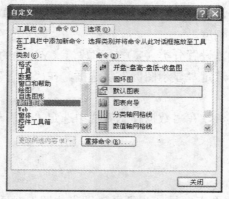

图 3-77　"自定义"对话框

（4）归纳分析

本任务中介绍了三种创建图表的操作方法，它们各有自己的特点：

图表向导以交互方式引导用户一步一步地创建图表，创建过程中允许用户定义图表的类型并决定图表是嵌入到已有的工作表中还是建立在新的工作表中。

使用工具栏上的按钮和【F11】功能键，可以快捷地创建图表，但是这两种操作方法只能创建柱形图表，使用工具栏上的按钮可以创建一个柱形图表嵌入到当前工作表中，使用【F11】功能键创建的柱形图表不能嵌入到当前工作表中，而是建立在一张新的工作表中。

任务 5　图表的修饰与编辑

（1）目标与任务分析

图表创建后，需要进行修饰，如改变大小尺寸和位置、添加图表区背景、设置图表中文字的字体等，除此之外，还要对图表进行编辑修改，如改变图表的类型、修改数据、添加删除或改变系列等。

本任务主要介绍与图表的修饰、编辑有关的操作。

（2）操作思路

对图表进行修饰和编辑之前，首先要了解图表的构成。如图 3-78 所示，图表主要由图表区、绘图区和图例三大元素构成，为了便于区别，我们为不同的区域添加了不同的边框。除此之外还有坐标轴、图表标题、分类轴和数值轴标题、背景墙、刻度线和数据系列等其他元素。

图表是以对象的形式出现在工作表中的，所以对其修饰的操作与对其他对象（如图片）的操作方法基本相同。图表的编辑包括数据的编辑（如添加删除数据）和图表本身的编辑（如改变图表的类型）两部分，编辑操作可使用命令、工具栏和快捷菜单。

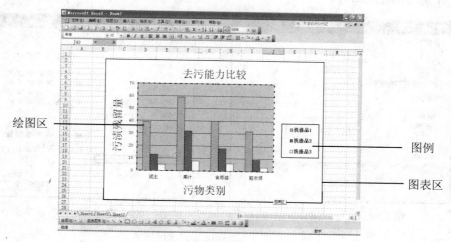

图 3-78　图表的构成

（3）操作步骤

步骤 1

对于嵌入工作表中的图表，如果想改变其位置，单击图表区后，图表区四周会出现八个尺寸控点，此时鼠标左键拖动图表区即可改变图表的位置，图例和绘图区是图表区中的元素，当图表区改变位置后图例和绘图区也会随之改变位置。

采取相同的操作方法，可以在图表区内改变图例、绘图区及图表标题的位置。

步骤 2

若要改变图表的大小拖动其尺寸控点即可，采用同样的操作方法还可以改变图例和绘图区的大小尺寸。

步骤 3

若要设置图表区内字体的格式，单击选定图表区后依次单击菜单栏上的【格式】→【图表区】命令，弹出"图表区格式"对话框。鼠标右击图表区，在快捷菜单中选择"图表区格式"选项，或双击图表区，也可以弹出该对话框。

如图 3-79 所示，在对话框的"字体"选项卡下，设置字体的格式，单击【确定】按钮，即可将图表区中的所有字体设置成指定的格式。

若只想设置图表区中的部分字体格式（如标题、图例），可单击选定该元素，采用同样的操作方法即可。

步骤 4

若要为图表区添加边框和背景，选定图 3-79 所示的"图表区格式"对话框的"图案"选项卡，如图 3-80 所示。

在左侧的"边框"栏中，设置图表区的边框格式，如果不要边框可选定"无"单选按钮。在右侧的"区域"栏中，设置图表区的背景，单击【填充效果】按钮，可为图表区添加"纹理"、"图片"、"图案"和"过渡"等背景效果。

若只想为图表区中的部分元素（如标题、图例）添加边框和背景，可单击选定该元素，采用同样的操作方法即可。

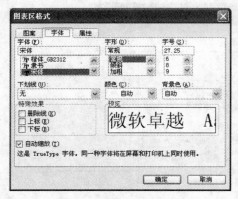

图 3-79　选定"字体"选项卡

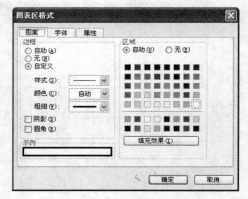

图 3-80　选定"图案"选项卡

步骤 5

如图 3-81 所示，创建图表后，我们在图 3-71 所示的工作表中添加了一个新的系列"洗涤品 4"，下面将此系列添加到如图 3-72 所示的图表中（即在柱形图中增加一个颜色的柱形）。

首先单击图表区，在图表区四周出现尺寸控点的同时，工作表的数据区域内出现蓝色的框线，将鼠标指向蓝色框线的右下角，向右拖动鼠标将"洗涤品 4"一列包括进去，如图 3-82 所示，此时图表中自动增加了系列"洗涤品 4"。

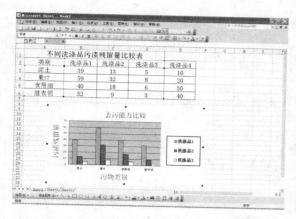

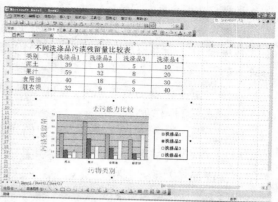

图 3-81　添加了一个新的系列"洗涤品 4"　　　　图 3-82　图表中自动增加了系列"洗涤品 4"

除了上述方法外，还可用复制的方法增加图表中的系列，操作如下：

选定新增加的数据单元格区域 E2:E6，拖动鼠标将所选区域拖动到图表区中，松开鼠标，新的系列会自动添加到图表中。

本任务中由于新增加的系列位于工作表数据区域的最外侧，所以上述两种操作方法均可使用。如果新增加的系列位于工作表数据区域的中间时，只能采用第二种操作方法。

步骤 6

如图 3-83 所示，创建图表后，在图 3-71 所示的工作表中添加了一个新的数据分类"奶渍"，下面将此数据分类添加到图表中（即在图表的分类轴上增加一个项目）。

首先单击图表区，在图表区四周出现尺寸控点的同时，工作表的数据区域内出现蓝色的框线，将鼠标指向蓝色框线的右下角，向下拖动鼠标将"奶渍"一行包括进去，此时图表中的分类轴自动增加了数据分类"奶渍"。如图 3-84 所示。

本任务中新增加的数据分类位于工作表数据区域的最外侧，需要进行添加数据分类的操作，如果新增加的数据分类位于工作表数据区域的中间时，Excel 会自动在图表中添加该分类，用户无需操作。

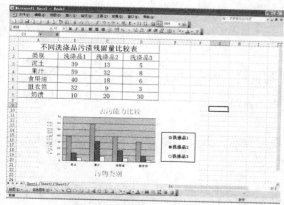

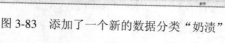

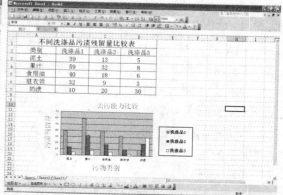

图 3-83　添加了一个新的数据分类"奶渍"　　　　图 3-84　分类轴自动增加了数据分类"奶渍"

步骤 7

图表中的数据是和工作表中的数据关联在一起的，如果要修改工作表中的数据，则图表中的数据会自动随之修改；如果要删除工作表中的数据系列，则图表中的数据系列也会自动删除。

若要保留工作表的数据系列，只删除图表中的数据系列，如本任务中我们要删除"洗涤品 1"系列，可操作如下：

图表中单击代表"洗涤品 1"系列的任意一个柱形，则代表该系列的所有柱形都会出现选定标记，依次单击菜单栏上的【编辑】→【清除】→【系列】命令或按【Delete】键，即可将"洗涤品 1"系列删除。

步骤 8

图表建立后，若要改变图表的类型、图表的数据源（如数据区域、系列产生在行或列等）以及图表的其他选项（如标题、网格线、图例、数据标志等），可选定要改变的图表后，单击菜单栏上的【图表】菜单，分别选择"图表类型"、"数据源"和"图表选项"选项，即可弹出图表向导中相应的对话框（见图 3-73～图 3-75），在对话框中重新设置后单击【确定】按钮。

（4）归纳分析

对图表进行修饰和编辑之前，一定要了解图表所包含的各种元素，这是我们能够进行正确操作的前提条件。

图表是以对象的形式出现在工作表中的，它具有其他对象所共有的特征，关于这方面的内容可查看本教材 2.5 节任务 6 的归纳分析部分。

仔细观察可以发现，当选定一个图表后，Excel 的窗口菜单栏发生了变化（【数据】菜单变成了【图表】菜单），这是什么原因呢？由于图表在 Excel 中是对象，所以 Excel 程序无法修改它的内容（正如 Word 无法修改图片的内容一样），选定图表后，Excel 自动调出了处理图表的专用程序 Microsoft Graph，此时我们所看到的实际上是该程序的窗口。

*3.6　Excel 的高级操作

任务 1　在 Word 与 Excel 之间共享数据

（1）目标与任务分析

本教材中系统介绍了 Word 和 Excel 的操作与使用，Word 与 Excel 作为 Office 的组件，它们并不是彼此独立的，它们之间可以进行数据的复制、移动，可以在二者之间建立数据的共享，使数据在两个程序之间关联起来。

本任务主要介绍如何利用 Office 提供的链接与嵌入（OLE）功能，在 Word 和 Excel 之间实现数据的共享。

（2）操作思路

在 Word 与 Excel 之间共享的数据是以两种形态存在的：链接对象和嵌入对象。

链接对象是指在源文件创建并插入到目标文件中的信息，同时还保持了这两个文件之间的链接。如果对源文件进行更新则目标文件中的链接对象会自动更新。链接对象不会成为目标文件的一部分。

嵌入对象是指在源文件创建并插入到目标文件中的信息，嵌入之后，对象会变成目标文件的一部分。双击嵌入的对象会在创建它的源文件中打开此对象。

（3）操作步骤

首先讨论如何将 Word 文档中的数据插入到 Excel 工作表中。

步骤 1

打开一个 Word 文档后，选定要插入到 Excel 工作表中的文本，如图 3-85 所示，选定字符"信息平台"并单击"常用"工具栏上的【复制】按钮。然后启动 Excel 程序，单击选定某个单元格作为插入数据的位置，依次单击菜单栏上的【编辑】→【选择性粘贴】命令，如图 3-86 所示，弹出"选择性粘贴"对话框。

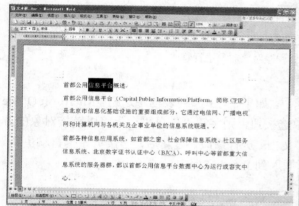

图 3-85　选定要插入到 Excel 工作表中的文本

图 3-86　"选择性粘贴"对话框

步骤 2

对话框的"方式"列表框中选定"Microsof Word 文档对象"选项，选定"粘贴"单选按钮，此时字符"信息平台"将以嵌入对象的方式插入到 Excel 工作表中，它具有对象的一般特征。如：单击选定后，四周会出现尺寸控点，鼠标拖动控点可以改变其大小尺寸等特征。

步骤 3

Excel 工作表中如果双击插入的"Microsof Word 文档对象"后，会自动打开 Word 程序对该对象进行修改，如图 3-87 所示（注意观察窗口的菜单栏和工具栏，可以发现此时处于 Word 程序中），修改完毕后，单击对象以外的任意处则自动返回 Excel 程序。

步骤 4

在图 3-86 所示的"选择性粘贴"对话框中，如果在"方式"列表框中选定其他的选项，含义如下：

- 图片（增强型图元文件）：将剪贴板的内容以图片的形式插入到 Excel 工作表中。
- HTML：将剪贴板的内容以 HTML 格式插入到工作表中。
- Unicode 文本：将剪贴板的内容以 Unicode 格式插入到工作表中。（Unicode 是一种由 Unicode 协会制订的文字编码标准）
- 文本：将剪贴板的内容以纯文本的格式插入到工作表中。

- 超链接：将剪贴板的内容以超级链接格式插入到工作表中。此时当鼠标指向插入的对象时鼠标指针将变成手形，单击后将自动链接到源文件。

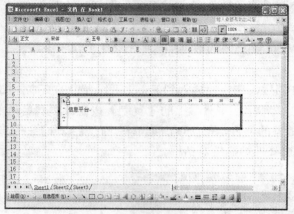

图 3-87　打开 Word 程序对该对象进行修改

步骤 5

在图 3-86 所示的"选择性粘贴"对话框中，如果"方式"列表框中选定"Microsoft Office Word 文档对象"选项，选定"粘贴链接"单选按钮，则字符"信息平台"将以链接对象的方式插入到 Excel 工作表中，当源文件（Word 文档）进行修改、更新后，链接对象会自动更新。

下面讨论如何将 Excel 工作表中的数据插入到 Word 文档中。

步骤 1

首先打开一个 Excel 工作簿，选定要插入到 Word 中的内容，如图 3-88 所示，选定工作表的 B3：F12 数据区域并单击"常用"工具栏上的【复制】按钮。然后启动 Word 程序，单击要插入对象的位置，依次单击菜单栏上的【编辑】→【选择性粘贴】命令，如图 3-89 所示，弹出"选择性粘贴"对话框。

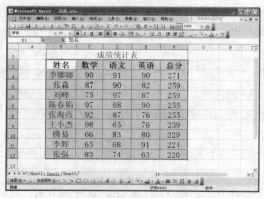

图 3-88　选定要插入到 Word 中的内容

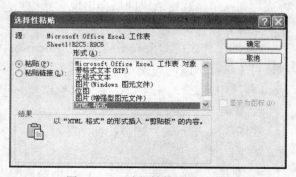

图 3-89　"选择性粘贴"对话框

步骤 2

对话框的"形式"列表框中选定"Microsof Excel 工作表对象"选项，选定"粘贴"单选按钮，单击【确定】按钮，此时工作表中 B3:F12 区域的数据将以嵌入对象的方式插入到 Word

文档中，它具有对象的一般特征。

步骤 3

Word 文档中如果双击插入的"Microsof Excel 工作表对象"后，会自动打开 Excel 程序对该对象进行修改，如图 3-90 所示（注意观察窗口的菜单栏和工具栏，可以发现此时处于 Excel 程序中），修改完毕后，单击对象以外的任意处则自动返回 Word 程序。

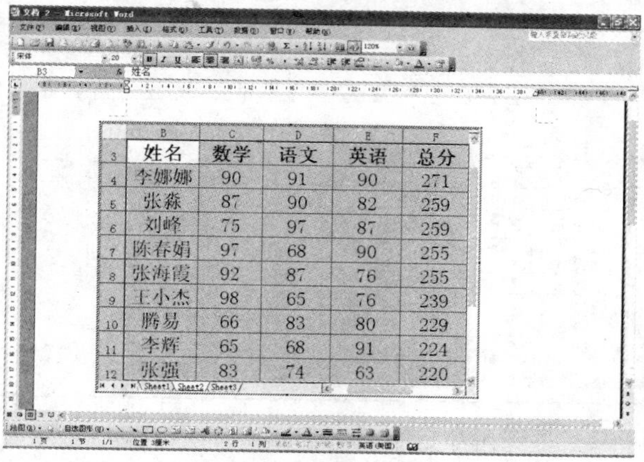

图 3-90　打开 Excel 程序对该对象进行修改

步骤 4

图 3-89 所示的"选择性粘贴"对话框中，在"形式"列表框中还可以选择其他形式的粘贴方式，读者可自己去试一试。

步骤 5

在图 3-89 所示的"选择性粘贴"对话框中，如果"形式"列表框中选定"Microsof Office Excel 工作表对象"选项，选定"粘贴链接"单选按钮，则 Excel 工作表的数据将以链接对象的方式插入到 Word 文档中，当源文件（Excel 工作表）进行修改、更新后，链接对象会自动更新。

（4）归纳分析

利用 Office 提供的链接与嵌入（OLE）功能，可以实现在 Word 和 Excel 之间数据的共享。实现数据共享操作的关键是要理解两个重要的概念：链接对象和嵌入对象。

二者的相同点在于他们都具有对象的一般特点，最本质的区别在于链接对象可以随源文件的更新而自动更新，嵌入对象会变成目标文件的一部分，它不会自动更新，只有双击后在创建它的源文件中对其进行修改。

任务 2 Excel 的打印技巧

（1）目标与任务分析

Excel 工作表在很多情况下需要打印出来，其打印操作与 2.3 节介绍的 Word 文档的打印操作基本相同。本任务主要解决如下问题：如何将一个大的表格打印成若干个小的表格，并使每个小的表格都带有表格的列标题或行标题。

图 3-91 所示的是一个人员工资表，为了使问题简化，假设部门一列中只有"人事处"和

“财务处”两个值，本任务要将此表格打印输出为两个表格，第一个表格是“部门”一列为“财务处”的人员工资表，第二个表格是“部门”一列为“人事处”的人员工资表，并且两个表格中都包含有原表格的列标题：姓名、部门、性别、工龄和工资。

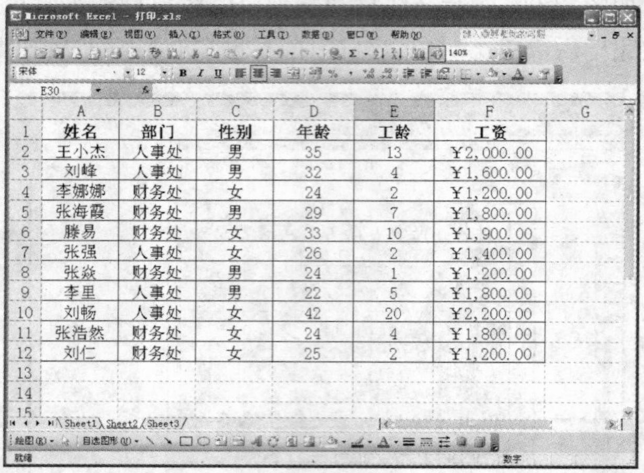

姓名	部门	性别	年龄	工龄	工资
王小杰	人事处	男	35	13	￥2,000.00
刘峰	人事处	男	32	4	￥1,600.00
李娜娜	财务处	女	24	2	￥1,200.00
张海霞	财务处	男	29	7	￥1,800.00
滕易	财务处	女	33	10	￥1,900.00
张强	人事处	女	26	2	￥1,400.00
张焱	财务处	男	24	1	￥1,200.00
李里	人事处	男	22	5	￥1,800.00
刘畅	人事处	女	42	20	￥2,200.00
张浩然	财务处	女	24	4	￥1,800.00
刘仁	财务处	女	25	2	￥1,200.00

图 3-91　本任务要打印输出的工作表

（2）操作思路

本任务要解决的问题是实际工作中经常要遇到的问题，解决此问题的过程涉及两个操作，第一个是在工作表中插入分页符的操作，第二个是设置打印标题的操作。

在默认的状态下，Excel 会根据工作表中的内容、打印纸张的大小及页边距的设置等情况自动安排分页，用户可以人为地插入分页符来改变分页状况，插入的分页符有水平分页符和垂直分页符两种形式。

（3）操作步骤

步骤 1

首先以“部门”为主关键字对表格进行排序操作（升序或降序均可），在此进行升序排序。操作过程参见 3.5 节任务 1，排序后的工作表如图 3-92 所示。

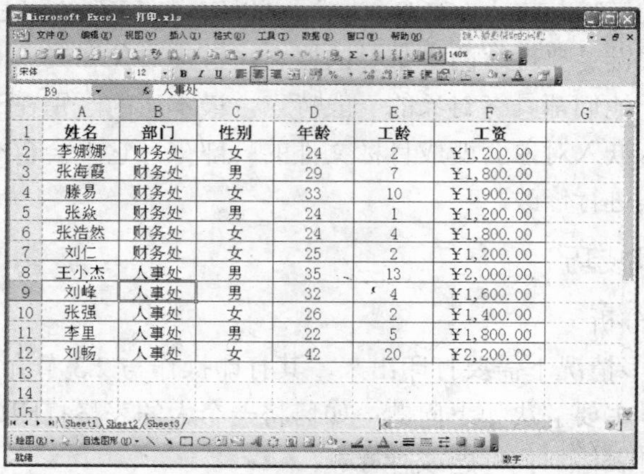

姓名	部门	性别	年龄	工龄	工资
李娜娜	财务处	女	24	2	￥1,200.00
张海霞	财务处	男	29	7	￥1,800.00
滕易	财务处	女	33	10	￥1,900.00
张焱	财务处	男	24	1	￥1,200.00
张浩然	财务处	女	24	4	￥1,800.00
刘仁	财务处	女	25	2	￥1,200.00
王小杰	人事处	男	35	13	￥2,000.00
刘峰	人事处	男	32	4	￥1,600.00
张强	人事处	女	26	2	￥1,400.00
李里	人事处	男	22	5	￥1,800.00
刘畅	人事处	女	42	20	￥2,200.00

图 3-92　排序后的工作表

步骤 2

在图 3-92 所示的工作表第 7 行和第 8 行之间插入一个水平分页符,插入水平分页符之前,首先要选中新页左上角的单元格,所以我们选择 A8 单元格。

依次单击菜单栏上的【插入】→【分页符】命令,即可在第 7 行和第 8 行之间插入一个水平分页符。该工作表将以两页打印输出,单击工具栏上的"打印预览"按钮后,进入打印预览窗口,可以看出实际的打印效果。此时打印出的第一页如图 3-93 所示,单击"打印预览"窗口工具栏上的【下一页】按钮,显示打印输出的第二页如图 3-94 所示。可以看出插入水平分页符后,打印出的第一页带有表格的列标题,而第二页却没有列标题。

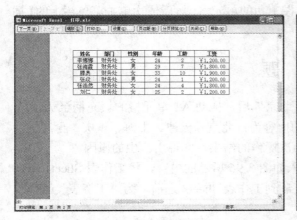

图 3-93　打印输出的第一页

图 3-94　打印输出的第二页

步骤 3

下面进行设置打印标题的操作,首先单击"打印预览"窗口工具栏上的【关闭】按钮,返回普通视图,依次单击菜单栏上的【文件】→【页面设置】命令,弹出"页面设置"对话框,单击选定"工作表"选项卡,如图 3-95 所示。

单击"顶端标题行"文本框右侧的折叠按钮,将该对话框折叠后,在工作表的标题行(即第 1 行)单击,即可将标题行的引用地址粘贴到文本框中,再次单击折叠按钮,返回"页面设置"对话框,单击【确定】按钮,完成设置打印标题的操作。此时再次进入"打印预览"窗口后,可以看出打印输出的第二页也带有了表格的列标题。

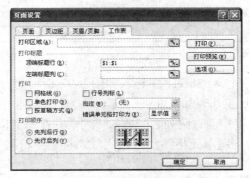

图 3-95　"页面设置"对话框中选定"工作表"选项卡

（4）归纳分析

本任务讨论的问题是工作中常遇到的问题，如打印工资表、成绩表时，经常需要将一个大的表格打印成若干个小的表格，以分发给不同的部门或不同的人员，为了使打印出的表格意义完整一定要保证打印出的每个表格都带有原表格的列标题或行标题。

不论是插入水平分页符还是垂直分页符，一定要选定新页左上角的单元格作为插入位置。对于插入垂直分页符的情况，一般将表格的行标题作为打印标题，此时在图 3-95 所示的“页面设置”对话框中，要在“左端标题列”文本框中粘贴标题的引用地址。读者可以自己试一试插入垂直分页符后设置打印标题的操作。

如果要删除插入的分页符，首先选定新页左上角的单元格，然后依次单击菜单栏上的【插入】→【删除分页符】命令即可。

习　题

1. 在当前工作表的 A1 单元格中输入字符“北京”后，拖动 A1 单元格的填充柄至 A10 单元格，然后添加一个自定义序列，序列的内容为：北京、天津、上海、重庆。再次拖动 A1 单元格的填充柄至 J1 单元格，比较两次操作的结果，并说出产生的原因。
2. 新建一个工作簿，在工作表 Sheet1 中输入如图 3-96 所示的内容，将工作表 Sheet1 重命名为“工资表”，将“工资表”工作表复制到工作表 Sheet3 之前，为“工资表”工作表设置保护密码，密码为“123”。

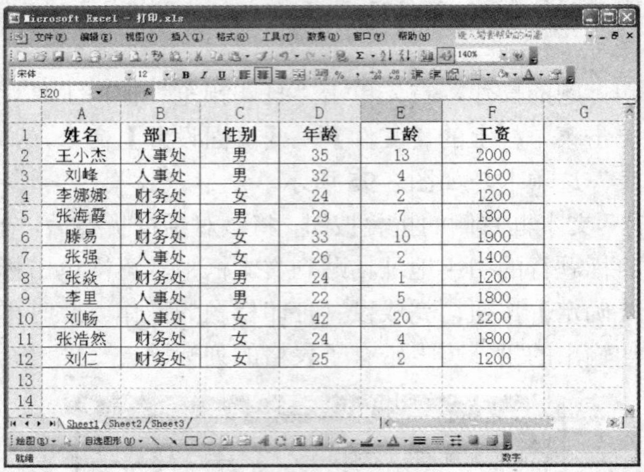

	A	B	C	D	E	F
1	姓名	部门	性别	年龄	工龄	工资
2	王小杰	人事处	男	35	13	2000
3	刘峰	人事处	男	32	4	1600
4	李娜娜	财务处	女	24	2	1200
5	张海霞	财务处	男	29	7	1800
6	滕易	财务处	女	33	10	1900
7	张强	人事处	女	26	2	1400
8	张焱	财务处	男	24	1	1200
9	李里	人事处	男	22	5	1800
10	刘畅	人事处	女	42	20	2200
11	张浩然	财务处	女	24	4	1800
12	刘仁	财务处	女	25	2	1200

图 3-96　习题 2

3. 新建一个工作簿，在工作表 Sheet1 中输入如图 3-97 所示的内容后，对该工作表进行格式设置操作，操作后该工作表如图 3-98 所示。
   - 在“星期二”和“星期四”两列之间插入一列，并在相应位置输入“星期三”。
   - 标题合并居中，为标题单元格添加蓝色底纹，标题字符格式为楷体、加粗，字号为 22，字体颜色为白色。
   - 将表格的行标题和列标题对齐方式设置为单元格内水平居中。

- 为表格添加如图 3-98 所示的边框线。

图 3-97　习题 3（1）

图 3-98　习题 3（2）

4. 完成图 3-99 所示的表格计算，所用公式如下：利润=销售额-成本，税额=利润×税率，税后利润=利润-税额。

分别使用 SUM 函数和 AVERAGE 函数计算"销售额总计"和"平均销售额"。

完成计算后，将工作表中的数据区域单元格格式设置为"会计专用"格式，应用货币符号并保留两位小数，该工作表的最后形式如图 3-100 所示。

图 3-99　习题 4（1）

图 3-100　习题 4（2）

5. 对图 3-100 所示的表格进行数据处理，操作如下：

- 以"利润"为主关键字，"销售额"为次要关键字，主关键字和次要关键字均以降序方式排序。
- 以自动筛选的方式筛选出"销售额"大于 15 000 且小于等于 30 000 的记录。
- 以高级筛选的方式筛选出"销售额"大于 10 000 且利润大于 1 000 的记录。
- 如图 3-101 所示，使用"销售额"和"成本"两列的文字和数据为工作表创建一个三维簇状柱形图。要求如下：数据区域为 A2:C7，以"销售额"和"成本"作为系列（即系列产生在列），图表标题及坐标轴标题如图 3-101 所示，图表以"作为新工作表插入"方式单独占一个工作表。图表建立后按照图 3-101 的样式，对图表的标题、坐标轴标题、图例中的字体进行适当的修改。

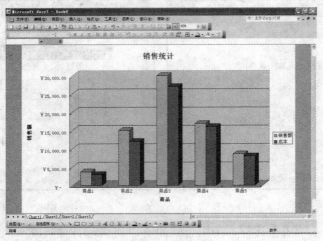

图 3-101　习题 5

6. 创建如图 3-102 所示的工作表，以"商品"为分类字段，将"销售额"和"成本"进行"求和"分类汇总，分类汇总操作完成后如图 3-103 所示。

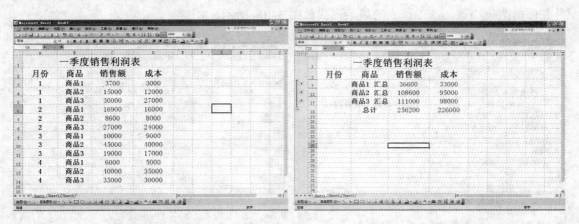

图 3-102　习题 6（1）　　　　　　　　　　图 3-103　习题 6（2）

第 **4** 章 | PowerPoint 操作与应用

Microsoft PowerPoint 2003 是幻灯片制作程序，它是 Office 2003 的一个组成部分，利用 PowerPoint 程序，用户可以将收集到的资料制作成各种类型的幻灯片演示文稿，在计算机屏幕或大屏幕投影仪上动态地演示。在幻灯片演示文稿中，除文字、数据、图表、图像以外，还可以插入音频以及视频文件，使幻灯片演示文稿具有一定的多媒体效果。随着现代社会人们之间交流机会的增加，它已成为办公自动化必不可少的应用软件。

本章将详细介绍 PowerPoint 2003 的各种操作。

4.1   PowerPoint 的基本操作

任务 1 了解 PowerPoint

（1）PowerPoint 功能简介

PowerPoint 是 Microsoft Office 的组件之一，使用 PowerPoint 可以制作出集文字、图形、图像、动画、声音和视频等多媒体元素于一体的演示文稿。演示文稿制作完毕后，既可以把它们制成标准的幻灯片也可以在计算机上进行演示。该软件广泛应用于如产品介绍、技术交流、学术讨论等环境，为人们交流信息提供有效的演示手段。

作为 Microsoft Office 的组件，PowerPoint 延续了 Word 和 Excel 的特点，它的基本操作在很多方面与 Word 和 Excel 相同或近似，在学习的过程中要注意加以比较。

（2）演示文稿与幻灯片

演示文稿就是人们在交流信息时所展示的资料，实际上就是程序 PowerPoint 的文档（类似于 Word 中的文档、Excel 中的工作簿），其文件扩展名为.ppt。演示文稿中的一页称为一张幻灯片。

（3）PowerPoint 窗口介绍

已经指出，在 Windows 中任何程序都是以窗口的形式出现的，PowerPoint 也是如此。窗口是 Windows 最重要的元素，因此在学习 PowerPoint 操作之前，有必要先了解一下其窗口的组成及特点。

参照第 2 章启动 Word 的方法，启动 PowerPoint 程序后，如图 4-1 所示，打开 PowerPoint 窗口。PowerPoint 窗口与 Word 窗口和 Excel 窗口在很多方面具有相同的特点，图 4-1 中只标出了 PowerPoint 窗口的部分元素。

如图 4-1 所示，演示文稿窗口主要由"任务窗格"、"幻灯片窗格"、"备注窗格"、"大纲/幻灯片窗格"和"视图切换按钮"等元素组成，它们各自的作用如下：

- 任务窗格：主要用来显示操作时经常使用的命令，通过任务窗格可以无需使用工具栏和菜单而快速访问相关的命令。依次单击菜单栏上的【视图】→【任务窗格】命令可以关闭或打开任务窗格。

- 幻灯片窗格：用来查看演示文稿中的当前幻灯片，并可对当前幻灯片进行输入文本、插入对象、编辑及设置格式等操作。
- 备注窗格：用户可以使用备注窗格添加演说者备注或其他信息（幻灯片备注一般只提供给讲演者在放映幻灯片过程中自己使用）。
- 大纲/幻灯片窗格：该窗格中含有"大纲"和"幻灯片"两个标签，分别用来显示幻灯片文本的大纲以及幻灯片的缩图。
- 视图切换按钮：PowerPoint 中为演示文稿提供了多种视图方式，通过单击"视图切换按钮"上不同的按钮可以将演示文稿切换到不同的视图方式。

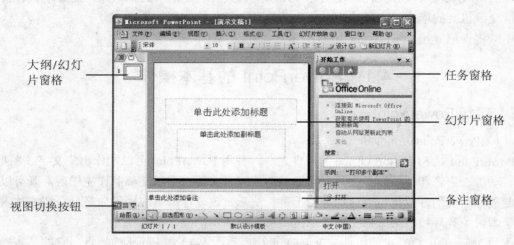

图 4-1　PowerPoint 程序窗口

（4）了解 PowerPoint 常见视图方式

PowerPoint 中视图的概念非常重要，演示文稿的加工、处理和放映都是通过不同的视图方式来实现。PowerPoint 2003 中主要提供了 4 种视图方式：普通视图、幻灯片浏览视图、幻灯片放映视图和备注页视图。下面介绍演示文稿的 4 种视图方式。

① 普通视图：单击"视图切换按钮"上的"普通视图"按钮或依次单击菜单栏上的【视图】→【普通】命令，即可将演示文稿切换到普通视图方式。

普通视图是 PowerPoint 2003 的默认视图方式，图 4-1 所显示的就是普通视图方式下的窗口。普通视图将窗口分成 3 个窗格，左窗格中含有"大纲"和"幻灯片"两个标签，分别用来显示幻灯片文本的大纲以及幻灯片的缩图。右上窗格显示当前幻灯片的效果，右下窗格用于输入备注信息。拖动各窗格之间的分隔线可以调整各窗格的大小。

普通视图将早期版本的大纲视图、幻灯片视图和备注页视图集中到了一个视图中，主要用来编辑单张幻灯片，重新设置幻灯片文本的项目符号以及幻灯片的排列顺序，还可以编辑幻灯片的备注内容。

② 幻灯片浏览视图：单击"视图切换按钮"上的【幻灯片浏览视图】按钮或依次单击菜单栏上的【视图】→【幻灯片浏览】命令，即可将演示文稿切换到幻灯片浏览视图方式，如图 4-2 所示。

在幻灯片浏览视图中，用户可以在屏幕上同时看到演示文稿中的多张幻灯片，这些幻灯片是按序号顺序排列并以缩图的形式显示。幻灯片浏览视图主要用来添加、删除和移动幻灯片以及设置动画特效，在此视图下不能对幻灯片的内容进行编辑修改。

③ 幻灯片放映视图：单击"视图切换按钮"上的【从当前幻灯片开始幻灯片放映】按钮或依次单击菜单栏上的【视图】→【幻灯片放映】命令或直接按【F5】键，即可将演示文稿切换到幻灯片放映视图方式，如图 4-3 所示。

放映视图就像幻灯机一样动态地播放演示文稿的所有幻灯片，幻灯片以全屏幕的方式在计算机的屏幕上显示。

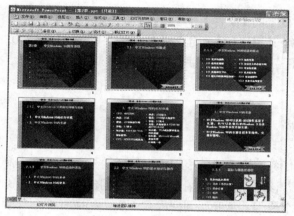

图 4-2 幻灯片浏览视图   图 4-3 幻灯片放映视图

④ 备注页视图：依次单击菜单栏上的【视图】→【备注页】命令，可将演示文稿切换到备注页视图方式，如图 4-4 所示。

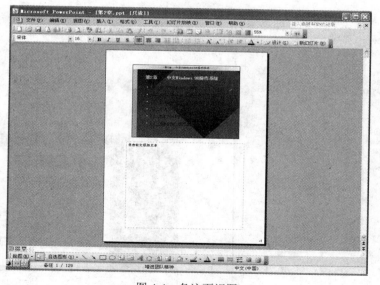

图 4-4 备注页视图

备注页一般是用来为演讲者提供一个写注释的地方，此页面可以打印出来供演讲者演讲时参考，而不显示给观众看。备注页的上部分是幻灯片的缩图，下面是一个文本框，在文本框中可以输入注释的内容，并且可以将注释打印出来作为演讲稿。

可以看出在处理备注这一点上，备注页视图的作用与普通视图的作用基本相同，但是对备注的内容进行编辑操作时使用备注页较为方便。

任务 2　创建演示文稿

（1）目标与任务分析

本任务主要讨论如何在 PowerPoint 中创建演示文稿。

（2）操作思路

启动 PowerPoint 2003 后，依次单击菜单栏上的【文件】→【新建】命令，如图 4-5 所示，窗口的右侧会出现"新建演示文稿"任务窗格，该窗格的"新建"栏中列出了 PowerPoint 2003 为用户提供的创建演示文稿的几种方法，本任务中我们分别使用这几种方法来完成创建演示文稿的操作。

（3）操作步骤

首先使用"内容提示向导"创建演示文稿。

步骤 1

如图 4-5 所示，单击"新建演示文稿"任务窗格中的"根据内容提示向导"超链接，弹出"内容提示向导"对话框，如图 4-6 所示。该向导将引导用户逐步完成创建演示文稿的操作，对话框的左侧列出了创建演示文稿的整个流程，从开始到完成共 5 步，相应有 5 个对话框出现，每完成一步，就单击对话框中的【下一步】按钮，如果单击【上一步】按钮，可返回到上一步重新操作。

在图 4-6 所示的"内容提示向导"对话框中，单击【下一步】按钮，会弹出如图 4-7 所示的对话框。

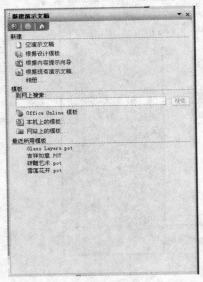

图 4-5　"新建演示文稿"任务窗格

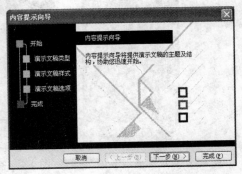

图 4-6　"内容提示向导"之一

步骤 2

图 4-7 所示的对话框中，选择演示文稿的类型，本任务中我们选择"常规"类型，在右侧的子类型列表框中选择"培训"子类型。单击【下一步】按钮。

步骤 3

在图 4-8 所示的对话框中，根据需要选择演示文稿的输出类型，在此我们选择"屏幕演示文稿"单选按钮。单击【下一步】按钮。

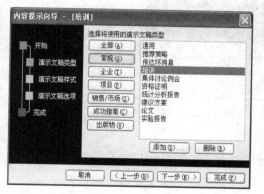

图 4-7　"内容提示向导"之二

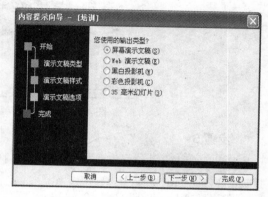

图 4-8　"内容提示向导"之三

步骤 4

在图 4-9 所示的对话框中，为演示文稿添加标题和页脚，并根据需要决定是否选择"上次更新日期"和"幻灯片编号"复选框。单击【下一步】按钮。

步骤 5

在图 4-10 所示的对话框中，单击【完成】按钮，通过"内容提示向导"创建演示文稿的操作即可完成。

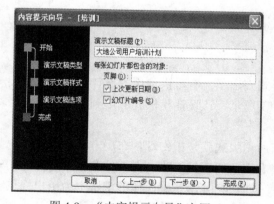

图 4-9　"内容提示向导"之四

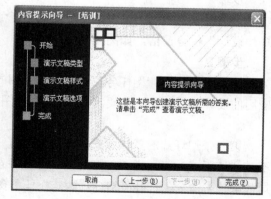

图 4-10　"内容提示向导"之五

创建的演示文稿如图 4-11 所示，此时建立的演示文稿只是一个大概的轮廓，用户需要对其进行修改，以得到自己需要的演示文稿。

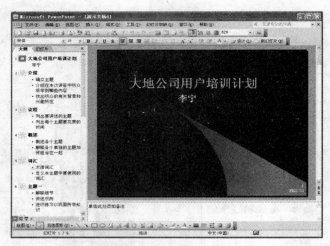

图 4-11　通过"内容提示向导"创建的演示文稿

步骤 6

演示文稿创建完成后，应当及时进行保存。保存演示文稿的操作与保存 Word 文档的操作完全一样，不再详述。

下面使用"设计模板"创建演示文稿。

所谓"模板"是一种特殊的文件（扩展名为 .pot），它含有一套预先定义好的包括幻灯片背景、颜色的搭配、文本格式等内容的方案，PowerPoint 提供了两类模板："设计模板"和"演示文稿模板"。前者包含了幻灯片的背景、配色方案以及文本的格式，一般只有一张幻灯片，后者是在设计模板的基础上添加了建议性的文本内容，包括若干张幻灯片。

使用"演示文稿模板"创建演示文稿的过程与使用"内容提示向导"创建演示文稿的过程非常相似，不再详细介绍，下面主要介绍使用"设计模板"创建演示文稿的操作。

步骤 1

单击图 4-5 所示的"新建演示文稿"任务窗格中的"根据设计模板"超链接，打开"幻灯片设计"任务窗格，如图 4-12 所示。

步骤 2

在"幻灯片设计"任务窗格中，以缩图的形式列出了所有可供使用的设计模板，单击要应用的设计模板，如选择"雪莲花开"，如图 4-13 所示，该设计模板就应用到第一张幻灯片中了。

第一张幻灯片的默认版式总是标题幻灯片，所谓版式就是指幻灯片布局方式，如果用户不满意该版式，可单击"幻灯片设计"任务窗格右上角的下拉箭头，在下拉菜单中选择【幻灯片版式】命令，打开"幻灯片版式"任务窗格，如图 4-14 所示。该任务窗格中为用户提供了多种幻灯片版式，单击选中某种版式后则该版式自动应用到当前幻灯片中。

本任务中第一张幻灯片使用默认的标题幻灯片版式。

步骤 3

如图 4-13 所示，新建的演示文稿使用了"标题幻灯片"版式，该版式由两部分组成：一个是带有占位符的标题框，另一个是带有占位符的副标题框。单击占位符后，依次输入幻灯片的标题和副标题，此时的幻灯片如图 4-15 所示。

在"大纲/幻灯片"窗格中，单击"大纲"选项卡，依次输入幻灯片的标题和副标题也可以完成以上过程。

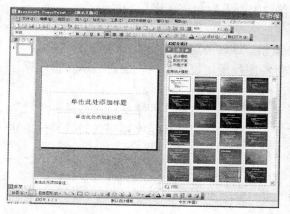

图 4-12　打开"幻灯片设计"任务窗格

图 4-13　设计模板应用到第一张幻灯片中

图 4-14　打开"幻灯片版式"任务窗格

图 4-15　依次输入幻灯片的标题和副标题

步骤 4

由于使用"设计模板"创建演示文稿时，只产生一张幻灯片，当用户需要更多的幻灯片时，可以单击"格式"工具栏上的【新幻灯片】按钮，或依次单击菜单栏上的【插入】→【新幻灯片】命令，则在当前幻灯片的后面插入了一张新的幻灯片，同时打开如图 4-14 所示的"幻灯片版式"任务窗格，在该任务窗格中为新幻灯片选择版式，单击选中某种版式后则该版式自动应用到新插入的幻灯片中。

步骤 5

重复步骤 3 和步骤 4 以连续添加幻灯片，并且在幻灯片中添加想要的设计元素，最后将演示文稿保存。通过"设计模板"创建演示文稿的操作即可完成。

下面介绍创建空白演示文稿的操作。

空白演示文稿是指不带有任何模板设计的演示文稿。如果用户具有一定的艺术修养并且对所创建的演示文稿的结构和内容都比较了解，可以在空白演示文稿上设计出具有个性化的背景色彩和文本格式，这种创建演示文稿的方法为用户提供了极大的设计灵活性。

步骤 1

单击图 4-5 所示的"新建演示文稿"任务窗格中的"空演示文稿"超链接。

步骤 2

打开如图 4-14 所示的"幻灯片版式"任务窗格，该任务窗格中，单击选中某种版式，将该版式自动应用到第一张幻灯片中。其余操作可参照使用"设计模板"创建演示文稿的操作过程（步骤 4 和步骤 5），不再详述。

最后介绍根据已有的演示文稿创建新演示文稿的操作。本操作的实质就是打开一个已经保存的演示文稿，在该演示文稿的基础上创建演示文稿，并对新演示文稿进行设计或内容更改，最后执行【另存为】命令将创建的新演示文稿保存。

步骤 1

单击图 4-5 所示的"新建演示文稿"任务窗格中的"根据现有演示文稿"超链接，弹出如图 4-16 所示的"根据现有演示文稿新建"对话框。

步骤 2

在图 4-16 所示的"根据现有演示文稿新建"对话框中，选择现有演示文稿所在的驱动器和文件夹，单击选定该演示文稿并单击【创建】按钮。

步骤 3

根据需要更改已打开的演示文稿，然后依次单击菜单栏上的【文件】→【另存为】命令，如图 4-17 所示，弹出"另存为"对话框。

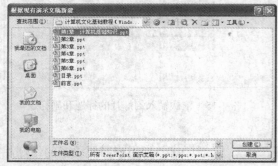

图 4-16   "根据现有演示文稿新建"对话框　　　　图 4-17   "另存为"对话框

在"文件名"组合框中，输入新演示文稿的名称（一定和原演示文稿的名称有所区别，否则新演示文稿将覆盖原有的演示文稿），单击【保存】命令，通过"根据现有演示文稿"创建演示文稿的操作即可完成。

（4）归纳分析

本任务中系统介绍了创建演示文稿的 4 种方法。可以看出 PowerPoint 中创建演示文稿与 Word 中创建文档或 Excel 中创建工作簿有很大的区别，在"新建演示文稿"任务窗格中 PowerPoint 为用户提供了多种创建演示文稿的方法，用户可以根据需要选择创建演示文稿的方式。

任务 3　管理幻灯片

（1）目标与任务分析

本任务主要介绍在演示文稿中管理幻灯片的操作，通常情况下一个演示文稿是由多张幻灯片组成的，因此管理幻灯片的操作是保证演示文稿正常工作的基础。

（2）操作思路

管理幻灯片的操作涉及的内容较多，包括选定幻灯片、插入幻灯片、移动或复制幻灯片以及删除幻灯片等操作。由于演示文稿具有多种视图方式，同样的操作对于不同的视图方式略有不同。

（3）操作步骤

步骤 1

若要在普通视图中选定幻灯片，单击"大纲/幻灯片"窗格中的"大纲"选项卡，单击幻灯片图标即可选定该张幻灯片。如果要选定连续的多张幻灯片，首先单击第一张幻灯片的图标，然后按住【Shift】键单击最后一张幻灯片的图标，即可选定连续的多张幻灯片。单击"大纲/幻灯片"窗格中的"幻灯片"选项卡，也可以完成同样的选定操作，除此之外，按住【Ctrl】键依次单击要选定的幻灯片缩图，还可选定不连续的多张幻灯片。

以上选定幻灯片的操作同样适用于幻灯片浏览视图。

步骤 2

要在演示文稿中插入新的幻灯片，首先选定希望在其后面放置新幻灯片的那一张幻灯片，然后依次单击菜单栏上的【插入】→【新幻灯片】命令，也可以单击"格式"工具栏上的【新幻灯片】按钮，即可将新幻灯片插入到指定位置的后面，同时自动打开"幻灯片版式"任务窗格，可以选择其中的一个版式应用于新幻灯片。插入新的幻灯片后，所有幻灯片会自动重新编号。

以上的操作适用于演示文稿的普通视图、幻灯片浏览视图及幻灯片备注页视图。

步骤 3

在普通视图或幻灯片浏览视图中，要删除某张幻灯片，选定要删除的幻灯片后，依次单击菜单栏上的【编辑】→【删除幻灯片】命令，或按【Delete】键即可将选定的幻灯片删除。

可以一次选定多张幻灯片，同时将所选定的幻灯片删除。删除幻灯片后，演示文稿中其余的幻灯片会自动重新编号。

步骤 4

PowerPoint 中幻灯片的复制方式有两种：制作幻灯片的副本和使用【复制】、【粘贴】命令。

如果要制作幻灯片的副本，首先选定要制作副本的幻灯片，然后依次单击菜单栏上的【插入】→【幻灯片副本】命令，即可将幻灯片的副本插入到所选幻灯片的后面。

使用命令复制幻灯片时，首先选定要复制的幻灯片，单击"常用"工具栏上的【复制】按钮，选定要粘贴的位置，单击"常用"工具栏上的【粘贴】按钮，即可将选定的幻灯片复制到指定位置的后面。

复制幻灯片的操作原则上可以在各种视图方式下进行，但是在幻灯片浏览视图中复制操作更加简单而且效果直观。

步骤 5

移动幻灯片最简单的方法是拖动要移动的幻灯片的图标（幻灯片浏览视图中拖动幻灯片缩图），到目标位置后松开鼠标即可，在拖动时会出现一条黑色的直线指示幻灯片的目标位置。

以上移动幻灯片的操作，原则上可以在除备注页视图以外的其他各种视图中进行，但是在幻灯片浏览视图中的操作更加简单而且效果直观。

步骤 6

如果对幻灯片的版式不满意，可以更改幻灯片的版式，更改版式后 PowerPoint 会自动将幻灯片上的内容转换成新版式的排列方式。

如图 4-18 所示，当前幻灯片的版式为"标题和文本"，如果想更改成"垂直排列标题与文本"版式，操作如下：在普通视图或幻灯片浏览视图中，选定要更改版式的幻灯片，依次单击菜单栏上的【格式】→【幻灯片版式】命令，打开如图 4-14 所示的"幻灯片版式"任务窗格，在"应用幻灯片版式"列表框中选择"垂直排列标题与文本"版式，该版式自动应用到当前幻灯片，更改版式后的幻灯片如图 4-19 所示。

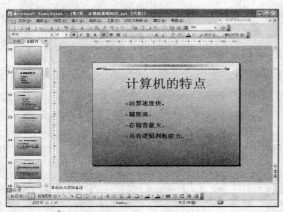

图 4-18　需要更改版式的幻灯片　　　　　图 4-19　更改版式后的幻灯片

（4）归纳分析

管理幻灯片的操作是保证演示文稿正常工作的基础，由于演示文稿具有多种视图方式，同样的操作对于不同的视图方式略有不同，一般情况下在幻灯片浏览视图中管理幻灯片操作比较简单而且效果直观。

任务 4　其他基本操作

其他基本操作是指演示文稿的打开、保存、关闭及演示文稿的保护，这些操作与 Word 文档操作基本相同，区别仅在于演示文稿是扩展名为.ppt 的文件，而 Word 文档是扩展名为.doc 的文件。具体操作过程可参照 2.1 节的相关内容。

4.2　幻灯片制作的基本操作

任务 1　文本的输入与编辑

（1）目标与任务分析

演示文稿创建完毕后，首要的工作就是在幻灯片中输入文本，本任务中要创建一个包含有两张幻灯片的空演示文稿，第一张幻灯片如图 4-20 所示，为"标题幻灯片"版式，第二张幻灯片如图 4-21 所示，为"标题和文本"版式。

（2）操作思路

PowerPoint 中，用户可以在普通视图的"幻灯片"窗格中输入和编辑文本，也可以在"大纲/幻灯片"窗格中输入和编辑文本，我们首先简要介绍在"幻灯片"窗格中完成本任务的操作方法，然后重点介绍在"大纲/幻灯片"窗格中完成本任务的操作方法。在操作过程中注意比较两种操作方法的区别。

图 4-20　要创建的第一张幻灯片

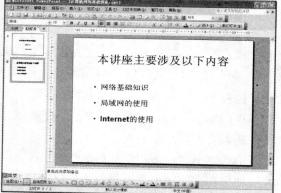

图 4-21　要创建的第二张幻灯片

（3）操作步骤

首先介绍在"幻灯片"窗格中完成本任务的操作方法。

步骤 1

按照 4.1 节任务 2 的操作方法，创建一个空演示文稿，第一张幻灯片的版式为"标题幻灯片"。

步骤 2

首先单击标题的占位符，输入标题内容："计算机网络基础讲座"，然后单击副标题的占位符，输入副标题的内容："2005-7-3"，对于日期的输入还可以依次单击菜单栏上的【插入】→【日期和时间】命令，如图 4-22 所示，弹出"日期和时间"对话框，在对话框中选择日期的格式，如果选择"自动更新"复选框，则插入的日期和时间会以域的形式出现，可以自动更新。

步骤 3

当需要在幻灯片的其他位置输入文本时，可以单击"绘图"工具栏上的【文本框】按钮，将鼠标在需要插入文本框的位置拖动，然后在文本框中输入内容即可。本任务中我们在文本框中输入"报告人：李向阳"。

输入文本完毕后，幻灯片如图 4-20 所示。

步骤 4

下面添加第二张幻灯片，单击"常用"工具栏上的【新幻灯片】按钮，打开"幻灯片版式"任务窗格，在其中选择新幻灯片版式为"标题和文本"。新添加的幻灯片如图 4-23 所示。

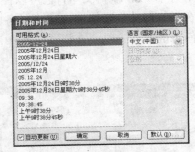

图 4-22　"日期和时间"对话框

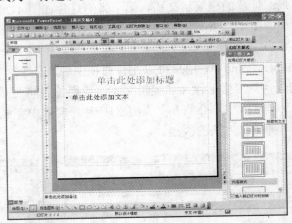

图 4-23　添加新的幻灯片

步骤 5

单击标题区域的占位符，输入标题"本讲座主要涉及以下内容"；单击文本区域的占位符，输入文本区的相关内容。

输入完毕后，该幻灯片如图 4-21 所示。

如果在文本区中，不想使用项目符号，可单击"格式"工具栏上的【项目符号】按钮，将项目符号取消。

步骤 6

幻灯片中输入文本后，即可对所输入的文本进行编辑和排版，其操作过程与 Word 中对文本编辑和排版的操作基本相同，不再重复。

下面介绍在"大纲/幻灯片"窗格中完成本任务的操作方法。

步骤 1

按照 4.1 节任务 2 的操作方法，创建一个空白的演示文稿，版式为"标题幻灯片"，如图 4-24 所示，单击"大纲/幻灯片"窗格中的"大纲"选项卡，由于还没有输入标题和副标题，在"大纲/幻灯片"窗格中只能看到一个顺序号和一个幻灯片图标。

步骤 2

"大纲/幻灯片"窗格中，在幻灯片图标后输入幻灯片的标题"计算机网络基础讲座"，然后按【Enter】键，如图 4-25 所示，此时将创建一张新的幻灯片。

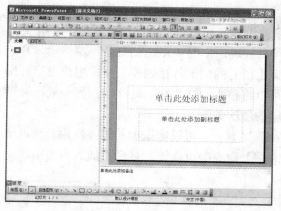

图 4-24　显示第一张幻灯片的图标

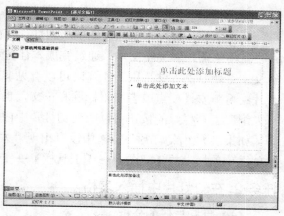

图 4-25　按【Enter】键后创建一张新的幻灯片

步骤 3

如果要创建第一张幻灯片的副标题，依次单击菜单栏上的【视图】→【工具栏】→【大纲】命令，在窗格中显示"大纲"工具栏，单击"大纲"工具栏上的【降级】按钮，可将幻灯片标题降级为幻灯片的副标题，此时可输入幻灯片的副标题"2005-7-3"，或依次单击菜单栏上的【插入】→【日期和时间】命令，插入当前的日期。

按【Enter】键可建立幻灯片的第二个副标题，输入第二个副标题的内容"报告人：李向阳"。此时的幻灯片如图 4-26 所示。

步骤 4

按【Enter】键后再单击"大纲"工具栏上的【升级】按钮，可创建第二张幻灯片，输入第二张幻灯片的标题"本讲座主要涉及以下内容"。

按【Enter】键后，将创建一张新的幻灯片，单击"大纲"工具栏上的【降级】按钮，在项目符号后依次输入各个项目，此时的幻灯片如图 4-27 所示。

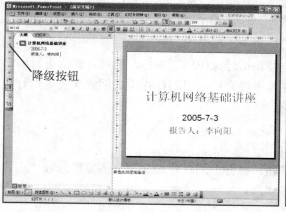

图 4-26　创建第一张幻灯片的副标题

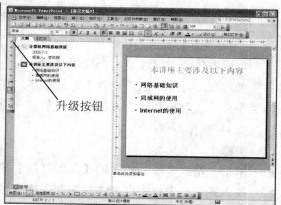

图 4-27　创建第二张幻灯片

步骤 5

幻灯片中输入文本后，即可对所输入的文本进行编辑和排版，其操作过程与 Word 中对文本编辑和排版的操作基本相同，不再重复。

（4）归纳分析

如上所述，可以在普通视图的"幻灯片"窗格中输入和编辑文本，也可以在"大纲/幻灯片"窗格中输入和编辑文本，通过完成本任务可以发现，使用"大纲/幻灯片"窗格输入和编辑文本是较好的方法，因为工作时可以看见屏幕上所有的幻灯片标题和正文，用户可以在幻灯片中重新安排要点或者编辑标题和正文，也可以将整张幻灯片从一处移动到另一处，通过"大纲"工具栏上的按钮可以改变幻灯片中内容的层次关系。

如果"大纲/幻灯片"窗格中没有出现"大纲"工具栏，可以像添加其他工具栏一样，依次单击菜单栏上的【视图】→【工具栏】→【大纲】命令即可将该工具栏添加到窗格中。

任务 2　在幻灯片中插入表格

（1）目标与任务分析

有时需要在幻灯片中插入表格以直观地表达信息，PowerPoint 为用户提供了类似于 Word 中处理表格的功能，本任务主要在幻灯片中创建一个如图 4-28 所示的表格。

图 4-28　在幻灯片中创建的表格示例

（2）操作思路

完成本任务主要涉及两个操作过程，首先要在幻灯片中创建表格，然后对表格进行编辑和修饰。在幻灯片中创建表格的方法很多，在此主要介绍应用幻灯片版式创建含表格幻灯片的操作方法，对于其他的方法给予简单的介绍。

（3）操作步骤

步骤 1

单击"格式"工具栏上的【新幻灯片】按钮，打开"幻灯片版式"任务窗格，在"应用幻灯片版式"列表框中选择"标题和表格"版式。

步骤 2

具有"标题和表格"版式的幻灯片如图 4-29 所示，该幻灯片含有两个占位符，单击上面的占位符，输入标题"课程表"，双击下面的表格占位符，弹出如图 4-30 所示的"插入表格"对话框。

　　根据需要在"列数"和"行数"数值框中，输入数值，在此我们设置表格为 6 列 7 行，单击【确定】按钮，幻灯片中插入了一个 6 列 7 行的表格。

图 4-29　具有"标题和表格"版式的幻灯片

图 4-30　"插入表格"对话框

步骤 3

在表格的单元格中输入相应的内容，此时幻灯片如图 4-31 所示。

图 4-31　幻灯片中插入 6 列 7 行的表格

步骤 4

对图 4-31 所示的幻灯片中的表格进行格式设置，操作如下：

- 参照 Word 中调整表格行高和列宽的操作方法，使用鼠标拖动行的下边框线或列的右边框线调整幻灯片中表格的行高和列宽。
- 从第一行第一个单元格开始拖动鼠标左键，直至该行最后一个单元格，松开鼠标，选定第一行后，依次单击"格式"工具栏上的按钮，将表格第一行的文本设置成：隶书、字号 28、加粗、单元格内水平居中。
- 鼠标指针移动到第一列的上端，当指针变成黑色向下箭头时，单击鼠标左键，选定该列，单击"格式"工具栏上的【居中】按钮，单击"表格和边框"工具栏上的【垂直居中】按钮，将表格第一列的文本设置成：单元格内水平居中和垂直居中。

- 拖动鼠标选定表格的第 6 行，在"表格和边框"工具栏上的"边框线型"列表框中选择"虚线"线型、"边框宽度"列表框中选择"3 磅"、"框线"列表框中选择"上框线"，将第 6 行的上框线设置为加粗的虚线。
- 拖动鼠标选定表格的第 1 行，单击"表格和边框"上的【填充颜色】按钮右侧的下拉箭头，在下拉列表中选择"蓝色"，为表格的第 1 行添加蓝色底纹，依次单击菜单栏上的【格式】→【字体】命令，弹出"字体"对话框，在"颜色"下拉列表中选择"白色"，单击【确定】按钮，将第 1 行的字符设置成白色字体。
- 使用"表格和边框"工具栏为表格的第 1 行第 1 列单元格添加斜线。

对幻灯片中表格进行格式设置的操作完成后，即可得到如图 4-28 所示的表格。

（4）归纳分析

PowerPoint 提供了类似于 Word 中处理表格的功能，借助幻灯片版式用户可以方便地在幻灯片中插入表格。在处理表格的操作中，"表格和边框"工具栏起了重要的作用，除了以上介绍的作用外，使用该工具栏还可以进行单元格的拆分和合并、更改文字的方向、在表格中插入行或插入列等操作。读者可以将该工具栏上的每个按钮都试试，体会一下它们的功能。

除了可以应用自动版式创建含表格的幻灯片外，对于比较复杂的表格，用户可以仿照 Word 的操作方法，使用"表格和边框"工具栏手工绘制表格，具体内容可参阅 2.4 节任务 1 的相关操作，不再详述。

另外，还可以将 Word 中的表格以对象的形式插入到幻灯片中，具体操作如下：

首先在普通视图中，选定要插入表格的幻灯片，依次单击菜单栏上的【插入】→【表格】命令，弹出如图 4-30 所示的"插入表格"对话框，对话框中输入表格的行数和列数后，单击【确定】按钮，即可以对象的形式插入 Word 的表格。

任务 3 在幻灯片中插入图表

（1）目标与任务分析

所谓图表就是将数据表中的数据以图形的方式表达出来的一个对象，在幻灯片中插入图表不仅可以使演示文稿具有美感，而且可以帮助观众从大量的数据中找出数据的发展趋势和分布状态。

本任务要在幻灯片中插入一个如图 4-32 所示的图表。

（2）操作思路

完成本任务主要涉及两个操作过程，首先要在幻灯片中创建图表，然后对图表进行编辑和修饰。我们可以应用幻灯片版式创建含图表的幻灯片，仿照 Excel 中对图表的修饰操作来编辑和修饰幻灯片中的图表。

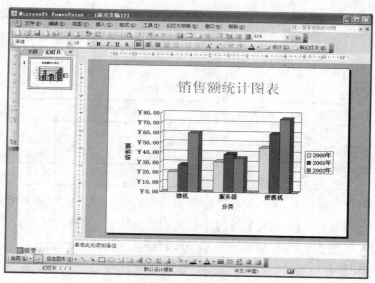

图 4-32　本任务要创建的图表

（3）操作步骤

步骤 1

单击"格式"工具栏上的【新幻灯片】按钮，打开"幻灯片版式"任务窗格，在"应用幻灯片版式"列表框中根据需要选择一种含有图表占位符的版式，本任务中选择"标题和图表"版式。

步骤 2

具有"标题和图表"版式的幻灯片如图 4-33 所示，该幻灯片含有两个占位符，单击上面的占位符，输入标题"销售额统计图表"，双击下面的图表占位符，自动调出了处理图表的专用程序 Microsoft Graph。如图 4-34 所示，此时在图表占位符内出现了一个三维簇状柱形图，图表上方出现一个类似于 Excel 工作表的数据表窗口。实际上图 4-34 中的图表和数据表只是系统提供的一个样本，用户要生成图表，必须对数据表中的数据进行修改，输入所需的数据，使之成为自制的图表。

图 4-33　具有"标题和图表"版式的幻灯片

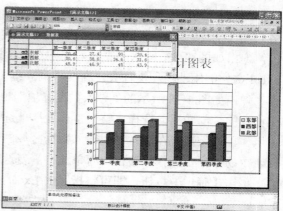

图 4-34　启动 Microsoft Graph 程序

步骤3

为了得到所需的图表，需要对图 4-34 所示的数据表进行编辑。本任务中所需的数据表如表 4-1 所示。

表 4-1　数据表

	2000 年	2001 年	2002 年
微机	20.4	27.4	60
服务器	30.6	38.6	34.6
便携机	45.9	60	75

如图 4-35 所示，单击选定图 4-34 中数据表对应的单元格，依次输入相关数据，单击 D 列的列标，选中 D 列，按【Delete】键清除该列中的数据。对数据表的编辑完成后，单击图表区域外的任意处，则自动结束 Microsoft Graph 程序，返回 PowerPoint 程序，幻灯片中插入了所需的图表，如图 4-36 所示。

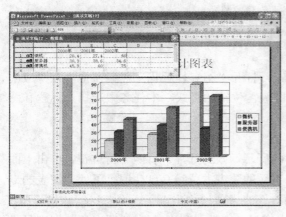

图 4-35　数据表中输入相关数据

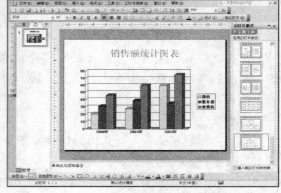

图 4-36　幻灯片中插入了所需的图表

对数据表进行编辑操作，除了可以直接向数据表输入数据外，还可以导入 Excel 工作表，操作如下：

图 4-34 所示的数据表中，单击导入数据的起始位置（默认位置为数据表的左上角单元格），依次单击菜单栏上的【编辑】→【导入文件】命令，或单击工具栏上的【导入文件】按钮，弹出如图 4-37 所示的"导入文件"对话框，在"查找范围"下拉列框中选定要导入的 Excel 文件的驱动器和文件夹，在文件列表框中选定文件，单击【打开】按钮。

弹出如图 4-38 所示的"导入数据选项"对话框。对话框中选定要导入的工作表，若导入工作表的全部数据，选择"整个工作表"单选按钮；若导入工作表的部分数据，选择"选定区域"单选按钮，在文本框中输入数据区域的引用地址或名称；若要将导入的数据覆盖原数据表中的数据，选择"覆盖现有单元格"复选框。

单击【确定】按钮，即可将指定的 Excel 工作表数据取代数据表上的原有数据。

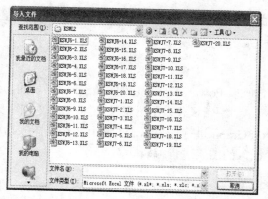

图 4-37 "导入文件"对话框   图 4-38 "导入数据选项"对话框

步骤 4

完成对数据表的编辑后，得到的图表不一定满足用户的需要，下面对图 4-36 所示的图表进行编辑修改。

要想编辑图表，必须在幻灯片中双击图表，以激活图表的编辑状态，此时编辑图表的操作与 Excel 中编辑图表的操作基本相同，简要介绍如下：

- 依次单击菜单栏上的【数据】→【列中系列】命令，将图表设置为系列产生在列（即将数据表的行标题作为图表 X 轴上的项）。
- 依次单击菜单栏上的【图表】→【图表选项】命令，弹出如图 4-39 所示的"图表选项"对话框，为图表添加标题，参照 Excel 中设置图表的操作，根据需要对图表的其他选项进行设置。单击【确定】按钮，完成图表选项的设置。
- 选定图表的数值轴，依次单击菜单栏上的【格式】→【所选坐标轴】命令，弹出如图 4-40 所示的"坐标轴格式"对话框。对话框中选择"数字"选项卡，"分类"列表框中选择"货币"选项，将数值轴的数据设置为货币格式，单击【确定】按钮。

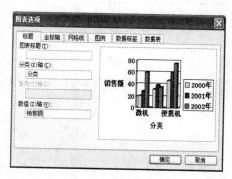

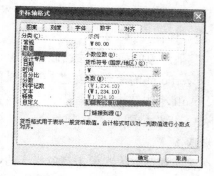

图 4-39 "图表选项"对话框   图 4-40 "坐标轴格式"对话框

- 选定数值轴标题"销售额"，依次单击菜单栏上的【格式】→【所选坐标轴标题】命令，弹出如图 4-40 所示的"坐标轴标题格式"对话框，选择"对齐"选项卡，在"方向"选项组中设置标题旋转 90°，单击【确定】按钮。

注意：以上的操作过程必须首先双击图表，在激活图表的编辑状态下进行，对图 4-36 所示的图表进行编辑后，效果如图 4-32 所示。

（4）归纳分析

图表以对象的形式插入到幻灯片中，所以 PowerPoint 程序是不能处理图表的，只有调出 Microsoft Graph 程序才可以进行图表的插入、编辑操作。在图表没有插入前双击图表占位符，可自动调出处理图表的专用程序 Microsoft Graph 进行插入图表的操作，插入图表后必须双击图表调出 Microsoft Graph 程序，才能对插入的图表进行编辑。

任务 4 在幻灯片中插入组织结构图

（1）目标与任务分析

本任务我们要在幻灯片中创建一个如图 4-41 所示的组织结构图，所谓组织结构图是指由一系列框图和连线构成的对象，主要用来描述部门或组织的结构关系和层次关系。

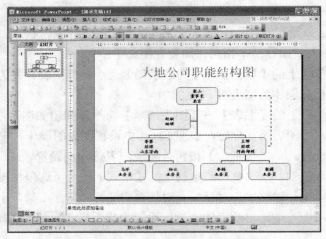

图 4-41 本任务要创建的组织结构图

（2）操作思路

与其他对象的插入方法相似，组织结构图可以应用幻灯片版式在幻灯片中创建，也可以通过 PowerPoint 的命令来创建。创建操作完成后还要对组织结构图进行编辑，此时需要调出"Microsoft 组织结构图"程序。

（3）操作步骤

步骤 1

在普通视图中依次单击菜单栏上的【插入】→【新幻灯片】命令，或单击"格式"工具栏上的【新幻灯片】按钮，打开"幻灯片版式"任务窗格，在"应用幻灯片版式"列表框中选择"标题和图示或组织结构图"版式，新幻灯片如图 4-42 所示。

步骤 2

图 4-42 所示的幻灯片中，单击上面的占位符，输入组织结构图的标题"大地公司职能结构图"，双击组织结构图占位符，弹出"图示库"对话框，该对话框中选定"组织结构图"图标，单击【确定】按钮，系统自动启动"Microsoft 组织结构图"程序，窗口如图 4-43 所示。

在"Microsoft 组织结构图"程序窗口中，有自己的菜单栏和工具栏以及预设的组织结构图，如果窗口中的组织结构图大小尺寸不合适，可单击菜单栏上的【视图】命令，选择适当的显示比例。

 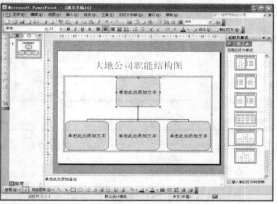

图 4-42　"标题和图示或组织结构图"版式的幻灯片　　　图 4-43　启动"Microsoft 组织结构图"程序

步骤 3

按照图 4-41 提供的组织结构图样式，我们首先删除第二层的一个图框，单击选定第二层中的任意一个图框，按【Delete】键即可将选定的图框删除。

选定第一层图框，单击"组织结构图"工具栏上的"插入形状"按钮右侧的下拉箭头，下拉列表中选择"助手"选项，即可为第一层图框添加助手。单击选定第二层图框，"插入形状"下拉列表中选择"下属"选项，为第二层的图框添加一个下属，重复以上操作，再添加第二个下属。此时的组织结构图如图 4-44 所示。

步骤 4

下面向图框中输入文本，单击要输入文本的图框，此时图框中出现插入点光标，输入名字后，按【Enter】键输入下一行。

依次单击"绘图"工具栏上的【自选图形】→【连接符】→【肘形连接符】命令，此时鼠标指针变为细"十"形指针，分别单击第一层图框和第二层右侧的图框，为两个图框之间添加连接线。选定该连接线后，单击"绘图"工具栏上的"虚线线形"按钮，下拉菜单中选择"短划线"选项；单击【线形】按钮，下拉菜单中选择 2.25 磅。此时的组织结构图如图 4-45 所示。

步骤 5

按住【Shift】键依次单击各个图框，选定所有的图框后，依次单击菜单栏上的【格式】→【字体】命令，弹出"字体"对话框，对话框中将所有的字体设置成：楷体、加粗、字号为 16 的格式，单击【确定】按钮。

步骤 6

单击选定图框后，通过"绘图"工具栏上的【填充】按钮、【线条颜色】按钮、【线形】按钮和【虚线线形】按钮分别设置图框的格式；单击选定线条后，也可通过上述按钮设置线条的格式。最后得到图 4-41 所示的组织结构图。

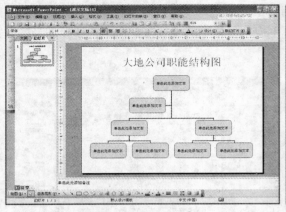
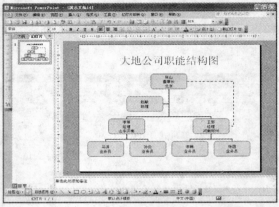

图 4-44　添加"助手"和"下属"后的效果　　　　图 4-45　输入文本、添加连接线后的效果

步骤 7

本任务中在当前幻灯片中创建了组织结构图，实际上用户还可以将含有组织结构图幻灯片的演示文稿保存起来。保存的组织结构图，可以作为对象插入到其他的演示文稿中。

插入过程如下：在普通视图中，依次单击菜单栏上的【插入】→【对象】命令，弹出"插入对象"对话框，如图 4-46 所示，该对话框中选择"由文件创建"单选按钮，如图 4-47 所示，在"文件"文本框中输入含有组织结构图幻灯片演示文稿的路径，或单击【浏览】按钮，在"浏览"对话框中找到该演示文稿，单击【确定】按钮，即可将已创建的组织结构图以对象的形式插入到当前幻灯片中。

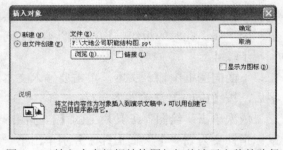

图 4-46　"插入对象"对话框　　　　　图 4-47　输入含有组织结构图幻灯片演示文稿的路径

（4）归纳分析

组织结构图是指由一系列框图和连线构成的对象，主要用来描述部门或组织的结构关系和层次关系。本任务中我们应用幻灯片版式在幻灯片中创建了组织结构图。借助于"绘图"工具栏，对所创建的组织结构图进行了格式设置。

实际上，创建组织结构图的方法并不是唯一的，读者可试一试单击"绘图"工具栏上的【插入组织结构图或其他图示】按钮或依次单击菜单栏上的【插入】→【图片】→【组织结构图】命令的方法在演示文稿中创建组织结构图。

任务 5 在幻灯片中插入图片和多媒体对象

（1）目标与任务分析

为了使演示文稿在放映时具有一种全新的视觉和听觉效果，本任务将要介绍如何在

PowerPoint 演示文稿制作过程中，插入图片和图形，以及声音、视频和动画等多媒体对象。

（2）操作思路

可以在幻灯片中插入剪贴画，也可以插入来自文件的图片，其操作过程与 Word 中相应的操作完全相同，对此本任务只是简单地介绍。用户还可以在幻灯片的适当位置插入音乐、声音或影片剪辑，某些声音可以从"动画效果"工具栏上获得，其他的声音、音乐和影片可在"Microsoft 剪辑库"获得，也可以从外部的文件获得。

（3）操作步骤

步骤 1

若要应用幻灯片版式建立带剪贴画的新幻灯片，打开演示文稿后在普通视图中，单击"格式"工具栏上的【新幻灯片】按钮，在打开的"幻灯片板式"任务窗格中根据需要选择一个含有剪贴画占位符的幻灯片版式，如我们选择"标题，文本与剪贴画"自动版式，即可创建一个含有剪贴画占位符的新幻灯片，如图 4-48 所示。

新幻灯片中依次单击标题和文本的占位符，添加幻灯片的标题和文本，双击剪贴画的占位符，弹出"选择图片"对话框，如图 4-49 所示。对话框中选定所需的剪贴画，即可将所选的剪贴画插入到幻灯片中，由于图片过多，可以在该对话框的"搜索文字"文本框内输入与剪贴画内容相关的文本如"汽车"、"动物"等，单击【搜索】按钮，进行快速搜索。

如果要向已存在的幻灯片中插入剪贴画，可在普通视图中选定要插入剪贴画的幻灯片。依次单击菜单栏上的【插入】→【图片】→【剪贴画】命令，打开"剪贴画"任务窗格，以下操作过程与 Word 中相应的操作完全相同，具体操作可参照第 2.5 节任务 1，不再详述。

图 4-48　含有剪贴画占位符的幻灯片　　　　　图 4-49　"选择图片"对话框

步骤 2

若要向幻灯片中插入来自文件的图片，可在普通视图中选定要插入图片的幻灯片，依次单击菜单栏上的【插入】→【图片】→【来自文件】命令，弹出图 4-50 所示的"插入图片"对话框，在对话框中的"查找范围"下拉列表框中选择图片文件的驱动器和文件夹，文件列表框中选择图片文件，单击【插入】按钮，即可将选定图片插入到幻灯片中。

图 4-50　"插入图片"对话框

步骤 3

若要向幻灯片中插入剪辑库中的声音，在普通视图中选定要插入声音的幻灯片，依次单击菜单栏上的【插入】→【影片和声音】→【剪辑管理中的声音】命令，打开"剪贴画"任务窗格，该任务窗格中列出了可供用户选择的声音，鼠标右键单击某个声音图标，弹出的快捷菜单中选择【预览/属性】命令，弹出如图 4-51 所示的"预览/属性"对话框，同时自动播放该声音，预览完毕后单击【关闭】按钮，关闭"预览/属性"对话框。如果用户对该声音方案满意则在"剪贴画"任务窗格中单击该声音的图标，将该声音插入到当前幻灯片中。

此时会弹出一个提示框，用户可根据需要设置放映幻灯片时开始播放声音的方式。如图 4-52 所示，幻灯片上会出现一个声音图标，该图标是以对象的形式嵌入到幻灯片中的，鼠标拖动可以改变其位置，单击图标后其四周会出现尺寸控点，拖动控点可以改变图标的大小。在播放幻灯片时单击该图标就可以播放插入到幻灯片中的声音。

图 4-51　"预览/属性"对话框

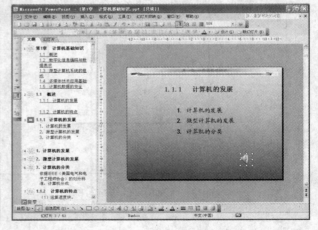

图 4-52　幻灯片上以对象形式嵌入声音图标

步骤 4

除了插入剪辑库中的声音外，还可以在幻灯片中插入来自外部文件的声音。依次单击菜单栏上的【插入】→【影片和声音】→【文件中的声音】命令，弹出"插入声音"对话框，如图 4-53 所示。

　　对话框中选定要插入的声音文件后，单击【确定】按钮，此时会弹出一个提示框，用户可根据需要设置放映幻灯片时开始播放声音的方式。同插入剪辑库中的声音一样，此时幻灯片上会出现一个声音图标。

步骤 5

　　还可以在幻灯片中插入 CD 音乐，在普通视图中，依次单击菜单栏上的【插入】→【影片和声音】→【播放 CD 乐曲】命令，弹出"插入 CD 乐曲"对话框，如图 4-54 所示。

　　对话框中设置开始和结束的曲目及时间，单击【确定】按钮，此时会弹出一个提示框，用户可根据需要设置放映幻灯片时开始播放声音的方式，此时幻灯片中会出现一个 CD 图标。

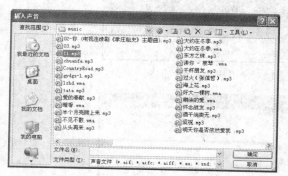
图 4-53　"插入声音"对话框

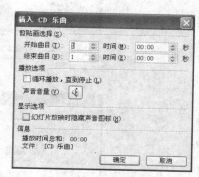
图 4-54　"插入 CD 乐曲"对话框

步骤 6

　　如果要在幻灯片中插入剪辑库中的影片，普通视图中，依次单击菜单栏上的【插入】→【影片和声音】→【剪辑管理器中的影片】命令，打开"剪贴画"任务窗格。

　　"剪贴画"任务窗格中列出了可供用户选择的影片，鼠标右键单击某个影片图标，弹出的快捷菜单中选择【预览/属性】命令，弹出"预览/属性"对话框，同时自动播放该影片，预览完毕后单击【关闭】按钮，关闭"预览/属性"对话框。如果用户对该影片方案满意，则在"剪贴画"任务窗格中单击该影片的图标，将该影片插入到当前幻灯片中。

　　此时会弹出提示框，用户可根据需要设置放映幻灯片时开始播放影片的方式。如图 4-55 所示，此时幻灯片上会出现一个影片的片头图标，该图标是以对象的形式嵌入到幻灯片中的，鼠标拖动可以改变其位置，单击图标后其四周会出现尺寸控点，拖动控点可以改变图标的大小。在播放幻灯片时单击该图标可以播放插入到幻灯片中的影片。

步骤 7

　　如果要在幻灯片中插入来自外部文件的影片，依次单击菜单栏上的【插入】→【影片和声音】→【文件中的影片】命令，弹出"插入影片"对话框，如图 4-56 所示。

　　对话框中选定要插入的影片文件，单击【确定】按钮，弹出一个提示框，用户可根据需要设置放映幻灯片时开始播放影片的方式，此时幻灯片上会出现一个影片的片头图标。

图 4-55　幻灯片上以对象形式嵌入影片图标

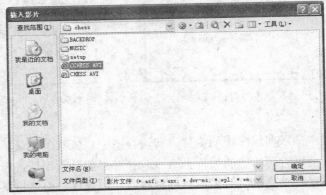

图 4-56　"插入影片"对话框

（4）归纳分析

本任务介绍了演示文稿制作过程中，在幻灯片中插入图片、声音以及影片等多媒体对象的操作。

对于图片的插入和编辑，其操作过程与 Word 中相应的操作完全相同，对此本任务只是简单地介绍，详细内容请参阅本教材的 2.5 节。声音和影片可在 "Microsoft 剪辑库" 获得，也可以从外部的文件获得。幻灯片中插入声音和影片后，都会出现与声音或影片对应的图标，在播放幻灯片时，通过单击这些图标，用户可以控制声音或影片的播放与停止。

任务 6　设置幻灯片的外观

（1）目标与任务分析

演示文稿创建后，用户需要对幻灯片的外观进行设置，根据具体的情况可以将演示文稿中的所有幻灯片设置成统一的外观，也可以将某些幻灯片设置成与其他的幻灯片不同的外观。本任务主要从以上两个方面讨论设置幻灯片外观的操作。

（2）操作思路

设置幻灯片的外观，可以使用设计模版、配色方案和母版，本任务中主要介绍使用设计模版和配色方案设置幻灯片外观的操作。

在本章 4.1 节任务 2 中，介绍了使用设计模版创建演示文稿的操作，演示文稿创建后如果对所应用的设计模板不满意，可以将新的设计模板应用到当前的演示文稿中，使演示文稿具有满意的外观。

除了使用设计模板外还可以使用配色方案改变幻灯片的外观。所谓配色方案，是应用于演示文稿的 8 种协调色的集合，包括幻灯片的"背景"、"文本和线条"、"阴影"、"标题文本"、"填充"、"强调"、"强调文字和超链接"和"强调文字和已访问的超链接"等 8 项对象的颜色。

以上两种操作方法都可以应用于所有幻灯片，也可以应用于个别幻灯片。

（3）操作步骤

步骤 1

要将新的设计模板应用到演示文稿中，首先打开要应用新设计模板的演示文稿。

步骤 2

依次单击菜单栏上的【格式】→【幻灯片设计】命令，打开"幻灯片设计"任务窗格。"应用设计模板"列表框中，单击选定要应用的模板，则选定的设计模板应用到当前演示文稿中，此时演示文稿中的所有幻灯片不论版式是什么，都具有相同的外观；如果要将选定的设计模板仅应用于当前幻灯片，单击要应用的设计模板右侧的下拉箭头，在弹出的下拉菜单中选择【应用于选定幻灯片】命令，则只有当前幻灯片的外观发生了改变。

步骤 3

若要使用配色方案改变幻灯片的外观，首先选定要进行外观设置的幻灯片，单击"幻灯片设计"任务窗格中的"配色方案"超链接，"幻灯片设计"任务窗格中的"应用配色方案"列表框中列出了多个标准的配色方案，单击某种配色方案图标右侧的下拉箭头，在弹出的下拉菜单中选择【应用于选定幻灯片】命令，则当前幻灯片的配色方案就变为所选定的配色方案；在下拉菜单中选择【应用于所有幻灯片】命令，则将所选的配色方案应用于整个演示文稿。

步骤 4

如果所列的标准配色方案不能满足用户的需要，单击"幻灯片设计"任务窗格下方的"编辑配色方案"超链接，如图 4-57 所示，弹出"编辑配色方案"对话框。选择"自定义"选项卡，在"配色方案颜色"列表框中选定要修改颜色的项目，单击【更改颜色】按钮，弹出"背景色"对话框，对话框中选定所需的颜色，然后单击【确定】按钮返回"编辑配色方案"对话框。

单击【应用】按钮，则将所定义的配色方案应用于整个演示文稿。

步骤 5

用户还可以为幻灯片设置不同的背景，以改变幻灯片的外观。设置背景的操作可以应用于单张的幻灯片，也可以应用于演示文稿中的全部幻灯片。

如果要设置单张幻灯片的背景，首先在普通视图中选定该幻灯片，然后依次单击菜单栏上的【格式】→【背景】命令，如图 4-58 所示，弹出"背景"对话框，单击对话框中列表框右侧的下拉箭头，从下拉列表中选择所需的背景颜色。

如果不希望母版的图形和文本显示在幻灯片上，选择"忽略母版的背景图形"复选框。母版主要用来设置每张幻灯片的预设格式，包括每张幻灯片中都要出现的文本或图形等内容。

如果只改变当前幻灯片的背景，单击【应用】按钮，如果要改变所有幻灯片的背景，单击【全部应用】按钮，即可将幻灯片的背景设置为选定的颜色。

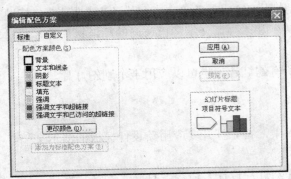

图 4-57   "编辑配色方案"对话框

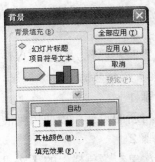

图 4-58   "背景"对话框

步骤 6

如果在图 4-58 所示的对话框中，没有所需的背景颜色，单击下拉列表中的"其他颜色"选项，弹出如图 4-59 所示的"颜色"对话框，该对话框中带有"标准"和"自定义"两个选项卡，用户可从中选出所需的颜色，单击【确定】按钮，返回图 4-58 所示的"背景"对话框，根据需要选择单击【应用】或【全部应用】按钮，即可将幻灯片的背景设置为选定的颜色。

步骤 7

如果在图 4-58 所示的对话框中，单击下拉列表中的"填充效果"选项，会弹出如图 4-60 所示的"填充效果"对话框，该对话框中共有 4 个选项卡，可分别设置幻灯片的"渐变背景"、"背景纹理"、"背景图案"和"背景图片"。

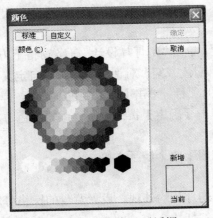

图 4-59   "颜色"对话框

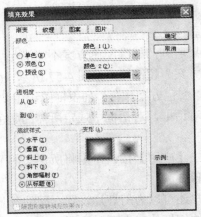

图 4-60   "填充效果"对话框

（4）归纳分析

设置幻灯片的外观，可以使用设计模版、配色方案和母版。母版主要用来设置每张幻灯片的预设格式，包括每张幻灯片中都要出现的文本或图形等内容，本任务中我们主要介绍使用设计模版和配色方案设置幻灯片外观的操作。

模板和母版不是同一个概念，模板把母版、配色方案、背景做了有效的组合，使用设计模版和配色方案既可以使演示文稿中的幻灯片不论自动版式是什么，都具有相同的外观，也可以对个别的幻灯片进行外观的设置。

4.3　幻灯片放映操作

任务 1　在 PowerPoint 中启动幻灯片放映

（1）目标与任务分析

演示文稿制作完毕后，可以将它制成 35mm 的幻灯片，也可以在计算机上直接播放，本任务主要介绍在计算机上播放演示文稿的操作。用户可以用多种方式启动幻灯片的放映，在此我们只讨论在 PowerPoint 中如何启动幻灯片放映。

（2）操作思路

PowerPoint 中为用户提供了 3 种不同的放映方式，其中"演讲者放映"方式是 PowerPoint 的默认放映方式，该放映方式是以全屏幕方式进行的。本任务所讨论的幻灯片放映就是在此方式下进行的。

在 PowerPoint 中可以采用以下几种方法启动幻灯片放映：

- 单击"视图切换按钮"上的【从当前幻灯片开始幻灯片放映】按钮。
- 依次单击菜单栏上的【视图】→【幻灯片放映】命令。
- 直接按【F5】键。
- 依次单击菜单栏上的【幻灯片放映】→【观看放映】命令。

注意：以上方法的区别在于，单击"视图切换按钮"上的【从当前幻灯片开始幻灯片放映】按钮，总是从当前幻灯片开始播放演示文稿，其他启动幻灯片放映的方法，都是从第一张幻灯片开始播放演示文稿。

（3）操作步骤

步骤 1

采用前面介绍的任意方法启动幻灯片放映。在幻灯片放映视图中，屏幕的左下角出现一个【弹出菜单】按钮，单击该按钮后弹出一个快捷菜单（在幻灯片放映视图中右击也可弹出同样的快捷菜单），如图 4-61 所示。

选择快捷菜单中的"下一张"或"上一张"选项，可以切换到后一张或前一张幻灯片放映。如果设置的是手动切换，则每次单击后可切换到下一张幻灯片，直到放映完毕。

图 4-61　弹出快捷菜单

步骤 2

放映过程中，如果要直接切换到某一张幻灯片，可在图 4-61 所示的快捷菜单中选择"定位至幻灯片"命令，再从下级菜单中单击要切换的幻灯片编号。

步骤 3

在幻灯片放映过程中，如果讲演者希望对演示的内容加以标注和说明，可以调出 PowerPoint 提供的绘图笔，边讲边画以吸引观众的注意力。

幻灯片放映时，右击或单击【弹出菜单】按钮，在弹出的快捷菜单中选择【指针选项】命令，在下级菜单中根据需要单击选择一种绘图笔，此时鼠标指针将变为笔尖的形状，按住鼠标左键就可以在播放的幻灯片上写字或绘画了。

默认情况下绘图笔的颜色为黑色，如果要改变绘图笔的颜色，在快捷菜单中选择【墨迹颜色】命令，在弹出的下拉列表中选择所需的绘图笔颜色即可。

不需要绘图笔时，在快捷菜单中，选择【箭头】命令，鼠标指针将从笔形变为箭头。

步骤 4

幻灯片放映过程中如果要中断放映，可右击或单击【弹出菜单】按钮，弹出的快捷菜单中选择【结束放映】命令或直接按【Esc】键。

（4）归纳分析

在 PowerPoint 中启动幻灯片放映就是进入幻灯片的放映视图，本任务中我们介绍了 4 种启动幻灯片放映的操作方法，它们区别在于，单击"视图切换按钮"上的【从当前幻灯片开始幻灯片放映】按钮，总是从当前幻灯片开始播放演示文稿，其他启动幻灯片放映的方法，都是从第一张幻灯片开始播放演示文稿。

在幻灯片的放映过程中，右击幻灯片或单击【弹出菜单】按钮，可弹出一个快捷菜单，通过此菜单用户可以实现幻灯片的切换、定位和中断放映等操作。

任务 2　设置幻灯片的放映顺序

（1）目标与任务分析

幻灯片在播放时，默认情况下都是按幻灯片编号的顺序依次放映的。但有时根据需要，在放映过程中要改变幻灯片的播放顺序，本任务主要介绍如何设置幻灯片放映顺序的操作。

（2）操作思路

要改变幻灯片的播放顺序，可以采用以下两种方法：一种方法是改变幻灯片的排列顺序，然后再按照本节任务 1 介绍的方法放映幻灯片；另一种方法是在幻灯片编号保持不变的情况下，通过"自定义放映"方式指定幻灯片的播放顺序。

（3）操作步骤

步骤 1

在幻灯片浏览视图中按照幻灯片的放映顺序重新排列幻灯片，具体操作方法可参照 4.1 节任务 3，不再详述。然后采用本节任务 1 的操作方法播放幻灯片，此时幻灯片的放映会按照用户指定的顺序进行。

步骤 2

在不改变幻灯片编号的情况下，可通过"自定义放映"方式指定幻灯片的播放顺序。

依次单击菜单栏上的【幻灯片放映】→【自定义放映】命令，如图 4-62 所示，弹出"自定义放映"对话框。

步骤 3

"自定义放映"对话框中，单击【新建】按钮，如图 4-63 所示，弹出"定义自定义放映"对话框。

图 4-62　"自定义放映"对话框

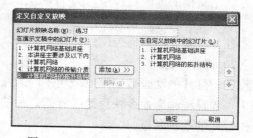
图 4-63　"定义自定义放映"对话框

在"幻灯片放映名称"文本框中，输入自定义的幻灯片放映的名称，在此输入"练习"。

"在演示文稿中的幻灯片"列表框中，列出了演示文稿中的所有幻灯片，一共有 5 张幻灯片，假若我们在播放幻灯片时，只想按照幻灯片 1、幻灯片 3 和幻灯片 5 的顺序放映，依次选择"计算机网络基础讲座"、"计算机网络"和"计算机网络的拓扑结构"，在每次选择后单击【添加】按钮，则所选中的幻灯片会移动到对话框中右侧的"在自定义放映中的幻灯片"列表框中。

"在自定义放映中的幻灯片"列表框中列出的幻灯片的次序，就是在播放幻灯片放映时的放映顺序。如果要改变幻灯片的放映顺序，可以在该文本框中选定幻灯片后，单击列表框旁的"向上"和"向下"箭头来改变幻灯片的放映顺序。

单击【确定】按钮，返回到图 4-62 所示的"自定义放映"对话框，单击【放映】按钮，即可按照指定的顺序播放幻灯片。

步骤 4

如果已启动了幻灯片放映，在幻灯片放映视图中，右击或单击【弹出菜单】按钮，在弹出的快捷菜单中选择【自定义放映】命令，再从下级菜单中选择刚才所自定义的幻灯片放映的名称"练习"，单击"练习"后即可启动用户自定义的幻灯片放映。

步骤 5

播放幻灯片时，有时希望某张幻灯片或某些幻灯片在放映时暂时不出现，用户可以将不希望出现的幻灯片隐藏起来，而不必将这些幻灯片删除。

在幻灯片浏览视图中（也可以在普通视图方式中，但此操作幻灯片浏览视图效果较明显），选定要隐藏的幻灯片，可是单张幻灯片也可以是多张幻灯片，单击"幻灯片浏览"工具栏上的【隐藏幻灯片】按钮或依次单击菜单栏上的【幻灯片放映】→【隐藏幻灯片】命令，即可将选定的幻灯片在放映时隐藏起来，此时在幻灯片浏览视图中，幻灯片右下角的编号上出现隐藏标记。

（4）归纳分析

幻灯片在播放时，默认情况下都是按幻灯片编号的顺序依次放映的。如果在放映过程中要改变幻灯片的播放顺序，可以改变幻灯片的排列顺序，也可以在幻灯片编号保持不变的情况下，通过"自定义放映"方式指定幻灯片的播放顺序。

任务 3 设置幻灯片的动画效果

（1）目标与任务分析

在演示文稿的放映过程中，为了突出重点并集中观众的注意力，用户可以为幻灯片中的文本、图像等各种对象设置动画效果，动画效果使用得当，可以极大地提高演示文稿的观赏性。本任务主要介绍如何为幻灯片设置动画效果的操作。

（2）操作思路

设置幻灯片的动画效果可以采用不同的操作方法，本任务中主要介绍两种方法：第一种是使用"预设动画"命令快速地设置幻灯片的动画效果；另一种是使用"自定义动画"命令设置幻灯片的动画效果。

（3）操作步骤

首先介绍使用【预设动画】命令设置幻灯片动画效果的操作。

步骤 1

将打开的演示文稿切换到普通视图方式，选中要设置动画效果的幻灯片。

步骤 2

依次单击菜单栏上的【幻灯片放映】→【动画方案】命令，打开"幻灯片设计"任务窗格，任务窗格的"应用于所选幻灯片"列表框中，列出了 PowerPoint 2003 自带的几十种动画方案。从列表框中选定一种动画方案后，该方案自动应用到当前幻灯片，此时在幻灯片窗格会马上显示出该动画效果（前提条件是选中列表框下方的"自动预览"复选框）。

步骤 3

单击列表框下方的【应用于所有幻灯片】按钮，该动画方案将应用于演示文稿的所有幻灯片中。

如果只希望对一些幻灯片应用动画方案，在步骤 1 时，选择"大纲/幻灯片"窗格中的"幻灯片"选项卡，窗格中选择需要应用动画方案的多张幻灯片。

下面介绍使用【自定义动画】命令设置幻灯片动画效果的操作。

步骤 1

将打开的演示文稿切换到普通视图方式，选中要设置动画效果的幻灯片。

步骤 2

依次单击菜单栏上的【幻灯片放映】→【自定义动画】命令，如图 4-64 所示，打开"自定义动画"任务窗格。

步骤 3

当前幻灯片中 3 个对象：标题文本、正文文本和图片。选定要设置动画效果的对象，首先选定幻灯片的标题文本，单击"自定义动画"窗格中的"添加效果"右侧的下拉按钮，在弹出的下拉列表中，为标题文本选定其中的某个动画方案。

"添加效果"的下拉菜单共有 4 个选项，各项的含义如下：

- 进入：含有使文本或对象以某种效果进入幻灯片放映演示文稿的动画方案。
- 强调：含有为幻灯片上的文本或对象添加某种效果的动画方案。
- 退出：含有使文本或对象以某种效果在某一时刻离开幻灯片的动画方案。
- 动作路径：为文本或对象添加某种效果以使其按照指定的模式移动。

步骤 4

单击"自定义动画"窗格中的"开始"下拉列表框，为标题文本设置启动动画的方式。"开始"下拉列表框中共有 3 个选项，各项的含义如下。

- 单击时：在放映时单击鼠标动画事件开始。
- 之前：在前一个动画开始的同时开始此动画，即一次单击执行两个动画效果。
- 之后：在前一个动画完成播放后立即开始此动画，即不再需要单击鼠标启动该动画。

步骤 5

依次单击"自定义动画"窗格中的"方向"和"速度"下拉列表框，为标题文本设置动画的方向和速度。

步骤 6

重复步骤 3、4、5，依次为当前幻灯片中的其他对象设置自定义动画，完成自定义动画的设置。设置完毕后，如图 4-65 所示，"自定义动画"任务窗格中以列表的形式列出了所有的动画方案，列表中的每一项代表幻灯片中的某个对象的动画设置；同时在幻灯片窗格中当前幻灯片中的对象都被添加了动画编号，这些编号与任务窗格中列表的每一项相对应，代表了每个对象的动画播放顺序。若要改变某个动画的播放顺序，可在列表中选定该动画方案，单击任务窗格下方"重排顺序"旁的向上、向下箭头。

（4）归纳分析

使用【预设动画】命令可以快速地设置幻灯片的动画效果，但是该操作不够灵活，如不能方便地设置动画对象的出现顺序，不能设置启动动画的方式，以及文本的引入方式等。

使用【自定义动画】命令设置幻灯片的动画效果，是一种非常灵活的操作方法，它不但可以设置幻灯片的动画效果，还能够方便地设置动画对象的出现顺序、启动动画的方式、文本的引入方式以及动画发生后将要产生的动作等。

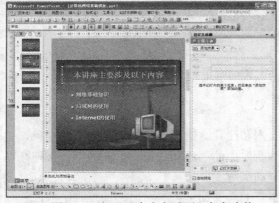

图 4-64　打开"自定义动画"任务窗格

图 4-65　完成自定义动画的设置

任务 4　设置幻灯片的切换方式和切换效果

（1）目标与任务分析

幻灯片的切换是指演示文稿在放映过程中从一张幻灯片到下一张幻灯片的更换方式，PowerPoint 中为用户提供了两种切换方式和多种切换效果，本任务主要介绍与此相关的操作。

（2）操作思路

幻灯片的切换方式可以分成两类：手动换页方式和定时换页方式。无论是手动换页还是定时换页，都可以添加特殊的切换效果（如"垂直百叶窗"、"水平百叶窗"等）。其中定时换页可以使用排练计时设置放映时间，也可以采用人工的方法设置放映时间。

完成本任务的操作可以在普通视图和幻灯片浏览视图中进行，在幻灯片浏览视图中的操作较为简单和直观。

（3）操作步骤

首先介绍设置手动换页方式的操作。

步骤 1

在幻灯片浏览视图中，选定要设置切换方式和切换效果的幻灯片，依次单击菜单栏上的【幻灯片放映】→【幻灯片切换】命令，打开"幻灯片切换"任务窗格。

步骤 2

在任务窗格的"换片方式"选项组中，选择"单击鼠标时"复选框，即可将选定的幻灯片设置为手动方式换页，此时在幻灯片放映过程中只有单击鼠标左键才能切换到下一张幻灯片。

步骤 3

在手动换页方式下，可以为幻灯片的切换添加特殊的效果，任务窗格的"应用于所选幻灯片"列表框中列出了 PowerPoint 2003 自带的幻灯片切换方式，单击选定一种切换方式，如我们选定"盒状收缩"，依次单击任务栏中的"速度"和"声音"下拉列表框，设置切换的速度及声音方案，则该切换方式和切换效果应用于当前幻灯片中。

如果单击【应用于所有幻灯片】按钮，则将设置的幻灯片切换方式和切换效果应用于全部幻灯片。

在上述步骤 2 中，如果在"换片方式"选项组中，选择"每隔"复选框，然后输入希望幻灯片在屏幕上出现的秒数，即可将选定的幻灯片设置为定时换页方式，此时在幻灯片放映过程中经过指定的时间间隔后，会自动切换到下一张幻灯片。

以上定时换页方式的设置不够准确，不能满足演讲时的需要。若要准确地设置幻灯片的放映时间，可使用排练计时实现幻灯片的定时换页。具体操作如下：

步骤 1

依次单击菜单栏上的【幻灯片放映】→【排练计时】命令。

步骤 2

如图 4-66 所示，此时开始排练放映幻灯片，屏幕上出现了"预演"工具栏，工具栏中"幻灯片放映时间"框，显示当前幻灯片的放映时间，"总放映时间"框中显示当前演示文稿中已放映的幻灯片所用时间总和。

如果认为当前幻灯片的放映时间已够，希望放映下一张幻灯片时，可以单击鼠标或单击"预演"工具栏上的【下一项】按钮换页，此时系统自动保存当前幻灯片的放映计时，并开始下一张幻灯片的放映计时。

步骤 3

如果对当前幻灯片的放映时间不满意，可以单击"预演"工具栏上的【重复】按钮，重新计时。单击【暂停】按钮，可暂停计时，再次单击该按钮继续计时。

当最后一张幻灯片放映结束时，会弹出如图 4-67 所示的对话框，询问是否接受新定义的排练时间，并且将该时间设置为幻灯片的放映时间，单击【是】按钮。如图 4-68 所示，此时在幻灯片浏览视图中每张幻灯片缩图下将出现新设置的幻灯片放映时间。

图 4-66　"预演"工具栏

图 4-67　排练结束后的提示框

步骤 4

依次单击菜单栏上的【幻灯片放映】→【设置放映方式】命令，如图 4-69 所示，弹出"设置放映方式"对话框，在"换片方式"选项组中选择"如果存在排练时间，则使用它"单选按钮，单击【确定】按钮，即可将设置的排练计时应用到幻灯片的放映中。

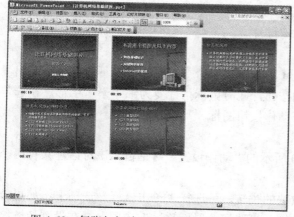

图 4-68　每张幻灯片下出现排练的放映时间

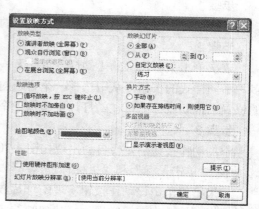

图 4-69　"设置放映方式"对话框

（4）归纳分析

本任务主要讨论了设置幻灯片的切换方式和切换效果的操作，幻灯片的切换方式可以分成两类：手动换页方式和定时换页方式。无论是手动换页还是定时换页，都可以添加特殊的切换效果。

在手工换页状态下，幻灯片放映过程中只有单击鼠标左键才能切换到下一张幻灯片。在定时换页状态下，幻灯片放映过程中经过指定的时间间隔后，会自动切换到下一张幻灯片。幻灯片的放映时间，可以进行人工设置，但不够准确，不能满足演讲时的需要，若要准确地设置幻灯片的放映时间，可使用排练计时设置幻灯片的放映时间。

*4.4 PowerPoint 高级操作

任务 1 在幻灯片中创建超链接

（1）目标与任务分析

在演示文稿的放映过程中，经常会遇到这样的情况，幻灯片的放映不是按固定不变的次序进行，而是在放映某一张幻灯片后，后续的放映有多种选择，例如，可以跳转到当前演示文稿的其他幻灯片、另一个演示文稿、某一个 Internet 的地址或运行其他的程序等。PowerPoint 把后续放映的选择交给了放映者，由放映者决定后续放映的跳转方向。

解决以上问题最好的方法是在幻灯片中创建超链接，本任务主要介绍在幻灯片中创建超链接的方法。

（2）操作思路

创建超链接可以采用两种不同的操作方法。第一种方法是通过动作按钮实现幻灯片的超链接，将某个动作按钮添加到幻灯片中，然后指定其要链接的幻灯片或程序，在幻灯片放映过程中可以单击该动作按钮或指向该动作按钮，实现幻灯片放映的跳转。如果不希望在幻灯片上出现动作按钮，可以采用另一种方法，选定幻灯片中任一对象（如文本、图片等）作为超链接的对象，在幻灯片的放映过程中单击该对象或指向该对象，实现幻灯片放映的跳转。

（3）操作步骤

首先介绍通过动作按钮实现幻灯片超链接的操作。

步骤 1

在普通视图中，选定要添加动作按钮的幻灯片。

步骤 2

依次单击菜单栏上的【幻灯片放映】→【动作按钮】命令，在弹出的下级菜单中列出了多种不同样式的按钮，从中选择一个合适的按钮，此时鼠标指针变为细"十"字形，在选定的位置上拖动鼠标即可在幻灯片中添加一个动作按钮图标。

步骤 3

添加动作按钮后，会自动出现如图 4-70 所示的"动作设置"对话框，该对话框共有两个选项卡："单击鼠标"和"鼠标移过"。

如果希望单击该动作按钮实现幻灯片放映的跳转，可选择"单击鼠标"选项卡；如果希望鼠标指向该动作按钮实现幻灯片放映的跳转，可选择"鼠标移过"选项卡。在设置超链接时，最好采用单击的方式，采用鼠标指向的方式在幻灯片放映时易发生误操作，出现意外的跳转。在此我们选择"单击鼠标"选项卡，如图 4-70 所示。

图 4-70　"动作设置"对话框

步骤 4

在"鼠标单击时的动作"选项组中，选择"超链接到"单选按钮，单击下拉列表框右端的下拉按钮，在出现的下拉列表中选择要链接的目标，这样在幻灯片放映时，单击动作按钮即可直接跳转到指定的链接目标。

如果希望放映幻灯片时，单击动作按钮可启动一个应用程序，在"动作设置"对话框中，选择"运行程序"单选按钮，在文本框中输入要启动的应用程序的路径或单击【浏览】按钮，在弹出的"选择一个要运行的程序"对话框中，选定要运行的程序，单击【确定】按钮，即可将该程序的路径自动粘贴到文本框中。

完成按钮的动作设置后，单击【确定】按钮，关闭"动作设置"对话框，返回到幻灯片视图中，此时幻灯片中添加了一个动作按钮。在幻灯片放映时单击该按钮，即可自动跳转到指定的链接目标。

步骤 5

动作按钮是以对象的形式插入到幻灯片中的，具有对象的一般特征，用户可以改变其大小尺寸及位置，也可以设置按钮的边框和底纹，相关操作不再详述。

动作按钮创建后，如果要更改超链接的目标，可右击动作按钮，在弹出的快捷菜单中选择【超链接】命令，弹出如图 4-70 所示的"动作设置"对话框，在该对话框中重新设置超链接的目标，完成设置后单击【确定】按钮即可。

步骤 6

如果要删除整个超链接，单击选定动作按钮，然后按【Delete】键即可。如果仅删除链接关系，而保留动作按钮，可右击动作按钮，在弹出的快捷菜单中选择【删除超链接】命令。

如果不希望在幻灯片上出现动作按钮，可以选定幻灯片中任一对象（如文本、图片等）作为超链接的对象，在幻灯片的放映过程中单击该对象或指向该对象，实现幻灯片放映的跳转。下面介绍通过对象实现超链接的操作。

步骤 1

在普通视图中，选定要设置超链接的幻灯片。

步骤 2

幻灯片中选定任一个对象作为超链接对象，可以是文本、图形、特定的区域、符号等。

步骤 3

依次单击菜单栏上的【幻灯片放映】→【动作设置】命令，弹出如图 4-70 所示的"动作设置"对话框，在对话框中指定实现幻灯片放映的跳转方式，同时选择要链接的目标，这样在幻灯片放映时，单击选定的链接对象即可直接跳转到指定的链接目标。具体操作不再详述。

在本步骤中，还可以采用以下的操作：

依次单击菜单栏上的【插入】→【超链接】命令，如图 4-71 所示，弹出"插入超链接"对话框。

步骤 4

如果要建立一个指向已有文件或 Web 页的链接，在"链接到"框中单击【原有文件或网页】按钮；如果要链接到当前演示文稿中其他的幻灯片，可单击【本文档中的位置】按钮；如果要链接一个尚未创建的文件，可单击【新建文档】按钮，在此单击【本文档中的位置】按钮。

步骤 5

在"请选择文档中的位置"列表框中选定链接的目标，如选定"最后一张幻灯片"，这样当幻灯片放映时，单击选定的超链接对象，即可直接跳转到最后一张幻灯片。

步骤 6

如果希望鼠标指向超链接对象时，能够显示提示信息，单击【屏幕提示】按钮，如图 4-72 所示，弹出"设置超链接屏幕提示"对话框，对话框中输入提示文字，如输入："单击此处将跳转到最后一张张幻灯片"，单击【确定】按钮，返回"插入超链接"对话框，对话框中单击【确定】按钮，完成设置超链接的操作。

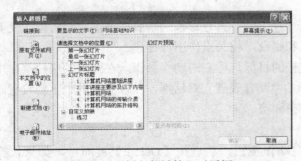

图 4-71 "插入超链接"对话框

图 4-72 "设置超链接屏幕提示"对话框

步骤 7

进入幻灯片放映视图后，将鼠标指向超链接对象时，鼠标指针会变为手形，同时在屏幕上出现了提示文字，此时单击即可直接跳转到指定的位置。

（4）归纳分析

在幻灯片中创建超链接的目的，是为了使用户在幻灯片的放映过程中，能够灵活地跳转到指定的位置，可以跳转到当前演示文稿的其他幻灯片、另一个演示文稿、某一个 Internet 的地址或运行其他的程序。

可以通过动作按钮实现幻灯片的超链接，如果不希望在幻灯片上出现动作按钮，也可以选定幻灯片中任一对象（如文本、图片等）作为超链接的对象，在设置超链接时，最好采用鼠标单击的方式，采用鼠标指向的方式在幻灯片放映时易发生误操作，出现意外的跳转。鼠标指向的方式一般适用于屏幕演示。

任务 2　创建议程幻灯片

（1）目标与任务分析

所谓议程幻灯片是指一张列出演示文稿主要内容的幻灯片，它相当于演示文稿的目录，议程幻灯片一般为演示文稿的第一张幻灯片，它可以帮助观众了解整个播放过程。

本任务首先介绍创建议程幻灯片的操作方法，然后介绍在使用议程幻灯片时，如何跳转到演示文稿的相关章节，当到达指定章节的末尾时又可以返回到议程幻灯片的操作。

（2）操作思路

完成本任务时，首先在幻灯片浏览视图中创建议程幻灯片；然后为演示文稿的相关章节创建自定义放映；最后为议程幻灯片创建超链接。

（3）操作步骤

步骤 1

如图 4-73 所示，打开要创建议程幻灯片的演示文稿，并切换到幻灯片浏览视图方式。该演示文稿由 4 张幻灯片组成，其中第一张和第三张幻灯片是两个章节的起始幻灯片。

步骤 2

选定在议程幻灯片中要使用其标题的幻灯片，在图 4-73 中，我们按住【Ctrl】键依次单击第一张幻灯片和第三张幻灯片（两个章节的起始幻灯片）。

步骤 3

单击"幻灯片浏览"工具栏上的【摘要幻灯片】按钮，如图 4-74 所示，此时一张带有项目符号的新幻灯片会出现在最前面，成为第一张幻灯片。

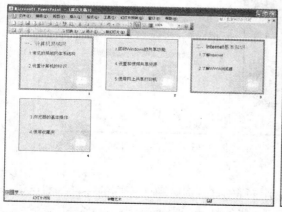

图 4-73　要创建议程幻灯片的演示文稿

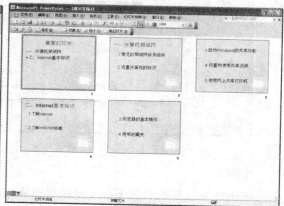

图 4-74　自动生成摘要幻灯片

该幻灯片的标题为"摘要幻灯片"，内容为步骤 2 中所选幻灯片的标题。

步骤 4

从图 4-74 中可以看出议程幻灯片与其他幻灯片之间的关系，在播放演示文稿时，放映次序按幻灯片编号：要么是 1、2、3，要么是 1、4、5。

步骤 5

按照 4.3 节任务 2 介绍的方法，分别创建两个自定义放映，两个自定义的名称为"自定义放映 1"和"自定义放映 2"，其中一个包含幻灯片 2 和幻灯片 3，另一个包含幻灯片 4 和幻灯片 5。

步骤 6

议程幻灯片创建后，为保证幻灯片放映时的正常跳转，还需要对其进行超链接的设置，选定议程幻灯片后，将演示文稿切换到普通视图中，如图 4-75 所示，选定文本"一、计算机局域网"作为链接对象。

依次单击菜单栏上的【幻灯片放映】→【动作设置】命令，弹出如图 4-70 所示的"动作设置"对话框，在对话框中选择"鼠标单击"选项卡，"超链接到"下拉列表框中选择"自定义放映"。

步骤 7

如图 4-76 所示，在弹出的"链接到自定义放映"对话框中，选择"自定义放映 1"（包含幻灯片 2 和幻灯片 3），同时选择"放映后返回"复选框，使得自定义放映最后一张幻灯片后返回议程幻灯片。单击【确定】按钮，回到"动作设置"对话框中，该对话框中单击【确定】按钮，完成对议程幻灯片中第一个项目的超链接设置。

重复以上操作，对议程幻灯片的第二个项目（文本"二、Internet 基本知识"）进行超链接的设置，将其链接到"自定义放映 2"（包含幻灯片 4 和幻灯片 5）。

图 4-75 选定文本作为链接对象

图 4-76 "链接到自定义放映"对话框

步骤 8

切换到幻灯片放映视图，可以发现当放映到议程幻灯片时，单击不同的项目，即可跳转到不同的自定义放映中，当该自定义放映到最后一张幻灯片后自动返回到议程幻灯片。

（4）归纳分析

本任务是一个综合性的操作，它实际上涉及了 3 个相关操作：创建议程幻灯片、创建自定义放映和创建超链接。议程幻灯片可以理解为演示文稿的目录，它可以帮助观众了解整个播放过程。默认状态下议程幻灯片的标题为"摘要幻灯片"，内容为用户所选定的幻灯片的标题。

任务 3　演示文稿的打包

（1）目标与任务分析

当在一台计算机上创建完演示文稿后，需要在另一台计算机上放映时，有可能遇到这样的情况：用于放映演示文稿的计算机有可能没有安装 PowerPoint 或没有安装要使用的字体，从而使幻灯片的放映受到影响。本任务主要介绍如何使在一台计算机上创建的演示文稿能够在另一台计算机上正常放映的操作。

（2）操作思路

Microsoft Office PowerPoint 2003 中的"打包成 CD"是一个非常有用的工具，借助于该工具用户可以将一个或多个演示文稿随同支持文件（包括相应的链接文件、TrueType 字体等）复制到 CD 中。默认情况下，Microsoft Office PowerPoint 播放器会包含在 CD 上，这样即使计算机未安装 PowerPoint 通过打包的播放器也可在其他计算机上运行打包的演示文稿。

（3）操作步骤

步骤 1

打开要打包的演示文稿，依次单击菜单栏上的【文件】→【打包成 CD】命令，如图 4-77 所示，弹出"打包成 CD"对话框。

步骤 2

在"将 CD 命名为"文本框中，为 CD 输入名称。如果除了打开的演示文稿外还需要打包其他的演示文稿，单击【添加文件】按钮，如图 4-78 所示弹出"添加文件"对话框。

图 4-77　"打包成 CD"对话框

图 4-78　"添加文件"对话框

步骤 3

"添加文件"对话框中选择需要打包的其他演示文稿，单击【添加】按钮，返回到"打包成 CD"对话框，如图 4-79 所示，此时对话框中将需要打包的演示文稿以列表的形式排列起来。该排列顺序也代表了打包后的播放顺序。

步骤 4

单击【选项】按钮，弹出如图 4-80 所示的"选项"对话框，若不想将播放器与演示文稿一起打包，可清除"PowerPoint 播放器"复选框，选择"链接的文件"和"嵌入的 TrueType 字体"复选框，可将演示文稿中的链接文件及使用的 TrueType 字体与演示文稿一起打包，根据需要设置打包文件的打开权限密码和修改权限密码。单击【确定】按钮，返回到"打包成 CD"对话框。

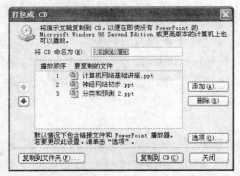

图 4-79　打包的演示文稿以列表的形式排列

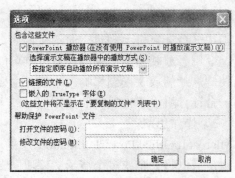

图 4-80　"选项"对话框

步骤 5

将 CD 盘插入到驱动器中，如果没有 CD 刻录硬件设备，也可使用"打包成 CD"功能将演示文稿打包到计算机上的文件夹、某个网络位置或者软盘中，而不是直接复制到 CD 中。本任务中我们将演示文稿打包到计算机的文件夹中，单击【复制到文件夹】按钮，弹出如图 4-81 所示的"复制到文件夹"对话框，"位置"文本框中输入保存打包文件的文件夹路径，单击【确定】按钮，返回到"打包成 CD"对话框，单击【关闭】按钮，完成打包操作。

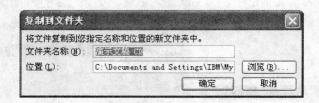

图 4-81　"复制到文件夹"对话框

步骤 6

启动 Windows 资源管理器，打开保存打包文件的文件夹，可以发现图 4-79 所示的需要打包的演示文稿都出现在此文件夹中，启动 PowerPoint 后即可放映这些被打包的演示文稿。在文件夹中还有一个名为 pptview.exe 的程序，该程序就是打包时所带的 PowerPoint 播放器。当计算机没有安装 PowerPoint 时，只需双击打开该播放器即可播放演示文稿。

（4）归纳分析

本任务中主要介绍了演示文稿的打包操作，将演示文稿打包的目的是为了保证在一台计算机上创建的演示文稿能够在另一台计算机上正常放映。

借助于 PowerPoint 提供的"打包成 CD"工具，用户可以把制作好的演示文稿和与其相关的文件（包括相应的链接文件、TrueType 字体等）打包，拿到另一台计算机上放映。即使该计算机未安装 PowerPoint，通过打包的播放器也可放映演示文稿。

习　题

1. 启动"内容提示向导"创建一个演示文稿，演示文稿的类型为"商务计划"，输出类型为"屏幕演示文稿"，其他过程均为默认状态。根据需要对该演示文稿进行完善后，将该演示文稿以文件名"练习 1.ppt"保存。

2. 使用"设计模板"创建如图 4-82 所示的演示文稿，选用的模板为"谈古论今"，幻灯片版式为"标题幻灯片"，为幻灯片添加图 4-82 所示的标题。将该演示文稿以文件名"练习 2.ppt"保存。

3. 打开演示文稿"练习 1.ppt"并切换到幻灯片浏览视图，如图 4-83 所示。对该演示文稿进行如下操作：
   - 删除编号为 7、8、9 的三张幻灯片。
   - 在第四张幻灯片和第五张幻灯片之间插入一张新幻灯片，新幻灯片的版式为"空白"。
   - 制作第一张幻灯片的副本，并将其移动到演示文稿的最后。
   - 将第三张幻灯片的版式更改为"垂直排列标题与文本"版式。

   完成以上操作后将演示文稿另存为"练习 3.ppt"。

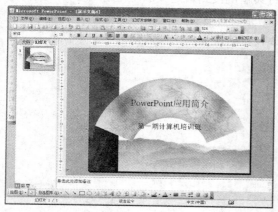

图 4-82　练习 2.ppt

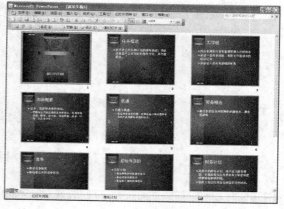

图 4-83　练习 1.ppt

4. 打开演示文稿"练习 2.ppt"，将新的设计模板"雪莲花开"应用到该演示文稿中。

5. 新建一个演示文稿，在幻灯片中插入如图 4-84 所示的表格，为表格添加边框线，单元格中的文字设置为水平居中且垂直居中。

6. 新建一个演示文稿，在幻灯片中插入一个自己设计的组织结构图。

7. 打开演示文稿"练习 2.ppt"，在幻灯片中插入"剪辑库"中的声音和影片，并在幻灯片放映视图中播放插入的声音和影片。

图 4-84　插入表格内容

8. 创建一个含有 6 张幻灯片的演示文稿，每页幻灯片的内容自定，对该演示文稿进行如下操作：

- 分别建立两个名称为"练习 1"和"练习 2"的自定义放映，自定义放映"练习 1"中指定的放映顺序为幻灯片 1、3、5，自定义放映"练习 2"中指定的放映顺序为幻灯片 2、4、6。
- 在第一张幻灯片中添加一个动作按钮，将其超链接到自定义放映"练习 2"，当自定义放映"练习 2"放映完毕后，跳转回第一张幻灯片。
- 将演示文稿设置为定时换页方式，每隔 2 秒自动换页，切换效果为"向下插入"，声音效果为"打字机"。

第 5 章 ｜ 网络办公应用

计算机网络的出现使办公自动化技术发生了革命性的演变，赋予了办公自动化技术新的内涵，彻底改变了人们的办公方式，而且这种变化还在不断继续深入。现在的人们没有网络同样可以办公，但有了网络就可以使办公过程更加高效。本章将要介绍与网络办公应用有关的操作，主要内容包括利用局域网实现资源共享、信息传输；在 Internet 中进行浏览和搜索相关信息以及收发电子邮件的操作；最后将向读者介绍一些在网络办公中常用的软件。

5.1 连接 Internet

要使用 Internet 上的资源，用户必须使自己的计算机通过某种方式与 Internet 上的某一台服务器连接起来，否则无法获取网络中的信息。此时用户面临的首要问题就是如何选择 Internet 的接入方式，即用何种设备、通过什么接入网（Access network）接入 Internet。从根本上讲，接入 Internet 的方式是由接入网的类型决定的，常见的接入网主要有：公共数据通信网（电信网）、计算机网络（局域网）、有线电视网以及无线通信网等，所以接入 Internet 的方式也是多种多样的，一般来讲，它们可以分为两类：单机连接方式和局域网连接方式。

本节中将重点介绍目前较为流行的几种 Internet 连接方式。

任务 1 使用调制解调器拨号上网

（1）目标与任务分析

使用调制解调器（Modem）通过电话线拨号上网，是最简单、最容易的上网方式，比较适合个人、家庭用计算机。以拨号方式上网，用户必须要有一部电话。其次就是调制解调器。使用调制解调器的目的是为了解决以下问题：由于普通电话线只能传输模拟信号，计算机中的数字信号无法直接在普通的电话线上传输，调制解调器可以将数字信号与模拟信号进行相互转换。在发送端，调制解调器将计算机中的数字信号转换成能够在电话线上传输的模拟信号，该过程叫做调制；在接收端，将接收到的模拟信号转换成能够被计算机识别的数字信号，该过程叫做解调。

本任务将介绍当用户拥有一部电话并已准备好调制解调器后，如何将自己的计算机连接到 Internet 的操作。

（2）操作思路

在接入 Internet 之前，用户首先要选定一个 Internet 服务提供商（Internet services provider，ISP），以建立自己的计算机与 ISP 服务器的连接，此时用户需要从 ISP 处得到一些相关信息，主要包括：拨号号码、用户名及用户密码。完成本任务时，以 163 账号为例（该账号的拨号号码、用户名及用户密码均为 163），介绍在 Windows XP 下建立拨号连接的操作。

（3）操作步骤

步骤1

将调制解调器与计算机端口及电话线连接起来，启动计算机后安装调制解调器的驱动程序（过程从略）。

步骤2

依次任务栏上的【开始】→【所有程序】→【附件】→【通讯】→【新建连接向导】命令，打开"新建连接向导"对话框，如图5-1所示。

步骤3

在"新建连接向导"对话框中，单击【下一步】按钮，弹出"网络连接类型"对话框，如图5-2所示。

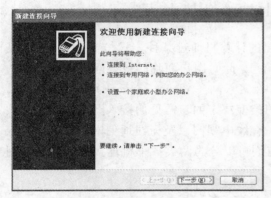
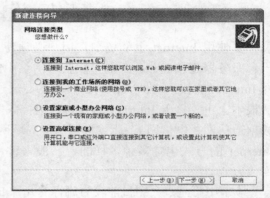

图5-1　"新建连接向导"之一　　　　图5-2　"新建连接向导"之二

在"网络连接类型"对话框中选择"连接到Internet"单选按钮，单击【下一步】按钮，弹出"准备好"对话框，如图5-3所示。

步骤4

在"准备好"对话框中，选择"手动设置我的连接"单选按钮，单击【下一步】按钮，弹出"Internet连接"对话框，如图5-4所示。

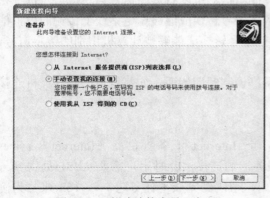
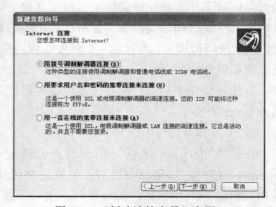

图5-3　"新建连接向导"之三　　　　图5-4　"新建连接向导"之四

步骤 5

在"Internet 连接"对话框中，选择"用拨号调制解调器连接"单选按钮，单击【下一步】按钮，弹出"连接名"对话框，如图 5-5 所示。

步骤 6

在"连接名"对话框中，在"ISP 名称"文本框内输入当前所创建的连接名称，在此输入一个非常直观的名称："Modem 连接"，单击【下一步】按钮，弹出"要拨的电话号码"对话框，如图 5-6 所示。

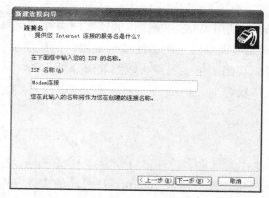

图 5-5　"新建连接向导"之五

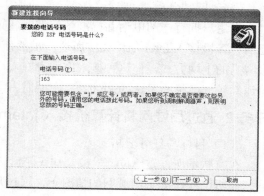

图 5-6　"新建连接向导"之六

步骤 7

"要连接的电话号码"对话框中，在"电话号码"文本框中输入 ISP 提供的拨号号码：163，单击【下一步】按钮，弹出"Internet 账户信息"对话框，如图 5-7 所示。

步骤 8

"Internet 账户信息"对话框中，依次输入 ISP 提供给用户的用户名及密码。

要使任何使用本机登录 Internet 的用户都有权使用该连接，可选择"任何用户从这台计算机连接到 Internet 时使用此账户名和密码"复选框。

当系统需要进行拨号时，要使当前的连接成为默认的拨号连接，可选中"把它作为默认的 Internet 连接"复选框。

单击【下一步】按钮，弹出"正在完成新建连接向导"对话框，如图 5-8 所示。

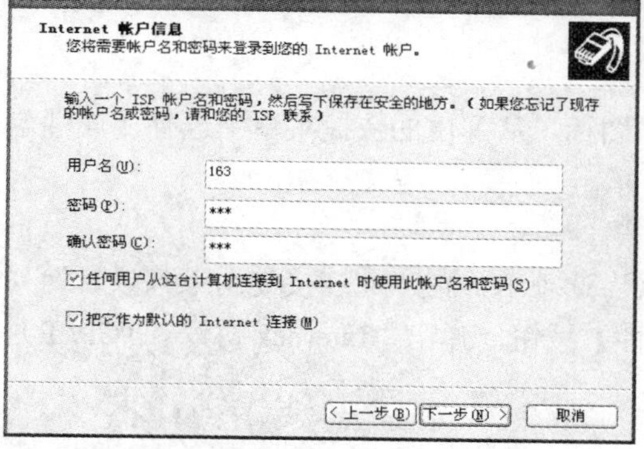

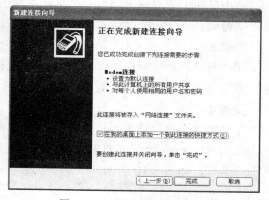

图 5-7　"新建连接向导"之七

图 5-8　"新建连接向导"之八

步骤 9

"正在完成新建连接向导"对话框中，显示了正在创建的 Internet 连接的相关信息，若要在桌面上创建该连接的快捷方式，可选中"在我的桌面上添加一个到此连接的快捷方式"复选框，单击【完成】按钮，完成创建该 Internet 连接的操作。

步骤 10

双击桌面上 Internet 连接的快捷方式图标，弹出 Internet 连接对话框，单击【拨号】按钮，即可以进行连接。

（4）归纳分析

当用户拥有一部电话并已准备好调制解调器后，利用 Windows 提供的连接向导即可将自己的计算机接入 Internet。如前所述，虽然使用调制解调器通过电话线拨号上网，是最简单、最容易的上网方式，但这种接入方式存在着明显的缺陷，主要表现为线路的可靠性不高；传输速率较低（最高可达 56kbit/s）；上网时占用电话线等。

任务 2 通过局域网将计算机接入 Internet

（1）目标与任务分析

在有些场所，如单位、学校及居民小区内，往往需要将多台计算机同时接入 Internet，在这些场所已经建立了局域网的情况下，通过局域网将计算机接入 Internet 是最佳的选择。本任务我们将介绍在 Windows XP 下通过局域网将计算机接入 Internet 的操作过程。

（2）操作思路

通过局域网将计算机接入 Internet，用户首先要从系统管理员处获得以下相关信息：本机 IP 地址、代理服务器 IP 地址、DNS 服务器 IP 地址、网关、子网掩码等。将以上信息依次填入"Internet 协议（TCP/IP）属性"及"局域网设置"对话框中的相应位置即可将计算机通过局域网将计算机接入 Internet。

（3）操作步骤

步骤 1

将网卡正确地安装到计算机中并启动计算机，大多数情况下 Windows XP 能够自动安装网卡的驱动程序。网卡安装完毕后，系统会自动添加 TCP/IP 通信协议。

步骤 2

右击桌面上的"网上邻居"图标，在弹出的快捷菜单中选择【属性】命令，打开"网络连接"窗口。

步骤 3

在"网络连接"窗口中，右击"本地连接"图标，从弹出的快捷菜单中选择【属性】命令，弹出"本地连接属性"对话框，如图 5-9 所示。

步骤 4

在"本地连接属性"对话框中，选定"常规"选项卡，在"此连接使用下列项目"列表框内选定"Internet 协议（TCP/IP）"，单击【属性】按钮，弹出"Internet 协议（TCP/IP）属性"对话框，如图 5-10 所示。

图 5-9 "本地连接属性"对话框

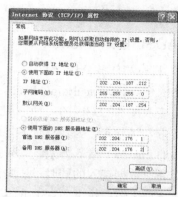

图 5-10 "Internet 协议（TCP/IP）属性"对话框

步骤 5

在"Internet 协议（TCP/IP）属性"对话框中，选定"使用下面的 IP 地址"单选按钮，按照网络管理员提供的信息，依次输入本机 IP 地址、子网掩码、默认网关及 DNS 服务器 IP 地址，单击【确定】按钮，返回到图 5-9 所示的"本地连接属性"对话框，单击【关闭】按钮。

步骤 6

依次单击 Windows XP 任务栏上的【开始】→【控制面板】命令，打开"控制面板"窗口，双击"Internet 选项"图标，弹出"Internet 属性"对话框，如图 5-11 所示，在"连接"选项卡下，单击【局域网设置】按钮，弹出"局域网设置"对话框，如图 5-12 所示。

步骤 7

"局域网设置"对话框中，在"地址"文本框和"端口"文本框内依次输入代理服务器的 IP 地址及端口号，单击【确定】按钮，完成设置操作。

图 5-11 "Internet 属性"对话框

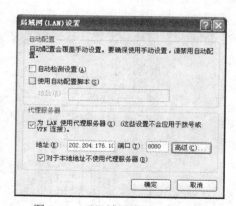

图 5-12 "局域网设置"对话框

（4）归纳分析

计算机接入 Internet 的方式既可以通过调制解调器拨号上网，还可以通过局域网接入。拨号上网是最简单、最容易的上网方式，比较适合个人、家庭用计算机；通过局域网上网可以借助一台代理服务器将多台计算机同时接入 Internet，适用于单位、学校及居民小区等场所，使用代理服务器除了可以接入 Internet 外，用户还可以通过访问服务器中所保存的缓存来提高访问速度。

任务 3 ADSL 接入 Internet

（1）目标与任务分析

ADSL（asymmetrical digital subscriber loop）的中文名称为"非对称数字用户线环路"，它是铜线接入技术 xDSL 的一种，ADSL 以普通电话线（铜双绞线）为传输介质，是目前最普及的宽带入网方式，因其具有下行速率高、频带宽等特点而深受广大用户的喜爱，是一种快捷高效的 Internet 接入方式。它采用一对普通电话线连接到用户的家中、办公室里，使用户在享受高速数据接入的同时不影响语音通信。所谓非对称性主要体现在上行速率和下行速率的非对称性上，理论上 ADSL 的传输速率上行最高达到 1Mbit/s，下行最高达到 8Mbit/s，目前电信网一般情况下速率为：上行速率 64kbit/s 和下行速率 512kbit/s。本任务将介绍利用 ADSL 技术将计算机接入到 Internet 的操作。

（2）操作思路

利用 ADSL 技术接入 Internet 之前，用户要添加以下设备：网卡、信号分离器（又叫滤波器）、ADSL Modem 以及两根两端做好 RJ-11 头的电话线和一根两端做好 RJ-45 头的双绞线网线；其次需要从 ISP 处得到一些相关信息，主要包括：用户名和用户密码。

ADSL 接入互联网有两种主要方式，专线接入和虚拟拨号，专线接入由 ISP 提供静态 IP 地址、主机名称、DNS 等入网信息，软件的设置和安装局域网一样，由于这种方式占用 ISP 有限的 IP 地址资源，所以目前主要针对企业。虚拟拨号方式使用 PPPoE 协议软件（point-to-point protocol over ethernet，以太网上的点对点协议），然后按照传统拨号方式上网，ISP 分配动态 IP。由于 Windows XP 已经绑定了 PPPoE 协议，因此在 Windows XP 环境下用户不必再安装虚拟拨号软件。本任务将介绍用虚拟拨号的方式接入 Internet 的操作。

（3）操作步骤

步骤 1

安装网卡、信号分离器（滤波器）及 ADSL Modem 等硬件设备，如图 5-13 所示。

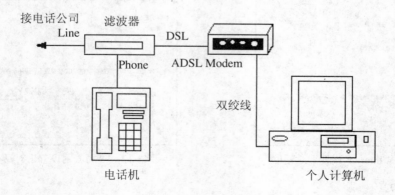

图 5-13　硬件安装示意图

安装信号分离器时，先将来自电信局端的电话线接入信号分离器的输入端，然后再用事先准备好的电话线一头连接信号分离器的语音信号输出口，另一端连接电话机。此时电话机已经能够接听和拨打电话了。信号分离器是用来将电话线路中的高频数字信号和低频语音信号分离的。低频语音信号由分离器接电话机用来传输普通语音信息；高频数字信号则接入 ADSL Modem，用来传输上网信息。

　　安装 ADSL Modem 时，用事先准备好的另一根电话线将来自于信号分离器的 ADSL 高频信号接入 ADSL Modem 的 ADSL 插孔，将双绞线一头连接 ADSL Modem 的 Ethernet 插孔，另一头连接计算机网卡中的网线插孔。

　　打开 ADSL Modem 的电源并启动计算机，Windows XP 会检测到安装了新的硬件，同时启动"添加新硬件向导"安装相应的驱动程序。

步骤 2

　　依次任务栏上的【开始】→【所有程序】→【附件】→【通讯】→【新建连接向导】命令，打开"新建连接向导"对话框，如图 5-14 所示。

步骤 3

　　在"新建连接向导"对话框中，单击【下一步】按钮，弹出"网络连接类型"对话框，如图 5-15 所示，选择"连接到 Internet"单选按钮，单击【下一步】按钮，弹出"准备好"对话框，如图 5-16 所示。

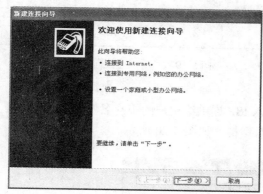

图 5-14　"新建连接向导"之一

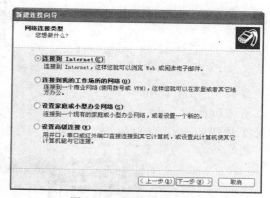

图 5-15　"新建连接向导"之二

步骤 4

　　在"准备好"对话框中，选择"手动设置我的连接"单选按钮，单击【下一步】按钮，弹出"Internet 连接"对话框，如图 5-17 所示。

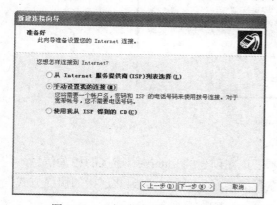

图 5-16　"新建连接向导"之三

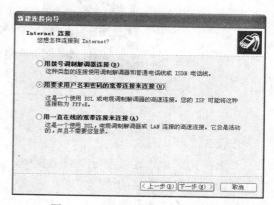

图 5-17　"新建连接向导"之四

步骤 5

"Internet 连接"对话框中，单击选定"用要求用户名和密码的宽带连接来连接"单选按钮，单击【下一步】按钮，弹出"连接名"对话框，如图 5-18 所示。

步骤 6

"连接名"对话框中，在"ISP 名称"文本框内输入当前所创建的连接名称，单击【下一步】按钮，弹出"Internet 账户信息"对话框，如图 5-19 所示。

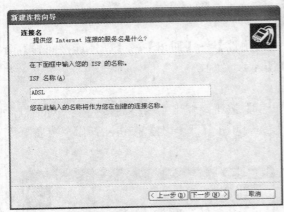
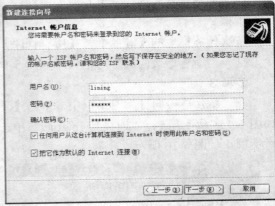

图 5-18　"新建连接向导"之五　　　　　图 5-19　"新建连接向导"之六

步骤 7

在"Internet 账户信息"对话框中，依次输入 ISP 提供给用户的用户名及密码，单击【下一步】按钮，弹出"正在完成新建连接向导"对话框，如图 5-20 所示。

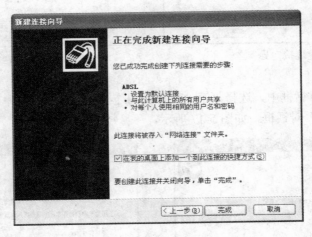

图 5-20　"新建连接向导"之七

步骤 8

"正在完成新建连接向导"对话框中，显示了正在创建的 Internet 连接的相关信息，若要在桌面上创建该连接的快捷方式，可选中"在我的桌面上添加一个到此连接的快捷方式"复选框，单击【完成】按钮，完成 ADSL 接入 Internet 的操作。

（4）归纳分析

与调制解调器（Modem）通过电话线拨号上网相比，ADSL 具有下行速率高、上网的同时不影响打电话、费用低廉等优点，需要指出的是：ADSL 技术还是有一定的不足，由于使用的是普通电话线路，但 ADSL 对电话线路质量要求较高，如果电话线路质量不好或线路受到干扰时易造成工作不稳定或断线，另外传输距离较短，当用户与电话局的距离超过 2km 时，必须使用中继设备，这使得 ADSL 在偏远地区得不到普及。

5.2　局域网的办公应用

任务 1　设置和使用共享资源

（1）目标与任务分析

如前所述，资源共享是计算机网络的基本功能之一，本任务主要解决以下两个问题：在 Windows XP 环境下如何设置本机资源的共享，允许其他用户使用你计算机中的文件；如何访问局域网中其他计算机并使用该机用户提供的共享资源。Windows XP 环境下默认的共享方式是简单文件夹共享，本任务只讨论该方式下的资源共享。

（2）操作思路

本任务中，首先介绍设置计算机标识的操作。由于在局域网中有许多台计算机，为了能够找到指定的计算机，首先必须要标识局域网中的每一台计算机，这是使用共享资源的前提。在此基础上介绍设置和使用共享资源的操作，设置共享资源时一定要有网络安全意识，要防止未经授权的用户随意修改或删除本机的文件，最常用的方法是将对共享资源的访问方式设置为不同的类型。

本教材并不涉及有关如何建立局域网的操作，在此我们假设已正确安装了硬件（网卡、网络电缆、集线器等）及相关的软件（网卡驱动程序、协议、客户和服务等），即局域网已建立完毕（Windows 桌面上会出现"网上邻居"图标）。

（3）操作步骤

步骤 1

依次单击任务栏上的【开始】→【控制面板】命令，打开 Windows "控制面板"窗口，双击窗口中的"系统"图标，如图 5-21 所示，弹出"系统属性"对话框。

步骤 2

在"系统属性"对话框中，单击"计算机名"选项卡，在"计算机描述"文本框中输入该台计算机的说明文字，这些文字用来描述该台计算机的特征（如部门或所在位置的信息）。在此输入文字"计算机教研室"。

网络上有计算机名称和工作组名称两个标识，计算机名称是指计算机在网络中的名称，局域网中的每一台计算机应当有不同的名称，工作组是几台计算机的逻辑组合，实际应用中，一般将工作组命名为本部门的名称，这样在局域网上就很容易辨别了。

步骤 3

双击桌面上的"网上邻居"图标，打开该程序窗口，在左侧窗格中单击"查看工作组计算机"超链接，双击本机所属的工作组图标，如图 5-22 所示，就可以在"网上邻居"窗口中看到本机的图标了。

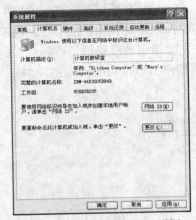

图 5-21　"系统属性"对话框　　　　图 5-22　"网上邻居"窗口中看到本机图标

步骤 4

打开"资源管理器"或"我的电脑"窗口，右击某一个准备共享的文件夹或驱动器（单个文件不允许设置为共享资源），例如，右击 C 盘中的"多媒体软件"文件夹，在快捷菜单中选择【共享和安全】命令，弹出如图 5-23 所示的文件属性对话框。

步骤 5

在图 5-23 所示的对话框"网络共享和安全"选项组中，选择"在网络上共享这个文件夹"复选框，在"共享名"文本框中输入该共享文件夹在网络上显示的共享名称，我们使用文件夹的原有名称。此时该共享文件夹被设置为"只读"访问方式，即允许其他用户读取或复制共享的文件夹，但不可以修改或删除该文件夹。

若选择"允许网络用户更改我的文件夹"复选框，则该共享文件夹被设置为"完全"访问方式，即允许其他用户修改、添加或删除该文件夹。

完成共享设置后，如图 5-24 所示，共享文件夹的图标会变为下面出现一只手托起的图标形式。

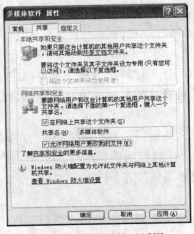

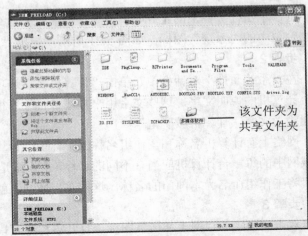

图 5-23　文件属性对话框　　　　图 5-24　将文件夹设置为共享

步骤 6

打开局域网中的另外一台计算机，若要使用某台计算机上的共享资源，只需在"网上邻居"中找到该台计算机，双击其图标，该计算机的共享资源就会显示出来，例如，双击"Workgroup"工作组中的计算机描述为"计算机教研室"的计算机图标，可以看到该台计算机所有的共享文件夹，此时就可以根据原来设置的访问权限使用网络上的共享资源了。

（4）归纳分析

本任务中，主要介绍了两个操作：如何设置本机资源的共享，允许其他用户使用你的计算机中的文件；如何使用局域网中其他用户提供的共享资源。在设置共享资源时，一定要有网络安全意识，要防止未经授权的用户随意修改或删除本机的文件，最常用的方法是将对共享资源的访问方式设置为不同的类型并通过密码加以授权。

Windows XP 环境下默认的共享方式是简单文件夹共享方式，本任务只讨论了简单文件夹共享方式下的资源共享操作，需要指出的是：这种共享方式不是十分安全，因为同一局域网中的所有计算机通过"网上邻居"不用任何授权都可以共享到这台计算机的共享资源。

要想改变这种简单共享方式，首先打开"我的电脑"或"Windows 资源管理器"窗口，依次单击菜单栏上的【工具】→【文件夹选项】命令，在弹出的"文件夹选项"对话框中选择"查看"选项卡，取消选择"使用简单共享（推荐）"复选框，此时图 5-23 所示的"文件夹属性"对话框会发生改变，可以对用户的权限进行设置。然后在 Windows "控制面板"窗口中双击"用户账户"图标，创建一个有密码的用户。通过以上操作，以后局域网中的计算机，只有输入正确的用户名和密码，才能查看或修改共享文件夹中的内容。有兴趣的读者不妨试一试。

任务 2　使用网上共享打印机

（1）目标与任务分析

本任务主要解决如下问题：在一个已建成局域网的办公室中，如果只有一台计算机配备了打印机，如何使网络中的所有用户都能够使用该台打印机，而不必在一台计算机前用软盘或其他移动存储设备去排队。

（2）操作思路

由于已建成了局域网，所以完成本任务就非常方便了，利用网络的资源共享功能，只要将安装好的打印机设置为共享状态，其他没有安装打印机的用户只需在自己的计算机上添加网络打印机就可以了。

（3）操作步骤

步骤 1

打开已配备了打印机的计算机，在"控制面板"窗口中双击"打印机和传真"图标，打开"打印机和传真"窗口，右击已安装的打印机图标，在弹出的快捷菜单中选择【共享】命令。

步骤 2

如图 5-25 所示，弹出的打印机属性对话框中，单击"共享"选项卡，选择"共享这台打印机"单选按钮，在"共享名"文本框中输入该台打印机在网络上的共享名称，如输入的名称为"共享打印机"，单击【确定】按钮。此时，打印机的图标会变为下面出现一只手托起的图标形式。

步骤3

打开局域网中另外一台计算机，在"控制面板"窗口中双击"打印机和传真"图标，打开"打印机和传真"窗口，在左窗格中单击"添加打印机"超链接，如图 5-26 所示，启动"添加打印机向导"，单击【下一步】按钮。

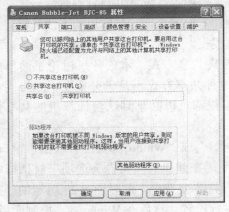

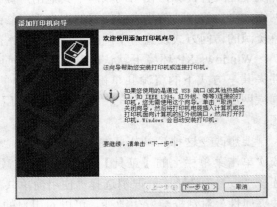

图 5-25　打印机属性对话框　　　　　　图 5-26　"添加打印机向导"之一

步骤4

在如图 5-27 所示的"添加打印机向导"中，选择"网络打印机或连接到其他计算机的打印机"单选按钮，单击【下一步】按钮。

步骤5

在如图 5-28 所示的"添加打印机向导"中，选择"浏览打印机"单选按钮，单击【下一步】按钮。

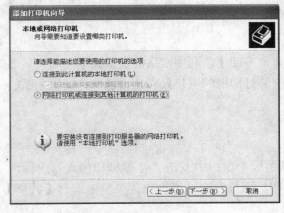

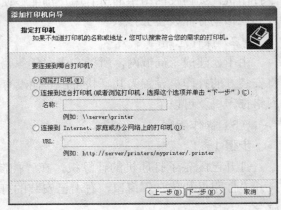

图 5-27　"添加打印机向导"之二　　　　图 5-28　"添加打印机向导"之三

步骤 6

在如图 5-29 所示的"添加打印机向导"中，在"共享打印机"列表框中选定要设置为共享的打印机，此时在"打印机"文本框中将显示该打印机的名称，单击【下一步】按钮。

步骤 7

在如图 5-30 所示的"添加打印机向导"中询问"是否希望将这台打印机设置为默认打印机？"，选择"是"单选按钮，则在进行打印时，用户若不指定其他打印机，系统自动将文件发送到默认打印机进行打印。单击【下一步】按钮。

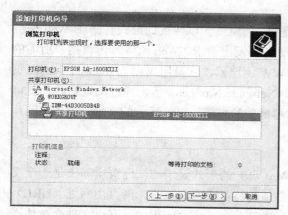

图 5-29 "添加打印机向导"之四

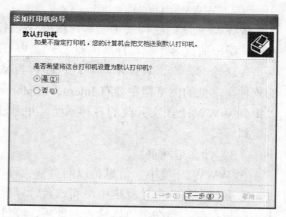

图 5-30 "添加打印机向导"之五

步骤 8

"添加打印机向导"中，单击【完成】按钮。

网络打印机安装成功后，其图标下面会出现网络节点标志，表明它是网络上的资源。由于计算机能够使用网络打印机，所以当在应用程序中执行打印命令（如在 Word 中依次单击菜单栏上的【文件】→【打印】命令）时，就可以像使用本机配备的打印机一样进行打印操作了。

（4）归纳分析

如前所述，资源共享是网络的基本功能之一，资源共享应包括硬件资源、软件资源和数据资源的共享。本任务就是硬件资源共享的一个范例，在本机安装网络打印机，实质上就是让本机的操作系统 Windows XP 能够控制远程打印机，当需要打印的时候，Windows 系统将打印请求发送到网络打印机上去执行打印任务。

5.3 IE 浏览器的使用

任务 1 了解与 WWW 有关的基本概念

（1）什么是 WWW

WWW（world wide web）称为万维网，它是建立在 Internet 上的一种多媒体集合，它的出现是 Internet 发展中的一个里程碑。WWW 以超文本置标语言 HTML（hypertext mark language）与超文本传输协议 HTTP（hypertext transfer protocol）为基础，为用户提供面向

Internet 的服务。

要想了解 WWW，首先要了解超文本（hypertext）的基本概念，因为它是 WWW 的信息组织形式。所谓超文本实际上是一种电子文档，其中的文字包含有可以链接到其他字段或者文档的超文本链接，允许从当前阅读位置直接切换到超文本链接所指向的文字。超文本通常使用超文本置标语言 HTML 编写。HTML 是一种描述文档结构的语言，它使用描述性的标记符（称为标签）来指明文档的不同内容。"超文本"这个词早期在英语词典上并不存在，是美国人泰得·纳尔逊（Ted Nelson）于 1965 年提出的，后来超文本一词得到世界的公认。

（2）WWW 浏览器

WWW 系统的结构采用了客户机/服务器模式，信息资源以网页的形式存储在 Web 服务器中，用户通过客户端程序（浏览器）向 Web 服务器发出请求，Web 服务器再将用户所需的网页发送给客户端。WWW 客户端程序称为 WWW 浏览器，它是用来浏览 Internet 上的网页的软件，常见的浏览器主要有 Internet Explorer、Netscape Navigator 等，通过浏览器我们就可以得到 WWW 上图文并茂的各种画面，并通过超链接的方法，得到远方的文字、声音、图片等资料。

（3）什么是网页

在 WWW 环境中，信息是以网页（也称 Web 页）的形式显示的，网页实际上是一个文件，它存放在某一台计算机中，而该台计算机必须是与互联网相连的。网页由网址（URL）来识别与存取，当在浏览器输入网址后，经过一段复杂而又快速的程序，网页文件会被传送到你的计算机，然后再通过浏览器解释网页的内容，再展示到用户的眼前。网页一般由文字和图片构成，复杂一些的网页还会有声音、图像、动画等多媒体内容。几乎所有的网页都包含链接，可以方便地跳转到其他相关网页或是相关网站。

为了使读者对网页有一个更直观的认识，可以在 IE 中打开某个网页后，在网页上右击，在弹出的快捷菜单中选择【查看源文件】命令，就可以通过记事本程序看到网页的实际内容。可以看到，网页实际上只是一个纯文本文件，它通过各式各样的标记对页面上的文字、图片、表格、声音等元素进行描述（如字体、颜色、大小），而浏览器则对这些标记进行解释并生成页面，于是就得到你现在所看到的画面了。

（4）统一资源定位器（URL）

万维网 WWW 中含有数量众多的网页，也称 Web 页。可以使用统一资源定位器 URL（uniform resource locator）指定想要查看的 Web 页或某一个位置。URL 不仅给出了要访问的资源类型和资源地址，而且还提供了访问的方法，所以 URL 描述的是如何访问文档、文档在哪里以及文档叫什么名称。

URL 的基本格式为：协议://主机域名或 IP 地址/路径/文件名。其中，"协议"表明了访问资源的方法，协议后的"//"表示远程登录，要访问的主机可以用域名也可以用 IP 地址表示，"路径"和"文件名"表明了要访问的文档名称和存放的文件夹。在 URL 中，路径和文件名不是必需的，有时可以忽略，此时要访问的文档一般是 index.html。

在 URL 中常用到的协议有：

① HTTP 协议：超文本传输协议，表示访问和检索 Web 服务器上的文档。

② FTP 协议：文件传输协议，表示访问 FTP 服务器上的文档。

③ TELNET 协议：表示远程登录到某服务器。

在此我们不详细介绍 URL 的语法结构，只给出几个 URL 的示例加以说明。

URL 示例：

- http://www.pconline.com.cn/mobile/7752.html。表示使用超文本传输协议（HTTP），访问域名为 www.pconline.com.cn 的主机上、mobile 文件夹中的名为 7752.html 文档。

- http://202.204.190.3/newbook/a33.html。表示使用超文本传输协议（HTTP），访问 IP 地址为 202.204.190.3 的主机上、newbook 文件夹中的名为 a33.html 文档。

- ftp://ftp.cpums.edu.cn/incoming/Movies/a1.html。表示使用文件传输协议（FTP），访问域名为 ftp.cpums.edu.cn 的主机上、文件夹 incoming/movies 中的名为 a1.html 文档。

任务 2　了解 WWW 浏览器——Internet Explorer

（1）目标与任务分析

浏览器是 Internet 的主要客户端软件，它主要用来浏览万维网上的信息或在线查阅所需的资料，本任务将要介绍的是目前普遍使用的浏览器软件：Microsoft Internet Explorer 6.0（IE 6.0），包括浏览器的启动及窗口组成等内容。

（2）操作思路

Internet Explorer 是嵌入到操作系统 Windows 中的程序，可以像启动一般应用程序那样启动 Internet Explorer，该程序启动后也是以窗口的形式出现的，其窗口的外观与其他应用程序窗口的外观基本相同，在此只介绍该程序窗口与其他程序窗口的不同之处。本任务的重点在于介绍与浏览相关的概念：超文本和超级链接以及统一资源定位器（URL）。

（3）操作步骤

步骤 1

可以采用以下的方法启动 Internet Explorer：

- 双击桌面上的 IE 图标。
- 依次单击任务栏上的【开始】→【所有程序】→【Internet Explorer】命令。
- 单击任务栏上"快速启动工具栏"中的 IE 图标。

IE 启动后，其程序窗口如图 5-31 所示。

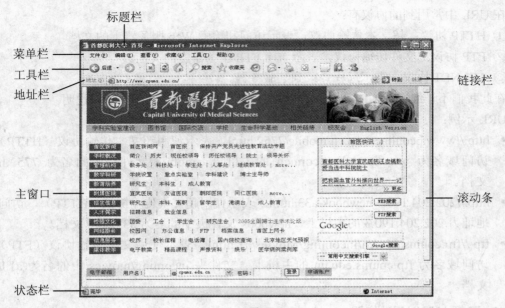

图 5-31　IE 程序窗口

从图 5-31 可以看出，IE 窗口与其他应用程序窗口的外观基本相同，由标题栏、菜单栏、工具栏、地址栏、链接栏、主窗口、状态栏、滚动条等元素组成。下面简要介绍组成窗口的各个元素。

- 标题栏：在标题栏上可以显示当前正在浏览的网页的名称。
- 菜单栏：位于标题栏的下方，IE 6.0 的菜单栏中共有【文件】、【编辑】、【查看】、【收藏】、【工具】和【帮助】等 6 个菜单，利用这些命令，可以完成 IE 6.0 中几乎所有的操作。
- 工具栏：位于菜单栏下方的工具栏上有许多小按钮，每个按钮代表一个操作命令，只需单击这些按钮即可进行各种操作。如果不知道某个按钮的功能，只需将鼠标指针放在该按钮上，马上会出现该按钮的名称。IE 6.0 工具栏上，排列出【前进】、【后退】、【停止】、【刷新】、【主页】、【搜索】、【收藏】和【历史】等工具按钮，单击某一个按钮即可方便地实现相应的功能。
- 链接栏：用户可以在此保存常用 Web 页的快捷方式，以便提高浏览速度。
- 主窗口：在此显示所选 Web 页的内容。图 5-31 显示了"首都医科大学主页"。
- 地址栏：用于输入和显示当前浏览器所浏览的网页地址。用户只有在此输入要浏览的 Web 页地址（即统一资源定位器 URL），按【Enter】键后才能浏览。图 5-31 中，我们在地址栏中输入的 URL 为：http://www.cpums.edu.cn。
- 状态栏：位于窗口底部，可显示 IE 的当前状态。
- 滚动条：分为垂直滚动条和水平滚动条，分别位于窗口的右侧和底部，滚动条两端有滚动箭头，单击该箭头可以上下左右移动文本，滚动条中间有滚动块，拖动该滚动块文本将快速移动。

步骤 2

在图 5-31 所示的窗口中移动鼠标时，可以发现当鼠标指向某些文本时，鼠标指针会变为手形，这表明该文本为超文本（hypertext），它含有指向其他网页的超链接，单击后即可跳转到另一个 Web 页进行访问。

通过这种方式，用户可以非常方便地从一个网页跳转到 Internet 上的其他网页随意浏览，而不必预先知道该网页的 URL 地址，这对浏览操作来说是非常方便的。

（4）归纳分析

浏览器主要用来浏览万维网上的信息或在线查阅所需的资料，本任务主要介绍了 IE 6.0 浏览器。

Internet Explorer 是嵌入到操作系统 Windows 中的程序，可以像启动一般应用程序那样启动 Internet Explorer，该程序启动后也是以窗口的形式出现的，其窗口的外观与其他应用程序窗口的外观基本相同。

本任务的重点在于介绍与浏览相关的两个概念：超文本和超级链接以及统一资源定位器（URL）。所谓超文本（hypertext），是指不仅含有文本信息，而且还含有图形、声音、视频等多媒体信息的文本，最重要的是，它还含有指向其他网页的链接。通过超文本用户可以方便地从一个网页跳转到 Internet 上的其他网页，可以说超文本是 Internet 上实现浏览的基础。URL 的基本格式为：协议://主机域名或 IP 地址/路径/文件名。URL 不仅给出了要访问的资源类型和资源地址，而且还提供了访问的方法。

任务 3　Internet Explorer 的基本操作

（1）目标与任务分析

Microsoft Internet Explorer 是常用的浏览器软件，本任务主要介绍与 IE 有关的基本操作，主要包括：访问清华大学的网站并将该网站设置为 IE 的主页、保存并打印指定的 Web 页、保存 Web 页中的图片和文本以及设置 Internet 历史文件等操作。

（2）操作思路

本任务所涉及的操作，都可以通过 IE 窗口的命令或工具栏上的按钮来完成。

（3）操作步骤

步骤 1

要想访问指定的 Web 站点，首先打开 IE 浏览器，在地址栏中输入 Web 地址后，按【Enter】键或单击地址栏右端的【转到】按钮，等候片刻后即可进入要访问的 Web 站点。

本任务中在 IE 地址栏中输入清华大学的网址：http://www.tsinghua.edu.cn，然后按【Enter】键，如图 5-32 所示，清华大学的主页被打开。

步骤 2

在图 5-32 所示的窗口中，将鼠标指向"人才培养"链接点，此时鼠标指针变为手形，单击鼠标后，如图 5-33 所示即可跳转到新的 Web 页"人才培养"。

在图 5-33 所示的"人才培养"Web 页中，单击工具栏上的【后退】按钮，即可返回到图 5-32 所示的"清华大学"主页。此时在"清华大学"主页中，单击工具栏上的【前进】按钮即可返回到图 5-33 所示的"人才培养"Web 页。

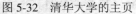

图 5-32　清华大学的主页

图 5-33　"人才培养" Web 页

步骤 3

主页是指每次启动 IE 后，最先显示的 Web 页。为了节约时间，可以将自己喜爱的 Web 页或频繁访问的 Web 页设置为主页。在此将正在访问的清华大学网站设置为 IE 的主页，依次单击菜单栏上的【工具】→【Internet 选项】命令，如图 5-34 所示，弹出"Internet 选项"对话框，单击"常规"选项卡，在"主页"栏中，单击【使用当前页】按钮，此时"地址"文本框中将自动粘贴当前 Web 页的地址。

图 5-34 中，如果单击【使用默认页】按钮，则"地址"文本框中自动粘贴 Microsoft 公司的网址；单击【使用空白页】按钮，则启动 IE 后，不显示任何 Web 页，只显示空白的 IE 窗口；如果要将其他的 Web 页作为主页，可在"地址"文本框中输入其网址。

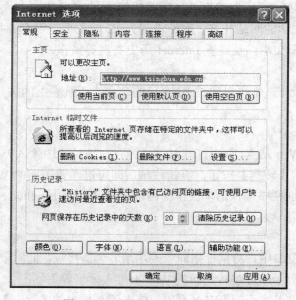

图 5-34　"Internet 选项"对话框

步骤 4

在进行 WWW 浏览时，IE 会按日期自动保存访问过的网页地址，以备查用，所保存的网页就是历史文件。历史文件保存在计算机的本地硬盘中，灵活利用历史文件可以提高浏览的效率。

IE 窗口中，单击工具栏上的【历史】按钮，在 IE 窗口的左侧会出现"历史记录"窗格，单击指定日期的文件夹图标，进入下一级文件夹，单击访问过的网页地址图标，即可自动链接到该网页进行浏览。

单击"历史记录"窗口右上角的【关闭】按钮或再次单击 IE 窗口工具栏上的【历史】按钮，可以关闭"历史记录"窗格。

步骤 5

用户可以根据需要设置历史文件的属性。依次单击菜单栏上的【工具】→【Internet 选项】命令，如图 5-34 所示，弹出"Internet 选项"对话框，单击"常规"选项卡，在"历史记录"栏中，单击【清除历史记录】按钮，可清除所有的历史记录，系统默认保留历史记录的时间为 20 天，在"网页保存在历史记录中的天数"框中用户可自定义历史记录保存的天数。

步骤 6

用户可以将感兴趣的网页保存到计算机中，以便在日后阅读。依次单击菜单栏上的【文件】→【另存为】命令，如图 5-35 所示，弹出"保存网页"对话框，对话框中选择要保存文件的驱动器和文件夹，在"文件名"列表框中输入保存文件名，根据需要在"保存类型"列表框中选择保存文件的类型，单击【保存】按钮，即可将"清华大学"的网页保存在计算机中。

步骤 7

如果要阅读保存的网页，只需依次单击菜单栏上的【文件】→【打开】命令，弹出如图 5-36 所示的"打开"对话框，在"打开"列表框中输入所保存文件的路径或单击【浏览】按钮，在弹出的"Microsoft Internet Explorer"对话框中指定要打开的文件，单击【确定】按钮，即可打开保存的网页。

图 5-35　"保存网页"对话框

图 5-36　"打开"对话框

步骤 8

如果要保存 Web 页中的一幅图片，可右击要保存的图片，如图 5-37 所示，在弹出的快捷菜单中选择【图片另存为】命令，在弹出的"保存图片"对话框中选择保存图片的驱动器和文件夹，输入要保存的图片文件名，单击【保存】按钮，即可将选定的图片保存在指定的位置。

如果要保存 Web 页中的文本，可按住鼠标左键拖动，选定要保存的文本，然后右击，在弹出的快捷菜单中选择【复制】命令，将选定的文本复制到剪贴板中，然后打开任何一种字处理软件（如 Word），再将剪贴板中的内容粘贴到字处理软件中并保存起来。

步骤 9

用户还可以将感兴趣的网页打印输出。

在打印之前，首先要对页面进行设置，依次单击菜单栏上的【文件】→【页面设置】命令，如图 5-38 所示，弹出"页面设置"对话框，根据需要在该对话框中进行所需项目的设置，单击【确定】按钮，完成设置操作。

单击 IE 窗口工具栏上的【打印】按钮或依次单击菜单栏上的【文件】→【打印】命令，即可将指定的网页打印输出。

图 5-37　在快捷菜单中选择"图片另存为"选项

图 5-38　"页面设置"对话框

步骤 10

对于一个感兴趣的网页，用户除了可以打印输出外，还可以将其通过电子邮件发送给自己的亲朋好友共享。

依次单击菜单栏上的【文件】→【发送】→【电子邮件页面】命令，打开如图 5-39 所示的"发送电子邮件"窗口，在"发件人"文本框中输入收件人的电子邮件地址，单击工具栏上的【发送】按钮，即可将当前的 Web 页发送出去。

（4）归纳分析

本任务中介绍了与 IE 有关的基本操作，这些操作在 Internet 浏览中非常有用，要认真掌握。

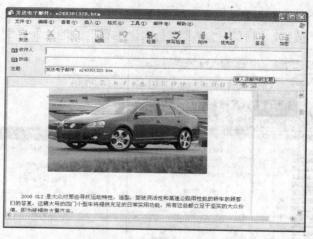

图 5-39　"发送电子邮件"窗口

通过单击 IE 窗口工具栏上的【后退】和【前进】按钮，可以方便地回到曾经访问过的前一页和后一页；为了节约时间，可以将自己喜爱的 Web 页或频繁访问的 Web 页设置为主页；灵活利用历史文件可以提高浏览的效率，可以根据需要设置历史文件的属性；用户可以将感兴趣的网页保存到计算机中，以便在日后阅读，还可以将感兴趣的网页打印输出或将该 Web 页发送给自己的朋友。

任务 4　使用收藏夹和链接栏快速访问常用 Web 页

（1）目标与任务分析

在上一个任务中已指出，为了节约时间和费用，对于频繁访问的 Web 页可以将其设置为主页。本任务主要解决以下问题：如果需要频繁访问的 Web 页不止一个，如何快速访问这些 Web 页。

（2）操作思路

除了将常用 Web 页设置为主页的方法外，还可以使用收藏夹和链接栏，在其中建立指向常用 Web 页 URL 地址的快捷方式，快捷方式建立后，用户只需单击收藏夹或链接栏上的快捷方式图标即可快速地访问这些 Web 页。本任务中以首都医科大学网站的首页为例，介绍使用收藏夹和链接栏快速访问常用 Web 页的操作方法。

（3）操作步骤

首先介绍在收藏夹中创建 Web 页地址快捷方式的操作。

步骤 1

启动 IE 后，在地址栏输入首都医科大学网站的地址：http://www.cpums.edu.cn，打开该网站的主页，单击 IE 窗口工具栏上的【收藏】按钮，如图 5-40 所示，在窗口的左侧打开收藏夹窗格。

步骤 2

单击收藏夹窗口左上角的【添加】按钮或依次单击菜单栏上的【收藏】→【添加到收藏夹】命令，弹出如图 5-41 所示的。

从图 5-41 可以看出，要保存的 Web 页名称为当前页的标题，也可以输入该页的新名称。

收藏夹下含有若干个子文件夹，要将 Web 页地址保存到某个文件夹中，可单击选定该文件夹图标，单击【确定】按钮，即可将"首都医科大学主页"的地址保存到指定的文件夹中。

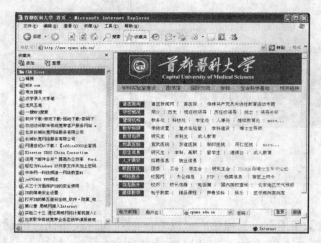

图 5-40　打开收藏夹窗格

图 5-41　"添加到收藏夹"对话框

步骤 3

如果要将 Web 页地址保存到新的文件夹中，可单击图 5-41 所示对话框中的【新建文件夹】按钮，弹出如图 5-42 所示的"新建文件夹"对话框，在"文件夹名"文本框中输入新建文件夹的名称，在此我们为新建文件夹起名为"常用网页"。单击【确定】按钮，返回到如图 5-41 所示的"添加到收藏夹"对话框，此时可以发现，在收藏夹下新添了一个名为"常用网页"的子文件夹，该文件夹处于选定状态。

图 5-42　"新建文件夹"对话框

步骤 4

在收藏夹中创建 Web 页地址快捷方式后，用户就可以通过收藏夹来快速访问该 Web 页了。

启动 IE 后，单击 IE 窗口工具栏上的【收藏】按钮，在窗口的左侧打开收藏夹窗格。如图 5-40 所示，在收藏夹窗格中，首先选定保存 Web 页地址的文件夹，在此我们选定"常用网页"文件夹，该文件夹下我们单击选定"首都医科大学主页"，则 IE 自动跳转到相应的Web 页。

步骤 5

当收藏夹中的内容过多时，用户在收藏夹中查找某一网页的地址会比较困难，此时可以利用 IE 提供的收藏夹整理功能进行整理操作。

依次单击菜单栏上的【收藏】→【整理收藏夹】命令,弹出如图 5-43 所示的"整理收藏夹"对话框,该对话框的右侧显示的是收藏夹列表,左侧显示【创建文件夹】、【重命名】、【移至文件夹】和【删除】等 4 个按钮。

单击【创建文件夹】按钮,将在收藏夹列表中创建一个新的文件夹,默认名为"新建文件夹",用户可输入新文件夹名后,按【Enter】键确认。

在右侧的收藏夹列表中选定某一文件夹或 Web 页,单击【重命名】按钮,可对选定的收藏项进行重命名操作。

在右侧的收藏夹列表中选定某一文件夹或 Web 页,单击【移至文件夹】按钮,弹出如图 5-44 所示的"浏览文件夹"对话框,选定要移动的目标文件夹,单击【确定】按钮,返回图 5-43 所示的"整理收藏夹"对话框,单击【关闭】按钮,即可将选定的收藏项移至目标文件夹中。

在右侧的收藏夹列表中选定某一文件夹或 Web 页,单击【删除】按钮,即可将选定的收藏项删除。

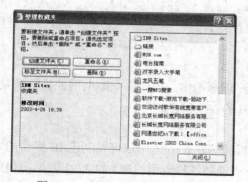

图 5-43 "整理收藏夹"对话框

图 5-44 "浏览文件夹"对话框

下面介绍在链接栏中创建 Web 页地址快捷方式的操作。

步骤 1

如果在 IE 窗口中没有出现链接栏,可依次单击菜单栏上的【查看】→【工具栏】→【链接】命令,为 IE 窗口添加链接栏。

步骤 2

打开要在链接栏上创建快捷方式的 Web 页,直接将地址栏中的 Web 页图标拖放到链接栏,即可在链接栏中创建该 Web 页地址的快捷方式。以后用户只需单击链接栏中的图标就可以打开该 Web 页。

步骤 3

如果要删除链接栏中的快捷方式图标,可右击要删除的快捷方式图标,从弹出的快捷菜单中选择【删除】命令即可。

(4)归纳分析

本任务中介绍了使用收藏夹和链接栏快速访问常用 Web 页的操作方法。所谓"收藏夹"实际上就是在计算机本地硬盘中的一个名为"Favorites"的文件夹,在其中保存的是指向 Web 页地址的快捷方式。把常用的 Web 页添加到收藏夹列表后,用户只需单击即可打开指定的

Web 页。用户还可以把常用 Web 页地址的快捷方式图标放到链接栏中，使用时只需单击链接栏中的 Web 页图标，就可以打开指定的 Web 页。

在实际工作中，经常有大量的 Web 页需要频繁地访问，我们可以将本任务和设置 IE 主页的操作结合起来，灵活地设置快速访问常用 Web 页的操作。应当将最常用的 Web 页设为 IE 的主页（只能有一个）；将少量的常用 Web 页地址放到链接栏中；将其他的常用 Web 页添加到收藏夹中。

读者可以试一试，将地址栏中的 Web 页图标用鼠标右键拖动到桌面，在弹出的快捷菜单中选择【在当前位置创建快捷方式】命令，双击桌面上建立的快捷方式图标，可立即打开该 Web 页，而不必等待主页的打开过程。

任务 5　设置 IE 的安全特性

（1）目标与任务分析

为了使浏览器 IE 具有更好的互动性，它的设计集成了很多开放性的技术，因此 IE 就成为了病毒、黑客、恶意网站最为"照顾"的对象，如有一些网站会加入一些恶意的代码或 Java 程序，如果我们对浏览器的设置不当，有可能导致计算机的死机、感染病毒或是硬盘被格式化等。除此之外，带有淫秽、暴力等内容的网页，随着网络的发展也充斥于 Internet 之中，对未成年人的成长产生了极坏的影响。

总之，随着 Internet 的日益普及，上网用户逐渐增多，如何安全地上网就显得越发重要。本任务将围绕以上问题介绍如何设置浏览器 IE 的安全特性。

（2）操作思路

设置浏览器 IE 的安全特性大体上有两种操作方法，首先用户可以利用 IE 提供的安全设置选项来防止各种破坏活动；其次用户可以下载安装各种专用程序（如 3721 网站提供的上网助手、超级兔子等）对 IE 进行保护。

本任务我们仅针对第一种操作进行介绍。

（3）操作步骤

步骤 1

IE 窗口中，依次单击菜单栏上的【工具】→【Internet 选项】命令，弹出"Internet 选项"对话框。

步骤 2

在如图 5-45 所示的"Internet 选项"对话框中，单击打开"安全"选项卡，IE 将 Web 内容分为"Internet"、"本地 Intranet"、"受信任的站点"和"受限制的站点"4 个不同安全区域。默认情况下，IE 将所有站点放在"Internet"区域并设置中等程度的安全级别加以保护，用户可以将完全信任的 Web 站点放入到"受信任的站点"，而一些恶意网站则可将其放到"受限制的站点"中。

步骤 3

在"请为不同区域的 Web 内容指定安全设置"栏中，单击选定"受限制的站点"，单击【站点】按钮，如图 5-46 所示，弹出"受限站点"对话框，"将该网站添加到区域中"文本框内输入恶意网站的地址，单击【添加】按钮，将该恶意网站的地址添加到"网站"列表框内，单击【确定】按钮，返回到图 5-45 所示的 "Internet 选项" 对话框。

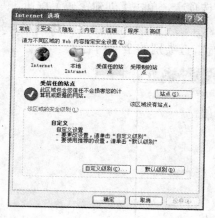

图 5-45　"Internet 选项" 对话框

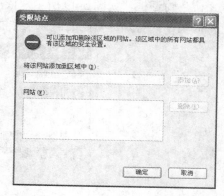

图 5-46　"受限站点" 对话框

步骤 4

在 "Internet 选项" 对话框中，单击【自定义级别】按钮，弹出如图 5-47 所示的 "安全设置" 对话框，在 "重置为" 列表框中将受限制的站点的安全级别设置为 "高"，单击【确定】按钮。

重复以上操作步骤，用户可以添加 "受信任的站点" 并将其安全级别设置为 "中"。

步骤 5

为了避免未成年人受到带有淫秽、暴力等内容的网页影响，用户可以使用 Internet Explorer 提供的分级审查功能。

在图 5-45 所示的 "Internet 选项" 对话框中，单击 "内容" 选项卡，单击【启用】按钮。

步骤 6

在图 5-48 所示的 "内容审查程序" 对话框中，在 "级别" 选项卡下，选定审查类别为 "暴力"，利用对话框下方的滑块设置用户可查看哪些内容，重复以上过程，分别设置审查类别为 "裸体"、"性" 和 "语言" 时用户可查看的内容。

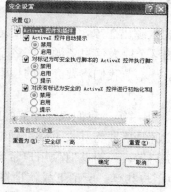

图 5-47　"安全设置" 对话框

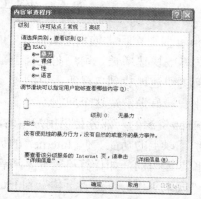

图 5-48　"内容审查程序" 对话框

步骤 7

在"内容审查程序"对话框中，单击"常规"选项卡，单击【创建密码】按钮，弹出"创建监督人密码"对话框，如图 5-49 所示，依次输入密码和确认密码，单击【确定】按钮。

设置密码后，只有知道密码的监护人才能查看审查类别的全部内容。

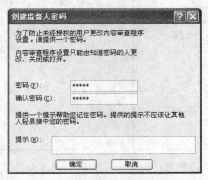

图 5-49 "创建监督人密码"对话框

（4）归纳分析

本任务详细介绍了设置浏览器 IE 安全特性的操作。随着 Internet 的日益普及，现在不道德的网页越来越多，他们强行更改上网用户的 IE 首页，为了增加自己网站的点击率在网页中散布大量的淫秽、暴力内容，甚至传播病毒对上网的用户进行攻击。在这种情况下如何安全地上网就显得越发重要。

用户利用 IE 中提供的安全设置选项，通过设置"受限制的站点"和"受信任的站点"并将"受限制的站点"安全级别适当加高，就可以对不同的网站进行不同的对待。那些不良网站因为进不了"受信任的站点"，它们的恶意代码就受到了 IE 的遏制而不起作用，可以有效防止各种破坏活动。

用户还可以利用 IE 提供的分级审查功能，将网络上的不良信息加以屏蔽从而防止未成年人受到不良信息的影响。

5.4 网上资源搜索及下载

Internet 是一个巨大的信息资源库，内容之丰富数量之大超出想象，且其中的信息资源还在每分每秒的快速增长。用户在欣喜于呈现在自己面前的这个巨大信息资源宝库之余，也常常为如何更快速地找到自己所需要的那一部分信息而苦恼，本节我们将要介绍的搜索操作能够帮助用户较好地解决这个问题。

Internet 资源的一部分是供用户实时浏览的，如新闻、报道等，我们已经在前面的 IE 操作中实现了以上的功能。但 Internet 的另外很大一部分资源是需要将其"下载"到用户的本地机上长期使用的，如计算机软件、声音、图片和数据资料等，还有些时候用户希望将自己的某些"成果"作为资源"上传"到 Internet 提供给其他用户共享。所谓下载就是将 Internet 网上的资源，如软件、声音、图片和文档资料等保存到用户个人计算机硬盘的过程，而上传正好相反，是将用户个人计算机中的资源传送到 Internet 网上的过程。Internet 实现文件上传下载功能的基础是 FTP，FTP（file transfer protocol，文件传输协议）是 Internet 的重要协议之一，是在 Internet 中提供文件传输服务、实现上传下载功能的重要保证。

任务 1　了解搜索

（1）什么是搜索

搜索是指在 Internet 大量的信息资源中找到用户自己所需要的那一部分内容。特别是当用户对自己所关心的内容只有方向或方面的考虑，而对于其具体的名称、地址、形式、时间、大小以及特点等都知之甚少时，就更需要一些行之有效的快速的搜索方法，来帮助用户精确地定位到他所关心所需要的具体内容。

（2）常用搜索方法

常用的搜索方法主要有两大类，一类是直接使用 IE 浏览器提供的搜索功能，另一类就是使用搜索引擎。

任务 2　使用 IE 浏览器的搜索功能搜索

（1）目标与任务分析

IE 浏览器本身为用户提供了简单方便的搜索功能，本任务中，我们将以几个具体的实例介绍使用 IE 浏览器进行搜索的操作。

（2）操作思路

在 IE 浏览器中有两种操作方法可以启动其搜索功能：一是在 IE 地址栏中直接输入搜索命令，二是使用 IE 工具栏中的【搜索】按钮。下面以搜索"奥运会"相关信息为目标，学习以上两种操作方法。

（3）操作步骤

首先介绍在 IE 地址栏中直接输入搜索命令的搜索操作方法。

步骤 1

IE 允许的搜索命令可以是"go"、"find"或"？"，搜索命令后是空格及待查找内容的关键词，启动 IE 浏览器后，删去地址栏中的原有内容，再输入"go 奥运会"（或"find 奥运会"或"？奥运会"）。

步骤 2

按【Enter】键，IE 就可以搜索到大量的相关结果。如图 5-50 所示。

图 5-50　IE 地址栏中直接输入搜索命令

下面介绍使用 IE 工具栏上的【搜索】按钮进行搜索的操作方法。

步骤 1

启动 IE 浏览器后，单击工具栏上的【搜索】按钮，则在浏览区左侧打开"搜索"窗格。注意此按钮为开关按钮，即只要再单击一次就可以关闭"搜索"窗格。

步骤 2

如图 5-51 所示，在搜索输入栏中输入搜索关键词，如"奥运会"后，再单击【搜索】按钮即可搜索到大量的相关搜索结果。

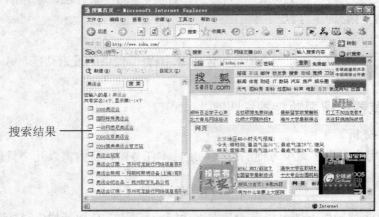

图 5-51　使用【搜索】按钮进行搜索

（4）归纳分析

IE 浏览器的搜索功能实质上是通过链接到某些专业搜索站点实现的，但由于功能本身的局限性，使得搜索出的相关结果数量很大。如何在这大量的搜索结果中进一步筛选，以求获得更精确的搜索结果，将在下一任务中加以介绍。

任务 3　了解搜索引擎

（1）什么是搜索引擎

搜索引擎本质上就是 Internet 的一种服务功能，主要由专业服务提供商为用户提供方便快捷的信息资源搜索服务，实际存在形式表现为用户可以通过 URL 访问的专业网站。如当今最受欢迎的搜索引擎 Google，用户可以通过 URL：http://www.Google.com 访问它的网站，以获得其专业的搜索服务。

（2）常见搜索引擎种类

目前常见的搜索引擎主要有两大类，即全文搜索引擎和目录索引搜索引擎。

全文搜索引擎较著名的如国外的 Google、我国的百度（Baidu），它们是通过从 Internet 上收集所有网站信息建立数据库，当用户按照某种查询条件提出搜索请求时，通过检索数据库查找到匹配的相关记录，再按照一定的排列顺序将结果反馈给用户。

目录索引搜索引擎较著名的如国外的 Yahoo（雅虎）、我国的搜狐（Sohu）和新浪（Sina），它们将从 Internet 上收集的网站信息，按照某种分类原则将其网址编制成多层次的分类主题目录，当用户查询时，可以通过对该目录的逐层检索获得所需要的结果信息。

目前由于全文搜索引擎方便灵活的查询语法、更加快捷的查询速度以及准确的查准率，因而更加受到用户的喜爱。

任务 4　Google 搜索引擎的特点、启动和设置

（1）目标与任务分析

Google 是当今世界上最受欢迎的搜索引擎之一，本任务中将介绍 Google 搜索引擎的特点和设置。

（2）操作思路

Google 启动后，将介绍 Google 主页面中各个按钮的作用，以及将 Google 工具栏集成到 IE 中的操作方法。

（3）操作步骤

步骤 1

启动 IE 浏览器，在地址栏中输入 URL：http://www.google.com，按【Enter】键打开 Google 主页面，如图 5-52 所示，其中各主要部分功能如下：

图 5-52　Google 主页面

- 搜索类别选择：用户可单击选择待搜索内容的类别，默认为网页。
- 搜索文本输入框：用于直接输入待搜索关键词或短句。
- 开始搜索按钮：单击该按钮，Google 开始实际搜索操作。
- 搜索范围选择：单击选择网页语言范围。
- Google 工具大全链接：单击该链接，可以在打开的页面中选择使用 Google 提供的各种工具，还可以获得 Google 操作方法的全面帮助。
- 设 Google 为 IE 主页链接：单击该链接，可将 Google 设置为 IE 启动后首先显示的页面。

步骤 2

为了方便用户，Google 提供了可以集成在 IE 中的工具栏，用户可以无需打开 Google 主

页，直接使用工具栏在 IE 中进行 Google 搜索。单击图 5-52 中的"Google 大全"超链接，打开"Google 大全"页面，如图 5-53 所示。

"下载 Google 工
具栏"超链接

图 5-53　"Google 大全"页面

步骤 3

单击图 5-53 所示页面中的"下载 Google 工具栏"超链接，打开 Google 工具栏页面，如图 5-54 所示。

步骤 4

单击图 5-54 中的"下载 Google 工具栏"超链接，即可下载得到 Google 工具栏的安装程序文件。在"我的电脑"或"Windows 资源管理器"中双击下载得到的 Google 工具栏安装程序文件，再按屏幕提示操作即可将 Google 工具栏集成到 IE 中，集成后的效果如图 5-55 所示。

图 5-54　Google 工具栏页面

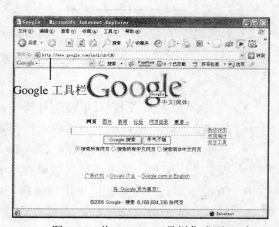

Google 工具栏

图 5-55　将 Google 工具栏集成到 IE 中

（4）归纳分析

将 Google 工具栏集成到 IE 中，既方便了用户的搜索操作又可以获得 Google 提供的很多其他功能。若需要了解更多的 Google 操作技巧，单击图 5-52 中的"Google 大全"超链接，打开"Google 大全"页面，通过其中的"搜索帮助"，可以使用户获得更多信息。

任务 5 使用 Google 搜索引擎进行搜索

（1）目标与任务分析

搜索引擎最根本的作用就是帮助用户迅速准确地找到所需要的信息，为达到这个目的，所有的搜索引擎都提供了多种实现方法。本任务的目标就是学习使用 Google 提供的主要搜索方法和技巧，重要的是掌握用于表示用户搜索意图的搜索语法。

（2）操作思路

我们将通过若干个实例来说明 Google 常用的搜索语法。若无特别说明，只要将符合 Google 搜索语法的搜索语句直接输入到图 5-52 中的"搜索文本输入框"以后，再单击【Google 搜索】按钮，即可以获得 Google 返回的搜索结果。

（3）操作步骤

步骤 1

在图 5-52 所示的 Google 主页面中，在"搜索文本输入框"中直接输入要搜索的相关信息，根据搜索目的的不同而采用不同的搜索语法。

- 简单关键词搜索：如用户需要查找与"奥运会"有关的网页信息，只需直接输入"奥运会"即可。
- 简单短句搜索：如用户需要查找与"IBM PC"有关的网页信息，直接输入："IBM PC"。在 Google 中搜索关键词与短句的区别在于短句中可以含有空格，且在"搜索文本输入框"中输入短句时必须使用英文引号。完成搜索操作后，在搜索结果网页中，一定含有完整连续的短句：IBM PC，而不会是那些虽然含有 IBM 和 PC，但却没有组成完整连续短句的网页。
- 同时含有多个关键词的搜索：如用户需要查找既与"IBM"有关又与"PC"有关的网页信息，在"搜索文本输入框"中直接输入：IBM PC。在 Google 中多关键词搜索与短句搜索的区别在于各关键词之间以空格隔开，但不能使用英文引号，而短句则必须使用英文引号。
- 含有多个关键词的或搜索：如用户需要查找与"IBM"或"PC"之一有关的网页信息，在"搜索文本输入框"中直接输入：IBM OR PC。在多关键词之间加入搜索语法要求的"OR"，表示只要是包含多关键词之中某一个或某几个的网页就可以作为搜索结果返回给用户，而不必同时包含所有的多个关键词。
- 含有通配符的搜索：Google 支持通配符"*"，用于代表其所在位置的一个字符或汉字。如在"搜索文本输入框"中直接输入："李*兴"（关键词必须加英文引号），Google 返回的搜索结果首先是包含"李"与"兴"之间间隔任意一个字的网页，随后的搜索结果也包含了"李"与"兴"之间间隔任意多个字的网页。

步骤 2

根据需要选择网页搜索范围，在此选择"搜索简体中文网页"单选按钮。

步骤 3

单击【Google 搜索】按钮或按【Enter】键，则得到相关的搜索结果。

（4）归纳分析

通过以上实例，介绍了 Google 的主要搜索方法和搜索技巧，特别需要注意的是：在做一些复杂搜索时，可以将各搜索语法混合使用。读者如果需要了解 Google 更多的搜索方法和搜索技巧，在图 5-52 所示的 Google 主页面中，单击"Google 大全"超链接，进入"搜索帮助"页面，可获得更多的信息。

任务 6 使用 IE 浏览器下载网上资源

（1）目标与任务分析

所谓下载就是将 Internet 网上的资源，如软件、声音、图片和文档资料等保存到用户个人计算机硬盘的过程。常用的下载方法主要有两大类，一类是直接在 IE 浏览器中使用网页提供的下载链接按钮，另一类就是使用专用的下载工具软件。

本任务中，我们主要介绍使用 IE 浏览器下载网上资源的操作，通过 IE 浏览器下载两个常用压缩工具软件 WinZip 和 WinRAR。

（2）操作思路

常用压缩工具软件 WinZip 和 WinRAR 在很多软件下载网站都可以下载，对软件下载网站不熟悉的用户，可以使用本节介绍的搜索方法，分别以"WinZip"和"WinRAR"为关键词搜索，找到其中任何一个软件下载网站下载即可。

本任务中我们以国内较著名的软件下载网站"华军软件园"为例，介绍使用 IE 浏览器下载 WinZip 和 WinRAR 的方法。

（3）操作步骤

步骤 1

在 IE 地址栏中输入"华军软件园"的 URL：http://www.onlinedown.net/index.htm 后按【Enter】键，打开"华军软件园"网站主页。

步骤 2

在打开的"华军软件园"网站主页按顺序依次单击链接【下载分类】→【系统程序】中的【压缩工具】，在打开的"压缩工具"网页上可能有多种可供用户下载的压缩工具软件，且一种软件可能还有多个版本，如果用户难以决定取舍，可参考网页上的下载排行榜，选择一种下载量较多的，也就是使用较普遍的同类软件。在本任务中我们下载 WinZip 9.0 汉化版和 WinRAR 3.50 官方简体中文版。

步骤 3

单击"压缩工具"页面中"本类下载 TOP30"列表中的"WinRAR 3.51 官方简体中文版"链接，打开该软件的下载页面，再单击该页面"下载专区"中的某个下载链接点（在多个下载链接点中任选一个即可），弹出"文件下载"对话框，如图 5-56 所示。

步骤 4

单击【保存】按钮，弹出"另存为"对话框，如图 5-57 所示。

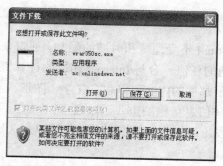

图 5-56 "文件下载"对话框

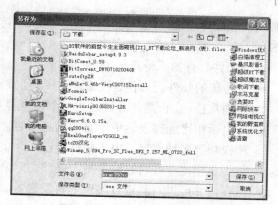

图 5-57 "另存为"对话框

步骤 5

在图 5-57 所示的"另存为"对话框中，选择下载文件的保存位置，然后单击【保存】按钮即开始了下载过程，用户只需耐心等待下载完成，下载时间视软件大小和网络当时状况而定。

注意：在"另存为"对话框中的"文件名"文本框内已经写入了下载文件默认的文件名，用户可以进行修改，但绝对不能修改扩展名。同时用户应记住将下载的 WinRAR 安装程序文件名（默认为 wara350sc.exe），以备以后安装该软件时使用。

重复上述步骤 3 至步骤 5，下载 WinZip 最新版本"WinZip 9.0 汉化版"的安装程序文件，该下载文件名默认为 HA-winzip90(6028)-LDR.exe，过程从略。

（4）归纳分析

本任务介绍了使用 IE 浏览器下载网上资源的操作，虽然 IE 浏览器本身具有"文件下载"的功能，但利用浏览器下载文件速度比较慢，而且不稳定，特别是当下载过程中网络连接意外中断时需要重新下载，解决以上问题的最好方法就是使用专用的下载工具软件，在本章的第 6 节将介绍使用专用的下载工具软件下载网上资源的操作。

另外，为了加快文件下载的速度，网上的资源一般都经过了压缩处理，因此用户下载到本地计算机上的文件很多是被压缩过的文件，这些压缩文件不能直接使用，必须经过解压缩操作还原成压缩前的状态才能使用。在本章的第 6 节我们将介绍对文件进行压缩和解压缩的操作。

5.5 收发和管理电子邮件

任务 1 电子邮件 E-mail 概述

（1）了解电子邮件的特点

E-mail 是电子邮件的英文缩写（electronic mail）。利用电子邮件，人们可以实现在 Internet 上互相传递信息，它是 Internet 上使用最为广泛的一种服务。事实上许多用户使用互联网都是从使用电子邮件开始的。E-mail 的应用非常广泛，而且快捷、方便和省钱；不仅如此，通过某些代理服务系统，用户还可以利用 E-mail 访问其他的 Internet 资源，如 FTP、NEWS、BBS 等。

电子邮件具有如下特点：

- 比传统的邮件更方便、快捷、可靠、便宜。E-mail 不受地域和时域的限制。通常来说，短则几秒钟，长则几分钟之内可到达世界各地的任何一台与 Internet 相连的计算机上。
- 与电话相比能够表达更丰富的信息内容。电子邮件的内容可以包含文字、图形、声音和视频等多种信息，电子邮件现已成为多媒体信息传输的重要手段之一。
- 与传真相比，得到的信息易于处理。无论是发出还是收到的 E-mail，都可以永久地被保存，并可以对其进行编辑、再发送等。
- 电子邮件程序能够自动接收 E-mail，并自动发出回信，因而能够满足用户在收发信件方面的特殊要求。
- 如果要向多人发出信件，一般通信方式会很麻烦；可以利用电子邮件提供的一信多发邮件传送功能，方便地完成任务。

（2）掌握与电子邮件有关的几个概念

- 邮件服务器：即你的入网服务商（ISP）的邮件主机。它的作用相当于一个邮局，负责接收用户送来的邮件，并根据收件人地址将邮件发送到对方邮件服务器中；同时负责接收由其他邮件服务器发来的邮件，并根据收件人地址的不同分发到相应的电子邮箱中。
- 电子邮箱：要使用电子邮件的用户，首先要有一个邮箱。即在邮件服务器的硬盘上为用户开辟一块专用的存储空间，用来存放该用户的电子邮件。用户在申请 Internet 账号时，ISP 会在其邮件服务器上为用户设立一个固定的邮箱。
- 电子邮件地址：每个电子邮箱在 Internet 上都有一个唯一的地址，称为电子邮件地址。它的格式是固定的，即：用户名@主机域名，其中"@"的英文读作 at，表示"在"的意思。如一个用户以"zgyxy"为用户名向东方网景公司申请电子邮件账号，东方网景公司就会在它的一个邮件服务器（如 public2.east.net.cn）上，为该用户设置一个邮箱。该用户的 E-mail 地址为：zgyxy@public2.east.net.cn。

（3）了解电子邮件服务的工作过程

在 Internet 上发送和接收 E-mail 的过程，与传统的邮政信件的传递与接收过程十分相似。邮件并不是从发送者的计算机上直接送到接收者的计算机上，而是通过邮件服务器进行中转。它的具体工作过程如图 5-58 所示。

首先，发送方将写好的 E-mail 通过 Internet 传送到自己的邮件服务器，该邮件服务器根据收件人地址，将 E-mail 发送到接收方的邮件服务器中；若给出的收件人地址有误，系统会将信退回并通知不能送达的原因；接收方的邮件服务器再根据收件人地址将 E-mail 分发到相应的电子邮箱中；最后接收方通过 Internet 从自己的邮箱中读取邮件。

在以上过程中，向邮件服务器发送邮件时，使用的是简单邮件传输协议（simple mail transfer protocol，SMTP），这个协议是 TCP/IP 协议簇中的一部分，它描述了邮件的格式以及传输时应如何处理。从邮件服务器中读取邮件时，使用的是邮局协议第三版协议 POP3（post office protocol 3），这个协议也是 TCP/IP 协议簇中的一部分，它负责接收电子邮件。

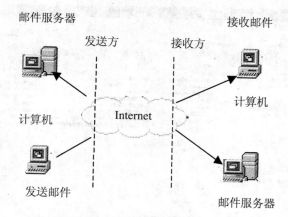

图 5-58 电子邮件服务的工作过程

（4）了解电子邮件应用程序

通过电子邮件应用程序可以发送与接收电子邮件，并对电子邮件进行管理。收发电子邮件的软件有很多，常用的有：Outlook Express、Netscape Messenger、Foxmail 等。其中 Outlook Express（简称 OE）是 Internet Explorer 的一个组件，它内嵌在操作系统 Windows 中，是目前使用最为广泛的客户端电子邮件应用程序。本节以 Outlook Express 6.0 为基础介绍电子邮件的管理和使用。

任务 2 了解 Outlook Express

（1）目标与任务分析

本任务将介绍启动 Outlook Express（OE）的方法、该程序的窗口组成以及改变 Outlook Express 的用户界面布局的操作方法。

（2）操作思路

Outlook Express 是嵌入到操作系统 Windows 中的程序，用户不但可以像启动一般应用程序那样启动 Outlook Express，而且可以使用一些新特性启动它。该程序启动后也是以窗口的形式出现的，其窗口的外观与其他应用程序窗口的外观基本相同，在此我们主要介绍该程序窗口与其他程序窗口的不同之处。

（3）操作步骤

步骤 1

可以采用启动一般应用程序的方法启动 Outlook Express，如：双击桌面上的 OE 图标、依次单击任务栏上的【开始】→【所有程序】→【Outlook Express】命令、单击任务栏上"快速启动工具栏"中的 OE 图标等。

步骤 2

OE 启动后，其程序窗口如图 5-59 所示，OE 窗口与其他应用程序窗口的外观基本相同，由标题栏、菜单栏、工具栏、文件夹列表区、邮件列表区、邮件预览区、状态栏、滚动条等元素组成。其中大部分窗口元素在本教材 2.1 节任务 2 中已详细介绍，下面简要介绍其窗口元素。

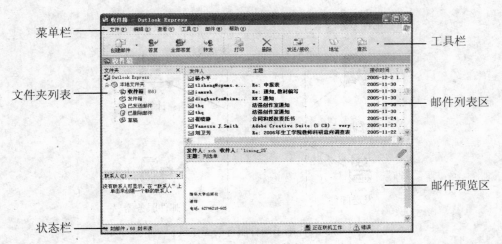

图 5-59　OE 程序窗口

- 菜单栏：位于窗口中标题栏下方的条形界面，共有文件、编辑、查看、工具、邮件和帮助 6 项菜单。菜单采用下拉式，当鼠标左键单击某项菜单后，可显示出下拉菜单所包含的各个命令。执行下拉菜单中的命令，可以完成 Outlook Express 中几乎所有的操作。
- 文件夹列表区：用于显示选择操作的文件夹。从图中可以看出，在"本地文件夹"下包含"收件箱"、"发件箱"、"已发送邮件"、"已删除邮件"和"草稿" 5 个子文件夹。它们各自的功能是：

收件箱：保存已收到的邮件。

发件箱：保存暂时还未发送的邮件，待以后发送。

已发送邮件：保存已发送邮件的副本，以备将来使用。

已删除邮件：为防止误删除邮件，将各文件夹中删除的邮件保存在该文件夹中。

草稿：因某种原因暂时停止邮件的写作，可将未完成的邮件保存在该文件夹中，以后可随时从该文件夹中打开邮件继续撰写。

- 工具栏：位于菜单栏的下方，由一系列命令快捷按钮组成。鼠标左键单击按钮，可以快速完成一些常用的操作。表 5-1 中列出了每个工具栏按钮的作用。

表 5-1　工具栏按钮的作用

按 钮 名 称	功　　能
创建邮件	打开邮件窗口，创建一个新邮件
答复	对选中的邮件写回信
全部答复	对选中的邮件回复所有收件人
转发	对选中的邮件进行转发
打印	打印选定的邮件
删除	删除选定的邮件

按　钮　名　称	功　　能
发送和接收	接收新的邮件并发送待发的邮件
地址	显示通讯簿的内容，选择联系人
查找	查找邮件或用户

- 邮件列表区：显示在文件夹列表区中选定的文件夹的内容。
- 邮件预览区：显示所选邮件的正文内容。
- 状态栏：显示当前 Outlook Express 的工作状态，如当前文件夹中的邮件数目，其中有多少邮件已读，多少邮件未读等。

步骤 3

用户可以根据自己的习惯，改变 Outlook Express 的界面布局。依次单击菜单栏上的【查看】→【布局】命令，会弹出"窗口布局属性"对话框，可以通过清除或选中复选框操作来改变窗口布局。

具体操作不再详述，读者可以亲自试一试。

（4）归纳分析

Outlook Express 是 Internet Explorer 的一个组件，它内嵌在操作系统 Windows 中，是目前使用最为广泛的客户端电子邮件应用程序。用户不但可以像启动一般应用程序那样启动 Outlook Express，而且可以使用新特性从浏览器 IE 中启动它。Outlook Express 的界面布局多种多样，可以根据使用者的习惯来设置。

任务 3　在 OE 中创建自己的账户

（1）目标与任务分析

在发送和接收电子邮件之前，用户必须要首先创建自己的电子邮件账户，若要创建自己的邮件账户，首先要从 Internet 服务提供者（ISP）处得到相关信息，以便建立与邮件服务器的连接。例如我们得到了如表 5-2 所示的相关信息，本任务将要讨论如何在得到这些信息后在 Outlook Express 中创建自己的账户。

表 5-2　用户从 ISP 得到的信息

邮件服务器	Sohu.com
账户名	qichangruc
密码	123456
发送邮件服务器（SMTP）	smtp.sohu.com
接收邮件服务器（POP3）	pop3.sohu.com

（2）操作思路

Outlook Express 为用户提供了专用的连接向导，借助该向导程序用户可方便地创建自己的邮件账户。除此之外，随着 Internet 的发展，一个用户拥有多个电子邮件账户的现象已越来越普遍，用户也可以使用连接向导为自己创建多个账户，设置多个账户后，可将其中的一个账户设为默认账户，以后在发送邮件时就以默认账户作为发件人的地址。

（3）操作步骤

步骤 1

启动 Outlook Express 程序，依次单击菜单栏上的【工具】→【账户】命令，弹出"Internet 账户"对话框。

步骤 2

在"Internet 账户"对话框中，选择"邮件"选项卡，单击【添加】按钮，在弹出的菜单中选择"邮件"命令，如图 5-60 所示。

步骤 3

如图 5-61 所示，Outlook Express 将打开"Internet 连接向导"对话框，在"显示名"文本框中输入用户的姓名，所输入的姓名将出现在外发邮件的"发件人"字段中，单击【下一步】按钮。

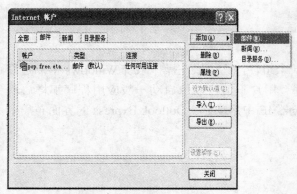

图 5-60　"Internet 账户"对话框　　　　　图 5-61　"Internet 连接向导"之一

步骤 4

如图 4-62 所示，在"电子邮件地址"文本框中输入 ISP 为用户分配的电子邮件地址（即用户名@电子邮件服务器域名），按照表 5-2 提供的信息，在此输入 qichangruc@sohu.com。单击【下一步】按钮，弹出如图 5-63 所示的对话框。

步骤 5

在图 5-63 所示的对话框中，从"我的邮件接收服务器是"下拉列表框中选择服务器的类别，在此我们选择"POP3"类别，依据表 5-2 给出的信息，分别在"接收邮件服务器"和"发送邮件服务器"文本框中输入：pop3.sohu.com 和 smtp.sohu.com，单击【下一步】按钮。

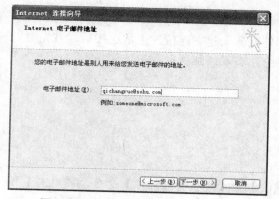

图 5-62 "Internet 连接向导"之二

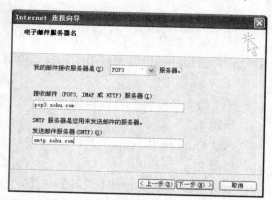

图 5-63 "Internet 连接向导"之三

步骤 6

如图 5-64 所示，依据表 5-2 给出的信息，分别在"账户名"和"密码"文本框中输入："qichangruc"和密码"123456"，单击【下一步】按钮。

步骤 7

如图 5-65 所示，在"Internet 连接向导"对话框中，单击【完成】按钮，返回到"Internet 账户"对话框，单击【关闭】按钮即可完成创建电子邮件账户的操作。

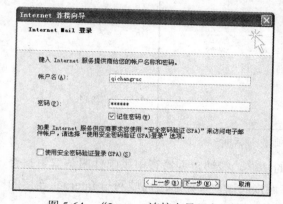

图 5-64 "Internet 连接向导"之四

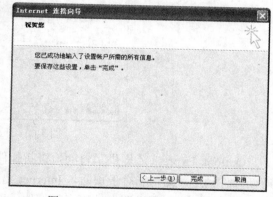

图 5-65 "Internet 连接向导"之五

用户在 Outlook Express 中创建了自己的账户后，就可以用该账户来收发电子邮件了。

（4）归纳分析

创建电子邮件账户的目的是为了建立与 ISP 邮件服务器的连接，这是使用 Outlook Express 收发电子邮件的前提条件。用户需要事先准备好从 Internet 服务提供者（ISP）处得到相关信息，主要包括邮件服务器的地址、账户名、密码以及收发邮件服务器的地址，其中邮件服务器的地址可以是域名（如本任务所示），也可以是 IP 地址。

任务 4 接收电子邮件

（1）目标与任务分析

设置完电子邮件账户后，用户就可以开始接收、发送电子邮件了，本任务主要介绍接收电子邮件的具体操作方法及相关技巧。

（2）操作思路

接收电子邮件前，必须使计算机与 ISP 的邮件服务器建立连接，正常连接后，首先要查看是否有新邮件，可以采取手工和自动检查两种方法查看新邮件。

（3）操作步骤

手工检查新邮件，可操作如下：

步骤 1

启动 Outlook Express 程序。

步骤 2

依次单击菜单栏上的【工具】→【发送和接收】→【接收全部邮件】命令，或单击工具栏上的【发送/接收】按钮旁边的下三角按钮，从下拉菜单中选择【接收全部邮件】命令，如图 5-66 所示，在接收邮件的过程中，会弹出下载邮件对话框，显示要完成的任务及任务的进度等信息。邮件接收完毕后，Outlook Express 自动将接收到的邮件存放到"收件箱"中，以供用户查看和阅读。

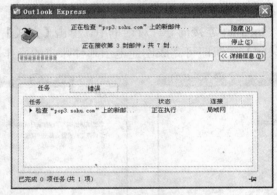

图 5-66　下载邮件对话框

Outlook Express 还提供了自动检查新邮件的功能，能够定期检查电子邮件服务器中是否有新邮件到达，此功能对于长期与 Internet 建立连接的用户（如通过局域网与 Internet 连接的用户）非常有用。要设置自动检查新邮件，可操作如下：

步骤 1

启动 Outlook Express 程序后，依次单击菜单栏上的【工具】→【选项】命令，如图 5-67 所示，弹出"选项"对话框。

步骤 2

在"选项"对话框中，选择"常规"选项卡，选择"每隔…分钟检查一次新邮件"复选框，然后在时间增量框中输入检查新邮件的时间间隔。单击【确定】按钮，完成设置自动检查新邮件的操作。

（4）归纳分析

本任务的操作非常简单，希望读者要将操作过程与电子邮件的工作过程联系起来。要使用电子邮件的用户，首先要有一个邮箱用来存放自己的电子邮件，用户在申请 Internet 账户时，ISP 会在其邮件服务器的硬盘上为用户设立一个固定的邮箱。接收邮件的本质就是从自已的邮箱中将邮件下载到本地硬盘中，在此过程中使用的是邮局协议第三版 POP3（Post Office Protocol-Version 3），这个协议是 TCP/IP 协议簇中的一部分，它负责接收电子邮件。

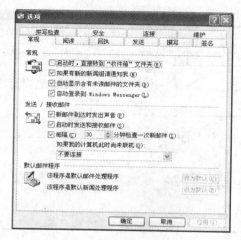

图 5-67　"选项"对话框

任务 5　阅读电子邮件

（1）目标与任务分析

Outlook Express 将接收到的邮件存放到"收件箱"中，以供用户查看和阅读，本任务首先介绍如何在 Outlook Express 中阅读电子邮件。另外，电子邮件不仅可以传递简单的文本信息，还可以传递带有格式的文档、声音与图像文件，在发送邮件时，可以把这些文件附加在邮件中，因此称之为邮件附件，本任务还将介绍对电子邮件附件的处理。

（2）操作思路

在阅读电子邮件之前，首先要明确以下两个问题：如何区分已阅读邮件和未阅读邮件；如何区分带有附件的邮件和不带附件的邮件。对于未阅读的邮件，用户即可以在 Outlook Express 主窗口的邮件预览区中阅读；也可以在单独的邮件窗口中阅读。对于邮件所带的附件，用户可根据实际情况将其打开或保存在本地。

（3）操作步骤

步骤 1

单击选定 Outlook Express 窗口文件夹列表区中的"收件箱"，如图 5-68 所示，在右侧邮件列表区窗口中列出了所接收的所有邮件；未阅读的邮件图标为未打开的信封形状，字体为黑体，已阅读的邮件图标为打开的信封形状，字体为宋体；邮件前面有回形针标记的表示该邮件带有附件；有向下箭头标记的表示该邮件是低优先级的；有惊叹号标记的表示该邮件是高优先级的。

文件夹列表窗口中，"收件箱"文件夹旁边括号里的数字表示未阅读邮件的数量。

步骤 2

若要阅读某邮件，只需在邮件列表区中单击该邮件，邮件预览区中即会出现该邮件的正文，用户可以拖动滚动条进行预览。

除此之外，还可以在邮件列表区中双击要阅读的邮件，会弹出如图 5-69 所示的邮件窗口，窗口的上部显示出邮件的发件人、收件人、抄送以及发送时间和邮件主题等信息，用户可以在该邮件窗口中阅读邮件，也可以利用该窗口中的命令对邮件进行编辑、打印等操作。

附件

高优先级

已阅读邮件

未阅读邮件

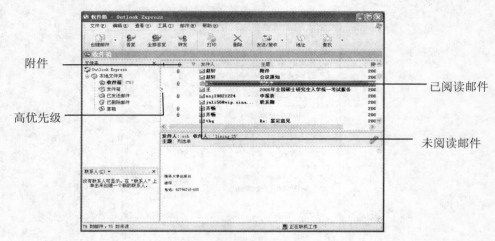

图 5-68　区分不同的邮件

步骤 3

作为附件发送的文件不能像邮件正文那样可以立即看到，要查看邮件的附件，可单击邮件预览区邮件主题右侧的回形针附件图标，如图 5-70 所示，根据实际需要，在弹出的下拉菜单中选择打开或保存附件的操作。

除此之外，还可以在邮件列表区中双击要阅读的邮件，在打开的邮件窗口中进行同样的操作。

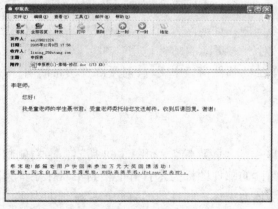

图 5-69　邮件阅读窗口

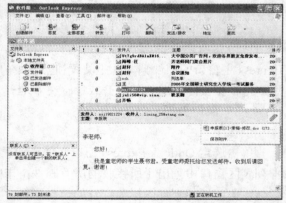

图 5-70　对附件的处理

（4）归纳分析

将邮件下载到本地后，用户即可以在 Outlook Express 主窗口的邮件预览区中阅读邮件，也可以打开单独的邮件窗口，在该窗口中阅读邮件。希望读者在完成本任务时，一定要仔细观察 Outlook Express 窗口，可得到许多有用的信息，如"收件箱"中未阅读邮件的数量；某邮件是否已经被阅读过；某邮件是否带有附件等。

为了突出显示未阅读的邮件，用户还可以将已读的邮件隐藏起来，具体操作如下：

依次单击菜单栏上的【查看】→【当前视图】→【隐藏已读邮件】命令，则邮件列表区中只列出未被阅读过的邮件。

任务 6　撰写并发送电子邮件

（1）目标与任务分析

用户的计算机与 ISP 的邮件服务器建立连接后，不仅可以接收电子邮件，还可以向别人发送电子邮件，本任务中将使用 Outlook Express 撰写并发送一封带有附件的电子邮件到 lining@etang.com、wanghong@263.net.cn 和 tianrong@sohu.com，为了使邮件给收件人以良好的视觉感受，该邮件中需要插入图片并应用信纸，除此之外，我们还将该邮件配以背景音乐。

（2）操作思路

Outlook Express 为用户提供了"新邮件"窗口，利用该窗口用户可以方便地将电子邮件发送给任何拥有电子邮件地址的其他用户，并且利用该窗口提供的命令，用户可以对邮件正文进行编辑和排版操作，就像使用 Word 一样。

另外，如果要向多人发送邮件，利用 Outlook Express 提供的一信多发的功能，可以非常方便地完成任务。

（3）操作步骤

步骤 1

依次单击菜单栏上的【文件】→【新建】→【邮件】命令，或单击工具栏上的【创建邮件】按钮，如图 5-71 所示，打开"新邮件"窗口。

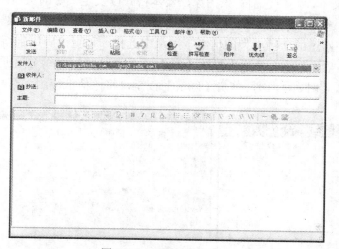

图 5-71　"新邮件"窗口

步骤 2

如果一个用户设置了多个账户，"新邮件"窗口的工具栏下面会多出一个"发件人"框。单击在其右侧的下三角按钮，打开下拉列表框，可显示出用户设置的所有账户。若不准备用默认账户发送邮件，则在下拉列表框中指定一个发送邮件的账户。

步骤 3

输入收件人的邮件地址。若要将同一封信发送给多人，可在"收件人"文本框或"抄送"文本框中输入多人邮件地址，地址间用英文逗号或分号隔开。

步骤 4

在"主题"文本框中输入邮件的主题，邮件主题可以不写，但为了收件人便于查看，最好输入主题。仔细观察，输入主题后，窗口标题栏中的"新邮件"将被当前邮件主题的文字所替换。

步骤 5

在邮件正文区撰写邮件的正文，如果邮件使用的是 HTML 格式，则在新邮件窗口正文区上面会出现一个格式工具栏，此时可以像使用 Word 一样对邮件正文进行编辑。

注意：Outlook Express 提供了 HTML 和纯文本两种邮件格式。如果新邮件窗口中未出现格式工具栏，说明当前邮件的格式是纯文本方式，依次单击菜单栏上的【格式】→【多信息文本】命令，可将纯文本格式转换为 HTML 格式，则该格式工具栏会自动出现。

步骤 6

在"新邮件"窗口中，依次单击菜单栏上的【插入】→【文件附件】命令，或单击窗口工具栏上的【附加】按钮，弹出"插入附件"对话框，如图 5-72 所示，该对话框中选定要插入的文件，单击【附件】按钮，将选定的文件以附件的形式附加在邮件中。

步骤 7

为了使邮件给收件人以良好的视觉感受，还可以在邮件中使用信纸，信纸是事先编排好的 HTML 格式的文本，其中包括背景图象、文本格式以及定义好的页边距等内容。

在"新邮件"窗口中，依次单击菜单栏上的【格式】→【应用信纸】命令，下级菜单中将列出用户最近使用过的 7 种类型的信纸，可从中选择一种直接应用到新邮件中，或从下级菜单中选择"其他信纸"命令，弹出如图 5-73 所示的"选择信纸"对话框，对话框中选择一种满意的信纸类型（例如秋叶），单击【确定】按钮，将该信纸应用到新邮件中。

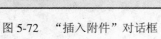

图 5-72　"插入附件"对话框　　　　　　　　图 5-73　"选择信纸"对话框

步骤 8

若要在邮件中插入图片，可依次单击新邮件窗口菜单栏上的【插入】→【图片】命令，或单击邮件正文区上方格式工具栏上的【插入图片】按钮，弹出如图 5-74 所示的"图片"对话框，单击【浏览】按钮，找到所需的图片后，依次设置图片的位置、边框宽度及图片四周的空间大小，单击【OK】按钮，将所选图片插入到邮件中。

步骤 9

为了使发送的邮件更加生动，还可以为其添加背景音乐。依次单击新邮件窗口菜单栏上的【格式】→【背景】→【声音】命令，弹出"背景音乐"对话框，如图 5-75 所示，单击【浏览】按钮，指定声音文件的位置，在"重复设置"栏中设置背景音乐播放的次数或设置为连续播放，单击【确定】按钮，将所选音乐添加到邮件中。

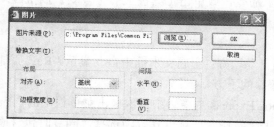

图 5-74　"图片"对话框

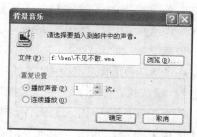

图 5-75　"背景音乐"对话框

步骤 10

至此，撰写邮件的操作已经完成，依次单击菜单栏上的【文件】→【发送邮件】命令，或单击工具栏上的【发送】按钮，即可将新邮件发送出去。

（4）归纳分析

与接收邮件的操作相比，发送邮件的操作略显麻烦，有关撰写和发送电子邮件的操作以下几点需要加以掌握：

- 发送给其他用户的邮件实际上首先发送到自己所连接的 ISP 邮件服务器上，并保存在自己的邮箱中，该邮件服务器根据收件人地址，再将 E-mail 发送到接收方的邮件服务器中。以上过程使用的是简单邮件传输协议（simple mail transfer protocol，SMTP），这个协议是 TCP/IP 协议簇中的一部分，它描述了邮件的格式以及传输时应如何处理。
- 在邮件中使用附件，可以将附件随同邮件一起发送给收件人。Outlook Express 可将绝大多数格式的文件作为附件发送出去，如文本、图片、声音、动画、HTML 文件等。为了避免邮件过大，一般要将作为附件的文件用压缩软件进行压缩。
- 创建新邮件时，需要输入收件人的邮件地址，将同一封信发送给多人，可在"收件人"文本框或"抄送"文本框中输入多人邮件地址，地址间用英文逗号或分号隔开。

任务 7　回复与转发电子邮件

（1）目标与任务分析

回复电子邮件就是在阅读完一封邮件后，对该邮件做出答复；转发电子邮件就是将你收到的电子邮件再发送给别人。回复与转发电子邮件是实际工作中经常遇到的问题，本任务将介绍与之相关的操作技巧。

（2）操作思路

回复电子邮件时，不需要手工录入收件人的地址，Outlook Express 具有回复邮件的功能，可以自动将发件人地址作为回信地址，免去了手工录入收件人地址的工作，还可以在回信中引用原邮件。Outlook Express 还具有邮件转发的功能，用户可以方便地将收到的邮件转发给其他别人。

（3）操作步骤

首先介绍回复邮件的操作。

步骤 1

文件夹列表区中单击选定"收件箱"文件夹，邮件列表区中单击选定要回复的邮件。依次单击菜单栏上的【邮件】→【答复发件人】命令，或单击工具栏上的【答复】按钮，弹出"回复作者"窗口，如图 5-76 所示。

步骤 2

在图 5-76 所示的窗口中，收件人地址已自动填好；主题文本框中自动显示"Re：原邮件主题"；默认状态下原邮件正文会显示在该窗口的下方。

若不想在邮件中引入原邮件，可在 Outlook Express 主窗口中依次单击菜单栏上的【工具】→【选项】命令，弹出"选项"对话框，单击"发送"选项卡，取消选择"回复时包含原邮件"复选框，单击【确定】按钮，则在回复时将不包含原邮件。

步骤 3

在图 5-76 所示的窗口中，输入回复邮件的正文并进行格式编排后，单击工具栏上的【发送】按钮，完成回复邮件的操作。

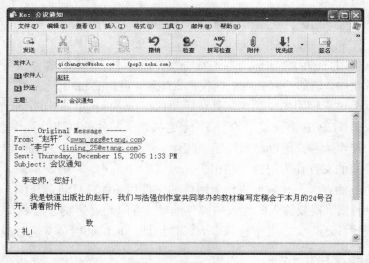

图 5-76　回复窗口

下面介绍转发邮件的操作。

文件夹列表区中单击选定"收件箱"文件夹，邮件列表区中单击选定要转发的邮件。如果要同时转发多封邮件，按住【Ctrl】键单击其他邮件，可同时选定多封邮件。依次单击菜单栏上的【邮件】→【转发】命令，或单击工具栏上的【转发】按钮，弹出转发邮件窗口，如图 5-77 所示。

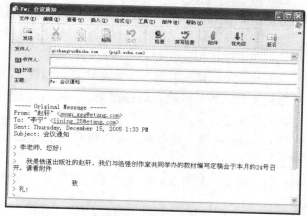

图 5-77　转发邮件窗口

*5.6　网络办公常用软件简介

任务 1　使用压缩工具软件 WinRAR

（1）目标与任务分析

WinZip 和 WinRAR 是办公自动化操作中经常使用的压缩工具软件，在本章第 4 节任务 6 中，已使用 IE 浏览器将它们的安装程序文件下载到本地计算机中，本任务通过对压缩工具软件 WinRAR 使用方法的介绍，帮助读者了解这类压缩工具软件的使用方法，读者可以在学习完本任务以后举一反三，试一试压缩工具软件 WinZip 压缩和解压缩操作。

（2）操作思路

WinRAR 是目前功能强、压缩比高、操作使用简单、用户最多的压缩解压缩工具软件，本任务准备通过几个实例向读者介绍 WinRAR 对文件的压缩和解压缩操作，以及相关的其他操作，如分卷压缩、自解压缩等操作。

（3）操作步骤

首先，在"我的电脑"或"Windows 资源管理器"中找到下载到本地计算机中的 WinRAR 安装文件（如本章第 4 节任务 6 中下载得到 wara350sc.exe），双击该文件弹出"安装向导"对话框，依次按照安装向导的提示操作，完成 WinRAR 程序的安装（过程从略）。下面通过几个实例介绍 WinRAR 对文件的压缩和解压缩操作

实例 1：使用 WinRAR 集成在选定文件快捷菜单中的命令压缩文件。设在 D:盘下的 LX 文件夹中有 5 个子文件夹，要求将前 2 个子文件夹及其中的文件压缩为一个压缩文件（RAR 格式），后 3 个子文件夹及其中的文件压缩为另一个压缩文件（ZIP 格式）。

步骤 1

在"我的电脑"或"Windows 资源管理器"中打开 D:\LX 文件夹，选定前 2 个文件夹后右击，打开快捷菜单，该菜单中由 WinRAR 集成进去的命令共有 4 项，它们的含义如下：

- 添加到压缩文件：单击此命令，弹出名为"压缩文件名和参数"的对话框，用户可以在其中修改压缩文件名及一些参数。

- 添加到"LX.rar"：单击此命令，直接将选定文件或文件夹压缩到名为 LX.rar 的压缩文件中，注意到该压缩文件的默认主文件名 LX 就是选定文件或文件夹所在的上级文件夹名。此命令执行速度快，但无法对各参数进行设置。
- 压缩到 E-mail：单击此命令，弹出名为"压缩文件名和参数"的对话框，待用户设置完毕并成功创建压缩文件以后，自动启动 Outlook Express，将压缩文件作为附件准备以电子邮件的形式发送出去。
- 压缩到"LX.rar"并 E-mail：单击此命令，可以将直接压缩成的压缩文件 LX.rar 以电子邮件附件的形式发送出去。

此例我们单击【添加到压缩文件】命令，弹出"压缩文件名和参数"对话框，如图 5-78 所示。

步骤 2

为了方便练习，在图 5-78 所示的"压缩文件名和参数"对话框中的"压缩文件名"文本框中将压缩文件主名改为 LX1，注意扩展名不能改变，单击【确定】按钮，弹出图 5-79 所示的"正在创建压缩文件"窗口显示压缩过程。压缩成功后的压缩文件以指定文件名（lx1.rar）默认与被压缩文件或文件夹存储在同一文件夹下。

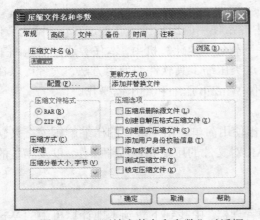

图 5-78　"压缩文件名和参数"对话框

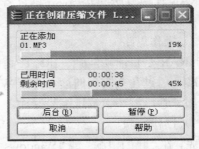

图 5-79　显示压缩过程

步骤 3

在 D:\LX 文件夹下，再选定后 3 个文件夹并在其上右击，打开快捷菜单。单击选定【添加到压缩文件】命令，在弹出的如图 5-78 所示"压缩文件名和参数"对话框中，修改压缩文件主名为 LX1，在"压缩文件格式"栏中选择"ZIP"单选按钮，则压缩文件扩展名自动修改为.zip，单击【确定】按钮，生成压缩文件 LX1.zip 存储在 D:\LX 文件夹下。

注意：完成以上操作后，如图 5-80 所示，会在 D:\LX 文件夹下生成两个压缩文件，LX1.rar和 LX1.zip，读者要区分两类压缩文件的图标形状。

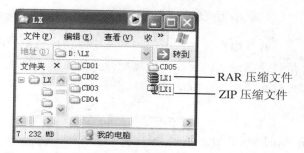

图 5-80　生成两个压缩文件

实例 2：使用 WinRAR 窗口界面压缩文件。将在 D 盘下 LX 文件夹中的前 2 个子文件夹及其中的文件压缩为一个压缩文件（RAR 格式），后 3 个子文件夹及其中的文件压缩为另一个压缩文件（ZIP 格式）。

步骤 1

在 Windows XP 中，依次单击任务栏上的【开始】→【所有程序】→【WinRAR】→【WinRAR】命令，打开 WinRAR 主窗口界面，如图 5-81 所示。该窗口的地址栏中选择要压缩文件或文件夹的路径，在此我们选定 D:盘下 LX 文件夹，选定路径后其下的子文件夹或文件会显示在窗口下面的列表区中。

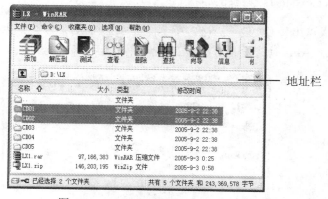

图 5-81　WinRAR 主窗口界面

步骤 2

如图 5-81 所示，WinRAR 主窗口中选定前 2 个文件夹，单击工具栏上的【添加】按钮，弹出如图 5-78 所示的"压缩文件名和参数"对话框，在此对话框中修改压缩文件主名为 LX2，扩展名仍为默认的.rar，单击【确定】按钮，则可生成名为 LX2.rar 的压缩文件。

步骤 3

WinRAR 主窗口中选定后 3 个文件夹，单击工具栏上的【添加】按钮，弹出如图 5-78 所示的"压缩文件名和参数"对话框，在此对话框中修改压缩文件主名为 LX2，重新设置"压缩文件格式"为"ZIP"，则扩展名自动改变为.zip，单击【确定】按钮，则可生成名为 LX2.zip 的压缩文件。

实例 3：使用 WinRAR 窗口界面压缩文件。将在 D:\LX 文件夹中的前 2 个子文件夹及其中的文件压缩为一个自解压缩文件（RAR 格式，名为 LXR.exe），后 3 个子文件夹及其中的文件压缩为另一个自解压缩文件（ZIP 格式，名为 LXZ.exe）。

注意：所谓自解压缩文件也是由压缩工具软件创建的一种压缩文件，特点是在将其解压缩还原时不再依赖原压缩工具软件，直接对该自解压缩文件双击即可解压缩还原为压缩前的状态。但自解压缩文件比非自解压缩文件稍大一些。

步骤 1

图 5-81 所示的 WinRAR 主窗口中选定前 2 个文件夹，单击工具栏上的【添加】按钮，弹出如图 5-78 所示的"压缩文件名和参数"对话框，在此对话框中修改压缩文件主名为 LXR，此时扩展名为默认的.rar，选中"压缩选项"栏中的"创建自解压格式压缩文件"复选框，则扩展名自动变为.exe。单击【确定】按钮，则可生成名为 LXR.exe 的自解压缩文件，如图 5-135 所示。注意自解压缩文件的图标形状。

步骤 2

图 5-81 所示的 WinRAR 主窗口中选定后 3 个文件夹，单击工具栏上的【添加】按钮，弹出如图 5-78 所示的"压缩文件名和参数"对话框，在此对话框中修改压缩文件主名为 LXZ，并重新设置"压缩文件格式"为"ZIP"，此时扩展名自动改变为.zip，在"压缩选项"栏中选择"创建自解压格式压缩文件"复选框，则扩展名又自动变为.exe。单击【确定】按钮，则可生成名为 LXZ.exe 的自解压缩文件，

注意：完成以上操作，如图 5-82 所示。会在 D:\LX 文件夹下生成 2 个自解压缩文件，LXR.exe 和 LXZ.exe，读者要区分自解压缩文件的图标形状。

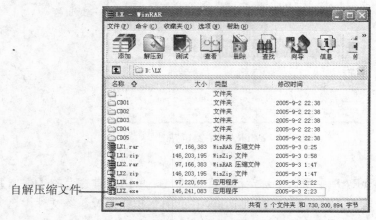

图 5-82　生成两个自解压缩文件

实例 4：使用窗口界面压缩文件。将在 D:\LX 文件夹中的第一个子文件夹 CD01 及其中的文件压缩为分卷自解压缩文件（RAR 格式，分卷大小为一张软盘的容量即 1.44MB，压缩文件名默认）。

注意：所谓分卷压缩文件是指当被压缩内容很多时，即使是经过压缩以后的压缩文件仍然较大，当单位存储容量很小时（如软盘），就必须将一个较大的压缩文件分成若干个较小的压缩文件以便分开存储，WinRAR 可以自动完成这一过程，称为分卷压缩。

步骤 1

图 5-81 所示的 WinRAR 主窗口中选定文件夹 CD01,单击工具栏上的【添加】按钮,弹出如图 5-78 所示的"压缩文件名和参数"对话框。在此对话框中选定"压缩选项"栏中的"创建自解压格式压缩文件"复选框,再在"压缩分卷大小"下拉列表中选择"1 457 664-3.5""项,如图 5-83 所示。

步骤 2

单击【确定】按钮,则可生成若干个名为 CD01.part??(??为数字)的分卷压缩文件,每个压缩文件大小均为指定的 1 457 664B(1.44MB),如图 5-84 所示。注意到其中 01 号压缩文件的图标形状为自解压缩文件,将来解压缩时只要双击运行该文件,按屏幕提示要求操作即可解开所有的分卷压缩文件。

用户可以将每个分卷压缩文件按编号分别复制到对应编号的软盘中,以便利用软盘将分卷压缩文件携带到其他计算机上再解压缩。当然此种文件传递方法目前已不经常使用了。

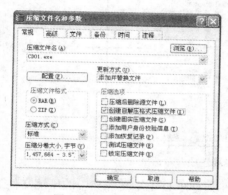

图 5-83 设置分卷压缩

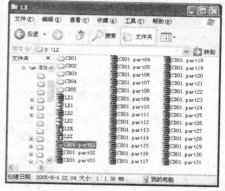

图 5-84 生成的多个分卷压缩文件

实例 5:使用 WinRAR 集成在选定文件快捷菜单中的命令解压缩。将在 D:\LX 文件夹中的压缩文件 LX1.rar(RAR 格式)解压缩。

步骤 1

选定 D:\LX 文件夹中的压缩文件 LX1.rar,并在其上右击,打开快捷菜单。该快捷菜单中,含有与 WinRAR 解压缩有关的命令共 5 项,它们的含义分别是:

- 打开:单击此命令,打开 WinRAR 主窗口界面,如图 5-81 所示。在此窗口可以通过命令或工具栏上的按钮进行解压缩操作。
- 解压文件:单击此命令,打开"解压路径和选项"对话框,用户可以在此对话框中对解压缩有关的各项参数进行设置以后,再对压缩文件做解压缩操作。
- 解压到当前文件夹:单击此命令,则直接将压缩文件中的文件夹或文件在当前文件夹中解压缩。此命令解压速度最快,但却有解开压缩后的文件夹或文件与当前文件夹中的原有内容混在一起不易区分的缺点。
- 解压到\LX1:单击此命令,则直接将压缩文件中的文件夹或文件在当前文件夹中解压缩,但与上一个命令的区别是将解开压缩后的文件夹或文件组织到了当前文件夹下且与原压缩文件名相同的文件夹内,避免了上一个命令的缺点。

- WinRAR：与上述第一个【打开】命令效果相同。

此例单击【解压文件】命令，弹出"解压路径和选项"对话框，如图 5-85 所示。在此对话框的"目标路径"输入框中输入用户希望解压缩以后的文件夹或文件存放的位置。

步骤 2

单击【确定】按钮，系统开始对所选压缩文件进行解压缩操作，解压缩以后的文件夹或文件保存在步骤 1 所指定的位置。

用户可以尝试使用【解压到当前文件夹】或【解压到\LX1】命令解压其他压缩文件，操作方法较为简单，这里不再详述。

目标路径输入框

目标路径选择框

图 5-85　"解压路径和选项"对话框

实例 6：使用 WinRAR 窗口界面解压缩文件。将在 D:\LX 文件夹中的压缩文件 LX1.zip（ZIP 格式）解压缩。

步骤 1

选定 D:\LX 文件夹中的压缩文件 LX1.zip，并在其上右击，弹出快捷菜单。

步骤 2

在快捷菜单中依次单击【打开方式】→【WinRAR】命令，弹出 WinRAR 主窗口界面，如图 5-86 所示。

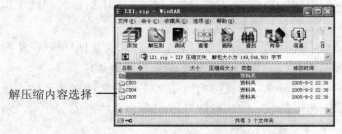

解压缩内容选择

图 5-86　WinRAR 主窗口界面

步骤 3

用户可以选择解压缩内容，这也是在 WinRAR 主窗口界面中解压缩的特有功能。若按图

5-86 所示的选择，仍将解压缩整个压缩文件中的所有内容。但用户也可以单击选择"CD03"、"CD04"或"CD05"中的某一个或某两个作为解压缩对象，甚至用户可以双击打开上述文件夹中的某一个，再选择其中的某些内容作为解压缩对象。

步骤 4

选定解压缩内容以后，单击工具栏上的【解压到】按钮，弹出"解压路径和选项"对话框，如图 5-85 所示，以下操作与实例 5 相同，这里不再详述。

实例 7：将在 D:\LX 文件夹中的自解压缩文件 LXR.exe（RAR 格式）或 LXZ.exe（ZIP 格式）或 CD01.part01（分卷格式）解压缩。

步骤 1

自解压缩文件的解压缩操作非常简单，首先在"我的电脑"或"Windows 资源管理器"中找到要解压缩的自解压缩文件，注意自解压缩文件图标与非自解压缩文件图标的区别。

步骤 2

双击某自解压缩文件，如双击 CD01.part01，打开"WinRAR 自解压文件"对话框，如图 5-87 所示。

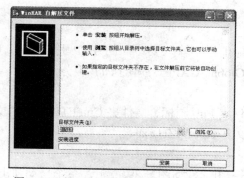

图 5-87 "WinRAR 自解压文件"对话框

步骤 3

在图 5-87 所示对话框中，可以使用【浏览】按钮选择或直接在"目标文件夹"输入框中输入，确定解压缩以后的文件夹或文件的保存位置，当然也可以保持默认位置，再单击【安装】按钮即可自动完成解压缩过程。

（4）归纳分析

在本任务中通过多个实例说明了常用压缩工具软件 WinRAR 的主要功能和操作方法。读者可以通过完成本任务，举一反三地学习类似的另一个常用压缩工具软件 WinZip 的使用方法。目前使用上述两种压缩工具软件的用户都较多，具体使用哪一种一般决定于用户自己的喜好和习惯，但两种压缩工具软件生成的 RAR 格式和 ZIP 格式压缩文件还是稍有不同的，主要表现为 RAR 格式的压缩文件压缩比较高但压缩和解压缩的速度较慢，而 ZIP 格式的压缩文件正好相反。

任务 2 用 FTP 协议传输文件

（1）目标与任务分析

FTP 是文件传输协议（file transfer protocol）的缩写，它是在 Internet 上传输文件的标准协议。在本教材第 5 章中，已经介绍了 Internet 所提供的服务，其中 FTP 是 Internet 上最早提供的服务之一。在 Internet 上那些用来存储文件的计算机因使用 FTP 协议而被称为"FTP 主机"或"FTP 服务器"或"FTP 站点"，这些服务器提供了大量的文件以供用户下载。本任务主要介绍如何将 FTP 服务器中存储的文件复制到自己的计算机上以及如何将自己计算机中的文件传送到 FTP 服务器上，以上这两个过程分别称为下载（Download）和上传（Upload）。

（2）操作思路

在 Internet 上有大量的 FTP 服务器，有专用的，也有公用的。专用的 FTP 服务器只有拥有正式账号和密码的用户才能登录并下载文件；公用的 FTP 服务器也称"匿名服务器"，它允许没有账号和密码的用户访问某些特定的文件。使用匿名 FTP 服务器的用户通常以 anonymous 作为用户名登录，密码可以是任意字符，有的以 guest 或电子邮件地址作为密码。本任务中我们将登录匿名 FTP 服务器，介绍下载和上传的操作。

传输文件既可以使用专用的文件传输客户端软件，也可以使用浏览器。本任务中，我们首先使用 IE 浏览器访问 GlobalSCAPE 公司的 FTP 服务器，下载最新版本的 CuteFTP 5.0XP 软件，然后介绍这款非常流行的文件传输客户端软件的安装及使用方法。

（3）操作步骤

步骤 1

启动 IE 浏览器，在地址栏中输入要访问的 FTP 服务器的 URL，本任务中我们输入 ftp://ftp.cuteftp.com，访问 GlobalSCAPE 公司的 FTP 服务器。

步骤 2

IE 窗口中依次双击文件夹 Pub 图标、文件夹 CuteFTP 图标和文件夹 Chinese 图标，如图 5-88 所示，找到要下载的文件 cutuftpZH.exe。

步骤 3

双击文件 cutuftpZH.exe 图标，如图 5-89 所示，系统自动弹出"文件下载"对话框，单击【保存】按钮，在弹出的"另存为"对话框中选定要将文件 cutuftpZH.exe 保存的文件夹，单击【保存】按钮，即可将选定的文件下载到指定的文件夹中。

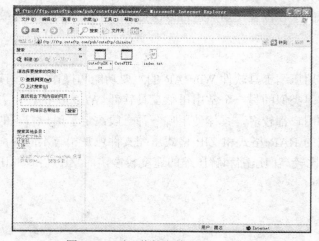

图 5-88　要下载的文件 cutuftpZH.exe

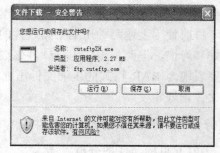

图 5-89　"文件下载"对话框

步骤 4

若要安装 CuteFTP 软件，只需双击步骤 3 中下载的程序 cuteftpZH.exe，弹出如图 5-90 所示的安装向导，其后按照屏幕提示依次进行安装操作，直至弹出如图 5-91 所示的对话框，单击【完成】按钮，完成 CuteFTP 的安装过程。

图 5-90　安装向导起始对话框

图 5-91　安装向导结束对话框

步骤 5

依次单击任务栏上的【开始】→【所有程序】→【GlobalSCAPE】→【CuteFTP】→【CuteFTP】命令，启动 CuteFTP 程序。第一次运行 CuteFTP 程序时，需要在连接向导中输入一些必要的信息。

步骤 6

启动 CuteFTP 程序后，首先弹出如图 5-92 所示的"评估通知"对话框，该软件并不是免费软件，必须购买后才能获得注册信息，如果不购买，可以有 30 天的使用期，在此我们单击【继续试用】按钮。

步骤 7

如图 5-93 所示，在 CuteFTP 连接向导的文本框中输入一个 FTP 站点的标签，该 FTP 站点是你启动 CuteFTP 后最先连接的 FTP 服务器，标签的名称可以为任意字符串，单击【下一步】按钮。本步骤也可以不在文本框中输入标签，直接单击【下一步】按钮。

图 5-92　"评估通知"对话框

图 5-93　输入一个 FTP 站点的标签

步骤 8

如图 5-94 所示，在 CuteFTP 连接向导的文本框中输入一个 FTP 主机的地址，该 FTP 主机是你启动 CuteFTP 后最先连接的 FTP 服务器，在此输入北京大学 FTP 服务器 URL 地址：ftp://ftp.pku.edu.cn，单击【下一步】按钮。本步骤也可以不在文本框中输入 FTP 主机的地址，直接单击【下一步】按钮。

步骤 9

如图 5-95 所示，在 CuteFTP 连接向导中，单击选中"匿名登录"复选框，此时"用户名"和"密码"框中会自动出现匿名登录所需的用户名和密码。单击【下一步】按钮。

图 5-94　输入一个 FTP 主机地址

图 5-95　选中"匿名登录"复选框

步骤 10

如图 5-96 所示，在"默认本地目录"文本框中，输入上传文件的路径，例如：E:\upload，单击【下一步】按钮。也可以不在此时选择上传文件的路径，直接单击【下一步】按钮。

步骤 11

如图 5-97 所示，CuteFTP 连接向导中选择"自动连接到该站点"复选框，单击【完成】按钮。打开 CuteFTP 程序窗口。

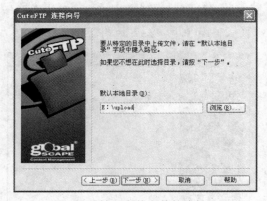

图 5-96　输入上传文件的路径

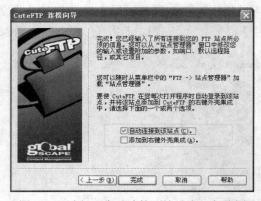

图 5-97　选择"自动连接到该站点"复选框

步骤 12

CuteFTP 程序窗口如图 5-98 所示，其程序窗口分成 3 部分，左窗格显示本地计算机目录，右窗格显示远程计算机（北京大学 FTP 服务器）目录，上方是日志窗格。

若要连接新的 FTP 站点，单击工具栏上的"站点管理器"按钮，弹出图 5-99 所示的"站点管理器"窗口，该窗口的左侧列出了许多常用的 FTP 站点资源，打开相应的文件夹后，选定某一个站点，单击【连接】按钮，即可登录到新的 FTP 站点。如果要添加在左侧窗口未列出的站点，选定存放站点的文件夹后，单击【新建】按钮，在右侧的窗口中依次输入该 FTP 站点的主机地址等信息后，单击【连接】按钮，即可登录到新的 FTP 站点。

步骤 13

若要下载文件，首先在图 5-98 所示的程序窗口的左侧选定保存文件的文件夹，然后双击右侧窗口中要下载的文件，也可以按住鼠标左键将要下载的文件从右侧窗口拖动到左侧窗口。

步骤 14

如果 FTP 服务器允许上传文件，只需双击程序窗口左侧本地机上的文件即可，也可以在左侧窗口中单击文件，按住鼠标左键，拖动文件到右侧窗口。

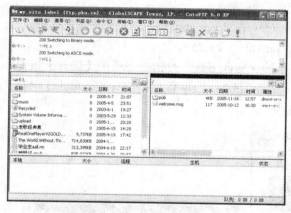

图 5-98　CuteFTP 程序窗口

图 5-99　"站点管理器"窗口

（4）归纳分析

FTP 是文件传输协议（file transfer protocol）的缩写，它是在 Internet 上传输文件的标准协议。本任务主要介绍了利用 FTP 协议下载（download）和上传（upload）文件的操作。

传输文件既可以使用专用的文件传输客户端软件，也可以使用浏览器。常用的 FTP 客户端软件主要有 CuteFTP、wsFTP、leapFTP 和 NetAnts 等。CuteFTP 是 GlobalSCAPE 公司推出的 FTP 客户端程序，目前应用得十分广泛。本任务重点介绍了该软件的下载、安装和传输文件等操作，由于 CuteFTP 采用了和 Windows 资源管理器相似的操作界面，所以上传和下载文件时就像在 Windows 资源管理器中移动文件一样简单。

任务 3　使用下载软件 NetAnts

（1）目标与任务分析

上一任务介绍的 CuteFTP 软件主要用来从 FTP 站点下载文件，但现在许多 Web 站点也提供了许多资源供用户下载，本任务将要介绍的操作是如何从 Web 站点下载文件。

（2）操作思路

IE 浏览器本身具有"文件下载"的功能，但利用浏览器下载文件速度比较慢，而且由于网络线路不稳定的原因，经常造成下载操作还没有结束就被强行中断的现象。在这种情况下，使用专用的下载软件就显得非常重要了。

NetAnts 是一款专用的下载软件，它在下载过程中将下载的软件分成几个部分同时下载，大大提高了下载的速度，而且它还具有断点续传的功能，文件可以分几次下载，即使网络断掉后，下次仍可从断开处继续下载。由于 NetAnts 用蚂蚁搬家来比喻它从网络下载文件，因此该软件被称为"网络蚂蚁"。

本任务中，我们将首先利用 IE 浏览器的文件下载功能，从 Web 站点下载 NetAnts 的安装程序，然后介绍它的安装过程及利用 NetAnts 下载文件的操作技巧。

（3）操作步骤

步骤 1

NetAnts 的安装程序可以到 NetAnts 的网站（http://www.netants.com）去下载，另外也可以到其他的软件下载网站去下载，例如，天空软件网站。

启动 IE 浏览器后，在其地址栏中输入 http://www2.skycn.com/soft/881.html 并按【Enter】键，如图 5-100 所示，进入"天空软件站"的 NetAnts（V1.25 中文版）下载网页。

网页中单击下载链接，弹出如图 5-101 所示的"文件下载"对话框，单击【保存】按钮，在弹出的"另存为"对话框中，选定要将文件 netants_gb2312.zip 保存的文件夹，单击【保存】按钮，即可将选定的文件下载到指定的文件夹中。

图 5-100　NetAnts（V1.25 中文版）下载网页

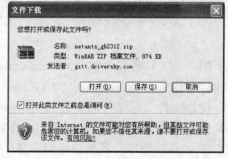

图 5-101　"文件下载"对话框

步骤 2

按照本节任务 1 介绍的操作方法，将下载的 netants_gb2312.zip 文件解压缩后，得到了 NetAnts 的安装程序 setup.exe，双击该文件弹出安装向导，按照屏幕提示依次进行安装操作。（安装过程从略）

步骤 3

NetAnts 安装后，就可以利用它从网上下载文件了。下面我们进入"华军软件园"下载 RealONE Player 软件，该软件可用来在网上收听收看实时 Audio、Video 和 Flash。

在浏览器 IE 的地址栏中输入以下 URL 地址：http://www.skycn.com/soft/9884.html，进入 RealONE Player 软件的下载网页。

步骤 4

如图 5-102 所示，在网页中右键单击软件下载的链接，弹出的快捷菜单中选择 Download by NetAnts 选项，弹出"添加任务"对话框。

步骤 5

如图 5-103 所示，单击选定"添加任务"对话框的"常规"选项卡，在"保存到"文本框中列出了默认的保存下载文件的路径，如果不想保存到默认位置，可单击该文本框右侧的【浏览文件夹】按钮，在弹出的"浏览文件夹"对话框中重新选择保存下载文件的位置。

在"杂项"栏中，设定蚂蚁的数目，蚂蚁数目表示一个文件可以分成几个部分同时下载，其最大值为 5；设定任务的优先权，优先权分为 1～5 级，如果设为 0 级，则表示该任务将不被执行。

选择"立即下载"复选框，单击【确定】按钮，将进入 NetAnts 程序的主窗口，将选定的文件下载到本机的指定位置。

图 5-102　快捷菜单中选择"Download by NetAnts"　　　　图 5-103　"添加任务"对话框

步骤 6

NetAnts 程序的主窗口如图 5-104 所示，主要由标题栏、菜单栏、工具栏、曲线图栏、广告窗口、任务列表窗口、任务状态窗口和虚拟文件夹窗口等构成。

窗口各主要组成部分的作用简述如下：在窗口的工具栏集中了 NetAnts 的按钮；曲线图栏中以曲线图的方式表示一段时间内的下载速度，如果指示的线条位置比较高，表示下载的速度比较快；虚拟文件夹窗口可用于管理下载任务，下载任务按状态分为 5 类：正常（未激活的任务）、运行中（正在运行的任务）、队列（等待执行的任务）、错误（因失败而未完成的任务）和已下载（已完成的任务）；下载任务按下载日期分为 4 类：今天、昨天、上一周和上周前；任务列表窗口中列出了所有的下载任务和他们的下载状态，右击列出的任务，选择快捷菜单中的不同选项，可对这些下载任务进行编辑操作；任务状态窗口描述了当前任务的各种细节，它共有 4 个标签：区块、日志、信息和连接，图 5-104 所示的是选中"区块"标签后的情况，它显示了下载的进度。

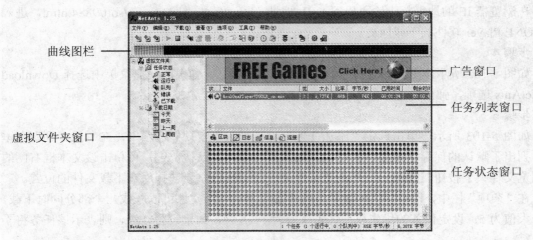

曲线图栏

广告窗口

任务列表窗口

虚拟文件夹窗口

任务状态窗口

图 5-104　NetAnts 程序的主窗口

当文件下载完成后，会弹出图 5-105 所示的"NetAnts 通知"对话框，单击【确定】按钮，完成下载操作。

图 5-105　"NetAnts 通知"对话框

（4）归纳分析

虽然 IE 浏览器本身具有"文件下载"的功能，但利用浏览器下载文件速度比较慢，而且不稳定，NetAnts 是针对国内网络线路差、速度慢和费用高等缺陷而专门开发的一款专用的下载软件，它最主要的特点是在下载过程中将下载的软件分成几个部分（即蚂蚁数目）同时下载，大大提高了下载的速度，而且它还具有断点续传的功能，文件可以分几次下载，即使网络断掉后，下次仍可从断开处继续下载。

习　题

1. 在局域网中，将正在使用的计算机的名称设置为"A11"，工作组名设置为"练习"。
2. 将计算机的 D 盘设置为共享，访问类型为"根据密码访问"，同时设置只读密码和完全访问密码。
3. 将局域网中的某台打印机设为共享，在其他计算机上安装网络打印机。

4. 解释以下概念：IP 地址、域名、URL、电子邮件地址。

5. 启动 Microsoft Internet Explorer 后，访问首都医科大学的站点，其 URL 地址为：http://www.cpums.edu.cn，并将该站点设置为主页。

6. 将 Microsoft Internet Explorer 历史记录保存的天数设置为 5 天，选择当前正在浏览的网页的部分文本内容，保存到"C:\练习"文件夹中，文件名为 text.doc，将该网页的全部内容以文件名 web.htm 保存到"C:\练习"文件夹中。

7. 将当前正在浏览的网页中的一幅图片保存到计算机中，并将其插入到 Word 文档中。

8. 使用收藏夹和链接栏，在其中分别建立指向当前正在浏览的 Web 页地址的快捷方式，快捷方式建立后，通过收藏夹和链接栏快速访问该网页。

9. 启动 Outlook Express 后，依次单击菜单栏上的【查看】→【布局】命令，在弹出的"窗口布局属性"对话框中，根据自己的习惯，改变 Outlook Express 的界面布局。

10. 在 ISP 处申请账号得到相关信息后，在 Outlook Express 中设置自己的账户，为自己创建一个标识并设置密码。

11. 使用 IE 浏览器的搜索命令搜索含有关键词"健康保健"相关的网页信息。

12. 打开上题搜索结果中的某一网页，在该页面中再进一步查找讲述"糖尿病"问题的具体位置。

13. 进入 Google 主页面，下载 Google 工具栏并安装，利用该搜索引擎搜索并下载本章中介绍的几种软件：WinRAR、NetAnts、CuteFTP。

14. 选择本地机 D:盘上的一个 10MB 左右大小的文件夹，使用 WinRAR 将其以不同的压缩文件名分别压缩为 RAR 格式、ZIP 格式和自解压缩格式的压缩文件，并暂时保存在 D 盘根目录下。建议各压缩文件主名分别为 LXRAR、LXZIP、LXEXE，扩展名按默认设置。

15. 启动 CuteFTP 程序后，连接 Microsoft 公司的 FTP 站点（网址：ftp://ftp.microsoft.com），从该 FTP 站点中下载任意一个文件。

16. 按照本教材介绍的方法，下载并安装 NetAnts 程序，进入"天空软件站"网站（http://www.skycn.com），下载一个免费软件。

参 考 文 献

[1] 李宁. 办公自动化技术[M]. 北京：中国铁道出版社，2003.

[2] 李宁，田蓉. 电子邮件[M]. 北京：中国机械出版社，2000.

[3] 赵斌，卢盾. Office 2003 中文版七合一实用培训教程[M]. 北京：中国电力出版社，2004.

[4] Andraw S Tanenbaum. 计算机网络[M]. 3 版. 北京：清华大学出版社，2002.

[5] 吴功宜，吴英. Internet 基础[M]. 北京：清华大学出版社，2001.

[6] 姚新军. 时尚网事[M]. 北京：电子工业出版社，2005.

[7] 孙连三，等. 新手学上网[M]. 北京：人民邮电出版社，2004.

[8] 王建珍，等. 计算机网络应用基础实验指导[M]. 北京：人民邮电出版社，2004.

笔记栏